慢头说历史

历史的温度/5

那些博弈、较量与人性

张玮 著

中信出版集团 | 北京

图书在版编目（CIP）数据

历史的温度．5，那些博弈、较量与人性 / 张玮著
．-- 北京：中信出版社，2020.11（2025.11重印）
ISBN 978-7-5217-2372-4

Ⅰ．①历… Ⅱ．①张… Ⅲ．①随笔－作品集－中国－当代 Ⅳ．① I267.1

中国版本图书馆 CIP 数据核字（2020）第 206326 号

历史的温度 5——那些博弈、较量与人性

著　　者：张玮
出版发行：中信出版集团股份有限公司
（北京市朝阳区东三环北路 27 号嘉铭中心　邮编　100020）
承 印 者：**北京通州皇家印刷厂**

开　　本：880mm × 1230mm　1/32　　印　　张：17.5　　字　　数：350 千字
版　　次：2020 年 11 月第 1 版　　印　　次：2025 年11月第 27 次印刷
书　　号：ISBN 978-7-5217-2372-4
定　　价：65.00 元

服务热线：400-600-8099
投稿邮箱：author@citicpub.com

目　录

炮火的怒吼

个人的抉择

自然的抗争

自 序

一转眼，居然已经是2020年的年末了。

过去这一年，感觉过得太快了，但转念一想，似乎又过得太慢了。

我想这背后的一大原因，是这一年我们经历了太多的变化，那些变化深刻影响了我们的生活、我们的社会，乃至我们所身处的这个世界。

所以，当出版社和我一起商量这一册书的主题时，我们不约而同地选择了一个词：博弈。

博弈和较量，其实是贯穿在整个人类历史中的。

在谈判桌上，是筹码的较量；在谈判桌外，很可能就是炮火的怒吼。国家与国家之间有较量，人与人之间、集团与集团之间，也有博弈。即便是归结到某一个具体的人，包括你、我、他，也有“天人交战”：和自己的私欲，和自己的信念，和自己的理想。

而过去的这一年，我们又一次清醒地认识到：

在这个星球上，所谓的“较量”和“博弈”，并不是只存在于人类彼此之间。虽然我们自封为“万物之灵长”，但在这个星球营造的自然生态中，还有大量我们已知和未知的生物，可以随时向我们发起挑战——有时候它们对人类造成的伤害，可能会远远超过人类历史上任何一场残酷的战争。

而越是在这样的时刻，我觉得，可能我们越需要读一些历史。

我曾经在不少线下签售的场合，和读者分享过微信公众号后台的一条读者留言。

那是一位读理工科的大学生，很喜欢读历史，但寝室里其他同学都对历史没什么兴趣，甚至还揶揄他："你看的这些东西，起因、经过、结果都已经讲得明明白白，读这些已经发生过的事情，有什么用吗？"

他问我，我也想了很久。本来想回答他很多，但后来想了想，还是只回答了他一句话：

"如果能够多读懂一些过去的故事，现在就可能会更积极地面对生活，然后会有一种更坦然的心态去面对未来。"

不管回答得对不对，但这确实是我自己读历史的真实感受。

我们正身处一个风云变幻的时代、一个信息爆炸的环境，有时难免迷茫、彷徨乃至焦虑，或者，在喧嚣之中，感觉无法静心。而在这样的时候，多读一些历史，恐怕就是一个不错的选择。

第四年了，这是第五本《历史的温度》，有幸依旧有你们，有幸我们依旧为"历史"之缘而聚。

"为什么要读一些历史？"我把当初说给那位男生的话，归纳总结为十二个字：

"读懂过去，活好当下，坦面未来。"

感恩。

共勉。

一起前行。

2020 年 11 月 3 日

于上海书房

筹码的较量

一般来说，筹码有多种含义：在赌场，可以指博彩中计算数目的道具；在股市，可以指投资人手里的股票；再引申一步，也可以比喻人与人之间谈判的本钱。

当然，何止人与人，国与国之间的博弈和较量，也需要筹码。

1930 年，美国发动的那场贸易战

“地球村”已经是一个我们耳熟能详的说法了。然而，当问题和困难降临的时候，是不是每一个国家都会考虑别人，担负起自己的责任？

1

1930 年 6 月 17 日，美国两个议员的名字被载入了史册。

他们一个是来自犹他州的参议员里德·斯姆特，另一个是来自俄勒冈州的众议员威利斯·霍利。

1929 年 4 月，《斯姆特 - 霍利关税法》通过前，威利斯·霍利（左）和里德·斯姆特

就在这一天，美国总统赫伯特·胡佛签署了这两个人共同发起的一项法案，史称《斯姆特–霍利关税法》。

对这项法案的简单描述就是：

将进口到美国的数千种商品的平均关税，一口气提高 50% 以上。

这项法案至今仍被认为是 20 世纪影响全世界的著名法案之一。

不过这两位议员先生，估计不会因这项法案引用自己的名字而感到自豪，因为这项法案有一个公认的评价："一个愚蠢的经济行为"(an economic stupidity)。

2

先来说说签署这项法案的倒霉蛋——胡佛总统。

那一年，可怜的胡佛总统实在是被逼到了悬崖边。

作为斯坦福大学的优秀毕业生和出色的商业家，胡佛是在众人的赞美声和期待中当选为美国第 31 任总统的。

《华尔街日报》在胡佛就职时发表的评论是："政府从来没有像今天这样与商业打成一片。毫无疑问，胡佛是一个很有活力的商业总统，他将是美国第一个商业总统。"

胡佛当选的那年，是 1929 年。

那一年，美国正沉浸在第一次世界大战给本国带来空前繁荣的巅峰，连胡佛自己都表示："我们正在取得对贫困战争决定性胜利的前夜，贫民窟将从美国消失。"

赫伯特·胡佛

但胡佛自己都不会想到，他其实接的是从"柯立芝繁荣"传过来的一朵外表美丽的空心花，最关键的是，传到他手里的时候，鼓声停了。

1929 年 10 月 24 日，在毫无征兆的情况下，纽约证券交易所开盘就大跌，当天的换手达到了 1 289.5 万股，指数如决堤一般不断下滑，史称“黑色星期四”。

10 月 28 日，道琼斯指数又狂跌 13%，于是又有了“黑色星期一”的说法。

但真正雪崩到来的那天，是 10 月 29 日。

那一天，纽约证券交易所刚开盘，铺天盖地的抛单就呼啸而来，抛售的价格全是不计成本的。到那天收市，美国股市创造了 1 641 万股成交的历史最高纪录。那天，被称为“黑色星期二”——没错，一周开市也就五天，称号都快发完了。

但“黑色星期 ×”的称号并不是最可怕的，最可怕的是，这一轮股市暴跌，触发了美国人至今回忆起来仍感到心有余悸的一个名词：

“大萧条时代”。

3

《斯姆特–霍利关税法》，就是在美国“大萧条时代”刚刚开始的时候，被提出来的。

其实从 20 世纪的 10 年代到 20 年代，美国一直饱受一个困扰——生产力大幅度提高，但消费能力却没能相应增加，这就导致了国内产能过剩。

这个现象在农业方面表现得尤为突出。20 世纪 20 年代初，美国各种农产品产量大幅提升，但伴随产量提升的却是价格下跌。收成越来越好，收入却保持不变，美国农民的怨气越来越大。他们认为这其中最关键的原因，就是过低的关税让外国货冲击了本国农产品，导致农民全都白忙活了。

那么怎么办？提高农产品关税呗！

1929 年华尔街的大崩盘，更是让美国的经济雪上加霜。不仅仅是农产品，钢铁制造、纺织品等行业都出现了危机。虽然那时的人们并没有认识到这是困扰美国乃至全世界的“大萧条时代”的开始，但也感到了深深的压力。

在这样的背景下，斯姆特和霍利这两位议员共同的提案，似乎正当其时。

美国“大萧条时代”，失业的美国人排队领取救济。《光荣与梦想》一书中这样写道：“千百万人只因像畜生那样生活，才免于死亡。”

其实，这项关税法案最初涉及的只是进口农产品关税，这也并不违反胡佛的初衷——在1928年竞选时，他就答应过他的广大农民选民，要提高农产品进口关税，以挽救不断下滑的本国农产品价格。

但是，在推行的过程中，事情渐渐变了味儿。

眼看着以农产品为主的州将在提高关税中获益，以制造业为主的州就坐不住了，它们提出总统也应该提高制造业产品的关税以保护本国产品。

于是，一场在议员中的“利益交换”开始了：你想要我对你们州盛产的钢铁产品提高关税投赞成票？没问题，大家日子都难过，那你也要保证我们州盛产的纺织产品也提高关税。

经过一轮轮博弈和交换，最后胡佛拿到的提高进口关税的清单上，商品超过了 2 000 种。

而这个时候，胡佛已经骑虎难下了。

美国的宪法第一条规定，修改关税的权力属于国会。美国众议院筹款委员会为了使这项法案通过，花了大量的时间和精力，光证明材料就写了 11 000 多页。

1930 年 4 月，《斯姆特–霍利关税法》获得国会两院的通过，被放到了胡佛总统办公室的案头。

接下来，只等总统签字了。

4

一场反对总统签字的运动，随即开始。

1930 年 5 月 4 日，一份由 1 028 位美国经济学家联名签署的请愿书被送交胡佛总统，这些签字的人中有欧文·费雪（美国第一位数理经济学家）、保罗·道格拉斯（美国诸多经济教科书的编撰者）等当时最著名、最权威的经济学家，而他们请愿的内容只有一个：

请千万不要签署这项法案！

欧文·费雪。他在请愿书上表示：美国是一个巨大的债权国，如果其他国家不能出售给美国商品，那么它们怎么偿还债务？

美国的一些行业巨头也开始行动起来。著名的汽车业大亨亨利·福特直接赶到白宫，花了整整一个晚上，试图说服胡佛否决这项法案，他直接称这项法案是“愚蠢的”。

J. P. 摩根的首席执行官托马斯·W.

1929 年 11 月 11 日的《时代》周刊封面人物是托马斯·拉蒙特。拉蒙特一直被认为是美国总统身边很有影响力的经济专家，但那一次却不是了。胡佛在法案上签字后，拉蒙特表示，“一个悲剧又荒唐的结局”，“可谓是世界关税历史上最让人震惊的一页了……世界上所有的贸易保守主义狂热分子可真应该好好学学”

拉蒙特后来回忆：“我几乎要给胡佛跪下去请求他禁止那愚蠢的关税法……他让全世界的民族主义情绪都燃烧起来了。”

作为经济学家和企业家，他们当然也愿意美国的经济重新恢复繁荣，但他们竭力劝阻总统的原因也很简单：美国有自己的理由，但别国也都不是木头人啊！

其实，就在法案提交胡佛总统签字期间，前后就一共有 38 个国家向美国政府提出正式的抗议，声称一旦法案生效，它们将立刻采取报复措施。

但是，这个时候已经没有什么力量能阻碍胡佛签字了。

1930 年 6 月 17 日，总统签字，《斯姆特–霍利关税法》正式生效。

5

一场意料中的报复随即到来——事实上，在胡佛签字之前，一些国家已经开始报复了。

率先做出反应的，是当时美国最大的贸易伙伴加拿大。

加拿大立即宣布对从美国进口的 16 种产品征收 3 倍关税，这个数量占到了美国出口加拿大商品总额的 30%。

法国、英国和德国在抗议之后，也开始宣布报复措施，提高部分从美国进口商品的关税，并开始发展新的贸易渠道——值得一提的是，法国基本上把所有的美国进口商品都拒之门外了。

在这些国家的带领下，其他国家也开始迅速行动。

意大利宣布因为美国对意大利的草帽、羊毡帽、橄榄油等产品增加关税，所以将从美国进口汽车的关税翻倍，美国对意大利的汽车出口量立刻锐减 90%。

瑞士宣布因为美国对瑞士的手表、鞋、刺绣的关税提高，所以提高美国部分进口产品的关税。

西班牙因为美国提高了葡萄、橘子、玉米和洋葱的关税，也开始采取反制措施——将美国汽车的进口税调高到一个标准：保证美国汽车在西班牙一辆也卖不出去。

跟在后面的，还有古巴、澳大利亚、新西兰、墨西哥等一系列国家。

超过 40 个国家在第一时间宣布对美国的反制措施，一场波及全世界的贸易战就此打响。

Duty bound

American tariff rates

	Tariff Acts of:		
Article	1913	1922	1930
Raw sugar full duty	1.26¢/lb	2.21¢/lb	2.50¢/lb
Raw sugar Cuban duty	1.005¢/lb	1.76¢/lb	2.00¢/lb
Cattle under 700lb	Free	1.50¢/lb	2.50¢/lb
Cattle over 700lb	Free	1.50¢/lb	3.00¢/lb
Milk	Free	2.50¢/lb	6.5¢/lb
Butter	2.5¢/lb	8¢/lb	14¢/lb
Pig-iron	Free	75¢/ton	$1.125/ton
Hides	Free	Free	10%
Shoes & boots	Free	Free	20%
Matches, ≤100 to a box	3¢/gross	8¢/gross	20¢/gross

Source: Abraham Berglund, "The Tariff Act of 1930". *American Economic Review*, 1930

美国关税对比图，提高幅度一目了然

6

先来看看美国获得了什么结果。

1930 年 6 月，就在《斯姆特–霍利关税法》公布之后，美国道琼斯工业股票平均价格指数就从 250 点下跌到 230 点，跌幅达到 8%，然后就此一路掉头向下（1932 年 7 月 8 日，降到历史最低点 41 点）——在此之前，经历了诸多“黑色星期 ×”之后，美国股市其实一直在回升。

从进出口额来看，1929 年，美国从欧洲的进口商品总额为 13.34 亿美元，而到了 1932 年，这个数字是 3.9 亿美元，降幅达到 70%；美国出口至欧洲的商品总额，在 1929 年为 23.41 亿美元，1932 年为 7.84 亿美元，降幅达到了 67%。

进出口额全面衰退的直接影响之一，就是美国国内的失业率大幅度上升。

1930 年，也就是《斯姆特-霍利关税法》通过的那年，美国的失业率为 7.8%，1931 年上升到了 16.3%，1932 年为 24.9%，1933 年达到了惊人的 25.1%。

美国开始正式进入“大萧条时代”，但受到影响的，其实并不只是美国。

大萧条时代，美国的失业者排队领取 5 美分一个的苹果

由于世界各国都被迫提高了贸易壁垒，导致各国之间的贸易活跃度迅速降低。统计数据显示，1933 年的世界贸易水平只有 1929 年的 1/3，自 1929 年到 1934 年，世界贸易规模缩水了 66%。

一场全世界范围内的“经济大萧条”就此开始。

这次大萧条对整个世界格局产生了深远的影响：在德国、日本和意大利，法西斯主义正式登上了舞台，之后发生的事，大家都知道了。

尽管很少有经济学家将“大萧条”的产生简单归咎于《斯姆特-霍利关税法》，但不少人还是都认同一个观点：

这个关税法案摧毁了国与国之间本就脆弱的信任和合作机制，进一步加速了世界大萧条的形成。可以说它“扣动了扳机”。

馒头说

美国统计概要的数据显示，美国当年似乎有一点“冤枉”。

在1929年，美国进口商品总额只占美国国民生产总值的4.2%，而出口商品总额只占5%。换句话说，《斯姆特-霍利关税法》的通过，无论对美国国民经济，还是对世界各国的经济，影响应该没有那么大。

但其实，美国真的冤枉吗？

在当时那种经济环境下，作为全世界经济的龙头老大，虽然美国认为自己提高一些产品的关税无伤大雅，但这种行为本身传递的信号却是非常让人失望乃至恐怖的：我要保护我自己，至于什么自由贸易，我不管了。

经济不全是靠数字来衡量的，姿态、信任和信心有时会起到不可想象的作用。

小小的蝴蝶扇动一下翅膀，完全会引起一场多米诺骨牌式的全球风暴。

在历史上的3月26日，其实还发生过两件事。

一件是1991年3月26日，阿根廷、巴西、乌拉圭和巴拉圭四国总统在巴拉圭首都亚松森签署了《亚松森条约》，宣布建立“南方共同市场”，目的是通过有效利用资源、保护环境、协调宏观经济政策、加强经济互补，促进成员国科技进步，最终实现经济政治一体化。

时至今日，在先后接受了智利、玻利维亚、厄瓜多尔、哥伦比亚等各成员国后，“南方共同市场”已经成了世界第四大经济体。

另一件是 1995 年 3 月 26 日，当初由德国、法国、荷兰、比利时和卢森堡五国共同发起签署的《关于逐步取消共同边界检查协定》正式施行。这个协定的宗旨是取消各成员国之间的边境，五国公民可在签字国范围内自由通行，无限期居住。

这个协定还有个中国人更熟悉的名字——以签署地的小镇名字命名的《申根协定》。

目前，宣布加入《申根协定》的欧洲国家已经达到了 26 个，这个协定所起到的作用和影响，不用赘述了。

斗争，合作，斗争，再合作……历史总是在不断地重复。

但道理其实大家都应该懂：

合则两利，斗则俱伤。

开罗会议："四大强国"的幕后博弈

学过历史的我们都知道，二战期间的反法西斯同盟几大巨头开过四次重要的会议，第一个会议就是开罗会议，这场会议因为有中国的参加，显得格外引人注目。但是，这场看似各方团结一致的会议幕后，其实还是有点故事的。

1

1943 年 11 月，埃及开罗郊区的米娜宫酒店忽然戒备森严。

在这个远离欧洲战场、由英国控制的地区，驻扎了至少一个旅的英军，同时周边被安排了 500 门高射炮和密致的雷达网，还有 8 个 24 小时警戒的英国皇家空军飞行中队。

任何稍微有点嗅觉的人都知道，米娜宫酒店肯定要召开重要会议了。而且，以这样的排场来看，这很可能是一场有国家元首参加的会议。而在 1943 年这个时代背景下，和国家元首有关的会议，就是和二战有关的会议。

那么，1943 年有着怎样的时代背景呢？

这一年，在欧洲战场，经历了人间炼狱一般的斯大林格勒战役之后，苏联红军终于让德国遭遇到了自二战开始以来最惨痛的一次失败。苏联人在自己的国土上彻底站稳了脚跟，开始吹响反攻号角。而德国的盟友意大利则再一次习惯性崩盘，墨索里尼被捕，政府宣告投降。

斯大林格勒战役堪称人类近代史上最血腥的战役，苏德双方先后投入数百万兵力，双方伤亡人数合计也达到了 200 多万（纳粹德国部队大约损失 150 万，苏联损失约 113 万）

在北非战场，以英国为首的盟军在屡战屡败之后，终于在蒙哥马利的率领下一改颓势，开始让“沙漠之狐”隆美尔尝到失败的滋味。

在太平洋战场，凭借中途岛和瓜岛两场决定性战役的胜利，美国人也从日本的最初打击中恢复了过来，凭借国内近乎“开挂”的生产能力，开始在辽阔的太平洋海面上推进战略反攻。

在中国战场，尽管蒋介石的国民党军队还是处于劣势，但毕竟“用空间换时间”的战术已经显出成效，日军的大部分陆军主力被牢牢拖住，被迫进入“战略相持阶段”。而共产党领导的敌后武装开始在华北等战场频频发起进攻，导致侵华日军在整个中国战场上都很难拥有一个所谓的“稳固后方”。

总的来说，1943 年对“世界反法西斯统一战线”而言，是一个已见曙光的年份。在经历了法西斯阵营几个疯子国家前几年疾风骤雨般的一顿乱棍之后，反法西斯同盟扛住了打，并且已经越来越坚定一个判断：这场战争打到这个地步，取胜其实只是时间问题了。

既然如此，一件迫在眉睫的事就被提上了案头：该坐下来开个会了。

埃及开罗的米娜宫酒店就是这场会议的召开地点。虽然来参加会议的主要只有三个人，但之所以戒备森严，是因为这三个人是：

美国的总统罗斯福，英国的首相丘吉尔，中国的委员长蒋介石。

开罗的米娜宫酒店，离金字塔和狮身人面像都很近

2

先来说说一个没来参加会议的国家：苏联。

按照会议发起者罗斯福的初衷，应该是美、英、苏、中四个国家

一起在开罗碰面会谈的。而苏联作为欧洲战场对抗德国的头等主力，也完全有资格来参加这场会议。

但是斯大林最终没有来。

一个重要的原因是，当时苏联和日本还有个《苏日中立条约》没有撕破。在西边被德国一顿暴捶之后，斯大林无法承受东边再和日本翻脸进行两线作战的局面。所以如果去开罗与中国领导人会面，有引起日本反感的可能，那斯大林肯定不愿冒这个风险——“我们和中国没有共同的敌人”。

而从另一方面来说，斯大林也一直和蒋介石领导的国民政府保持距离。事实上，在英美最初对日本妥协的背景下，苏联出于自身利益考虑，在早期是实打实地支援中国抗日的，提供了大量的军备和贷款。但由于《苏日中立条约》的签订，苏联和蒋介石政府的关系变得敏感。

而站在蒋介石的角度，早在1943年6月，当罗斯福把四国元首会面的构想告诉蒋介石的时候，蒋介石就让宋子文当面向罗斯福提出：“苏联和日本在未公开决裂以前，蒋介石参加会晤是否将使斯大林感觉不便？”

在《苏日中立条约》里，苏联是承认伪满洲国的，对换条件是日本承认外蒙古独立。这都是在拿中国的利益做交易，是中国政府不愿看到的。

所以，尽管罗斯福几次劝说，但斯大林始终不愿意来参加开罗会议。一开始他还同意外交部长莫洛托夫列席会议，后来干脆人都不派了，提出苏、美、英三国要再单独开一个会议——没有中国人参加的会议。

所以，这才有了两天之后的另一场著名会议——德黑兰会议。

3

再来说说一个颇有怨气的国家：英国。

作为一个需要美国输血才能战斗下去的国家，丘吉尔是迫切希望能与罗斯福进行会面的，为此他愿意接受中国也来参加会议。

所以，在英方提供的开罗会议日程上，一开始完全没有关于中国提案的内容。

但在开罗会议开幕后，丘吉尔却开始抱怨这场会议似乎成了"美中会晤"。丘吉尔在自己的回忆录中写道：

"关于中国的那些冗长、复杂和琐碎的情况，严重地打乱了英美参谋长们的会谈。……中国事务在开罗会议上不是最后，而是最先得到了讨论。"

虽然此时英国的国力已经不能让丘吉尔喊出"英国优先"的口号，但"让英国重新伟大"这个信念还是一直萦绕在倔强的丘吉尔心头。为此，在整个开罗会议期间，丘吉尔其实一直在和蒋介石"暗撕"。

双方撕的第一个问题就是香港问题。

按照蒋介石的设想，开罗会议是解决香港问题的一个契机，因为香港本来就是英国用不平等条约掳过去的，现在被日军占领，等打败日军之后理应回归中国。

蒋介石为此求助罗斯福，希望他主持公道。深知丘吉尔性格的罗斯福提出一个折中方案：中国政府先收回香港和九龙，随后宣布其为全球自由港。蒋介石对此方案表示同意。

但罗斯福将这个想法告诉丘吉尔之后，却遭到断然拒绝。丘吉尔告诉罗斯福："如果不通过战争，就别想从大英帝国手中夺走任何东西！"

结果这就导致蒋介石和丘吉尔在 11 月 26 日的会议上发生了分歧：丘吉尔声称香港是英国按照条约拿来的，日军从英国人手中夺走，理应归还英国。而蒋介石坚称那个条约本来就是不合理的。两边都不愿得罪的罗斯福只能打圆场，最终香港问题不了了之，在开罗会议上再也没被提起。

双方撕的第二个问题是反攻缅甸的问题。

缅甸一直是英国传统的殖民势力范围，虽然落入日军之手，但丘吉尔从心底反感中国尤其美国插手，以免战后英国在缅甸的影响力受损。更何况，丘吉尔此时的最大诉求是美军能够配合登陆欧洲开辟第二战场，远东在他心目中的地位是非常靠后的。

但蒋介石非常希望能够反攻缅北，因为中国有恢复大陆交通补给线的需求。不过在中国远征军第一次出征缅甸的过程中，英军各种堪称耻辱的“甩锅式配合”造成中国军队伤亡惨重，蒋介石不愿意中国军队在没有英美海陆空配合的情况下孤军奋战。

但丘吉尔提出：“如果中国要证明自己是一个够资格的强国，就应该独立出兵收复缅北。”

中国远征军第 200 师师长戴安澜，在英军节节败退的情况下只能率部突围，在突围过程中中弹殉国

为此，罗斯福只能再打圆场，私下承诺蒋介石：愿意在 1944 年 3 月从孟加拉湾实施大规模登陆作战，帮助中国军队南北夹击，收复缅甸。

但这个承诺最后也成了一张空头支票。

4

现在轮到说说不断打圆场的美国了。

作为二战期间反法西斯同盟阵营最大的"输血基地"，美国确实有资格来召开并主持这次开罗会议。而罗斯福作为美国总统，一方面在消灭法西斯阵营这一共同目标上与英、苏、中有共同诉求，但另一方面，也需要巧妙平衡关系，稳固美国的利益。

这也体现在他对中国的态度上。

事实上，中国能被提升到"四大强国"的高度，美国确实功劳不小。但罗斯福这么做，也有自己的道理。

首先，在太平洋战争爆发后，中国战场对于美国而言意义重大。

在 1941 年日军偷袭珍珠港之前，全世界只有中国自己独力抵抗日本。在太平洋战争爆发前几年，中国战场一直死死拖住日本 80% 以上的陆军，1938 年时这个比例高达 94%。即便是太平洋战争爆发那一年，中国还拖住了 69% 的日本陆军。当美国和日本在太平洋上展开血腥的夺岛战时，日本始终有 110 万左右的陆军陷于中国战场，这一数目超过了当时日军在东南亚和太平洋各岛的兵力总和——可想而知，如果这批陆军完全到太平洋诸岛增援，罗斯福该有多头疼。

其次，在苏联已经对德国转入战略反攻的时候，中国在亚洲的地位就比以前更加重要了。

出于抗击共同敌人的需要，美国和苏联结成了联盟。当时亚洲堪称"强国"的只有两个：日本和中国。在日本已经成为对手的情况下，美国如果希望在亚洲对抗苏联的势力影响，能倚靠的只有中国。所以，美国在各种场合都极力抬高中国的地位，因为只有自己的盟友地位提高了，才能更好地在今后帮助自己对抗苏联。

对于美国的这点用心，聪明如丘吉尔和斯大林，当然也了然于胸。英国人有求于美国尽快在欧洲开辟第二战场，所以只要保证他们

瓜岛战役是美军在太平洋战场上第一场艰苦的夺岛战，日军伤亡 2.5 万人，但美军也付出了伤亡 6 000 人的代价

在亚洲的利益不受到损害，也就睁一只眼闭一只眼了；而苏联人虽然看不上中国，但中国拖住日军也等于间接帮他们在对德战场上减轻压力，且当时苏联也依靠美国的援助，故斯大林也基本尊重罗斯福的意见。

所以，罗斯福其实是开罗会议上最忙的人：一方面要安抚暴躁的丘吉尔，一方面也要鼓励郁闷的蒋介石。

由于中国和美国面对的是同一个敌人，所以在开罗会议期间，罗斯福事实上更倾向于拉拢蒋介石，可谓说尽好话，处处鼓励。

5

最后，来说说中国。

尽管开罗会议实际上把中国上升到了和美英并肩的“强国”地位，但蒋介石一开始是不打算去参加的。

蒋介石对当时中国的国际地位还是有一个比较清醒的认识，他对几大强国的认识也被写到了日记中："英国对华之遗弃、俄国对华之嫉妒……美国对我之藐视与强制……余之参加不过为其陪衬，最多获得有名无实四头之一之虚荣，于实际毫无意义，故决计谢绝，不愿为人作嫁也。"

当然，蒋介石那"不为他人作嫁衣"的想法最终改变，还是因为罗斯福。

一方面，罗斯福几次三番在国际场合抬高中国的地位，让蒋介石觉得美国确实没有在"耍"自己。另一方面，由于蒋介石与美国派来的史迪威将军在入缅作战指挥的各种问题上闹得水火不容，他怕彻底得罪罗斯福，所以也需要给双方一个台阶。

所以，蒋介石最终还是带了包括妻子宋美龄在内的随行 16 人，在 1943 年 11 月 18 日坐飞机到达了开罗。

蒋介石对于自己出席开罗会议的目标还是比较明确的：确定在缅北对日作战的计划，确定日本投降后中国应该收回的领土，确定美国的军备和经济援助。

在这三点上，蒋介石与罗斯福没有什么矛盾，却与丘吉尔在前两点上产生了很大分歧。

对于缅北作战计划，丘吉尔一开始就支支吾吾、扭扭捏捏，最后开了一张"空头支票"；对收回香港和九龙，丘吉尔一口回绝，蒋介石满腔怒气也无处发泄，只能忍耐。

让蒋介石没想到的是，关于收回满洲、台湾和澎湖这些板上钉钉的事，英国最后也要搞点幺蛾子。

当时，罗斯福的特别助理霍普金斯在三国首脑会谈的基础上起草了《开罗宣言》草案。关于日本归还台湾给中国的问题，初稿写的是："被日本人背信弃义地所窃取于中国之领土，例如满洲和台湾，应理所当然地归还中国。"

但到了 11 月 26 日要定稿时，英国代表贾德干表示：《开罗宣言》

王宠惠，著名法学专家，后参与起草《联合国宪章》

草案对日本占领的其他地区都提出“应予剥夺”，唯独对满洲、台湾和澎湖写的是应该“归还中国”，建议统一改成“必须由日本放弃”。

对此，中方表示了强烈不满，中方代表王宠惠表示：全世界都知道满洲、台湾和澎湖是日本人抢过去的，为什么不能说明归还给哪个国家？

贾德干还不肯松口，说草案中满洲、台湾、澎湖等字样前已冠有“日本夺自中国的土地”的修饰语，日本放弃之后，归还中国是不言而喻的。王宠惠反驳：外国人对于满洲、台湾和澎湖有各种各样的言论和主张，如果《开罗宣言》不明确宣布这些土地应归还中国而使用含糊的措辞，那这个会议的意义何在？

最终，美国站在了中国这一边，英国放弃修改建议。

不过，蒋介石当时出于种种考虑，也拒绝了一些提议。比如，罗斯福曾建议将越南交给中国管理，蒋介石拒绝了。又比如，罗斯福当初向蒋介石建议：既然把台湾还给你们了，那么把琉球群岛也还给你们吧。而蒋介石提出的方案却是希望“中美共同管理”。

对后一个提议的拒绝，为后来埋下无穷争议。

6

1943 年 12 月 1 日，经过斯大林的确认，开罗会议的成果——《开罗宣言》正式公布：

罗斯福总统、蒋委员长、丘吉尔首相偕同各该国军事与外交顾问人员，在北非举行会议，业已完毕，兹发表概括之声明如下：

三国军事方面人员关于今后对日作战计划，已获得一致意见，我三大盟国决心以不松弛之压力从海陆空各方面加诸残暴之敌人，此项压力已经在增长之中。

我三大盟国此次进行战争之目的，在于制止及惩罚日本之侵略，三国决不为自己图利，亦无拓展领土之意思。

三国之宗旨，在剥夺日本自从一九一四年第一次世界大战开始后在太平洋上所夺得或占领之一切岛屿；在使日本所窃取于中国之领土，例如东北四省、台湾、澎湖群岛等，归还中华民国；其他日本以武力或贪欲所攫取之土地，亦务将日本驱逐出境；我三大盟国稔知朝鲜人民所受之奴隶待遇，决定在相当时期，使朝鲜自由与独立。

根据以上所认定之各项目标，并与其他对日作战之联合国目标相一致，我三大盟国将坚忍进行其重大而长期之战争，以获得日本之无条件投降。

应该说，这份宣言较为平等地体现了当时美、苏、英、中四个国家共同的目标和诉求。

但是，由于当时整个战局还没有到一锤定音的时候，再加上后面局势的微妙转变，导致更多变化、承诺和利益的重新分配，其实是发生在之后的德黑兰会议和雅尔塔会议上的。

而中国，并没有被邀请参加后两场会议。

馒头说

蒋介石在参加完开罗会议回国后，对这次会议曾有过一句话的总结："以政治之收获为第一，军事次之，经济又次之。"

应该说，蒋介石这一次的认识还是比较清醒的。

中国参加开罗会议的最大意义，在于自鸦片战争 100 多年之后，第一次以世界大国的身份参加会议，明确了自己"四强"之一的地位，提升了国际威望，为后来成为联合国安理会常任理事国奠定了重要基础。

其次，中国参与发布的《开罗宣言》，为战后收回被日本侵占的领土提供了依据。自 1895 年就被日本窃取的台湾和澎湖列岛，之后名正言顺地回归中国。"台湾属于中国"是至今世界各国不能违背的基本原则。

但是，正如有句话说的那样：战场上得不到的东西，谈判桌上也别想得到。

比如反攻缅北，最终中国还是被迫单独出兵。因为罗斯福在丘吉尔的游说下，最终背弃了自己对中国的承诺，以"欧洲登陆作战需要大量登陆艇"为由，放弃了孟加拉湾登陆作战计划。

又比如，在开罗会议结束后的几个月，日本就策划发动了"豫湘桂战役"。在 1944 年全世界反法西斯战场都进入势如破竹的反攻局面时，中国军队却出现了全面溃败：在 8 个月的时间里，国民党军队折损 60 万人，丧失 4 个省会、146 座城市、7 个空军基地和 36 个飞机场（都是美军用来对日作战的基地和机场），丧失国土 20 多万平方公里、人口 6 000 万。

这让斯大林和丘吉尔乐得在一旁冷眼旁观，也让一直鼓吹中国为"强国"的罗斯福面上无光。这也在相当程度上导致了美国最终更改作战计划，放弃从中国大陆反攻日本，而是从太平洋上直接攻击。这更导致了在开罗会议之后的德黑兰会议尤其是雅尔塔会议上，堂堂参与《开罗宣言》发表的中国，其利益居然成了其余列强背地里交易的筹码。

回望开罗会议，我们固然应该为中国作为世界大国登上舞台而感到欣慰，但反过来看，也再一次说明了一个道理：

决定国家之间利益关系的不是某一场会议，而是背后的实力。

其实，永远都是实力。

本文主要参考来源：

1.《蒋介石和丘吉尔在开罗会议上的争执》（王天庆，《民国春秋》，1994年第1期）

2.《蒋介石参加开罗会议内幕》（官互进，《湖北档案》，2000年第12期）

3.《冷战的预兆：蒋介石与开罗会议中的琉球问题——〈琉球：战争记忆、社会运动与历史解释〉补正》（汪晖，《开放时代》，2009年第5期）

4.《中国代表团出席开罗会议》（任庆海、李权兴、王兴业，《人民政协报》，2013年12月12日）

5.《开罗会议：二战时期中美关系分水岭》（陈永祥、朱锐、庞嘉咏，《世界知识》，2014年第6期）

6.《从〈开罗宣言〉到〈波茨坦公告〉——四大国对日政策的演变》（章骞，《国家人文历史》，2015年第16期）

再聚德黑兰：“三巨头”的台前与幕后

有时候，团结一致并不是因为大家都心往一处想，而是有强大的外力，让大家意识到必须抱团而已。

外力在，大家合，外力无，大家分，谁也别和谁客气。

1

开罗会议结束后，罗斯福和丘吉尔马不停蹄，启程前往德黑兰。

蒋介石则启程回国。

德黑兰这个开会地点的确定，其实也费了很大一番周折。

丘吉尔最初提议的会议地点，是英国奥克尼群岛的斯卡帕湾，但斯大林没有立刻给出回复。相比之下，罗斯福的心思就更细致些，他提议的会议地点是阿斯特拉罕或阿尔汉格尔斯克——这两座城市都是苏联的地盘。不过斯大林还是不置可否。

到了 1943 年 8 月，丘吉尔和罗斯福经过商议，共同提出了一个新的选择：到阿拉斯加去开。斯大林这次给出了明确的回复：不行。因为苏联红军正在与“希特勒主力展开极为紧张的战斗”，他不能去阿拉斯加那么远的地方。罗斯福于是又提议：要么还是接着开罗会议，在北非开算了？斯大林还是不同意，但这次他提出了一个新的地点：在三个国家都设有代表处的伊朗德黑兰开会。

这次轮到罗斯福不同意了。他反对在伊朗开会，要求去位于东非的城市阿斯马拉，甚至提议可以在一艘停泊在港口的军舰上会晤，但斯大林坚持要去伊朗。直到 10 月底的时候，罗斯福还在要求，请斯大林选择阿斯马拉、安卡拉、巴士拉之中的任意一个城市会晤，但不去伊朗。

这时斯大林甩出了底牌：我只去德黑兰，其他地方我就派代表来参加吧。

丘吉尔和罗斯福面面相觑，放弃抵抗——那就德黑兰吧。

从这次会议地点的选择过程，就可以看出当时三个国家谁说话的底气比较硬了。

2

1943 年 11 月 28 日，德黑兰会议正式开始。

当天下午 3 点，斯大林穿着苏联大元帅服，专程前来拜访罗斯福。做出这个举动倒未必是因为斯大林要显得多谦卑，而是因为罗斯福得过小儿麻痹症，由于日夜操劳，已经只能坐在轮椅上行动了。

这是两国元首的第一次见面。两人寒暄，互相表示：很早就想见到您了！

下午 4 点，第一次会议正式开始，罗斯福是主持人。他在致辞中表示："俄国人、英国人和美国人第一次作为家庭的成员相聚一堂。我们所抱的唯一目标，是赢得战争的胜利。希望大家自由讨论，畅所欲言。"

丘吉尔也表态："这次会议也许象征着人类有史以来，整个世界力量

斯大林接受赠剑的场面

空前的大聚会，人类的幸福及命运已完全掌握在我们手中。”

斯大林附和：“美英苏三大国的友谊是非常重要的，希望大家很好地利用这个机会。”

在第一次会议结束、第二次会议开始之前，丘吉尔向斯大林转赠了一把宝剑——那是他奉英国国王乔治六世之命赠予斯大林的，为的是向苏联军民在斯大林格勒保卫战中的光荣战斗表示敬意。

斯大林非常给英国面子，他将宝剑举到唇边，并轻吻剑鞘，随后把宝剑交给身边的伏罗希洛夫元帅，再由伏罗希洛夫交给苏联的仪仗队，一路护送出去。

整个德黑兰会议似乎将在这种友好信任的气氛中进行下去。

但事实上，所有的相互点赞行为，只会发生在探讨实质问题之前。

3

德黑兰会议的第一个议题，就让三巨头争论起来。

本次会议的主题，是讨论如何尽快打败三个国家面临的共同敌人——纳粹德国。对于斯大林来说，他希望美国能够尽早实施“霸王行动”——在法国南部登陆，开辟欧洲第二战场，这样能够大大减轻苏联红军在苏德战场上的压力。

对于斯大林的这一诉求，罗斯福完全同意，但持不同意见的是丘吉尔。

其实早在 1941 年，正在遭受德国猛烈打击的斯大林就提出过希望英国开辟欧洲的第二战场，但遭到了丘吉尔的拒绝，直到罗斯福后来也希望开辟第二战场，丘吉尔才认真起来。但是，丘吉尔抛出的却是"巴尔干方案"——由地中海从意大利南部登陆，在巴尔干半岛对德国发起进攻。

丘吉尔的目的很明显：苏联红军现在是由东往西在反攻，一旦打到德国，那么所经的东欧诸国将全部落入苏联的势力范围，而那本来是大英帝国的势力所在。如果盟军从巴尔干半岛切入，就可以把苏联红军阻隔在外。

三国刚刚开始商量联合反攻，内部阵营就已经有人打起了小九九。

斯大林立刻强烈反对这个方案，理由也正当：巴尔干半岛山区众多，一旦登陆很快会和轴心国部队陷入拉锯战。且巴尔干远离德国心脏地区，不如从法国南部地区登陆直切德国要害，这样才能达到让希特勒崩盘的目的。

罗斯福同意斯大林的意见。美国的首要诉求是尽快结束这场人类浩劫，如果在巴尔干半岛登陆，对希特勒而言不痛不痒，根本无助于战局向对盟国有利的方向发展。而美国其实也不愿意看到英国的势力再次染指巴尔干半岛。对于丘吉尔的用意，罗斯福心知肚明：

"每当首相为穿越巴尔干攻入欧洲的战略辩护时，房间里每个人都非常清楚他的真实意图。大家都明白，他是想切入中欧，使红军不能进入奥地利和罗马尼亚，如有可能，甚至不让红军进入匈牙利。"

尽管美苏两国首脑都反对"巴尔干方案"，但丘吉尔还是努力在为早已失去相应实力的大英帝国做最后挣扎——迟迟不肯确定"霸王行动"的最终实施日期。

斯大林此时表现出了强硬的态度：必须立刻确定登陆时间，并且确定负责的指挥官。他承诺，一旦登陆战役发动，苏联红军将立刻在东线发动进攻配合。而罗斯福也坚持必须放弃所谓的"巴尔干方案"。

见两位盟友态度如此坚决，丘吉尔最终只能放弃自己的主张。

最终，从法国南部登陆的计划被敲定。虽然因为英国阻挠等各种原因，此计划被推迟，但在 1944 年 6 月 6 日盟军还是从法国北部发动了人类历史上迄今为止最大规模的登陆行动——诺曼底登陆。

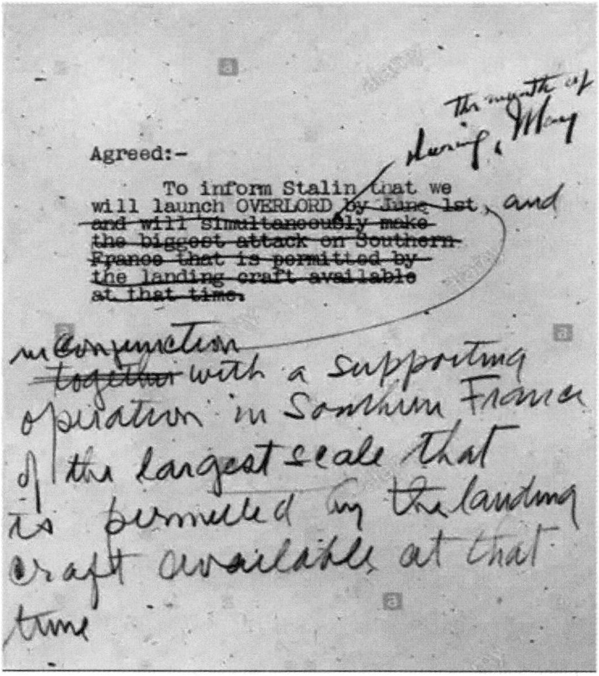

Agreed:-

To inform Stalin that we will launch OVERLORD ~~by June 1st~~ during the month of May, and ~~and will simultaneously make the biggest attack on Southern France that is permitted by the landing craft available at that time.~~

in conjunction ~~together~~ with a supporting operation in Southern France of the largest scale that is permitted by the landing craft available at that time

德黑兰会议期间手写的开展“霸王行动”的协议

4

登陆问题争完了，接下来是争领土问题。

领土问题其实主要集中在一个国家——波兰。

1939 年 9 月，在纳粹德国闪击波兰的同时，苏联也从另一边发起了对波兰的进攻，基本上夺取了 1795 年俄普奥三国第三次瓜分波兰时沙俄政府获取的版图，还附加了东加利西亚和立陶宛的大部分地区。

罗斯福和丘吉尔在德黑兰会议上的意见就是：对不起，那是你们非正当所得，请吐出来。

斯大林摇摇头：我就不！

按照罗斯福和丘吉尔的想法，在 1939 年 9 月之后的波兰领土变更都是不可接受的；但斯大林坚持，1941 年 6 月德国入侵苏联之前的苏联领土，他不会吐出一平方米。

在这场争论中，态度坚决的是罗斯福，立场动摇的倒是丘吉尔。

丘吉尔思考的出发点还是基于苏联红军的进攻路线——既然苏联人已经打出了国境线，向西挺进势如破竹，那么占领波兰全境其实是早晚的事。让苏联人把到手的东西让出来难上加难，倒不如趁他们还没把波兰都吞下去，先给他们划一道分水岭。

所以，丘吉尔提议波兰的东部边界向西移动到"寇松线"（即基本承认 1939 年苏联进攻波兰时获得的领土），然后再从德国那里挖一块补偿给波兰——不管这个交易是否公平，波兰根本是不在场的。

斯大林当然同意这个方案，关键还是要看罗斯福。

罗斯福考虑再三，决定同意这个方案，但只提出一个条件：在美国大选前不能泄露这个消息——一旦泄露，在美国的六七百万美籍波兰人就肯定不会再投票给他了。

于是，关于波兰领土的处置，就在波兰人完全没参与的情况下被愉快地决定了。

5

被分配了权益的不在场当事国，其实并不止波兰一个。

还有中国。

德黑兰会议的另一个重要议题，就是商量苏联何时出兵对日作战。

对于这个问题，斯大林答应得很爽快：没问题。

但是，苏联也提出了条件：在远东能够为苏联做些什么？……苏联在远东没有一个完全不冻的港口。

丘吉尔明确领会斯大林的意思——想要中国的大连港。对于中国的利益，丘吉尔基本视若无睹，所以他立刻表示赞成："将来应该在世界上一切海域看到俄国的舰队和商船队。"

有点担心的倒是斯大林："我不认为中国人会喜欢这样的计划。"

丘吉尔这次倒是立场坚定："重要的是俄国的合理要求得到满足。……应当使战后管理世界的国家和战后受托指导世界的国家得到满足，使它们没有领土和别的野心。"

那么罗斯福的意见呢？

如果苏联出兵对日作战，将大大减轻美国在太平洋战场上的压力，所以罗斯福也认为斯大林的要求"合情合理"。事实上，将大连港拿出来还是罗斯福的建议，不过他的说法是将大连设为自由港。为此，他也安慰有些担心的斯大林："中国人会喜欢在国际保证之下的自由港主张。"

于是，不管中国人是不是喜欢，反正三巨头是喜欢的，事情也就这么愉快地决定了。

1945 年 8 月 23 日，苏军从日军手里接管了大连港。大连港名义上是"自由港"，但其实由苏军控制，被无偿租用，进出口货物免税。直到 1951 年，处于中苏关系"蜜月期"的苏联将大连港还给了中国。

当然，一个大连港是不能满足斯大林的胃口的，他顺带还要了库页岛的全部。

6

场内"三巨头"争得热火朝天，场外其实也不太平。

罗斯福刚抵达德黑兰时，入住的是美国大使馆，房间狭窄，临近马路，安保系数很低。没多久，罗斯福就接到了斯大林的口信：苏联特工获悉，德国已派人准备在会议期间刺杀三国首脑。斯大林邀请罗斯福来安保系数最高的苏联大使馆暂住。

罗斯福第二天就搬到了苏联驻德黑兰大使馆。

堂堂美国总统去开会，住进了苏联大使馆，这在当时引起了不小的风波。有美国记者当场就提问：“总统先生，这件事听上去就像斯大林和苏联国家安全部门劫持了您。”

而流言也开始风传：根本就没有什么刺杀威胁，斯大林是想借此恐吓罗斯福住进苏联大使馆，达到把他和丘吉尔隔离的目的。

但事实上，刺杀行动是真实存在的，而且希特勒派出的负责人，就是那个曾经神话般解救了被囚禁的墨索里尼、被称为“欧洲最可怕的男人”的奥拓·斯科尔兹内。

纳粹德国的党卫队旅队长兼警察少将舒伦堡，当时是纳粹德国保安局第六处国外政治情报处处长。他在回忆录中写道，希特勒不仅当时下令批准了在德黑兰会议期间刺杀斯大林、罗斯福和丘吉尔的计划，还亲自给计划起名为“远跳”。这次行动不仅有斯科尔兹内的特种部队参加，还有德国空降兵部队配合。

奥拓·斯科尔兹内

不过，这次刺杀计划最终失败了，或者说根本就没有开始——斯科尔兹内碰上了严阵以待的苏联特工。

按照计划，斯科尔兹内先派出一个先遣小队去德黑兰做刺杀的准备工作。该小队由 6 名间谍组成，其中两人为无线电报务员。这 6 名间谍通过跳伞的方式降落到了距德黑兰 70 公里的库姆地区，结果一落地，就被守候多时的苏联特工全部抓获。

原来，斯科尔兹内的全盘计划早已被苏联情报人员截获，他们的地面接应人员也早就被发现了。作为苏联当时驻外的主要情报站，德黑兰情报站实力非常强，拥有 100 多名训练有素的特工。

在得知先遣小队全军覆没之后，斯科尔兹内意识到行动计划已经败露，经验老到的他随即再也没有采取任何行动。

7

德黑兰会议有惊无险地在 1943 年 12 月 1 日闭幕了。

算上可以公开的和必须保密的，三国领导人主要达成了以下几点共识：

（1）1944 年 5 月在法国南部开辟第二战场；

（2）重新确定波兰边界；

（3）苏联在欧战结束后对日本出兵，但有相应条件；

（4）用联合国取代国际联盟；

（5）拆分德国（有方案，未达成一致）。

当然，三国领导人按照惯例还是发布了《德黑兰宣言》。

德黑兰会议上的三巨头

三国领导人发布的声明中专门提到了“力求所有大小国家的合作……全心全意抱着消除暴政和奴役、迫害和压制的真忱”这些话。

至于后来能否完全做到,这不是他们关心的问题。

馒头说

必须要承认的一点是:德黑兰会议还是一场很有意义的会议。

尽管三国首脑在台上有一些意见分歧,在台下也有一些掰手腕的动作,但总的来说,这是二战中反法西斯同盟三强第一次抛开不同的意识形态坐到一起,为一个共同的目标奋斗。

当然,也真是到了火烧眉毛的时候,它们才不得不抱团。

在德国人掀桌之前,苏联曾多次低声下气地希望和英国、法国签订攻守同盟,但英国和法国都跷着二郎腿,喝着茶、嗑着瓜子用各种理由拒绝了斯大林的提议,最终相当程度上逼着苏联转身去和德国签订了互不侵犯条约。结果法国被德国打得跪着叫“爸爸”,英国被打得叫“美哥你去哪儿了”。

当然,苏联也有搭架子的时候。在太平洋和日本血拼的时候,美国也赔着笑脸求苏联快点出兵,但斯大林总是不紧不慢,遮遮掩掩。等到美国完全包围日本本土,在广岛将原子弹一扔,150 万苏联红军立刻一个鲤鱼打挺就扑向中国东北,满脸写着“对不起,我们来晚了”。

美国人不打小算盘吗?从“九一八事变”到“七七事变”,美国一会儿“严重关切”,一会儿“强烈谴责”,但转身还是把石油和军火卖给日本。直到自己在珍珠港被打疼了,才把中国看作一个战壕里的战友,一眨眼就能把中国捧到“世界四强”之一的位置。

所以,在世界这个大舞台上,谁也别和谁客气。

曾有人憧憬,世界会进入没有国家划分的时代吗?照目前的情况来看，这是不可能的。但这是不是永远也不会发生呢？我觉得倒也还是有可能的：

比如，当外星人来的时候？

本文主要参考来源：

1.《德黑兰风云录》（孙越，财新网，2017年5月5日）

2.《论德黑兰会议对中国国际地位的影响》（李怀顺,《天水师范学院学报》，2011年第1期）

3.《“德黑兰会议”期间，希特勒曾拟暗杀苏美英三巨头》（张克俊,《环球时报》, 2011年11月7日）

4.《德黑兰会议：斯大林为何捡丘吉尔丢的纸团？》（新华网，2013年10月17日）

5.《德黑兰会议的经过》（历史趣闻网，2017年1月29日）

第一颗原子弹爆炸背后的四个人

在人类科技进步史上，每一个“第一次”都让人振奋不已。但这个“第一次”，却同时让人充满忐忑，乃至恐惧。

1

1945 年 7 月 16 日，凌晨 5 点 30 分。

美国新墨西哥州阿拉莫戈多空军基地附近的沙漠地区，忽然出现了一道强烈的闪光。

这道闪光在照亮了方圆 60 多平方公里的地区之后，形成了一个巨大的火球。接下来，这个火球又变成了一朵巨大的蘑菇云，瞬间就上升到了 3 000 米的高空。

在出现闪光的中心位置，一座 30 多米高的铁塔，瞬间被高温蒸发。而当时得到的数据是，这次爆炸产生的威力，相当于 2 000 吨 TNT 炸药。

此时此刻，在 14 公里以外的观察哨所里，400 多名军事家和科学家在看到这场爆炸之后，心里五味杂陈。

世界上第一颗原子弹试爆成功

大家当然有喜悦之情，因为这场耗资巨大、投入无数人力和物力的实验，终于成功了。

但在场的很多科学家心里更多的是忐忑：这次爆炸产生的威力，比他们预计的结果还要大 10 倍以上，这也就意味着，在战场上，这样一颗炸弹杀死数万人乃至数十万人，根本不是一件困难的事。

这颗实验成功的炸弹，就是全世界第一颗原子弹。

作为人类文明史上从来没有出现过的骇人武器，原子弹从无到有的过程，充满了各种曲折离奇乃至惊心动魄的故事。

限于篇幅，我们只讲与此有关的四个人。

2

第一个人，叫沃纳·海森堡。

他是一个拥有纯正日耳曼血统的德国超级天才。

海森堡 24 岁就发表了第一篇关于量子力学的论文，随后提出了著名的“不确定性”，奠定了整个量子力学的发展研究方向。31 岁的时候，海森堡获得了诺贝尔物理学奖。

沃纳·海森堡

而他还有另一个特殊的身份：德国秘密研制原子弹的“铀俱乐部”总负责人。

事实上，从任何角度看，德国都是当时最有可能研制出全世界第一颗原子弹的国家。

1939 年初，全世界第一篇发现铀原子裂变现象的论文，就是德国化学家哈恩（他后来因此获得了诺贝尔化学奖）和物理化学家斯特拉斯曼发表的。“铀裂变可以用来制造威力巨大的炸弹”这一想法，很快就得到了希特勒的认可。1939 年，德国就开始了原子弹的研究——必须指出的是，当时全世界只有德国一个国家认识到了这一点并付诸实施。

当时的德国确实拥有太大的优势了。

第一，德国当时的化工与重工业实力在全世界处于一流行列；第二，德国当时在捷克斯洛伐克占领着世界上最大的铀矿；第三，德国当时在挪威拥有最先进的重水生产系统。

而除此之外，最关键的是，德国拥有当时最稀缺的条件：人才。

从 1901 年到 1932 年的 31 年时间里，德国有 33 名科学家获得诺贝尔奖，而英国只有 18 人，美国更是只有 6 人。

当然，希特勒的种族主义和排犹政策使得大量科学家离开了德国，在纳粹上台的第一年，就有 2 600 名科学家被迫离开，其中包括 20 多名诺贝尔奖获得者。但即便如此，德国依旧能依靠所谓“纯日耳曼血统”的超一流科学家团队来对抗全世界的精英。

看看参与“铀俱乐部”的那些德国科学家吧：劳厄（1914 年诺贝尔物理学奖获得者）、博特（1954 年诺贝尔物理学奖获得者）、盖革（盖革计数器的发明者）、魏扎克、巴格、迪布纳、格拉赫、沃兹等等，还包括当时属于“大神”级别的海森堡。

但是，德国却最终没有研制出原子弹，甚至连门径都没摸到，这是为什么？

原因自然有很多，包括乐观的希特勒当时认为凭借常规武器就能征服全世界，进而对原子弹的研制并没有给予太大的支持，也有后来美国几乎倾举国之力，集全世界科研精英拼命迎头赶上的原因。但在这件事的整个过程中，一个人还是发挥了至关重要的作用。

这个人就是海森堡。

应该说，海森堡对原子弹研究前期工作的领导是卓有成效的，但在进入关键部分时，他发现了一个令人沮丧的数据：如果要造出德国人想要的原子弹，必须从天然铀矿中分离出至少几吨最关键的铀 235，但是天然铀中同位素铀 235 的丰度仅为 0.72%，如果要分离出几吨的话，那投入的资源将是一个天文数字。

海森堡如实将这个情况通过别人汇报给了希特勒，沉迷于速战速决的希特勒对这项研究工作顿时意兴阑珊。直到 1942 年，德国研制原子弹的进展还和盟国大致相当，但在此之后，失去元首支持的德国科学家们就几乎停止了研发。

直到 1945 年 8 月 6 日，美国在广岛投下了人类第一颗用于实战的原子弹后，当时已经被捕的海森堡大吃一惊，甚至认为这是美国的一个骗局。

但是，事实的真相很快促成德国人找到了海森堡当初的错误所在：由于他没有将中子扩散率计算在内，导致他认为需要的铀 235 被提高了好几个数量级——事实上，只需要十几公斤铀 235 就足够了。

之后，海森堡还发表过一份声明，暗示德国科学家其实早就意识到了核武器的巨大杀伤力，进而陷入了道德上的困境，所以有意识地夸大了制造原子弹的难度。

但是，这份声明引起了包括美国科学家在内的很多人的不满，他们认为他在撒谎。

海森堡到底是不是不希望纳粹制造出原子弹，所以故意点错了“科技树”？这个争论其实直接关系到海森堡在二战期间究竟扮演什么角色。但是，现在依旧没有明确的答案，所以这被称为20世纪人类科学史上的“海森堡之谜”。

战后，有一次海森堡有机会和当初那批制造原子弹的科学家会面，而那些科学家居然无人愿意与海森堡握手，因为他是帮纳粹制造原子弹的人。而海森堡自己却觉得很冤枉——造出杀人武器的不是我，是你们啊！

无论如何，海森堡是当初最有可能领导研制出第一颗原子弹的人，但他失败了。

3

接下来说第二个人，他叫阿尔伯特·爱因斯坦。

他是一个出生在德国乌尔姆市的犹太人。

应该说，原子能应用和开发的理论基础，就是爱因斯坦的“狭义相对论”奠定的，所以在这一点上称他为原子弹研究奠基人之一，也不为过。

不过，爱因斯坦对第一颗原子弹问世最大的功劳——尽管他后来非常后悔——是牵头给罗斯福写了一封信。

1939年初，丹麦的“大神级”科学家玻尔通过某种渠道，得知德国已经开始研制原子弹的确切消息。忧心忡忡的他立刻就赶到了美国，把这个消息告诉了流亡在美国的美籍意大利物理学家费米和匈牙利物理学

阿尔伯特·爱因斯坦

家齐拉德等人。大家一致认为：一旦纳粹抢先造出原子弹，那对整个人类文明而言就是一场巨大的灾难！

为此，齐拉德开始向美国政府官员游说，希望美国能抢在德国之前研制出原子弹。但由于这方面的理论在当时实在过于超前，而齐拉德的“咖位”又不够，所以美国政府并不认为德国人抢先研制出一个炸弹有什么可大惊小怪的。

那么如果请一位“大咖”去说呢？齐拉德想来想去，想到了自己的好友，也就是“超级大咖”爱因斯坦。

齐拉德他们的观点得到了爱因斯坦的支持，于是，在1939年8月2日，齐拉德起草了一封信，然后爱因斯坦用自己的名义直接写给了当时的美国总统罗斯福。

尊敬的总统阁下：

我读了费米和齐拉德近来的研究工作手稿。这使我预计到，元素铀在最近的将来，将成为一种新的、重要的能源。考虑到这一形势，人们应当提高警惕。必要时，还要求政府方面迅速采取行动。因此，我的义务是提请你注意下列事实：在不远的将来，人们有可能制造出一种威力极大的新型炸弹。

……

为此，我建议，请授权一位你所信任的人士，使他可以非正式地和各政府机关联络，经常报告全部研究情况，并向它们提供建议，特别是要努力保证美国的铀矿供应。同时，和有关人士及企业界实验室接触，来促使实验工作加速进行。

您真诚的

阿尔伯特·爱因斯坦

但是，罗斯福一开始也没当回事——制造一颗闻所未闻的所谓“原子弹”，听上去太遥远，也太困难。

就在爱因斯坦发出第一封信之后的一个月，德国闪击波兰，第二次世界大战在欧洲战场上的大幕正式拉开。

眼看德国在西欧势如破竹，心急如焚的爱因斯坦在 1940 年 3 月又给罗斯福写了第二封信，劝他一定要抓紧。

这一次，罗斯福当真了。

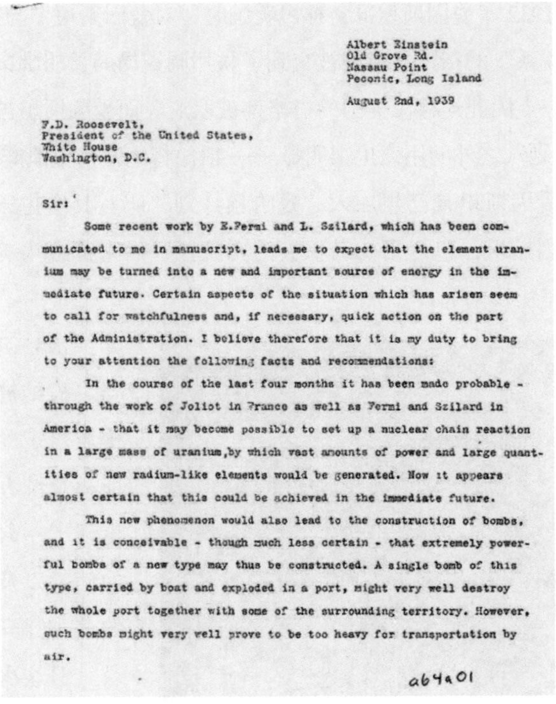

Albert Einstein
Old Grove Rd.
Nassau Point
Peconic, Long Island

August 2nd, 1939

F.D. Roosevelt,
President of the United States,
White House
Washington, D.C.

Sir:

Some recent work by E.Fermi and L. Szilard, which has been communicated to me in manuscript, leads me to expect that the element uranium may be turned into a new and important source of energy in the immediate future. Certain aspects of the situation which has arisen seem to call for watchfulness and, if necessary, quick action on the part of the Administration. I believe therefore that it is my duty to bring to your attention the following facts and recommendations:

In the course of the last four months it has been made probable - through the work of Joliot in France as well as Fermi and Szilard in America - that it may become possible to set up a nuclear chain reaction in a large mass of uranium, by which vast amounts of power and large quantities of new radium-like elements would be generated. Now it appears almost certain that this could be achieved in the immediate future.

This new phenomenon would also lead to the construction of bombs, and it is conceivable - though much less certain - that extremely powerful bombs of a new type may thus be constructed. A single bomb of this type, carried by boat and exploded in a port, might very well destroy the whole port together with some of the surrounding territory. However, such bombs might very well prove to be too heavy for transportation by air.

爱因斯坦那封著名的信件

1941 年 12 月 6 日，在罗斯福的推动下，美国正式制订了代号为“曼哈顿”的绝密计划，罗斯福赋予这项计划以“高于一切行动的特别优先权”——不惜一切代价，抢在德国之前，造出人类历史上第一颗原子弹。

但是，一件令人费解的事发生了：作为当时全世界最顶尖的物理学家，同时也是研制原子弹的倡议者，爱因斯坦却被完全排除在“曼哈顿计划”之外。

其实，在“曼哈顿计划”一开始圈定的 31 名科学家名单中，爱因斯坦的名字赫然在列。但后来，他的名字却被删掉了。因为，他没有通过美国联邦调查局的“政审”——他们怀疑爱因斯坦有共产主义倾向。

早在 1932 年爱因斯坦准备移民美国时，对爱因斯坦“与很多共产主义者有联系”的指控材料就被交到了联邦调查局局长胡佛案头上。爱因斯坦差一点因此连移民美国的资格都被取消。而爱因斯坦被排除在“曼哈顿计划”之外的用意也很明显——怕他将绝密情报泄露给苏联。

那么爱因斯坦自己想加入“曼哈顿计划”吗？其实也未必。不仅如此，爱因斯坦，包括当初最积极的齐拉德，后来都成为美国研发原子弹的最坚决反对者。

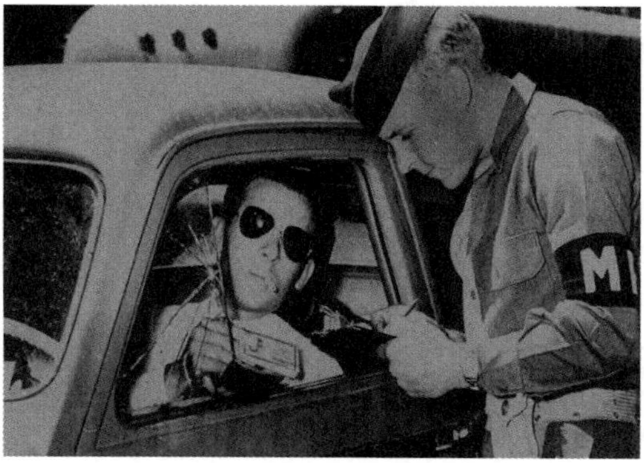

当时进入“曼哈顿计划”的厂区，都要接受严格盘查

1945 年 4 月初，当二战结局几乎已经尘埃落定的时候，罗斯福总统办公桌上又出现了一封爱因斯坦的信，以及随信附上的齐拉德写的备忘录。但这次来信不是为了催促原子弹的研

制，而是请求总统下令，立刻停止原子弹研究的所有工作。

爱因斯坦的理由是：从 1945 年的世界局势来看，德国的威胁已经不复存在，那么当初要求研制原子弹的理由也不存在了。正相反，美国如果继续研制下去，很可能会引发全世界的核武器竞赛，进而有毁灭整个人类的风险。

科学家的想法，还是太天真了。他们已经撩拨起了一个国家想掌握一门独家核心武器的野心，而让一项已经投入了几十亿美元的工程说停就停，怎么可能?

爱因斯坦的担心在 1945 年 8 月 6 日成为现实。

当广岛成为人类历史上第一个遭受“核爆”的城市后，爱因斯坦从《纽约时报》一位记者那里知道了惨状。他极度震惊：“我现在最大的感想就是后悔，后悔当初给罗斯福总统写那封信……我当时是想把原子弹这一罪恶的杀人工具从疯子希特勒手里抢过来。想不到现在又将它送到另一个疯子手里……我们为什么要将几万无辜的男女老幼，作为这个新炸弹的活靶子呢？”

于是，爱因斯坦成了当初倡议研制原子弹，但后来被排除在研究工作之外，最后又极度后悔的一个人。

4

该说说第三个人了，他叫罗伯特·奥本海默。

他是一个出生在美国的德裔犹太人——和前两人一样，也是一个超级天才。

奥本海默的父亲是一位纺织富商，母亲是一位画家。他从小就接触文学和艺术，尤其爱好诗歌。但他考入的却是哈佛大学化学系，并只花了三年时间就以“荣誉学生”的身份毕业了。然后，作为一个对文学和艺术着迷，本科读化学的人，他又到了剑桥大学攻读理论

罗伯特·奥本海默

物理，最后以量子力学论文获得了德国哥廷根大学的博士学位——据说在论文答辩当天，在座的评审教授没有一人敢发言反驳他。

当爱因斯坦被排除在“曼哈顿计划”之外后，军方主持该计划的莱斯利·格罗夫斯将军第一个想到的技术负责人，就是奥本海默。当时奥本海默在加州大学伯克利分校任教，因为喜欢读梵文的《薄伽梵歌》，正在自学梵文。

奥本海默接受了邀请，成为“曼哈顿计划”的首席科学家和技术总顾问。他愿意参与的理由与爱因斯坦他们一样，希望能早日结束战争。但作为一个科学家，想亲眼见证原子能会被利用到何种程度的好奇心也是巨大推动力。

不过，奥本海默一开始错误估计了形势，认为只要 6 名物理学家和 100 多名工程技术人员就足够了。

但事实上，“曼哈顿计划”在巅峰时期共有 53.9 万人参与，常年维持 10 万人以上的规模，美国为此投入了 25 亿美元，可以说是倾举国之力了。就拿分离铀 235 来说，尽管海森堡错估了一颗原子弹需要的铀 235 的数量，但即便只分离出十几公斤纯铀，美国也为此建立了电磁分离厂，光这笔开销就有 3 亿美元以上。

当然，由于“曼哈顿计划”的绝密性，当时只有 12 个人知道全盘计划。绝大多数参与这项计划的人，根本不知道自己在造原子弹——事实上，即便当时和他们解释世界上存在这样一个东西，他们也无法理解。

1945 年，当第一颗原子弹成功试爆之后，作为主持人的奥本海默在短暂的兴奋之后，却陷入了惊慌失措。对他而言，他无法承受那种

橡树岭的电磁分离设施代号为 Y-12，这是第一期工程施工时的情景

田纳西地区一个“曼哈顿计划”的厂区正在兴建，但没人知道自己在造原子弹

印度梵文诗里描写的感觉："我是死神，是世界的毁灭者。"

等到人类第一颗用于实战的原子弹在广岛投下之后，奥本海默心中的内疚感越来越强烈。别人称他为"原子弹之父"，但他作为美国代表团成员在联合国大会上公开宣称："我的双手沾满了鲜血。"

尽管投下原子弹的并不是奥本海默本人，但面对记者，他说："无论是指责、讽刺或赞扬，都不能使物理学家摆脱本能的内疚，因为他们知道，他们的这种知识本来不应当拿出来使用。"

然而，奥本海默面临的麻烦，远不止心里愧疚那么简单。

在奥本海默被任命为"曼哈顿计划"负责人时，美国的情报部门就表示强烈反对，理由是奥本海默在 1936 年追求过一位叫泰特洛克的女学生，而对方是一名共产党员。奥本海默后来的妻子凯瑟琳也是左翼分子，所以他本人和共产党渊源很深。

从 1950 年开始，美国"麦卡锡主义"盛行，奥本海默毫无悬念地被盯上了。没多久，他就被指控与共产党人合作，罪名包括包庇苏联间谍、反对制造氢弹等。1953 年 12 月，奥本海默被怀疑是苏联的代理人，以"他早年的左倾活动和延误政府发展氢弹的战略决策"为罪状被起诉，这就是当时轰动一时的"奥本海默案件"。

包括爱因斯坦在内的 150 多名科学家联名抗议对奥本海默的审讯，爱因斯坦还多次在《纽约时报》上抗议，但奥本海默最终还是被剥夺了参与原子能研究的"安全特许权"。

1963 年，肯尼迪总统决定为奥本海默平反——授予他原子能方面的最高奖项"费米奖"（就在颁奖前 10 天，肯尼迪被刺杀，奖是由继任总统约翰逊颁发的）。尽管名誉恢复，但直到生命终结，奥本海默都没有被恢复参与美国原子能研究的权限——他本想研究核能以推动国际合作和世界和平。

所以，奥本海默是一个主持并完成制造原子弹，但最终却被排除在进一步研究工作外的人。

（奥本海默的悲剧，请参看后文《奥本海默：“原子弹之父”的成功与悲剧》。）

5

哈里·S. 杜鲁门

终于轮到最后一个人了，他叫哈里·S. 杜鲁门。

和前三个人不同，杜鲁门是个纯正的美国人。还有一点不同的是，他不是科学家，他是一位总统。

1945 年 4 月 12 日，美国历史上唯一一位做了四任的总统富兰克林·罗斯福病逝在第四任的任期上，作为副总统的杜鲁门在一片质疑的目光中宣誓成为总统。

新上任的总统万事缠身，所以直到 4 月 24 日，美国陆军部长史汀生和“曼哈顿计划”工程区司令格罗夫斯将军才来到白宫的总统办公室，向杜鲁门通报了已经接近尾声的“曼哈顿计划”。

虽然之前是副总统，但这是杜鲁门第一次完整了解这样一个令人咋舌的计划——听完汇报之后，他直接瘫坐在了椅子上。

事实上，留给杜鲁门品味的时间并不多，因为这项工程完全是他的前任罗斯福留下的“遗产”。当他还没怎么搞懂核裂变为什么可以用来造“超级炸弹”的时候，第一颗原子弹已经在新墨西哥州的沙漠中试爆成功了。

科学家只是负责制造原子弹，而政治家，接下来将决定如何使用它。

为了等候原子弹试爆成功的消息，杜鲁门有意推迟了参加波茨坦会议的时间——在那个斯大林和丘吉尔都参加的峰会上，还有什么比原子弹爆炸成功更能体现美国的国力，震慑其他对手呢？

所以在波茨坦会议期间，杜鲁门是有点忐忑的。尤其是 7 月 16 日这天，他显得非常焦虑，直到收到了来自国内的两封秘密文件。

第一封文件是格罗夫斯将军发来的："手术上午完成，后续诊断仍在继续，但结果非常理想，甚至超过了预期。"

第二封是史汀生发来的，就一句话："婴儿圆满诞生了。"

于是，杜鲁门就成了那个事先完全不知道原子弹存在，然后忽然就拥有了原子弹的人。

成竹在胸的杜鲁门随即在斯大林面前有了更多的底气，他向那位指挥红军一路向西攻克柏林、正准备东征日本的苏联最高领导人有意无意地透露："我们刚刚试验成功了一个威力巨大的武器。"

杜鲁门说得含糊，固然有保密的需要，但也是因为他自己也不知道原子弹的威力究竟有多大，所以只能含糊其词。

当时听到这句话的斯大林面部没有任何表情，只说了一句话："是吗，那就好好用来打击日本人吧。"

杜鲁门以为斯大林没有领悟到他的意思。但他不知道的是，斯大林之前通过苏联情报网掌握的关于原子弹的各方面情报，包括"曼哈顿计划"在内，可能要比他这个美国总统还多。

白天不动声色的斯大林，晚上回到住处就打电话问责苏联原子弹研发工作的负责人，要求尽快造出苏联自己的原子弹。

1945 年 8 月 6 日，人类第一颗用于实战的原子弹在日本广岛爆炸。

1945 年 8 月 9 日，第二颗原子弹在日本长崎爆炸。

1949 年 8 月 29 日，苏联第一颗原子弹试爆成功。

1952 年 10 月 3 日，英国第一颗原子弹试爆成功。

1960 年 2 月 13 日，法国第一颗原子弹试爆成功。

1964 年 10 月 16 日，中国第一颗原子弹试爆成功。

如爱因斯坦等人所料，人类世界开始进入核竞赛。

馒头说

在美国芝加哥大学的校园内，有一个特别的时钟。

这个时钟只有钟摆，没有任何机械结构，全靠人力拨动。而整个表盘上，也只有左上方 15 分钟的区域有刻度——也就是接近 12 点的地方。

这个简单的时钟，却有一个让人心头一凛的名字——“世界末日钟”（Doomsday Clock）。

在 1945 年第一颗原子弹试爆成功后，那些参与研制的美国科学家，加上 17 位诺贝尔奖得主，共同创办了《原子科学家公报》杂志，用来推动核能为世界和平服务。1947 年，这本杂志的创办者们设立了这样一个时钟，并将初始指针放在了 11 点 53 分的位置——一旦指针指向 12 点，那就意味着核战爆发，人类毁灭。

在过去的 70 多年里，根据世界形势的变化，“世界末日钟”曾多次被拨动。由于美国与苏联签订的《中程导弹条约》失效，美国启动退出《巴黎气候协定》进程，以及激化了和伊朗的矛盾，人类面临着不断增加的核战争威胁和气候变化问题，2020 年 1 月 23 日，“世界末日钟”的指针被拨到了离午夜只有 100 秒的位置——这是有史以来最接近“人类毁灭”的时刻。

这其实是件很有意思的事：人类自己亲手发明了核武器，然后又心惊胆战地时刻提醒自己，这个东西将随时毁灭人类文明。

但是，最让人担心的是，这种担心绝不是多余的。

根据 2017 年瑞典斯德哥尔摩国际和平研究所公布的统计数据，虽然经历了多轮销毁，当今世界依旧存在 14 935 枚核弹头。按数量排列，第一名俄罗斯拥有 7 000 枚，第二名美国拥有 6 800 枚，法国以 300 枚排名第三。

但又何须千枚核弹头？只需要几十枚，爆炸以及由此引来的包括核子冬天在内的一系列反应，就足以毁灭全人类。

在整个“世界末日钟”的历史上，指针被调拨到离 12 点最远的一次，是 1991 年的 11 点 43 分。那是因为在那一年，美苏两国签订了首轮削减战略核武器的协议。

但即便如此，距离人类毁灭也只有 17 分钟而已。

愿世界和平。

本文主要参考来源：

《光荣与梦想：1932—1972 年美国叙事史》（威廉·曼彻斯特著，四川外国语大学翻译学院翻译组译，中信出版社，2015 年）

1973年，人类世界重新认识石油

一种资源，当它成为全世界共同的需求并且有了稀缺性后，就可以被摆上谈判桌，成为一种筹码了。

1

1973年10月6日，这一天正处于穆斯林的“斋月”。按伊斯兰教法规定，斋月期间，从拂晓前至日落，凡成年健康的穆斯林禁止饮食和房事等。

这一天，同时也是以色列犹太教的“赎罪日”，以色列人全天都要不吃不喝，到犹太会堂祈祷。这一天，也是以色列全国的绝对神圣日。

但就在这一天下午2点，苏伊士运河东岸的以色列防御工事忽然响起两声巨大的爆炸声——埃及“蛙人”部队事先埋藏的两个炸药包被引爆了。

与此同时，准备已久的埃及军队从西奈半岛方向，叙利亚军队从戈兰高地方向，数十万大军分两线向以色列发动了全面进攻。

于是，被称为“斋月战争”或“赎罪日战争”的大战全面爆发。

而这场战争的官方名称是：第四次中东战争。

2

对于阿拉伯世界来说，这是一场先胜后败的战争。

在战争初期，因为准备已久，埃及和叙利亚的军队打了以色列一个措手不及，尤其是进攻西奈半岛的埃及军队，一路势如破竹，4 天后就完成了战前设定的几乎所有的战略目标。

在前三次中东战争中，阿拉伯的军队都被以色列打得灰头土脸，这一次的战斗开端，是他们打得最光彩的一次。但是，埃及军队犯了一个最大的错误：在赢得一系列胜利之后，他们开始固守据点，不再乘胜追击。

这让以色列获得了极为宝贵的喘息机会。一方面，他们迅速进行全国总动员，本来就全民皆兵的以色列瞬时将军队人数动员到了 40 万；另一方面，他们得到了最关键的帮助——站在他们背后的美国开始出手援助了。

尼克松当时深陷“水门事件”，但援助以色列没有半点含糊

尽管埃及和叙利亚背后也有苏联在源源不断地输血，但在这场战争中后期，美国对以色列的援助效率要远远高于苏联。时任美国总统尼克松在收到以色列著名的“铁娘子”梅厄总理

的秘密求援信后（当时梅厄表示以色列面临全线崩溃），开始推动著名的“五分钱救援行动”，下令美国空军“把所有能飞的玩意儿都飞往以色列”。

在濒临崩溃的时候，以色列得到了美国强有力的支援，再加上本来就剽悍善战，所以在战争爆发一周之后，稳住阵脚的以色列就开始进入了战略反攻，埃及军队开始节节败退。（叙利亚的军队虽然也打得很惨烈，但从一开始就没占到什么便宜。）

但美国这次拼尽全力的“拉偏架”，也彻底激怒了阿拉伯世界。

要知道，这场战争，站在台前的是埃及和叙利亚，但在背后支持这两个国家的，是整个阿拉伯世界：伊拉克、约旦、阿尔及利亚、利比亚、摩洛哥、沙特阿拉伯、苏丹、科威特、突尼斯和巴勒斯坦解放组织都派出了部队或飞机参战；此外，像沙特、科威特、利比亚这类当时家底还算丰厚的国家，还提供了大量金融援助。

真可谓有钱出钱，有力出力。

所以，面对即将到来的失败，阿拉伯世界的兄弟们是不愿意接受的。而且，战场上打不赢，他们把怨气都渐渐集聚到了以美国为首的西方世界不断在背后支持以色列这个问题上——这种从第一次中东战争就已经开始积累的宿怨，开始临近爆发点。

连以色列都打不过，还敢和美国叫板？

这一次，中东的阿拉伯兄弟们决定不用枪炮说话，而是用自己手里最强大的武器实施报复。

那就是石油。

3

这场常规战场之外的“石油战争”，中东国家早就想打了。

自从在地底发现了被称为“魔鬼的汗珠”的石油之后，中东等一批阿拉伯国家确实立刻脱贫致富，但石油产生的相当一部分利润，却一直不属于它们。

属于谁？属于“石油七姐妹”（Seven Sisters）。

“石油七姐妹”是当时全世界最有影响力的 7 家石油公司的称号，包括埃克森公司、英荷壳牌石油公司、莫比尔公司、德士古公司、英国石油公司、加利福尼亚美孚石油公司、海湾石油公司。

这些公司利用当时很多石油资源国还是殖民地或半殖民地的状态，以很小的代价取得大面积租借地，所有在租借地开采出来的石油都是它们的，资源国拿到的只是矿区使用费和所得税。

“石油七姐妹”作为一个“卡特尔”（cartel，垄断组织的形式之一，生产同类商品的企业为垄断商品销售市场、获取高额利润而订立的协定），当时把控了全世界除了美国和加拿大以外资本主义世界 90% 的石油和天然气资源。

它们就像集齐了七颗龙珠的冒险家，向石油世界的神龙提出一个愿望：我要全世界石油的定价权！

它们确实拥有了定价权。

从 1950 年到 1973 年，“石油七姐妹”把原油的平均价格牢牢压在 1.8 美元 / 桶的水平——这个价格，只是同时期煤炭价格的一半。

为了针对“石油七姐妹”，中东的主要产油国在 1960 年成立了另一个“卡特尔”，叫作“石油输出国组织”，这就是著名的“欧佩克”（OPEC）。

但是，由于内耗等各种原因，欧佩克在成立后的 13 年里，始终斗不过“石油七姐妹”。经过艰苦的努力，欧佩克在 1973 年 1 月好不容易把原油价格调高到了 2.95 美元 / 桶。

第四次中东战争爆发后，属于欧佩克的机会终于来了。

4

第四次中东战争爆发之时，正是“石油七姐妹”和欧佩克进行新一轮石油定价谈判的时候。

在谈判地点奥地利维也纳，作为对战争爆发的额外担忧和体谅，“石油七姐妹”当时提出的方案是，每桶原油价格提高 15%，即 45 美分。

欧佩克的谈判代表直接拒绝。

10 月 16 日，已经预感到不妙的“石油七姐妹”代表们，等到了欧佩克开出的涨价方案：以伊朗为首的海湾 6 个主要阿拉伯产油国，决定单方面把每桶原油的标价提高到 5.11 美元，上涨幅度达到 70%。

面对抱团的阿拉伯国家，这一次，“石油七姐妹”完全没有办法。

但这还只是开始。

10 月 17 日，阿拉伯产油国石油部长又聚到一起开会，讨论的主要议题只有一个：如何以实际行动支持正在前线与以色列苦战的埃及和叙利亚。

当时伊拉克提出的方案是直接反击——对西方国家实行石油禁运。

但其他国家拒绝了这一激进行为，而是拿出了一个“慢慢磨”的方案：以 1973 年 9 月的石油产量为基准，欧佩克成员国之后每月的供应量削减 5%。

这场“石油战争”貌似到这里应该慢慢降下帷幕了？

但是并没有。

这个每月削减 5% 供油量的方案似乎并没有对美国造成所谓的“震慑”作用，恰恰相反，在 10 月 19 日，美国宣布对以色列提供 22 亿美元的军事援助。

这个火上浇油的行为彻底激怒了阿拉伯产油国。

利比亚当天就宣布向美国禁运石油，第二天，沙特阿拉伯等海湾国家迅速跟进：对美国和欧共体禁运石油。

这个“禁运”措施带来的后果就是，全世界每天的石油供应量一下子就减少了 500 万桶。

这就结束了？

还有最后一击：1973 年 12 月下旬，欧佩克宣布把原油价格提高到 11.65 美元一桶，是 1973 年 1 月价格的近 4 倍。

5

加油站外竖起了“无油可售”的告示牌

自从人类将石油作为重要能源使用以来，全世界第一次石油危机，终于爆发了。

习惯开大排量汽车的美国人在加油站前排起了长队，他们面临的不仅仅是少加点油的问题，而是无油可加。

美国的工业生产总值因此下降了 14%，1974 年的经济增长率为 –1.75%。

紧跟美国步调，本身石油严重依赖进口的日本更是陷入了困境，工业生产总值下降了 20% 以上，1974 年的经济增长率为 –3.25%。但让日本人还算欣慰的是，由于“石油危机”，很多美国人改变了开大排量车的习惯，丰田等一批小排量日系轿车迅速打入美国市场并站稳了脚跟。

在这样的前提下，西方阵营也出现了分裂。

1973 年 11 月，欧共体表态，在中东问题上支持阿拉伯国家，于是阿拉伯产油国把欧共体（除荷兰外）从被禁运“黑名单”中删除。

石油危机期间，“马拉汽车”出现了

与此同时，1973 年 11 月 22 日，日本也支撑不住了，宣布站到阿拉伯国家一边。

人们举着“需要工作”的牌子，西方多个国家开始陷入滞胀期

但石油禁运和涨价引发的连锁反应已经不可避免。从北美到欧洲，从美国到英国，整个资本主义世界发生了自二战以来最严重的经济危机，陷入了长达 10 年的“滞胀期”。

阿拉伯产油国因为减产和禁运，也受到了一定的损失，但欧佩克经此一战，将大量石油租借地收归国有，并夺回了石油的定价权。从石油提价的结果来看，它们是大大的赢家。

以沙特阿拉伯为例，1971 年，沙特政府的财政收入为 14 亿美元，但在石油危机爆发后，收入超过了 1 000 亿美元。因为石油提价带来的滚滚财富，让一批中东国家一夜暴富，从此开始发展提速。

6

第一次石油危机产生的后续影响，还不只表现在经济上。

首先，美国意识到，再这样“拉偏架”支持以色列点爆中东火药桶，一点好处也没有，于是开始大力推进双方和解。1978 年，美国终于促成阿拉伯世界和以色列暂时和解，签署《戴维营协议》。

第四次中东战争的主要发起者埃及总统萨达特，在经历这场战争后终于发现通过军事行动无法使以色列屈服，于是接受美国的《戴维营协议》。他在 1977 年成为阿拉伯世界中第一位访问以色列的领袖，并在 1979 年与以色列议和

萨达特的行为也激起了极端主义者的愤怒。1981 年 10 月，在埃及的一次阅兵式上，主席台上的萨达特被阅兵队伍中四名叛变的埃及士兵直接扫射身亡

其次，美国和西方世界终于清醒认识到自己能主宰石油命运的时代已经一去不复返。在美国的协调和策划下，1974 年 2 月，世界各个主要石油消费国成立了 IEA（International Energy Agency），就是今天的“国际能源署”。这个组织成立的目的，就是加强各国的石油自给能力，在发生石油危机时可以共享石油，节约能源——换句话说，就是不能再被欧佩克牵着鼻子走。

用这一招，美国算是有了先见之明。

1978 年，因为产油大国伊朗的政局发生大变动，第二次石油危机爆发。

1990年，因为海湾战争后伊拉克受到制裁，第三次石油危机爆发。

毫无疑问，在可以完全替代石油的新能源出现以前，围绕石油的明争暗斗仍将继续下去。

馒头说

我忽然想起了1980年那个著名的“十年赌局”。

那一年，美国斯坦福大学教授保罗·埃利希（Paul R. Ehrlich）作为生物学家和生态学家，和美国马里兰大学经济学教授朱利安·西蒙（Julian L. Simon）立了一个著名的赌约：

鉴于地球上的很多自然资源都不可再生，双方以1 000美元为赌注，以铜、铬、钨、镍、锡这五种金属商品为标的，进行一场十年之赌——埃利希赌十年后这五种金属商品全部会涨价，而西蒙赌这五种金属商品全部会降价。

按理，这五种金属资源都是开采一分就少一分，照“物以稀为贵”的说法，十年之后，哪有不涨价的道理？更不要考虑货币贬值的因素了。

结果呢？

1990年9月29日，是“十年赌约”的到期日。这五种金属资源的价格和十年前相比，全部下跌。

十年前，埃利希用1 000美元购买的五种金属，在十年后跌到了423.93美元——总价下跌了近60%。

这是为什么呢？

按照西蒙的观点，自然资源看似有限，其实是“无限”的——一旦资源供应紧张，短时间内产品价格会上涨（从1980年到1990年，有相当长一段时间，那五种金属资源价格确实是上涨的），但出于资本逐利的本性和人类求生欲望的动力，自然资源开采的效率会大幅度提升，而随着人类科技文明的发展，人们一定会找出可替代的新资源和新能源，随即导致原有资源价格下降。

这个赌约，很容易让人想到石油。

我很支持环境保护和节约资源，但我应该也算是一个谨慎的资源乐观主义者。在石油问题上，我还是比较倾向于石油资源是不会被我们人类开采殆尽的——在开采完之前（假设石油资源真的会枯竭），人类早就使用新能源了。

之所以现在石油还被普遍使用，我觉得一个原因可能还是它太便宜，它的价格还在我们的承受范围内（这是否也可以从一个侧面证明，石油的可开采量其实远比我们估计的要多得多）。我甚至还曾“阴谋论”地觉得，新能源汽车之所以在近十年还没有按很多人预想的那样迅速普及，有一种可能，是因为背后牵涉到太多人的利益，包括石油资源国，包括大的汽车制造厂商。一旦形势所迫或下定决心，我觉得新能源汽车的完全普及，只是一眨眼的事情。

电能、氢能、太阳能……包括页岩气，无论哪种新能源，我都觉得正在或已经为石油能源的使命终结做好了准备。

石油哪天会淡出人类文明的进程，一方面取决于我们的科技发展水平，另一方面大概也取决于背后的政治博弈和利益分配吧。

石器时代终结，并不是因为石头用完了。

三个东亚国家，三天，一场政变

纵观近代史，中国和日本的各种纠葛，很难离开一个地区，那就是朝鲜半岛。

1

关于这个政变的故事，要先从朝鲜的一个条约、一位王妃和一次兵变说起。

一个条约，指的是《江华条约》。

1875 年，以日本“云扬号”为首的三艘军舰侵入朝鲜的釜山、江华岛一带，引起朝鲜士兵的反抗。最终日军获胜，签下了打开朝鲜门户的《江华条约》。值得一提的是，当时作为朝鲜的宗主国，大清帝国在这次事件上态度暧昧，这无疑给早就觊觎朝鲜半岛的日本增强了信心。

一位王妃，指的是当时掌握权力的朝鲜闵王妃，也就是后来的明成皇后。

1864 年，朝鲜国王李昪去世，由于没有子嗣，身为王室旁支的

朝鲜高宗李熙画像

李熙继承了王位。当时李熙才 12 岁，所以就由他的父亲大院君[1]李昰应摄政。大院君摄政 10 年，品尝到了权力的滋味，在自己儿子 22 岁的时候也不愿交出权力了。但这时候，性格懦弱的李熙其实已经完全听妻子闵妃的指挥了——朝鲜政坛最高权力的角逐，成了大院君和闵妃的角力。（闵妃其实是大院君自己选给儿子的。）

一场兵变，指的是 1882 年的“壬午兵变”。

大院君和闵妃两派的权力斗争，其实在 1873 年就分出了结果——闵妃通过一场宫廷政变取得了权力，大院君被迫交出了权力。相对来说，大院君一方非常传统，不愿做任何变革，倾向清朝一些，而闵妃一方因为要巩固自己的政权，摆出了愿意改革的开明姿态，当时和已经进入“明治维新”的日本走得比较近。但是，整个闵妃集团在执政期间其实并无改革之意，且贪污腐败，民愤四起，大院君一直在等待东山再起的机会。

终于，1882 年 7 月，因为大院君负责发饷的“旧军”与闵妃发饷的“日式新军”（日本人担任教官）待遇差别过大，再加上一直积压的“仇日”情绪，“旧军”的部队发生哗变，聚事的士兵和民众焚毁了日本公使馆，并杀了一批日本人。

当时闵妃的手下逮捕了一批闹事的士兵，大院君抓住这个机会，

---

① 大院君是朝鲜王朝时，入继其他国王大统即位的国王给自己生父的封爵，近代国际历史上所说的大院君一般指兴宣大院君李昰应，他是唯一一个生前获此爵位的人。——编者注

闵妃画像

传出风声说是闵妃背地里勾结日本人，开始鼓动朝鲜民众“排日”，进而派兵捕杀以闵妃为代表的“后党”，闵妃化装成宫女才逃了出来。

消息一出，立刻给了日本机会。日本决定向朝鲜派兵，签订新的条约以扩大在朝鲜的权益。但这一次，清廷也反应神速，同样立刻派兵进入了朝鲜。由于闵妃在逃亡途中指示在天津的亲信向清廷求救输诚，所以清廷在权衡了两边利弊之后，决定扶植本来就是正统，且手里还有朝鲜国王李熙的闵妃集团。

“壬午兵变”的最终结果是，带兵入朝平乱的清朝提督吴长庆在宴请大院君时将他一举擒获，送到中国国内软禁，清政府全面支持闵妃集团。

经此一变，闵妃集团自然大大感激中国，而作为宗主国，中国的势力在朝鲜得到了全面加强，基本上控制了朝鲜的外交和海关等各方面重要事务。

但是，故事讲到这里，还只是一个交代背景的开头。

（关于李熙和闵妃的故事，可参看本书《朝鲜最后一个国王》。）

2

现在，轮到这场政变的主角之一，朝鲜的“开化党”登场了。

朝鲜的开化党大致形成在19世纪70年代中期。“开化党”这个称呼其实是日本人给的，是“由野蛮进入文明的状态”之意。

彼时，朝鲜国门被迫打开，虽然相对于中国的“洋务运动”和日本“明治维新”来说，朝鲜人“睁眼看世界”已经晚了，但还是涌现了一批希望能够通过改革改变国运的人。这批人主要是由朝鲜的青年贵族子弟组成，他们的家庭有足够的财力送他们东渡日本进行参观考察。这批贵族子弟到了日本后，目睹了日本“明治维新”以来的新气象和新发展，感触颇深。再比较也在进行“洋务运动”的中国，这批贵族子弟觉得学习日本是正确的方向。

激进开化党代表人物金玉均

这批人慢慢聚集在了一起，就有了统一的称谓——开化党。他们的目标简单来说，就是对内进行社会改革，对外脱离清朝的宗主统治，依靠日本的力量，让朝鲜成为“亚洲的法兰西”。

事实上，闵妃集团一开始也被日本人统一称为“开化党”。由于“壬午兵变”驱逐了大院君的极端保守势力，开化党一度以为到了可以大展身手的时候。但他们很快发现，闵妃集团只是打着“开化”的名义，其实根本不愿意进行任何变革。时间一长，开化党也分裂了：以闵妃集团为代表的人成了“事大党”（来自中国儒学观点，指实力悬殊的时候，小国应该侍奉大国以保安全，就是要效忠中国），而以金玉均为首的一批人为“激进开化党”，要求通过强烈变革乃至暴力革命，从中国倒向日本。还有一派中间派称为“稳健开化党”，他们认为应该改革，但不要破坏与中国的宗藩关系。

于是，朝鲜政坛就在这样内忧外患、暗流涌动的环境下进入1884年。

这一年，是甲申年。

激进开化党觉得自己千载难逢的机会来了。

3

1884年，中法战争全面爆发。

这一年的8月，法国舰队突袭马尾港，大清福建水师全军覆没。南方战事吃紧，原来以6个营3 000人驻守朝鲜的吴长庆率一半部队回国增援，在朝鲜的中国军队兵力削弱。

另一方面，由于慈禧太后在这一年发动了“甲申易枢”，换下了一直主张软禁大院君的恭亲王奕䜣，使得在朝鲜掌权的闵妃心中存疑，觉得清廷可能要放回大院君，朝中双方发生了猜疑。

在这个当口，以金玉均、朴泳孝、洪英植、徐光范等人为首的开化党人，决定趁此机会动手，铲除清朝在朝鲜的势力，推动朝鲜改革。

首先，金玉均带人频繁拜访高宗李熙，告诉他中法之战中国必败无疑，此时机千载难逢。权力不是捏在父亲就是捏在妻子手里的高宗被说动了，给了金玉均一封密函，类似“衣带诏”，授予金玉均带人起事的权力，希望借此机会亲政。

随后，开化党人就做了一系列安排，包括成立“忠义契”敢死队，准备刺杀事大党的大臣等。万事俱备之后，金玉均知道还有最关键的一环没有去做。

那就是日本人的帮助。

日本驻朝公使竹添进一郎

开化党人试图清除在朝鲜的中国势力，当然正中日本下怀。但鉴于当时日本自视国力还不能与中国抗衡，所以日本驻朝鲜公使竹添进一郎做了两份方案汇报国内：甲方案为开化党起事后日军出动配合，击退清军；乙方案为袖手旁观。

当时，以伊藤博文为代表的日本

政坛高层认为时机未到，先不要招惹中国，所以下令竹添不要让日方参与此事。但由于来往信函需要时间，在等待命令的过程中，怀着一个“帝国梦”的竹添进一郎和后来的日本军国主义分子一样，擅自决定选择了甲方案。

按照计划，开化党人将在 12 月 4 日晚上借汉城邮政局落成典礼之机，由开化党成员、邮政局总办洪英植出面邀请一批事大党骨干和清朝驻朝鲜官员，然后兵分两路：一路去别处放火吸引客人注意力，然后将他们全部围捕猎杀；另一路去王宫告诉国王和王妃是清军作乱，将他们挟持到易守难攻的景佑宫，逼迫国王宣布改革。

开化党人全程都算计得颇好，但他们低估了这起事件的另一个主角——中国的能力。

确切地说，是低估了一个中国人的能力。

4

这个人，就是袁世凯。

袁世凯的伯父袁保庆和吴长庆关系非常好，所以袁世凯也被托付给了吴长庆，随吴入朝。在朝鲜期间，当时才 20 岁出头的袁世凯精明干练，遇事果敢，给吴长庆留下了非常深刻的印象。当初在要软禁大院君的宴席上，吴长庆一度不忍心下手，还是袁世凯敦促动手，把大院君推入轿子带走的。

在吴长庆率一半兵力回国增援之后，袁世凯就留在了朝鲜。他其实当时已经从种种蛛丝马迹中发觉了开化党要动手的苗头，甚至还写信给国内的李鸿章汇报，说如果日本驻朝公使竹添进一郎回到朝鲜，短期内肯定会有大事发生。

12 月 4 日的邮政局晚宴，开化党人的请柬也送到了袁世凯这里，但袁世凯一打听，听说日本公使竹添进一郎称病不去，当即也决定找借口不去。

袁世凯的谨慎是有道理的：当天晚上，政变果然发生了。

尽管出现了一些波折，但是开化党人基本上还是实现了他们的目标：放了火，杀伤了几个事大党的大臣，然后连哄带骗把高宗和闵妃等人拉到了景佑宫，汇合了竹添进一郎率领的200名增援日军，将宫殿守卫得严严实实。随后金玉均假借高宗之名召集一批事大党的核心大臣入宫，派埋伏的刺客来一个杀一个。

一开始高宗和闵妃还有一些怀疑和犹豫，但金玉均在关键时刻当着大家的面手刃了几个声称“外面并无变故”的事大党重要大臣，其中包括高宗最宠幸的大臣柳在贤，宫内已经无人敢反抗开化党人。

这时候，唯一能改变局势的，就只有驻朝的清军了。

12月4日那天晚上，代表中方去赴邮政局“鸿门宴”的是清朝驻朝鲜商务委员陈树棠。他从邮政局逃出后回到公署，立刻将所有事情都说了出来。袁世凯当即就带了200名士兵前往邮政局，发现无人。随后找到了在事变中被砍伤的事大党大臣闵泳翊（闵妃的侄子），这才知道果然发生了政变。

当时袁世凯考虑到宫内有日军驻扎，为避免引起冲突，于是同驻防营提督吴兆有、总兵张光前一起联名致书高宗，请求允许派清军入宫护卫。但信都被交到了挟持高宗的金玉均手里，他都以高宗的名义一口回绝。

此时，宫内的局势正在按照开化党人的计划顺利进行。

1884年12月6日，开化党公布了清洗事大党后的新政府官员名单，并颁发了14条政纲，宣布进行改革。改革的内容主要包括：要求清政府释放大院君回国，断绝与清朝的宗藩关系，打破门阀制度，登用人才，四民平等，惩处奸吏，革罢冗官，改革租税，整编军队，限制国王和宫廷的权力，等等。

应该说，这套施政纲领还是反映出朝鲜迫切需要与世界强国接轨的愿望。但问题在于，由于开化党长期形成于宫廷和贵族阶层，并没有群众基础，朝鲜的普通百姓很少有人理解并拥护这些改革，而这些限制王权和收拢财权的措施，本质上也是为高宗和闵妃所反对的。

不过，由于当时高宗自己被控制在开化党手中，所以还是在这一天接受了来自日本、英国、德国和美国公使的觐见，表示改革总是需要发生一些大事才能成功。

一切似乎都预示着，开化党的“甲申政变”已经大功告成。

但是，也就是在这个当口，清朝军队出动了。

5

12 月 5 日整整一天，袁世凯其实都在做准备。

当时，中朝之间的公文都要靠北洋水师的兵船送到天津的北洋衙门。朝鲜发生如此大事，如果按常规请示到北京的清廷最高层，至少要几天时间——如果等北京的回复再到朝鲜，肯定大局已定。

金允植是当时朝鲜“稳健开化派”的代表之一，赞成改革，但主张“东道西器”，和中国的“中体西用”类似。“激进开化派”没有得到“稳健开化派”的支持，是一大失策

这时候，驻扎在朝鲜的清军将领内部发生了分歧。吴兆有和张光前两个将领都表示，没有北洋的命令，不能轻举妄动。陈树棠也转达了美、英、德三国公使的意见：劝清军不要行动。朝鲜的大臣金允植也发来劝告：高宗在开化党人和日本人手里，不要弄伤了他。

唯一坚持速战速决的人，只有袁世凯。

虽然袁世凯当时在驻朝清军中只是一个后勤主管，但他一直深受吴长庆信任，见识也确实比吴张二人更高，再加上他在汉城一直广结人脉，所以说话还是很有分量的。经过一番争论，清军将领会谈的结果是，清军暂不出动，派人向在国内的北洋大臣李鸿章紧急汇报。

但是，从下午开始，袁世凯就开始了自己的行动。

袁世凯先要解决部队问题，于是联络了由他自己编练的朝鲜亲卫军的左营和右营，向他们发放了 600 两上等成色的黄金，秘密约定准备进宫护驾。

然后，他要解决“师出有名”的问题。他又联络了朝鲜右议政沈舜泽，要他写封信过来。沈舜泽立刻以朝鲜政府的名义写了一封给清军的信，请求他们出兵镇压开化党，解救国王。

这时候，在景佑宫的开化党人内部也开始出现了问题。

当时开化党人漏杀了一个事大党的大臣沈相薰，他将开化党人杀害闵台镐、闵泳穆等六名大臣的事写成一封密信，放在御膳的底部，送到了被软禁的闵妃手里。闵台镐、闵泳穆都是闵妃的族人亲信，闵妃顿时怒火中烧，立刻怂恿高宗搬回不易防守的昌德宫，并利用宫女出宫带信，让自己的亲信迅速与清军取得联系，让他们杀进宫来救驾。

收到消息的袁世凯更加坚定了决心，通报了吴兆有和张光前，表示自己将带兵入宫，并且做出承诺：如果因为挑起争端而获罪，由我一人承当，绝不牵连诸位。

众人点头之后，袁世凯立刻率一营清军官兵和之前约定好的朝鲜亲卫军左、右营赶赴昌德宫。

6

12 月 6 日下午 3 点，袁世凯率清军和朝鲜亲卫军共 2 000 余人抵达昌德宫敦化门。

刚入宫门，开化党“忠义契”和日军就开始猛烈射击，清军随即还击，袁世凯主攻中路，吴兆有从左门带兵包抄，双方立刻展开激战。守军方面除了开化党和日军之外，还有一批朝鲜士兵。但之前这批士兵都是袁世凯督导训练的，所以一看到袁世凯，很多人立刻倒戈加入了清军一方。由于“忠义契”人数较少，清军的战斗对象主要就是日军。

在战斗中，袁世凯身先士卒，毫无惧色地踏尸前进。日军在气势上首先就输了一筹，再加上人数处于劣势，渐渐落入下风，越战越退，最后陷入溃败。

此时的闵妃一行已经逃入城北的关帝庙躲藏，而金玉均要求高宗一起前往仁川搭船去日本，高宗坚决不肯。在劝说期间，驻日公使竹添进一郎打起了退堂鼓，准备自己带日军先行撤退。事实上，竹添进一郎在这一天也收到了国内发来的不要招惹中国的指令，是金玉均承诺向日本借款300万元，以聘请日本人为军事顾问和财政顾问为条件，他才勉强答应留下的。如今日军已经溃败，竹添当然要撤回日本使馆。临行前，竹添安慰金玉均：清廷无理出兵，侮辱我们两国，我国肯定会以武相待！

金玉均等开化党人在苦求无果之后，思虑再三，决定让高宗也去关帝庙，而自己随竹添去日本使馆避难——这也就等于承认政变失败了。

12月7日一早，已经被袁世凯接到军营的高宗再一次召见各国使节，推翻了之前自己说的话，说他受金玉均等开化党人的挟持，这次事件是一次“叛乱”，所幸在清军的帮助下，叛乱已经被平定了。

这时候，汉城的大街小巷也出现了耐人寻味的场面：得胜回营的清军一路上受到了朝鲜百姓载歌载舞的欢迎和拥戴；而另一方面，在城中的日本人则被朝鲜人追杀，双方发生激烈冲突，各有死伤。

开化党人金玉均的宅邸被老百姓焚毁，日本使馆被朝鲜人围攻，导致竹添进一郎只能焚毁使馆，带着金玉均等 9 名开化党人易服逃往仁川日本使馆，最终坐船再逃回日本。

7

一场维持三日的政变就此落幕，但带来的影响是深远的。

12 月 10 日，高宗一行返回宫中，将所有责任都推到开化党人身上，并开始大清洗，将朝廷内外的开化党人拘捕并杀害，连亲属中的妇女孩子也不放过。朝鲜的政权再一次落入闵妃集团手中，开化党从此烟消云散。

在政变中吃了暗亏的日本不敢招惹中国，只能再度勒索朝鲜，在 1885 年同朝鲜签订了《汉城条约》，要朝鲜谢罪、赔款、惩凶，并向朝鲜增兵。1885 年 4 月，伊藤博文和李鸿章订立《中日天津条约》，凭借强硬的外交手腕规定中日两国如果出兵朝鲜必须互相通知，这等于提高了日本在朝鲜的地位。

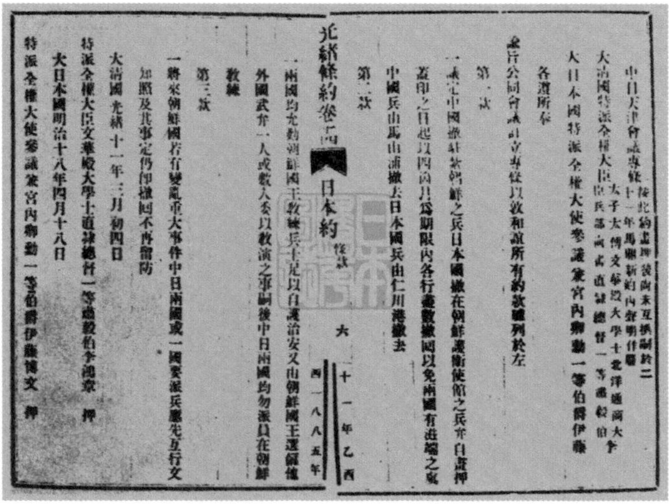
中日天津會議專條 按此約畫押後尚未互換附於二十一年馬關新約內聲明作廢
大清國特派全權大臣太子太傅文華殿大學士北洋通商大臣兵部尚書直隸總督一等肅毅伯李
大日本國特派全權大使參議兼宮內卿勳一等伯爵伊藤
各遵所奉
諭旨公同會議訂立專條以敦和誼所有約款臚列於左
第一款
一議定中國撤駐紮朝鮮之兵日本國撤在朝鮮護衛使館之兵弁自畫押
蓋印之日起以四個月為期限內各行盡數撤回以免兩國有滋端之虞
中國兵由馬山浦撤去日本國兵由仁川港撤去
第二款
一兩國均允勸朝鮮國王教練兵士足以自護治安又由朝鮮國王選僱他
外國武弁一人或數人委以教演之事嗣後中日兩國均勿派員在朝鮮
教練
第三款
一將來朝鮮國若有變亂重大事件中日兩國或一國要派兵應先互行文
知照及其事定仍即撤回不再留防
大清國光緒十一年三月初四日
特派全權大臣文華殿大學士直隸總督一等肅毅伯李鴻章 押
大日本國明治十八年四月十八日
特派全權大使參議兼宮內卿勳一等伯爵伊藤博文 押
光緒條約卷六四 日本約 條款 六
十一年乙酉 西一八八五年

《中日天津条约》

清朝看似是这次政变的最大受益方，在朝鲜作为宗主国的权益大大增强，但因为不敢进一步招惹日本，在外交上其实输了一筹。不过作为个人，在平定政变过程中立下大功的袁世凯开始正式登上历史舞台，进入清廷高层尤其是李鸿章的视线。袁世凯在政变后被封为驻朝鲜总理交涉通商事宜大臣，可以随意出入王宫，俨然成了朝鲜的“太上皇”。

这次政变虽然只持续了三天，但对三个国家而言，影响绝不止于此。

对朝鲜来说，虽然开化党的政策在当时不被民众理解，但毕竟折射出朝鲜的民族独立意识已经开始觉醒，进行资产阶级革命的愿望已经萌芽。

而对中日两国来说，双方再一次认识到朝鲜半岛必然会是两国之间起摩擦的导火索。随着清朝国力的衰落和日本的迅速崛起，两个国家不可避免还会在这个半岛上再起冲突。

果然，十年之后，又起风波。

只是那一次，胜负逆转。

馒头说

先说说文中两个人的命运结局。

一个是闵妃。

闵妃在“甲申政变”平息后重新获得大权，但在十年之后的甲午战争中，因清朝落败，被迫放弃对朝鲜的宗主权利而再度失势。非常仇恨日本势力的闵妃随后又尝试与俄国势力结盟以赶走日本人，最终引发了日本人的杀意。在1895年的“乙未事变”中，日本人公然杀入朝鲜王宫，抓出闵妃后肆意凌辱，最后杀人焚尸，将其骨灰倒入池塘。一代王妃，最终尸骨无存。

另一个是金玉均。

金玉均流亡日本后改名岩田周作，靠日本政府资助生活。但随着日本在朝鲜地位的提高，他渐渐失去了利用价值。再加上金玉均一直在酝酿反攻朝鲜，日本政府渐渐把金玉均看成了一个包袱，一度将金玉均流放到小笠原群岛，后又安置到北海道的札幌，每个月只给几十元的生活费。对日本彻底失望的金玉均又转而希望联络清朝的李鸿章，商量“中日朝联合抵抗欧美”，结果在1894年3月抵达上海欲会晤李鸿章儿子时，被朝鲜派来的刺客暗杀于旅社，尸体被引渡回朝鲜，遭受凌迟，并被斩首示众。

这两个人的命运，折射出的其实是朝鲜这个国家在近代史上的无奈。

从历史上来看，朝鲜因为自己的地理位置，确实一直过得不容易。身处中日两个强国之间，北面还有一个强邻俄国，朝鲜一直是在夹缝中求生存。从这一点上来说，事大党也有他们的无奈之处。

反观开化党人，虽然他们的“甲申政变”有种种理想主义的成分在内，也只维持了三日就失败了，但无论是他们的施政纲领还是改革诉求，都是希望朝鲜能够走上独立自主的富强之路，出发点是没有任何问题的。

只是，他们找错了可以依靠的对象——1910年，朝鲜被早已急不可耐的日本正式吞并。

但是回过头来看，朝鲜希望自强，难道依靠清朝就可以？依靠俄国就可以？或者说，真的存在一个可以依靠的正确对象吗？

大变局中，哪个国家不想自强？一个国家、一个民族的自强之路，可能确实需要别人的援手和合作，但归根结底，还是要靠自己一步一步走出来。

指望完全依靠别人让自己强大起来，最终只能是背靠冰山，与虎谋皮。

本文主要参考来源：

1.《中日朝三方关系视野下的甲申政变（1882—1884）》（赵玉敏，《兰台世界》，2017 年第 4 期）

2.《从〈袁世凯全集〉看朝鲜的“甲申政变”》（胡春惠，《朝鲜·韩国历史研究：第十七辑》，延边大学出版社，2016 年）

3.《袁世凯一战成名：朝鲜甲申兵变始末》（吕峥，《文史参考》，2010 年第 22 期）

4.《日本学术界有关朝鲜开化派金玉均的研究》（郭海燕，《韩国研究论丛》，2016 年第 1 期）

5.《先图朝鲜，意在中国：日本武力进犯，逐步控制朝鲜》［张宪文，《日本侵华图志（第 2 卷）：甲午战争至日俄战争（1894—1905）》，山东画报出版社，2015 年］

长崎事件：大清对日外交的最后荣光

2019 年 9 月，沉没了 124 年的北洋舰队“定远号”的沉船遗址终于确定。提到“定远”号，必让人想起甲午海战，总能勾起国人一段屈辱的回忆。但是，这艘曾经的“不沉”铁甲舰，也见证过一段晚清对日本的最后强硬。

1

1886 年 8 月 1 日，日本的长崎港。

港口的码头上，聚集了不少日本民众，熙熙攘攘，指指点点。

一种难以形容的情绪，正在酝酿。

因为在他们眼前出现了四艘巨大无比的战舰——并不是日本海军的军舰，而是到访的大清帝国北洋舰队的四艘战舰：

排水量为 7 340 吨的北洋舰队旗舰“定远号”；

排水量为 7 340 吨的铁甲舰“镇远号”；

排水量为 2 440 吨的防护巡洋舰“济远号”；

排水量为 1 280 吨的炮舰“威远号”。

图为"定远号"。"定远号"和"镇远号"为清政府委托德国建造的 7 000 吨级的一等铁甲舰，是"姐妹舰"。两艘军舰于 1881 年开工建造，1884 年完成，定远舰花费约 140 万两白银，镇远舰花费约 142 万两白银。这两艘军舰当时号称"亚洲第一巨舰"，为北洋舰队主力舰

日本民众从没看到过像"定远号"和"镇远号"那样巨大的铁甲舰，因为当时日本海军最强大的三艘主力舰，都只是 3 000 吨级的。

所以，在那些难以名状的情绪中，有惊奇，有叹服，有担忧，有恐惧，有嫉妒，甚至还有愤怒。

自 1868 年"明治维新"以来，日本迅速崛起，国力大大增强，俨然已成为东亚唯一能与传统"一哥"中国争锋的强国。虽然在 1884 年试图挑战中国权威的"甲申政变"受挫（参看本书《三个东亚国家，三天，一场政变》一文），但到了 1885 年，福泽谕吉在他那篇著名短文《脱亚论》中已经明确指出，要和中国乃至亚洲划清界限——日本应该放弃曾经尊崇的中国思想和儒家精神，大力吸收学习西方文明。

当时间进入 19 世纪 80 年代的时候，日本从上到下，其实早已把中国视为自己崛起道路上的头号假想敌。而在这样的背景下，中国忽然派了四艘军舰到访日本，不能不引起日本民间的情绪反弹。

长期以来，日本一万元纸币上印的头像一直是福泽谕吉。他当时的思想在日本影响深远，被称为日本“近代第一教育家”，他曾主张与东亚落后的“恶邻”绝交，并且赞同战争是日本崛起的机会。据最新消息，日本的一万元纸币将在 2024 年启用新人物头像涩泽荣一（被称为日本“资本主义之父”），取代福泽谕吉

坊间甚至开始有传言：中国这次派军舰来，就是准备开战的，目的是要讨回之前被日本吞并的附属国琉球。

那么，这真的是北洋舰队到访日本的目的吗？

并不是。

2

北洋舰队的四艘军舰访日，有原因，也有苦衷。

原因，确实是出于国际形势的需要。

这件事的起因，要追溯到 1885 年英国出兵占据朝鲜南部海域的巨文岛，与俄国争霸东北亚。当时这起引起国际关注的“巨文岛事件”，将英国、俄国、朝鲜、日本和中国五国统统搅入了旋涡——英俄要争霸亚洲，朝鲜欲借俄抗英顺带敲打中日两国，而中国和日本不允许别国染指朝鲜。

1886 年 7 月，李鸿章得在朝鲜的袁世凯密报：俄国有意占下朝鲜

的永兴湾。在这样的背景下，李鸿章决定把手里的那张“王牌”打出去震慑一下俄国。

而这张“王牌”，就是羽翼渐成的北洋舰队。

北洋水师提督丁汝昌随即就接到了李鸿章的命令：立刻率“定远”“镇远”“济远”“威远”“超勇”“扬威”等 6 艘军舰前往朝鲜东海岸海面操演，随后前往海参崴接当时参加中俄关于吉林东界勘定谈判的清政府官员吴大澂。

用强大海军震慑俄国的意图，还是非常明显的。

但北洋舰队之所以要在任务结束后停靠在日本长崎港，也是有苦衷的。

像“定远”“镇远”这样的一级铁甲舰，在进行远程巡航后，是需要进入船坞涂油和整修的。但当时清朝的大沽口、上海、福州等地船坞，只能接纳吃水在 15 尺以下的军舰，“定远”和“镇远”因为吨位庞大，吃水在 20 尺左右，无法停入船坞。

一般来说，各国要造大型铁甲舰，必要先造可以修整的船坞。中国没有经验，等领悟过来，船坞还没造好，船倒造好了。（可以匹配的船坞在 1888 年才在旅顺造好。）

在这样的背景下，北洋舰队只能去符合条件的日本长崎港造船所修整。

军舰访日，李鸿章有没有要敲打一下日本的意图？相信也是有的，但更多的还是出于实际需要。

考虑到中日关系处于敏感时期，且是军舰访问，所以李鸿章嘱提督丁汝昌，一定要严明纪律，以防意外。

所以，当北洋舰队的四艘军舰停靠长崎港后，舰上的水兵并没有被允许下船。

但是，长期远洋航行，陆地近在咫尺却不让下船，对水兵而言也是很难熬的一件事。再加上长崎方面也向北洋舰队发出了邀请：欢迎水兵们下船观光购物。

8 月 13 日，丁汝昌终于下令：允许水师官兵下船购物观光。

正是这道命令，成了“长崎事件”的导火索。

3

8 月 13 日晚上 8 点多，丁汝昌接到手下禀报：出事了。

关于事情的起因，由于中日报道不同，存在不同版本：有说北洋水师的水兵违反军纪去嫖妓引发冲突的，有说水兵买水果语言不通起了纠纷的。总之，就是起了争执。

由于当地人普遍对中国人持仇视态度，中国的水兵也自然对日本人没有好感，双方起了争执后，很快就酿成了斗殴。在斗殴中，北洋舰队一名水兵受轻伤，而日本的一名警察被刺成重伤。

在日本人看来，外国的水兵在本国寻衅滋事，还刺伤了我们的警察，这不是摆明了欺负我们吗？但是，北洋水师的大批水兵当时从舰上冲出来，把陷入冲突的同伴救了回去，同时，“定远”“镇远”的巨炮就在那里摆着，日本人也毫无办法。

这场意外的风波，暂时被压了下去。

8 月 15 日是周日，丁汝昌宣布船上放假，再一次允许数百名水兵上岸观光购物。

为了预防前天的意外冲突再次发生，丁汝昌下令所有官兵不准带武器上岸，并且还派了 12 名巡查在岸上巡逻监督。

但是，事情还是发生了。

北洋水师的官兵上岸后不久，就发现了一个奇怪的现象：沿街的很多日本商铺，都早早关门了。

正当他们疑惑之际，数十名日本警察举着砍刀从四周街巷的各个角落冲了出来，追着他们开始砍杀。而数百名日本民众也围了上来，用木棍、石块乃至滚水袭击北洋水师的水兵。猝不及防的中国水兵们四下逃散，却发现通路都已被事先堵塞。

情急之下，手无寸铁的北洋水师官兵和对方扭打在一起，夺下对方的武器开始反击。

这场大规模的械斗最终造成北洋水师官兵 5 人死亡（一说 8 人），6 人重伤，38 人轻伤，5 人失踪。而日本方面也有 2 人死亡，数十人受伤。

收藏于中国山东威海甲午战争纪念馆的“长崎事件”相关画作

消息传到船上，丁汝昌等一干人都震惊了。

如果说 8 月 13 日是一场意外摩擦的话，那么 8 月 15 日这场械斗，毫无疑问是日本长崎警方早有预谋的。

时任北洋水师副提督的英国人琅威理，直接要求“定远”“镇远”的主炮转向长崎市区方向，向日本开战，顺带一举歼灭日本海军。（“即日行动，置日本海军于不振之地。”）

当时，北洋舰队的 7 艘主力舰总吨位为 27 470 吨，而日本海军的

琅威理和邓世昌（双手相握垂于胸前）在“致远号”上。琅威理治军严明，办事勤勉，他任职期间的北洋水师军纪最好，丁汝昌也承认：“洋员之在水师最得实益者，琅总查为第一。”而北洋水师的官兵中也流传着一句话：“不怕丁军门，就怕琅副将。”

五艘主力舰吨位为 14 783 吨，前者几乎超过后者一倍，实力遥遥领先。

如果当时真的不顾一切对日本开战，日本海军确实不是北洋舰队的对手，很可能就被消灭在萌芽之中。

但是，李鸿章拒绝了琅威理的建议。

清政府决定和日本谈判。

4

在这场谈判中，有两个中国人起到了重要作用。

一个人，叫伍廷芳。

伍廷芳从英国留学归来，是中国近代第一个法学博士。作为李鸿章的幕僚，伍廷芳也是参与处理“长崎事件”的主要人物。

伍廷芳后来在 1896 年被清政府任命为驻美国、西班牙、秘鲁公使，辛亥革命后曾出任孙中山南京临时政府的司法总长

作为法学专家，伍廷芳一上来就先把“长崎事件”定性为一般刑事案件，避免上升到国家纠纷。

其次，既然是刑事案件，伍廷芳就提出一切以“事实为依据，公正为准绳”。他通过询问双方人证、伤口验伤等各种方式，指出中国水兵的伤口多为刀伤，而日本人的伤口多为钝器（木棒）伤害，这些都可以证明日本人是蓄意挑起争端，有备而来。

此外，伍廷芳为显示公正，请英国律师担任中方的律师，参与一系列取证、辩论程序。

经过大量证人的证词和证物取证，“长崎事件”的来龙去脉不难厘清：8 月 13 日那场小摩擦是双方在无意中引发的，而 8 月 15 日那场造成多人死亡的械斗，长崎警方有备而来，蓄意报复，这应该是没有什么争议的。

但是，日本方面却绝不肯承认这个事实，认为 8 月 15 日的械斗是中国水兵蓄意报复日本警察。日本方面也高价聘请了英国和美国的律师，与中国进行诉讼。“长崎事件”的调查审理从 8 月拖到了 11 月，双方谈判超过了 30 次，却没有达成任何共识。

这也是日本方面的策略：他们通过不断要求调取新证人和提供新证物的手段，开始拖延时间。而中方因为要提供人证，有 100 多名北洋水师的水兵留在长崎不能回国，每天的律师聘请费用高达 300 两白银，所以时间拖得越久对中国越不利。

11 月 20 日，中方提出了一个折中方案：中国不再要求日本道歉，双方按照各自的损失，向对方进行补偿。

其实这个方案中国已经在原则问题上退了一步，但日方依旧拒绝了这个提议。

于是，第二个人就出场了。这个人，叫徐承祖。

徐承祖是当时清朝的驻日公使。“长崎事件”发生后，徐承祖也在第一时间参与了处理，和日本外相井上馨进行了多次交涉。

如果说伍廷芳唱的是“文戏”的话，那么徐承祖配合上演的就是“武戏”。

早在9月双方谈判陷入僵局的时候，徐承祖就向李鸿章提议“用武力作为后盾”——不是真要全面开战，而是让中方在谈判桌上增加筹码。

彼时，日本虽然开始高速发展，但在人口、经济、军队数量等各方面，还无法与清朝匹敌，所以徐承祖提出的建议是具备一定可行性的。

但是，当时由于中法战争刚刚结束，顾虑重重的李鸿章并没有同意徐承祖这个建议。尽管他曾在“长崎事件”发生后召见过日本驻天津公使，提出“……开启战端，并非难事。我兵船泊于贵国，舰体、枪炮坚不可摧，随时可以投入战斗”，但这更多只是一种威吓。

11月20日中方的“折中方案”，其实就是徐承祖提出来的。再次被日方拒绝后，徐承祖立刻上书李鸿章：“非绝交无别法”——立刻撤回公使，与日本断交。

这个提议也得到了伍廷芳的认可。

国与国之间如果一旦撤使和断交，尤其是邻国，那么离开战也不远了。

李鸿章充分考虑了徐承祖的提议后，觉得断交引发的连锁反应还是太大，选择了轻一个程度的措施：停审。

停审，意味着中方代表将全部撤出关于“长崎事件”的调查和审理，潜台词就是：这事儿就这么悬着吧，接下来我们走着瞧！

中方一停审，日方慌了。

5

“长崎事件”就这样“烂尾”，并不是日方想看到的。

从日本国内的舆论压力来说，因为日本国内媒体之前一直宣传的是中国水兵欺负日本警察，如果这件事不了了之，会让日本民众觉得外国水兵到我们这里闹事后，我们的政府居然就让人家扬长而去了，肯定会引发不满情绪。

但从对中国的交涉来看，让中方赔礼道歉是“不可能完成的任务”，这不仅是因为这件事本身日方就存在过错，更因为清朝的各方面实力是压倒日本的，日本并没有讨价还价的筹码。

如今，中方宣布停审“长崎事件”，一下子就把日方顶到了杠头上：若不谈下去，无法向国内民众交代；若谈下去，中方又绝不肯低头。

而且，“停审”很可能只是中方走的第一步棋，若接下来“撤使断交”乃至开战，这不是现在的日本所能承受的。

更何况，英俄暗斗的“巨文岛事件”还没平息，在东北亚这盘棋上，日本独自得罪中国没有任何好处。而日本还准备近期修改一系列条约，提高关税，这也需要得到中国的支持。

思来想去，日本方面还是决定要把这件事做个了断。

1887 年 1 月 28 日，在“长崎事件”发生快半年之后，日本方面突然宣布，接受德国驻日公使提出的调解方案，即“伤多恤重”——各自赔偿对方损失，谁损失大，得到的赔偿就多。

这个方案，其实就是当时徐承祖提出的那个方案。

但是日本人要面子，不说是我们接受你中国人提出的方案，而一定要说我们接受的是德国人的方案。

中方听到这个方案后，也表示可以接受。

于是，1887年2月4日凌晨，在经历了5个多小时的双方谈判之后，“长崎事件”的处理结果终于出来了：

日方赔偿中方52 500日元；

中方赔偿日方15 500日元；

中国水兵在长崎医院治疗期间的费用，由日方承担；

双方政府各自决定是否要惩办己方凶手，互不干涉。

双方签字画押，这件事就此结束。

6

但是，“长崎事件”对中日两国造成的影响，是截然不同的。

从中方的角度来看，这件事最终以中方获得赔偿较多而结束，是可以接受的，也是相对“体面”的。也正是因此，清廷从上至下，对日本开始产生了一种莫名的优越感，认为以目前北洋舰队的实力，已足以“震慑”对方。

这种心理带来的最直接结果，就是海军升级的速度开始大大放缓：从1887年到1888年的两年时间里，北洋舰队虽然又购置了10艘巡洋舰和鱼雷艇，但已经放弃购买“定远”级的铁甲舰。

自1885年起，慈禧太后修缮颐和园的费用，就开始从海军费用中挪用。从1885年到1895年的10年间，总计挪用1 300万两白银——足以再购买9艘“定远”级别的铁甲舰。

而这10年，恰恰是全世界海军技术大飞跃的10年，整个军舰技术水平完全升级换代。丁汝昌曾在1893年提出要为“定远”等三舰购置新式克虏伯快炮18门，李鸿章因为经费捉襟见肘，最终只批准先在“定远号”和“镇远号”上各配6门——但后来一门也没有配备。

北洋舰队由邓世昌统率的“致远号”是整支舰队里航速最快的，但最高设计航速也只有 18.5 节，且是 1887 年完工的。即便如此，在甲午海战爆发前，“致远号”也是北洋水师中最新的一艘军舰了

事实上，从 1888 年到 1894 年的 6 年间，北洋舰队再未添置一舰一炮。

而“长崎事件”带给日本的影响，却恰恰相反。

外国水兵到本国国土上“撒野”，最后反而本国赔款要远多于对方，这被日本朝野上下视为“奇耻大辱”。那为什么要被迫接受这种“耻辱”？日本史学家信夫清三郎的看法是：“日本当时没有一支敌得住北洋舰队的舰队，被它的威力压倒了。”

与慈禧太后形成鲜明对比的是，就在“长崎事件”结束一个月之后，日本明治天皇从宫廷费用中拨出 30 万元，带头表态支持日本海军建设。首相伊藤博文借此机会，在日本达官贵人的社交场所鹿鸣馆发表演说，呼吁大家为日本海军建设捐款，半年就获得献金 203 万元。

日本政府不顾国家财政困难，开始逐年增加海军经费，同时开始发行海军公债。受“长崎事件”刺激，日本民众竞相购买，公债仅 1886 年一年就发行 1 700 万元，超过预期目标 4 倍。当时日本民间孩子们玩军事游戏，喊的口号都是“击沉定远”，“摧毁镇远”。

在甲午海战中发挥关键作用的日本“吉野号”,1893 年 9 月刚刚完工，排水量为 4 150 吨，最高航速高达 23 节。所以当时最高航速只有 18.5 节（还不算折损）的“致远号”想要“撞沉吉野”，其实是非常困难的

在这样的背景下，日本海军以“超越北洋舰队”为目标，开始迅速崛起。

1888 年到 1894 年，在北洋舰队“不购一舰一炮”的情况下，日本海军共添置 12 艘最新式的军舰，其中“松岛”“桥立”“严岛”三艘 4 000 吨级的自造铁甲舰，完全以击沉“定远”和“镇远”两艘军舰为目标，虽然吨位不及对手，但主炮口径已经超越。此外，日本趁着世界海军技术大发展，大量购置了中小口径的速射炮，数量达到了北洋舰队配备的 7 倍之多。

截至 1894 年，日本海军的主力舰总吨位已经达到了 37 222 吨，大大超过了北洋舰队主力舰总吨位的 27 470 吨（整个舰队的总吨位也已超越）。

也正是在这一年，中日甲午战争爆发。

大东沟一战，北洋舰队虽重创日本海军五舰，但被击沉五舰，损失惨重。

北洋舰队退守刘公岛后，四面楚歌。

提督丁汝昌最终服毒自杀。

7

当年访日的四艘北洋舰队军舰，命运如下：

“威远号”炮舰，在刘公岛被日军击沉。

“济远号”巡洋舰，在刘公岛被日军俘获，编入日本海军，参加了日俄战争，于 1904 年触礁沉没。

“定远号”旗舰，被日军鱼雷艇偷袭后搁浅，弹尽粮绝，自炸沉没，管带刘步蟾随后自杀殉国。

“镇远号”在入刘公岛时触礁，管带林泰曾引咎自杀。该舰后被日军俘获，编入日本海军服役，同样参加了日俄战争，1911 年被用作海上靶船，1912 年出售解体。

自“长崎事件”至中日甲午战争，只有 8 年。

被日军俘虏、挂上日本国旗的“镇远号”

馒头说

伍廷芳作为中方代表，其实参与过两次重要的对日谈判。

一次，就是关于“长崎事件”的谈判。

另一次，是在甲午战争之后，关于《马关条约》的谈判。

前一次，伍廷芳从容不迫，进退有度，可以充分利用他崇尚的“法治精神”，一步步将日本人逼到尴尬境地。

而后一次，伍廷芳却如坐针毡，备感无力，对方所有的要求只能全盘接受，他自己也感叹如砧板之肉，任人宰割。

法还是那个法，理还是那个理，为何区别如此之大？

很简单：在这短短的8年时间里，法未变，理未变，但背后的国家实力，已经逆转。

战场上得不到的东西，谈判桌上怎么可能得到？

如今，随着“定远号”位置的确认，相关的打捞工作也会逐步提上日程。

一艘沉船，甚至在某种意义上被打上“耻辱”烙印的沉船，为什么还需要去发现、定位，甚至考虑去打捞？

因为，那段历史不管你是否承认，它就牢牢钉在那里，无法回避，无法忘记。

发现“定远号”，记住“定远号”，不是为了铭记仇恨，而是为了铭记历史。

是为了让历史不要重演。

本文主要参考来源：

1.《徐承祖与中日长崎事件》（张兆敏，《史学月刊》，2007年第5期）

2.《伍廷芳与中日长崎事件》（张礼恒，《东岳论丛》，2006年第2期）

3.《福泽谕吉与中日长崎事件》[董顺擘,《南昌航空大学学报》(社会科学版),2012年第4期]
4.《1886年长崎事件述论》[刘景瑜,《北华大学学报》(社会科学版),2017年第5期]
5.《中日长崎事件及其交涉》(李忠兴,《历史教学问题》,1994年第3期)
6.《甲午前夜的中日“海战”:炫“富”赛军备》(戴旭,人民网,2014年10月8日)
7.《北洋舰队两次访日:激起日本海军极速发展》(网易新闻,2009年12月28日)

《排华法案》：一部应让美国人至今羞愧的法案

在美国的历史上，曾经出台过无数法案。但其中有这么一个，至今令美国感到羞愧，以至现在不少美国人还根本不敢相信：什么？我们国家曾经出台过这么一个法案？

1

这个故事，要先从“金子”说起。

18 世纪末 19 世纪初美国兴起的“西进运动”，在进行到 19 世纪 40 年代末时被点燃了一个兴奋点——在加利福尼亚州发现了大量金矿。

一时间，不光是美国人，全世界对黄金有着执着欲望的冒险者们开始纷纷聚集到了美国的西部，有法国人，有英国人，或单枪匹马，或三五成群，在踏上加州那块土地后，立刻加入浩浩荡荡的淘金大潮之中。

在那前后数以十万计的淘金者中，也开始出现了华人的身影。

美国圣弗朗西斯科市附近的萨克拉门托河流域，是最先发现金矿的地方。大量的华人涌入后，区别于澳大利亚墨尔本的“新金山”，这里被人称为“旧金山”，这个称号延续至今，也称“三藩市”。

彼时的中国，刚刚经历了一个人口生育的高峰，到了 1830 年（道光年间），中国的人口已经达到了 4 亿。而同一时期内，国内经济结构和社会资源分配模式并没有发生根本改变，这直接导致所谓的“康雍乾盛世”之后，中国的贫困人口直线上升，对外劳务输出成了一个解决多余人口的渠道。

1849 年，在旧金山登记在案的华人数量只有 54 人，到了 1850 年，就变成了 4 000 人左右，到了 1852 年，直接飙升到了 2 万人。这些人绝大多数都来自中国的广东沿海地区。尽管当时清政府并不准许国民出海，但这个规定的效力在沿海地区已经大大削弱，而那时候去美国也不需要任何护照和签证——上船，过海，下船，登陆，开始干活。

这些去美国西部淘金的华人，一方面自然有追寻“黄金”的发财梦想，而另一方面，当时国内的“太平天国”也已经开始崛起，战乱四起，去海外谋生、糊口乃至赚钱，当然是一个可行的选择。

随着中国劳工数量在加州逐渐增多，中国的商人也嗅到了商机。他们同样来到了加州，却并不直接从事淘金的工作，而只是为中国人提供生活服务等方面的便利。

到了 1852 年，旧金山已经出现了大约 20 家华人商店。

在一些地方，华人聚居的“唐人街”雏形已经开始出现。

也正是从那时候开始，华人的麻烦也慢慢到来了。

2

初来乍到的华人，一开始是很受欢迎的。

廉价，勤劳，聪明，守序，不惹是生非，能在艰苦乃至苛刻的环境中生存……华工的这些优点让雇用他们的淘金雇主觉得非常划算。1849 年，旧金山市市长约翰 · 吉尔里（John Geary）还特别为华工举办过欢迎仪式。但是，性价比极高的华工却得罪了其他的白人雇工，因为白人雇工失去了和老板讨价还价的本钱——你们去看看那群只拿那么一点钱的中国人，你们还敢提要求？

而从淘金这件事本身来说，独立的华人淘金小团体也开始出现。尽管他们被白人禁止进入金矿丰富的地区，只能去白人遗弃的矿区“捡垃圾”，但凭借良好的技术和勤奋的劳动，华人在废弃的矿区甚至能淘到更多的黄金，这也引起了白人淘金公司的反感和警惕。

到了 1852 年，由于金矿已经日渐稀少，美国人的淘金公司开始抱团排挤华人，提出“所有的黄金都是我们的”。与此同时，由于水力淘金方式的出现，大批依靠劳力进行最原始淘金的白人个体户也都破产了，但他们并不把原因归结于水力方式的出现或者淘金公司的剥削，却把矛头都集中指向了华人——是这批黄皮肤的人抢走了我们的饭碗。

淘金华工的漫画

一开始，政府层面还试图通过法律来“合理”限制华工——对所有参与淘金的外国人每月征 4 美元的税。但发现这样依旧无法赶走华人后，各种针对华工的民间暴乱开始被纵容：殴打，抢劫，甚至将华工赶出他们自己的营地。

在这一年，47 岁的美国律师约翰·比格勒当选了加州州长。作为一个反感华人进入加州的州长，他对公众做出了这样的描述：“有 500 个中国劳工刚刚到达我们的港口，还有 1 000 个人在来的船上，此外，还有 2 万个人在他们国家的港口排队上船。”

比格勒试图营造出这样一种危机感：中国人正在源源不断地向美国涌来，他们将抢走美国人的饭碗，拉低美国人的素质，甚至将来取代美国人的主人翁地位。

比格勒知道自己不是一个人在战斗，他的观点很快得到了很多白人的支持。在这样的背景下，他试图在加州立法，从法理上排斥华人进入。

但是，比格勒的努力在美国联邦层面被驳回——移民政策属于国家事务，一个州没有资格制定政策。

但是，华工的危机并没有因此解除。

19 世纪 50 年代末，更大的危机袭来——金矿基本上都空了。大量的白人工人面临下岗，按照习惯性思维，他们很快就会将怒火发泄到华工身上。

一件大事的发生，再度延缓了这场危机。

3

1861 年 4 月 12 日，美国“南北战争”爆发。

在这场至少从媒体宣传上是围绕“废奴”引发的战争中，“歧视华人”和“歧视黑人”其实同处一个逻辑，所以华人的境遇略有好转。

但更重要的是，为战争忙得焦头烂额的林肯总统，于1862年签署了一个对美国影响重大的法案——《太平洋铁路法案》。

按照这个法案，美国将修筑一条东西横贯全国、长达3 000公里的州际铁路，将纽约到旧金山的旅程从惊人的6个月缩短到短短7天。

由于铁路的修建需要大量的劳力，从衰落的淘金行业中解脱出来的华工被大量招募进来。不仅如此，由于华工聪明、勤奋、仔细、自我约束力强，在铁路修建中的优势远胜其他白人劳工，大量的华工缺口开始出现。

在这个背景下，1862年，作为林肯的亲密战友，美国人安森·伯林盖姆（Anson Burlingame）以美国驻中国公使的身份来到北京，除了表达美国与中国平等交往的意愿外，还和清政府签订了著名的《中美天津条约续增条约》——由于伯林盖姆更为中国人熟知的中文名字是“蒲安臣”，所以这个条约又被称为《蒲安臣条约》。

蒲安臣，美国著名的律师、政治家和外交家，堪称实施美国对华合作政策的代表人物。他既担任过美国驻华公使，又担任过率领清政府外交使团访问欧美各国的钦差大臣

《蒲安臣条约》堪称孱弱的清朝政府在 1840 年被强行轰开国门后，签订的第一个对等条约，其中的规定包括：两国公民在对方境内免受宗教迫害；两国公民都可以到对方的政府公立学校求学，并享有最惠国国民待遇，两国公民可以在对方境内设立学堂；美国政府无权也无意干涉中国内部事务管理……

其中非常重要的一条，就是“两国政府尊重移民自由”，这也就意味着双方国民可以自由流动，美国对中国的劳工敞开了大门。

统计数据显示，从 1860 年到 1870 年，大概有 3 万名中国劳工来到美国，他们中至少有一半投入到了太平洋铁路的修建中。到了太平洋铁路工程的后期，华工比例至少占到 80%。

太平洋铁路的内华达山脉段，是最危险和最难造的路段。著名的唐纳隘口以及附近的花岗岩绝壁合恩角（今加州科尔法克斯附近）一带，几乎平均每铺设一条枕木，都会有一名华工牺牲。单是在合恩角，华工的营地就前后至少三次被雪崩冲毁，至少有 300 名华工长眠于这座冰冷而坚硬的花岗岩悬崖下。1970 年，从内华达沙漠中挖出的当年华工的尸骨，重量接近 1 吨。据当地人说，现在去合恩角附近登山和攀岩的驴友们，还能偶尔发现当年华工留下的遗物

修建铁路的华工。华工承受着更多的工作量，担任更危险的工作，却拿更少的薪水。当时一名白人劳工能拿到 35 美元的月薪，包食宿；但华工却只能拿 26 美元，还不包食宿

但是，即便华工在整个太平洋铁路修建过程中做出了巨大贡献，但他们得到的，却是越来越多美国白人工人的敌视乃至怨恨。

早在 1862 年 2 月 6 日，美国西部的报纸《工人倡导报》（*The Workingman's Advocate*）就已经发出了这样的“倡导”：

“我们警告工人，一个危险的敌人在西部扎根。我们的太平洋同胞已经遇到，在太平洋铁路建成后，这些中国人开始成群飞离洛基山脉，像吞噬一切的蝗虫，散布到全国各地。日薪只要 1 美元的人，在我们国家是个危险因素，敌人来袭时，我们不能入睡。我们现在就要开始对付他，以我们共同国家工人的名义。我们要求我们的政府，禁止再有中国人入境。”

事实上，太平洋铁路修筑完成后，华工确实开始向美国四处散布，但大多数并非出于他们自己的急迫意愿——各地的美国资本家都抢着要“价廉物美”的华工。

在太平洋铁路的通车典礼上，做出巨大贡献的华工没有一人被邀请到场

由于黑奴制度被废除，大批美国资本家失去了廉价劳动力，而他们随即惊喜地发现，华工不仅同样廉价，而且拥有更强的技能和组织性。一时间，南方的各大棉田、各个制鞋厂、雪茄厂，都大量招募华工，有的资本家甚至一次性就招募100名华工，用以对抗白人工会的罢工行为。

这确实再一次激化了白人工人和华工之间的矛盾——而资本家乐见矛盾转移——白人工人认为华工是工贼，破坏罢工，成为资本家走狗。而当时华工的淳朴愿望，只是谁也不得罪，努力工作，多赚点钱回家光宗耀祖。

情况开始进一步恶化。

4

1871年10月24日晚，一场灾难降临到了洛杉矶唐人街。

数百名愤怒的美国白人和墨西哥人冲进唐人街，声称两名华人在枪战中击毙了一名白人。随后，大规模的“报复”展开：很多华人从家里被拖出来殴打，甚至被施以“私刑”，其中包括妇女和儿童。觉得找到发泄渠道的白人之后将唐人街的房子付之一炬。在这场骚乱中，18 名华人被杀。

尽管第二天的《加利福尼亚日报》称这种发生在大城市的丑恶行为是“我们城市的耻辱”，但由于从 1870 年开始，美国的经济开始陷入萧条，越来越多下岗失业的白人工人开始将怒火发泄到华人身上，并认为这是理所当然的——从 1870 年到 1880 年，全美有大约 2 800 名华人被杀害，但因此被逮捕判罪的白人凶手只有 25 人。

那么，美国的精英阶层和政府层面是怎样面对这个局面的呢？

以自认“华人问题最严重”的加州为例，州政府出台了一项规定：不准有人挑着扁担在人行道行走。这条规定显然就是针对华人的——他们习惯用扁担挑货物。

1875 年，美国国会颁布了《佩吉法案》（Page Act）。这个法案巧妙规避了《蒲安臣条约》，提出禁止中国妓女来美国——他们认为中国妓女将自身可以免疫的梅毒带到了美国，造成没有免疫力的白种人人口大量减少。怎么禁止呢？就是所有从中国来的女性，入关时都要接受严格的盘问：以前有没有当过妓女？现在是不是妓女？将来有没有可能当妓女？

如果说现在和过去还有办法证明的话，那这个“将来”如何证明？大量中国女性无法接受进关时近乎羞辱的提问，最终放弃进入美国。而这个法案的背后还有句潜台词：你们中国女性来美国，就是来做妓女的。

当然，《佩吉法案》的公布并非针对所谓的“中国妓女”，针对的就是中国女性：因为当时华人在美国的形象已经被刻意丑化——麻木、吃老鼠、不死（因为华人讲究叶落归根，死后棺木都运回故土，在美国不举办葬礼），降低进入美国的华人女性人数，就会让华人在美国

侮辱华人的漫画

无法繁衍后代，最终消亡。

1876 年 7 月，美国国会参众两院分别通过决议，成立一个联合特别委员会，专门调查美国西海岸的移民情况。结果综合 100 多名所谓“美国上流阶层”证人的证词递交上来的报告，“种族歧视”的味道扑面而来：“每当有一个中国人在我们的土地上永久定居下来，都会使我们自己的血统降低。

“中国人并不比非洲种族优秀，他们比上帝创造的任何种族都要低劣。

“中国人脑容量太小，是无法建立文明的自由政体的劣等民族。”

到了 1879 年，另一个让人觉得脑洞大开的“15 名旅客提案”被提了出来：任何开往美国的船只，里面不能有超过 15 名具备中国背景的旅客，否则，船必须掉头离开美国，船长也要被罚款。

在美国国会针对这个提案进行辩论的时候，缅因州的参议员詹姆斯·布莱恩给出了一个让人费解却能代表很多人想法的逻辑：“中国人在宗教信仰、饮食、穿着等各方面无法被美国同化，他们来美国后肯定会形成一个独立且固定的下层阶级，这样就不可能完全享受‘美国梦’的成果，进而会充满怨恨，造成阶级冲突，形成社会不稳定因素。所以，必须坚决拒绝他们来到美国。”

这个“15 名旅客提案”最终在美国总统海斯那里被拒绝签字，理由是与《蒲安臣条约》冲突，但更深层的原因是，海斯总统考虑到了对华贸易关系。

在相当长一段时间内，《蒲安臣条约》成了美国阻止“排华”的最后一道脆弱防线。但是，这道防线在不久之后也崩溃了。

海斯总统在否决“15 名旅客提案”后不久，就派人去中国要求修改《蒲安臣条约》，尽管清政府一开始极力反对，但在美国的坚持下，《蒲安臣条约》的相关条款就变成了：美国拥有限制或禁止华工入境的权力。

这道闸门一开，就再也收不住了。

1882 年 5 月，美国国会批准了“在 20 年内禁止华工进入美国”的提案。在这份提案的背后，其实也有美国政治博弈的鲜明烙印：很多南方州根本不存在“华工问题”，甚至州内都没有中国人，但这些州的议员还是投了赞成票，因为这看上去能迎合西部州的利益，而通过这样的“交换”，西部州的议员们可能会在南方州针对黑人问题的提案中“帮一个忙”。

这份提案最终交到了时任总统切斯特·艾伦·阿瑟的办公桌上，阿瑟总统是一个坚定的“废奴主义”者，但他所能做的，也只是把“20 年”减为“10 年”，随后签字。

1882 年 5 月 6 日，美国历史上第一个也是唯一一个排斥整整一个族群的《排华法案》正式出台：10 年之内，华工不能来美国，已经在美国的不能获得公民身份，不能结婚和拥有家庭。

并不是没有反对的声音。

时任参议院外交委员会主席汉尼巴尔·哈姆林（林肯的首任副总统）认为《排华法案》完全违反美国“所有人生来自由平等”的宪法精神，他对自己投下反对票感到自豪：

“我的投票将成为遗产留给子孙，他们将会把这看成是我一生最辉煌的举动。”

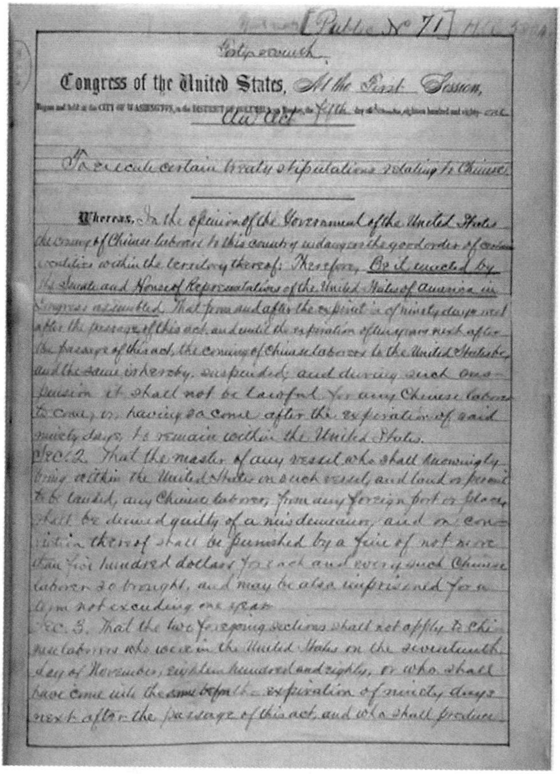
[Public No 71]

Congress of the United States, At the First Session,

Begun and held at the CITY OF WASHINGTON, in the DISTRICT OF COLUMBIA, on Monday, the fifth day of December, eighteen hundred and eighty-one.

An Act

To execute certain treaty stipulations relating to Chinese.

Whereas, In the opinion of the Government of the United States the coming of Chinese laborers to this country endangers the good order of certain localities within the territory thereof: Therefore, Be it enacted by the Senate and House of Representatives of the United States of America in Congress assembled, That from and after the expiration of ninety days next after the passage of this act, and until the expiration of ten years next after the passage of this act, the coming of Chinese laborers to the United States be, and the same is hereby, suspended; and during such suspension it shall not be lawful for any Chinese laborer to come, or, having so come after the expiration of said ninety days, to remain within the United States.

Sec. 2. That the master of any vessel who shall knowingly bring within the United States on such vessel, and land or permit to be landed, any Chinese laborer, from any foreign port or place, shall be deemed guilty of a misdemeanor, and on conviction thereof shall be punished by a fine of not more than five hundred dollars for each and every such Chinese laborer so brought, and may be also imprisoned for a term not exceeding one year.

Sec. 3. That the two foregoing sections shall not apply to Chinese laborers who were in the United States on the seventeenth day of November, eighteen hundred and eighty, or who shall have come into the same before the expiration of ninety days next after the passage of this act, and who shall produce

美国的《排华法案》

5

《排华法案》出台，美国的华人并非没有反抗。

但出于天性和文化传统，华人的反抗并没有选择暴力的形式，而是完全遵循了美国的方式：在报纸上发文章呼吁，通过法院诉讼，甚至写信给总统。

但这一切都是徒劳。

从 1882 年到 1905 年，在美国的华人向美国各级联邦法院起诉的案件达到 1 万多起，其中有 20 起打到最高法院。当时在美国的华人总人口只有 11 万左右，诉讼率已经占到了 10%。但是，法院的判决几乎没有支持过华人，而华人也只能选择去法院而无法动用更厉害的武器——他们不是公民，没有投票权，没有政客会真正重视他们。

而在这十多年的时间里，华人在美国的境况越来越糟糕。

起初，《排华法案》只针对中国劳工，不包括中国商人和留学生。但是，随着时间的推移，对“商人”和“留学生”的定义越来越苛刻，而对“劳工”的定义越来越宽泛。

对于居住在美国的华人而言，他们的生活范围被慢慢限制在了唐人街，只要不住在唐人街，就会受到白人的攻击。事实上，在美国各地都出现了攻击华人、抢夺华人固定资产的恶性事件。1850 年到 1900 年间美国暴力排华事件的惨案发生地，无一例外都是在美西地区。

1895 年 9 月 2 日，美国怀俄明州甘霖县石泉城公然发生了针对华人的大屠杀，当地的白人矿工在暴乱中杀死 18 名华人矿工，并导致另外 15 名华工受伤。这件事因为清政府的强烈抗议，最终有 16 名白人被逮捕，但都因证据不足而被释放，他们回来后受到当地数百名白人居民英雄般的欢迎。美国政府赔偿清政府 14.9 万美元，但规定只能用作留学生基金。

1887 年，7 名白人盗马贼在地狱峡谷的蛇河靠近俄勒冈州一侧，伏击和枪杀了 34 名华人淘金工人，并将残尸抛入河中，制造了骇人听闻的“蛇河大屠杀”。

与公然的暴力迫害相比，一条条针对华人的法案“软刀子割肉”，更让美国华人感到不平。

1886 年，旧金山颁布了一条规定：不准在木屋里开洗衣店，已经开业的，需要取得执照才能继续经营。当时木屋洗衣店大部分都是华人开的。规定一出，立刻有 280 家洗衣店提出申请执照，结果有 80 家获得了批准，全部是白人洗衣店，而 200 家洗衣店的申请被拒绝——毫无悬念，全是华人的。

19 世纪旧金山的华人洗衣店

1892 年，国会的《吉尔里法案》（Geary Act）又提出：在美国的华人，必须随身携带带有照片的身份卡——这在美国历史上绝无仅有，而且只针对华人。这一次，华人群起抗争，华人社区到处都张贴海报，呼吁华人不要去领这张卡，有评论说："需要照片鉴定身份的是罪犯，需要佩戴标签的是狗。"结果有超过 10 万华人拒绝领取身份卡，并向法院起诉——最终还是败诉。

1894 年，一位在美国本土出生，叫黄金德的华人返回中国后回到美国，被海关拒绝入境，理由是他的父母是华人，所以他不算美国人。这个案件在当时引起轰动，最终最高法院判定必须让黄金德入境——因为这是《美国宪法第十四条修正案》规定的：出生在美国，就是美国人。

当然，也并非没有华人乃至其他白人总结过《排华法案》出台背后的另外一些原因：第一，相当一部分华人的卫生习惯（比如随地吐痰）和文明程度确实被人诟病，这是客观存在的事实；第二，华人有

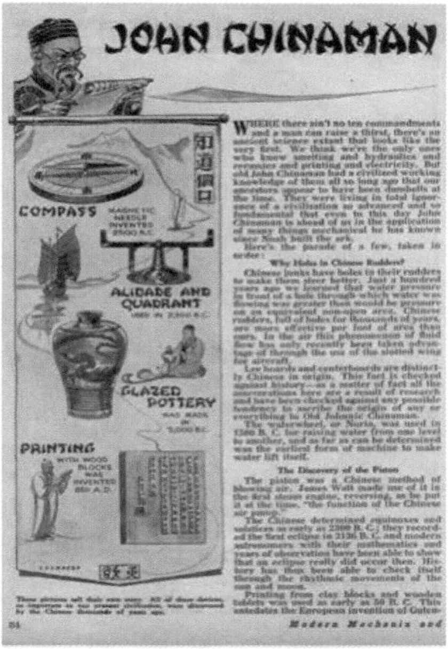

19 世纪一家美国报纸介绍中国人的科技，大字标题为《中国佬约翰》，文中惊呼“中国佬怎么会如此聪明呢？这简直不可思议”。“中国佬约翰”在相当长一段时间里成了美国人眼中的中国人形象代言：聪明，狡诈，甚至邪恶

自己传承千年的宗教信仰、饮食文化、道德标准，确实很难被同化；第三，华人不追求享乐，不讲究休假，勤俭节约不消费，这与西方价值观确实有出入；第四，华人从事的主要是采矿、修路、卖菜、洗衣、餐饮等低技术门槛工种，在美国产业结构已经完善升级的背景下，这些工种变得可有可无，所以也得不到应有的尊重。

但无论如何，没有一条可以为《排华法案》的出台提供哪怕一点点支撑。

而这个原本定期“10 年”的《排华法案》，后来不断延长，直到另一场战争爆发。

6

1941 年 12 月 8 日，日本偷袭珍珠港，太平洋战争爆发。

当美国自己被拖入第二次世界大战泥潭的时候，终于开始清醒认识到中国盟友的重要性。在开始大力援华的同时，美国总统罗斯福意识到中美作为同一个战壕里的战友，彼此之间隔着一个伤害感情的法案。

那就是已经延续了 60 多年的《排华法案》。

美国人意识到，这个法案不仅仅伤害了自己盟友的感情，更让日本人有了一个很好的宣传抓手：我们的目的是赶走西方侵略者，他们会真心帮助你们吗？看看，《排华法案》就是最好的答案！放弃幻想吧！加入我们的“大东亚共荣圈”！

在这样的背景下，曾一度固若金汤的《排华法案》根基开始动摇。1943 年 12 月 17 日，在罗斯福的推动下，美国国会终于通过了《麦诺森法案》(Magnuson Act)，这条法案又被称为《排华法案废除案》。

当时日本宣扬“大东亚共荣圈”的宣传画。他们强调，既然西方人看不起亚洲人，奴役和剥削亚洲人，那我们自己就建立起“亚洲人的亚洲”。美国的《排华法案》恰恰为日本的歪曲宣传提供了支持

这条法案规定，原本居住在美国的华人可以获得公民资格，不会再被驱逐出境，而且，每年允许 105 名中国人移民美国——尽管这个数字非常小，但至少宣布了一个时代的终结。

不过，即便是美国人，心里也清楚，废除《排华法案》的最大动力并非道德上的愧疚或人性上的纠错，而是在战争年代出于政治利益的考量。

这也造成了《排华法案》虽然被废止，但很多细节条款却在原来巨大的惯性下依旧没有刹车，比如加州直到1948年才废除“禁止华人与白人通婚”的禁令。

但是，一项明显带有种族歧视的法令出台后，只要废除就可以解决一切问题了吗？

7

2011年5月26日，美国国会华裔女议员赵美心等向国会参众两院提交议案：希望国会对1882年通过《排华法案》等一系列迫害华人的法律正式道歉。

在诸多华人的支持和推动下，2012年6月18日，美国国会众议院全票表决通过，美国正式以立法形式就1882年通过的《排华法案》“道歉”。

然而，这个“道歉”之所以要打一个引号，是因为当时用的单词是“regret”（遗憾），而不是“apology”（道歉），这两个单词的语义差别其实很大。

这个“道歉”，在国会众议院通过时用的是“无记名口头表决”，而不是“书面表决”。按照赵美心的说法，用“遗憾”字眼和采取“无记名口头表决”，都是为了使两党一致通过而做出的妥协。

还有值得关注的一点是，“道歉”之后的几天，中国媒体纷纷做了大量报道，而美国《纽约时报》《华尔街日报》《华盛顿邮报》等主流媒体，都没有做出“新闻性报道”。

可以进行比较的参照是：

1988年，美国政府就二战时将日裔美国人关进集中营进行道歉，并对每人赔偿2万美元；

1993年，美国总统克林顿对武力支持推翻夏威夷王国正式道歉；

2006 年，美国政府对曾经的黑奴制向非裔美国人再次正式道歉；

2010 年，美国政府再次向对印第安人的不公平待遇正式道歉。

表示“遗憾”确实是一种认错的态度，是一种进步，但对于诸多华人而言，他们还在等待。

2012 年 6 月 22 日，华人在“地狱峡谷”当年华工遇害之地设立的纪念碑

馒头说

毫无疑问，《排华法案》是一项明显含有“种族歧视”倾向的法案。

不过，“种族歧视”的背后，是否还有更深一层的思考？

比如，如果拿我们的邻居日本来比较，就颇有些让人感慨。

从人种上说，日本人和我们并无二致；从文化习惯上说，大家同属东亚儒家文化圈；从内向保守上说，日本人甚至比我们更难被同化。

然而，“珍珠港事件”爆发前，美国人并没有对日本人有过任何特别刁难，美国总统罗斯福甚至在 1906 年的国情咨文中提出，“要像对待德国人、英国人、法国人和俄国人那样公正对待日本人”，还关照国会要为希望入籍的日本人提供便利。相对于华人人数的不断减少，从 1900 年到 1930 年，在美国的日本人数量一直在快速上涨，30 年里涨了 5 倍。

是日本人比我们更勤奋、更守规矩？不见得。是日本人比我们更团结？可能有，但未必是主要因素。是日本的驻美官员更会为本国国民争取权利？也不能概而论之：当时清朝的第三任驻美公使张荫桓就为华工权益做出过不少努力，第六任驻美公使伍廷芳更可谓费尽心血。

那么主要原因是什么呢？

其实也不难看出：因为双方背后站着的祖国，国力不同。

“明治维新”后迅速崛起的日本，当时在国力上确实已经做到了“脱亚入欧”，可以在世界舞台上与列强一争短长。这也让当时的日本首相大隈重信敢在巴黎和会上抗议：“不取消种族歧视，日本就退出国联！”也能让 1924 年美国限制全部亚裔移民的政策出台后，日本全国联合抵制美货，并要求对美“宣战”(中国在 1905 年也有过类似的“抵制美货”行动，但清政府怕触怒美国而镇压下来)。

时至今日，中美关系早已进入了一个新的时期，两个国家——尤其是中国——也已绝非当年可比。但一部《排华法案》不应被历史忘记，不仅仅是因为它的出台有值得美国人反思和羞愧的地方，对我们中国人而言，也有相当的借鉴意义：

无论是移民、定居，还是旅游、求学、贸易往来，要在异国他乡得到别人的尊重和接纳，一方面需要自己在自立自强的同时，更开放、更积极地融入对方的文化氛围，遵守对方的法律法规，而另一方面，也取决于自己身后那个祖国的发展与实力。

哪怕你已远在异乡，哪怕你已更换国籍，但你远方的那个祖国，你先辈的那个故乡，她的强盛与否，总是和你有千丝万缕的关系。

因为，血脉相连，荣辱相关。

本文主要参考来源：

1. 纪录片《排华法案》（美国公共电视台制作，2017 年 3 月 19 日在美国上映）
2.《美国〈排华法案〉的兴废与中美外交关系》（黄智虎，《世界政治与经济论坛》，2013 年第 3 期）
3.《宗教信仰冲突与美国 1882 年〈排华法案〉》（周龙，2015 3rd International Conference on Economics and Social Science, 2015 年 12 月 30 日）
4.《中美浮梦录｜1882 年〈排华法案〉之前世今生》（王元崇，澎湃新闻，2019 年 4 月 3 日）
5.《美国国会的第六次道歉——因〈排华法案〉曾给在美华人造成巨大伤害》（叶雨，《看世界》，2011 年第 21 期）
6.《路上的美国史｜太平洋铁路：华工用汗水和鲜血浇灌的奇迹》（叶山，澎湃新闻，2018 年 10 月 13 日）
7.《排华法案：美国唯一写入法律的种族歧视条款》（凤凰网，2017 年 4 月 29 日）
8.《一部纪录片回顾美国〈排华法案〉，导演希望它是一面镜子》（盛海涛，"好奇心日报"网站，2018 年 6 月 3 日）
9.《美国排华法案道歉案的始末与思考》（刘文正，《侨务工作研究》，2012 年第 4 期）
10.《美国〈排华法案〉道歉案：合上"排华"那一页》（中国新闻网，2012 年 7 月 16 日）

麦卡锡主义：一个从未远去的幽灵

麦卡锡主义，一个我们非常熟悉的名词。曾经我们以为，这已是个历史名词，但现在看来，它的阴影似乎从未散去。

1

当时间进入1950年的时候，一种隐隐的担忧笼罩了美国。

按道理，美国人是不应该有这种担忧的——在惨烈的第二次世界大战之后，他们已经无可争议地成了这个星球上首屈一指的超级强国，这个国家拥有可能自人类有确切统计能力以来，最强大的数据：

GDP（国内生产总值）占全世界的56%，工业产值占全世界的40%，黄金储备占全世界的75%，每年生产全世界64%的钢铁和70%的石油。

但美国人依然觉得很不踏实，这种不踏实如果具体来说，就是“红色恐慌”。

美国的“恐红”，最早能追溯到1917年。1917年俄国的“十月革命”让世界上第一次出现了一个社会主义国家政权，随后越来越多的工会组织和各国共产党相继成立，这让当时的资本主义世界感到一种前所未有的紧张和不适。

二战后美国的一处飞机“坟场”——大量生产出来的飞机和坦克还没投入战争，战争就已经结束了

不过，如果说第一次的“红色恐慌”更多是源于对一种有悖于自己标准的新生事物的不满，以及希望能扼杀它于萌芽状态的焦虑，那么在 1946 年“冷战”铁幕落下后的第二次“红色恐慌”，似乎就更“实打实”了：

苏联的第一颗原子弹“南瓜”于 1949 年 8 月 29 日试爆成功，比美国人预计的研发时间大大缩短

二战虽然打出了一个第一强国美国，但也打出了一个第二强国苏联，尤其在军事力量方面，苏联并不怵美国。而到了 1949

年，更是发生了两件大事：西方所谓的“自由世界”丢掉了中国，以及苏联成功试爆了自己的第一颗原子弹。

这两件事对美国的打击不可谓不大。如果说第一件事多少也有美国自己的选择因素在内的话（放弃支持蒋介石），那么第二件事就让美国人感到有些不可思议了：苏联人究竟是如何在那么短的时间里成功研制出原子弹的？

美国人认为自己找到了答案：1945 年，苏联驻加拿大的情报人员伊戈尔·古曾科叛逃，同年，另一位苏联的女情报人员伊丽莎白·柏特丽向联邦调查局自首，两人均供出苏联在美国已经搭建了情报网。

尽管美国人自己也在苏联乃至全世界布置了庞大的谍报网，但他们对自己国家居然也被“渗透”还是感到大吃一惊——尤其是他们得知其中有一些人还是土生土长的美国人，心甘情愿甚至不取报酬地为苏联工作。

随着在国际上与苏联抗衡的加剧，美国人觉得有必要开始在自己国家内部搞一次彻底的“大扫除”。

1947 年 3 月 21 日，美国总统杜鲁门签署了第 9835 号行政命令，即著名的“忠诚调查令”：凡参加或同情所谓“颠覆组织”的都将作为对国家“不忠诚”的主要根据，作为政府部门职员，可以立即被解雇。

但问题是，如果说“参加”作为一种行为尚有证据界定的话，那么“同情”如何界定？

在这项法令颁布后，大约有 2 000 万美国人接受了调查，范围囊括国家机关、

克劳斯·福克斯，德国科学家，英国国籍，参与过“曼哈顿计划”，被查出为苏联人提供美国原子弹的情报。罗森堡夫妇也曾因同样的理由被捕，并在 1952 年被执行死刑（罗森堡夫妇的故事参看《历史的温度 2》收录的《直到坐上电椅，这对夫妇依旧表示自己清白……》）

学校、科研机构乃至军队、私人企业等的人员，并出现了很多匪夷所思的现象：

三岁的女孩也需要签署“忠诚宣誓书”；老师和教授如果不在课堂上抨击苏联和共产主义就有被解雇的危险；参加“美国小姐”角逐的候选人必须要谈一下对卡尔·马克思的看法；连著名的棒球队辛辛那提红人队也被要求改名，因为他们的队名中有“红色”……

1950 年前后，美国已经陷入了一种尴尬而又矛盾的氛围当中：

一方面，这种捕风捉影的调查方式似乎有升级的趋势，让越来越多的美国民众感到愤怒和恐慌；

另一方面，美国政府的“红色恐慌”依旧在不断升温，却缺乏相应的解决手段，这也让他们感到越来越恐惧。

正是在这样一个特殊的时间节点，一个人站到了舞台正中央。

这个人，就是约瑟夫·雷芒德·麦卡锡。

2

约瑟夫·雷芒德·麦卡锡，1908 年出生于美国威斯康星州的一个农场。

家中排行第五的麦卡锡曾因为要给家里农场帮忙而辍学过一段时间，但还是在 20 岁的时候以优异成绩考取了马凯特大学。在获得法律学士学位后，麦卡锡竞选成为地方检察官，并在 1939 年成为威斯康星州历史上最年轻的巡回法院法官。

麦卡锡在那次竞选过程中展现出了一些特别“天赋”，比如他的竞选对手是 66 岁的维尔纳，麦卡锡在竞选过程中一直宣称对方是 73 岁，“老而不堪用”，成功地让对方失去了不少选民的选票。

麦卡锡在法官任期中，亮点并不多。但时间很快到了 1942 年，在日本偷袭美国珍珠港后，太平洋战争爆发了。麦卡锡作为法官原本是可以不用上战场的，但他志愿报名参加了海军陆战队，而且原本可以担任轰炸机中队情报官的他，又主动报名成了一名轰炸机尾部的机枪手，直接上了前线。

身着军装的麦卡锡

麦卡锡的这一选择确实展现了自己的勇气和对祖国的热爱。但之后的一些行为却又让人有些摸不着头脑：他有记录的飞行作战任务是 12 次，但他自称接受过 32 次作战任务，并受到过当时海军上将尼米兹亲笔签署的嘉奖信——随后被曝出那封信是他自己写的。他还表示自己曾经在战斗中负伤，但很快被证实那是他在开派对时自己弄伤的。

1945 年，服役两年半的麦卡锡退役，回到了巡回法官的岗位，但他显然有更高的追求：在 1946 年参选威斯康星州参议员。

在这场竞选中，麦卡锡的竞选对手是老牌政客、曾经担任过三届参议员的拉福利特。麦卡锡火力全开，从各个角度对拉福利特展开进攻：称对方缩在后方不去前线参军（而这正是他自己的优势），但拉福利特在“珍珠港事件”爆发后已经 46 岁了，确实可以不用去服兵役；称对方在战争期间缩在后方利用投资赚得了 47 000 美元，但其实麦卡锡自己在参军期间也在炒股，并获利 42 000 美元。

经过激烈的搏杀，麦卡锡最终以 5 000 票的微弱优势竞选成功，成为威斯康星州的参议员。

但麦卡锡头三年的参议员之路走得并不顺畅，尽管他口才出众，经常参加各种鸡尾酒会进行社交，但给人留下的印象是严重酗酒、脾气暴躁。一件标志性的事是，他在 1950 年 4 月参加美国著名专栏作家德鲁·皮尔森的生日宴时，居然醉酒后在厕所里暴打这位专栏作家，并在事后醉酒驾车扬长而去。

美国参议院当时的一份调查曾显示，很多人认为麦卡锡是现任最差的一个参议员。这其中还有一个重要原因，是麦卡锡曾尝试为一批屠杀美国战俘的德国党卫队成员减刑，称他们是被屈打成招的，这在当时引起了很多人的反感。

这一切一直持续到了 1950 年，眼看将一直默默无闻下去的麦卡锡，突然间爆发了。

这位曾经宣称“国会需要一名机尾火炮手”的参议员，在 2 月的西弗吉尼亚惠灵共和党妇女团体集会上做了一个演讲，开出了石破天惊的一炮：“虽然我不能花时间一一列举国务院中已被点名为共产党和间谍网成员的全部人名，但我手上有 205 个人的名单。国务卿知道他们是共产党员，但这些人还在草拟和制定国务院的政策。”

在美国的政府核心部门，居然有 200 多个共产党员或忠于共产党的人士，这在美国民众看来岂不骇人听闻？

尽管几天后在盐湖城的演讲中，麦卡锡在没有任何解释的情况下，把“205”这个数字缩减到了“57”，但依旧一石激起千层浪。

麦卡锡瞬间就出名了。

3

麦卡锡确实赶上了一个好时候。

就在麦卡锡发表“美国政府里存在大量共产党间谍”的演讲之后没多久，朝鲜战争就爆发了。

以美国为首的“联合国军”在战争初期通过“仁川登陆”获得奇胜之后，很快就因为中国人民志愿军的入朝参战而陷入泥潭，甚至在多个战场被迫大范围撤退——这恰恰为麦卡锡这名曾经的“尾炮手”提供了大量的“炮弹”。

首先，麦卡锡称杜鲁门政府出兵朝鲜是“不想在国内与共产主义斗争”，至于美国军队在朝鲜战场上连吃败仗，是因为政府中有不少人“暗通苏联”，“出卖了蒋介石集团”。

作为共和党人，麦卡锡直接给民主党的20年执政打了一个标签：“叛国的20年”。

麦卡锡的火力之猛，胆子之大，让人惊叹——他一上来不仅攻击国务卿艾奇逊“保护共产党人”，还敢把矛头对向当时在美国和欧洲都声望正隆的五星上将乔治·马歇尔。按照麦卡锡的说法，马歇尔将军一直是“居心叵测”的“美国叛徒”，因为：他在二战中曾极力反对盟军在欧洲开辟第二战场，结果让苏联红军先打进了东欧；他在雅尔塔会议上欺骗罗斯福，让苏联在领土方面获利；等等。当然，麦卡锡其实也没放过罗斯福，称他“把中国和波兰出卖给了共产党俄国”。

尤其在关于中国的问题上，麦卡锡对马歇尔更是火力全开：他谴责马歇尔作为当初美国派去调停国共两党冲突的特使，其实一直暗中支持共产党，“出卖国民党”，“帮助中国共产党取得政权”。他还专门让助手一起编印了一本手册广为散发，题目叫《美国从胜利后退：乔治·马歇尔的故事》。

乔治·马歇尔曾先后担任过美国的国务卿和国防部长，以出台帮助欧洲振兴的“马歇尔计划”而闻名，在1953年获得诺贝尔和平奖

在这种谩骂和攻击下，马歇尔愤然从国防部长的任上辞职，回到弗吉尼亚州的农场养老。

麦卡锡当然也没有放过其他当时和中国打过交道的人。

曾经随美国代表团到中国延安访问考察过的美国外交官谢伟思（John S. Service），因为曾预言“中共肯定会取得政权”以及建议美国政府和中国接触，被怀疑为共产党间谍，最终被开除出政府部门。

曾一直致力于中国历史文化研究，为谢伟思鸣过不平的著名学者费正清，也被指责是“共产党员”，不断被叫去问询，且被剥夺了很多出国访问交流的机会。

曾长期采访中国的美国记者埃德加·斯诺，被打上了“亲共”标签，连他妻子也受到了牵连，最终只能举家迁居瑞士避难。

著名汉学家、曾担任过蒋介石私人顾问的欧文·拉铁摩尔，同样被指责为“共产党间谍”，要为“丢了中国”而负责任，最终在 63 岁的年纪不堪羞辱离开美国，流亡英国，直到 85 岁才回来。

而且，这股“批斗”风一旦展开，很快就不能只控制在政府部门了。

4

从 1950 年到 1954 年，在麦卡锡团队的推动下，美国全国范围内掀起了一场声势浩大的“反共”运动。

政治运动跳出政治圈，首当其冲的是美国引以为傲的科技领域。

“曼哈顿计划”的首席科学家以及总实验室主任奥本海默，因为年轻时曾支持和同情共产主义，身边人中有不少左翼分子，再加上他曾反对氢弹的研发，于是被扣上了一顶“通共”的帽子。在没有任何证据成立的情况下，这位“原子弹之父”被剥夺一切安全特许和权限，被全面禁止与一切美国原子能项目产生接触。（奥本海默的悲剧，请参看本书《奥本海默：“原子弹之父”的成功与悲剧》。）

连大名鼎鼎的爱因斯坦也不能幸免。爱因斯坦因为反战以及对社会主义者的同情，一直被怀疑具有强烈的共产主义倾向，他不仅仅被排除在“曼哈顿计划”之外（是他带头写信请罗斯福研发原子弹的），还被长期监听和监视。1950 年，美国移民局一度希望和联邦调查局联手，取消爱因斯坦的美国公民资格。

这股势头很快又蔓延到了娱乐圈，尤其是好莱坞。

查理·卓别林尽管已是好莱坞电影的一个象征，但他在《摩登时代》里对贫穷工人的描绘以及在《大独裁者》中对民族主义的批评，加上《凡杜先生》中对资本主义的讽刺，让他很早就被列入了“黑名单”。对卓别林的打压在麦卡锡时代达到了顶峰，最终迫使他避居瑞士。

当时还有一批好莱坞的编剧、演员和导演因为同情共产主义或和共产主义者有接触而被列入了“黑名单”，他们被不断问询，出席听证会，要求说出认识的共产主义分子。其中有不少人不堪压力吐露名字，但也有一批电影人坚持不吐一字，著名的有“好莱坞十君子”。

达尔顿·特朗勃就是当年“好莱坞十君子”中的一员。他因此被捕入狱两次，没有电影公司敢雇用他，他只能用假名来写剧本投稿，其中有两个剧本都获得了奥斯卡奖：《罗马假日》和《勇敢的人》。

特朗勃曾说过：“这份黑名单总有一天会完蛋，因为它是不正直、不道德、不合法的。”

当然，美国文化界也无法幸免。

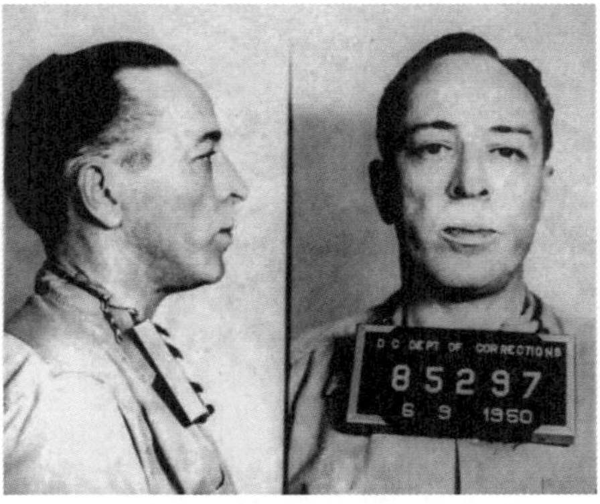

特朗勃入狱的照片。2011 年，美国编剧工会将《罗马假日》的完整编剧署名权归还给特朗勃

麦卡锡和他的追随者们对国务院设在欧洲的图书馆进行了“摸底排查”，他们公布的调查报告显示，至少有 3 万种书是共产党人或同情共产党人的作者写的——其中还包括马克·吐温的作品。

美国的许多地方发生了禁书和焚书事件。在 1953 年圣安东尼奥市开列出的“应焚毁书目”中，不仅包括雕塑、酒类、建筑类图书乃至侦探小说，就连爱因斯坦的《相对论》也未能幸免。不过也有人提出反对，认为只需要在这些“嫌疑书籍”的封面内页打上醒目的红色标记就行，并且一定要附上这位“亲共”作者“被传讯的次数”。

在印第安纳州，一位教科书评审委员会的委员甚至指出：关于“侠盗罗宾汉”的相关作品也需要被禁止，因为这些作品宣传的是共产党喜欢的“劫富济贫”，“这简直玷污了法律和秩序”。

而那些被鼓励出版甚至流行的书籍则出现了让人担忧的趋势，尤其是一些连环画，大量描绘共产党人“被冰锥刺进眼里”，被绳子吊死，被手枪砸死，被活埋，被喂鲨鱼，被吊在汽车保险杠上拖行而死——“就连斯大林都认不出这摊肉”。

更让很多美国人心寒的是，在这场运动里，很多人们熟悉的相处方式都变了，变得相互猜疑、提防，乃至互相举报。

费正清就曾这样回忆当时美国知识分子的胆战心惊：“在每篇文章的开头用一些词或短语来表明反共的立场，变成了一种保证自身安全的习惯。”

而人与人间的相互“举报”更让人心寒。

曾导演过《欲望号街车》等一系列名作的好莱坞著名导演伊利亚·卡赞，在此期间就曾不遗余力地举报了一批他认为和共产主义者“有染”的电影人。1999 年，卡赞获得奥斯卡终身成就奖，在颁奖典礼上，现场很多电影人都拒绝为他起立和鼓掌，认为他当年的所作所为是一生无法抹去的污点。

令人意外的是，麦卡锡的调查还针对了当时的同性恋者，他认为同性恋者是“性反常”，也会危及国家安全，所以当时有相当多在政府部门任职的同性恋者被迫承认了自己的性取向，随后就被解雇。这场风暴也被称为“薰衣草恐怖”。

1950年3月29日，《华盛顿邮报》刊登了一幅由漫画家赫伯特·布洛克（Herbert Block）画的漫画：四位共和党人强推一头大象（象征共和党），试图让它站到一堆叠得颤颤巍巍的桶上，最上面的那个桶上写着“麦卡锡主义”，而大象的台词是：“你的意思是我要站在那个上面？”

“麦卡锡主义”漫画

这是“麦卡锡主义”作为一个专有名词第一次正式出现。

这其实也说明了一个问题：“麦卡锡主义”并不单指麦卡锡一个人，而是一群人推动的一次运动——这场运动其实在麦卡锡登台之前就有了，在麦卡锡登台后达到了最高潮。

《韦氏英语词典》中对“麦卡锡主义”的解释是：“一种20世纪中期的政治态度，以反对那些被认定为具有颠覆性质的因素为目标，使用包括人身攻击在内的各种手段，尤其在未对提出的指控进行证实的情况下，四处散布任意做出的判断和结论。”

然而，“麦卡锡主义”的盛行，麦卡锡本人肯定“厥功至伟”。

但问题是，他怎么能做到这些呢？

5

这是一个颇值得讨论的问题。

麦卡锡既不是美国总统，也不是国务卿，只是一名普通的参议员，他哪儿来那么大力量？

最基本的前提，自然是美国原先就已经有了这样的氛围，政府也有这样的诉求——在麦卡锡出现之前，“麦卡锡主义”已经开始了，只是表现最活跃且影响力最大的麦卡锡用自己的名字将这种主义“认领”了。

其次，麦卡锡充分利用了美国法律中一个特殊的权力：国会调查权。

国会调查权，一般指国会为了立法或监督政府，通过检查有关记录、传唤证人、召开听证会等手段来查明真相的权力。

“国会调查”并非司法调查，所以反而可以不受司法调查的局限——《美国宪法第五修正案》规定：证人在接受司法调查时，“不得在任何刑事案件中被迫自证其罪”。这项权利保证证人可以不回答司法机关的询问，却无法规避“国会调查”的询问。而这种询问权一旦被滥用，就会造成可怕的后果。

再次，麦卡锡有很强的“询问”能力，以及对媒体的“蛊惑力”。

麦卡锡在询问时会保持强大的压力，比如会连珠炮式地提问：“你是不是共产党员？”“你以前是不是共产党员？”“你有没有加入过共青团？”“你有没有参加过共产主义运动？”“你是否同情共产主义运动？”这会让证人陷入惶恐之中。

“偷换概念”也是麦卡锡的拿手好戏。在审理一位纽约女教师时，这位女教师引用《美国宪法第五修正案》拒绝作证，麦卡锡的理论是，“你如果不是共产党员，说出来肯定对你是有利的，你现在选择不说，说明你肯定是共产党员。”

还有就是麦卡锡对媒体的掌控能力。由于记者接触不到证人，所以麦卡锡说什么，就是什么。一位工程师在作证时因为自己母亲刚刚过世而流下眼泪，但麦卡锡接受媒体采访时，说他是在“证据确凿”的情况下“痛哭流涕”。

麦卡锡深知媒体的威力。在一次攻击政治对手的行动中，他让人伪造了这位政治对手和曾经的美国共产党总书记白劳德握手的照片，然后四处散发，最终让那位政治对手失去了 4 万张选票。

当然，除去这些，麦卡锡能够风光一时还有一个非常关键的因素：美国的选票政治。

从罗斯福到杜鲁门，当时美国的民主党已经上台执政了 17 年，长期在野的共和党一直在寻找扳倒民主党的机会。而共和党人麦卡锡的横空出世，让党内大佬们眼前一亮。

麦卡锡指责政府部门中存在大量共产党人，尽管没有证据，但极大程度上使美国民众对民主党政府产生了质疑。麦卡锡的炮开得越多、越猛，对执政的民主党就越不利。

而作为民主党总统，杜鲁门一开始并没有把麦卡锡毫无根据的话放在眼里。麦卡锡 1950 年 2 月在惠灵发表石破天惊的讲话后，曾要求杜鲁门对此做出回应，杜鲁门当时写下一句话准备让秘书答复："我确信，威斯康星州人民极其遗憾，他们的代表竟是像你这样一个没有责任感的人。"

但是，杜鲁门犹豫再三，最终没有回复。因为"反共"在美国是一个"政治正确"的话题，无论是民主党还是共和党，都不能对此表现出一丝犹豫或踌躇。

所以，尽管民主党人明知麦卡锡是共和党推出的一挺威力巨大的马克沁机枪，却也只能配合做出全力"反共"的姿态。他们明知麦卡锡很多时候是在信口开河，不讲证据，却又不敢反应太大，不然万一落了把柄，会真被人认为"包庇共产党人"，这样的罪名也是民主党不敢承受的——无疑会丢失大量选票。

至于共和党方面，当然是乐于让麦卡锡当马前卒的。

在麦卡锡的各种努力下，共和党确实在全国各地收获了不少选票，所以尽管不少共和党人对麦卡锡的做法也有所不满，但表面上依旧做出非常迎合的姿态，这一点在共和党人艾森豪威尔竞选美国总统这件

艾森豪威尔

事上就可以看出来。

被麦卡锡气得提前退休的乔治·马歇尔，其实对艾森豪威尔有知遇之恩，可以说是他的“人生导师”，所以可想而知，艾森豪威尔对麦卡锡是怎样一个态度。

在去威斯康星州巡游争取选票的时候，艾森豪威尔原本在演讲草稿中坚决捍卫自己的导师马歇尔，抨击麦卡锡，但竞选团队提醒他，这样做很可能得罪威斯康星州麦卡锡的拥趸，进而流失大量选票——艾森豪威尔最终只能将那些话删去。艾森豪威尔所能做的最明确表态，也只是“我认同麦卡锡的目标，但我不同意他的一些做事方式”。

1952年，艾森豪威尔赢得了总统大选，共和党一战翻身。在这个过程中，麦卡锡利用个人的影响力确实出了很多力，所以在1953年初也得到了参议院政府活动委员会主席的职务，还兼任了参议院常设调查小组委员会主席——方便他进一步开展范围极广的调查和听证活动。

1953年到1954年初，麦卡锡的个人职业生涯达到了巅峰：1954年1月的盖洛普民意测验表明，受调查的美国人中，有50%支持麦卡锡，不赞成他的只有29%，没意见的占21%。

在华盛顿甚至有一种说法：麦卡锡现在是美国的第二号权力人物。

有可能是因为自信心膨胀，也有可能是出于自己对形势的判断，更有可能是麦卡锡认为自己必须永远保持战斗，所以他开始调转枪口了：在他认为“反共不力”的民主党下台后，他开始攻击共和党“反共不力”了。

但这一次，麦卡锡打错了算盘。

6

1953 年，麦卡锡的调查小组对艾森豪威尔的政府机构发起了 602 次调查和问询。

仅 4 月到 8 月，就有 1 400 名公务员被传讯，一年内有 8 000 人被定义为“国家的危险分子”，其中至少有 5 000 人被迫辞职。

对于麦卡锡，艾森豪威尔一直采取“敬而远之”的处理方式，虽然他对身边的人明确表示过反对麦卡锡，但在公开场合，他从来没有表达过类似声音，这也让媒体和民众产生一种认知：总统也敬畏麦卡锡三分。

而在这样的情况下，麦卡锡批评艾森豪威尔政府更加没有顾忌，不仅开始评论艾森豪威尔政府的人事安排，甚至还试图干预总统对驻苏联大使的任命人选——这明显超越了他的职能范围。

最终，麦卡锡公开把原先对民主党政府的评价“叛国 20 年”又加上了一年，称美国的政府“叛国 21 年”——把艾森豪威尔的共和党政府执政的一年也算上了。

不过，与得罪共和党政府相比，真正让麦卡锡碰上大麻烦的，是他试图开始攻击美国陆军部。

事情其实很简单：美国陆军有一位叫欧文·佩雷斯的牙医，1952 年入伍，1953 年晋升为少校，随后被发现他原来参加过美国劳工党——这在当时被认为几乎等同于参加共产党。他在 1954 年接受询问时援引《美国宪法第五修正案》表示沉默，在当时“麦卡锡主义”盛行的氛围下，他三天后就被解职了。

照理说，这不是一件很复杂的事情，但麦卡锡却抓住这件事不放，认为佩雷斯应该上军事法庭，并且质问：“是谁晋升了佩雷斯？”

按照麦卡锡的观点，陆军部没有尽早发现佩雷斯的“共产主义倾向”，反而将他晋升为少校，说明陆军内部已经被共产主义者渗透了。

但事实上，佩雷斯的晋升是根据美国的《医生法（草案）》自动获得的，其中明确规定，这是为了保证军队收入与公民收入相平衡——这部法案通过，麦卡锡自己当初也是投赞成票的。

但麦卡锡不管这些，坚持要美国陆军部给出一个说法。在这个过程中，美国陆军部知道麦卡锡不好纠缠，曾经几次试图和解，但麦卡锡一直不依不饶。最终陆军部也怒了，反过来指责麦卡锡试图通过个人影响力帮助他的一个私人助理晋升为军官——这位叫沙因的年轻人才刚入伍服役不久。

双方开始互相攻击，最终只能通过开听证会解决。

艾森豪威尔总统并没有参与这件事，但得知要举行听证会后，他提出了一个要求：这场听证会必须电视直播。

1954 年 4 月 22 日，麦卡锡团队和美国陆军部的听证会开始了——这场听证会持续了 36 天，由电视台实况转播，全美大概有 2 000 万观众收看。

麦卡锡团队与美国陆军部的听证会

根据被传唤的 32 位证人的证词，没有证据表明麦卡锡因为沙因一事对陆军部施加过压力——虽然他的另一名助理科恩一直因此事给陆军部打电话。但这个结果对麦卡锡而言完全不够，他需要的是在全国观众面前扳倒陆军部。

但这场麦卡锡认为应该堪比“奥斯特里茨战役”[①] 的听证会，最终

① 奥斯特里茨战役：1805 年，拿破仑率法国军队打败由俄国沙皇亚历山大一世和神圣罗马帝国皇帝弗朗茨二世率领的俄奥联军，第三次反法同盟瓦解，神圣罗马帝国的历史终结，拿破仑成为欧洲霸主。——编者注

却成了他的“滑铁卢”。

在电视屏幕前，很多美国观众第一次不是通过报纸而是通过自己的双眼看到了真实的麦卡锡：

他的话语充满人身攻击，随意打断别人讲话，任意嘲弄证人，甚至在没有任何证据的情况下就妄下定论，比如“那些引用《美国宪法第五修正案》的共产主义分子”，而听证会上麦卡锡出示的一些伪造证据被揭穿，也被大家看在眼里。

最经典的一幕发生在这场听证会的第 30 天。

那一天，陆军部聘请的律师韦尔奇直接向麦卡锡摊牌：“如果你已掌握证据，认为陆军部有大量共产党人和颠覆分子，请在今天太阳下山之前，把这份名单拿出来。”

麦卡锡避过了这个问题，笑着对韦尔奇说：“我倒是可以给出你身边一个人的名字。他就在你的律师事务所里，他的名字叫费舍尔。”

费舍尔是一个年轻人，在加入韦尔奇的律师事务所之前，曾加入国家律师协会——那被认为是一个左翼律师组织。

韦尔奇明显很愤怒，他在短暂的暂停后，当着全国电视观众和听证会众人的面，说出了事情的前因后果。

费舍尔毕业于哈佛大学法学院，之后曾短暂加入国家律师协会，但很快就退出了。韦尔奇本来也想带他来到听证会做助理，但考虑到他有这段经历就放弃了，不过他专门向麦卡锡团队沟通过这件事，麦卡锡曾答应在听证会上不提费舍尔——在那个年代，如果一个人在全国观众面前被指认为“颠覆分子”，那么他的一生很可能就毁了。作为交换，韦尔奇答应不提麦卡锡另一个助理科恩不服兵役的事。

所以，当麦卡锡提出费舍尔的事时，连他旁边的助理科恩都憋红了脸，向他轻轻摇头。

韦尔奇随后用很大的声音向麦卡锡发出了质问：“我一点也没想到你会对这位年轻人做出这么残忍无情的事，他将要承受你强加给他的不必要的精神烙印。……我们不要再中伤那位年轻人了，参议员阁下！你已经做得很过分了！难道你没有道德观吗?！真的没有吗?！”

说完这句话，听证会现场的人都站起来为韦尔奇鼓掌，连身为共和党参议员的听证会主席也没有敲小木槌要求安静。听证会原本配备了六名警察，除了维持秩序外，他们还需要禁止听众鼓掌——但在那一刻，他们无动于衷。

麦卡锡当时脸色铁青，半晌之后说了一句：“我究竟做错了什么？”

这场听证会结束后，没有人理睬麦卡锡。

麦卡锡认为自己没有做错，但他可能也隐隐约约感觉出：

属于他的时代，在这一刻，画上了一个句号。

7

有时候，一些事情就是在悄无声息间发生了转折。

就在这场听证会后，又一期盖洛普民意测验的结果公布了：只有34%的美国人喜欢麦卡锡了，而讨厌他的人的比例上升到了45%。

这才过去了5个月。

而对麦卡锡而言，致命的打击其实来自共和党内部——在发现他已经失去民意基础后，党内也准备舍弃他了。

俄亥俄州的共和党众议员乔治·本德直接给“麦卡锡主义”下了定义：麦卡锡主义已是政治迫害、独断专行、剥夺民权的同义词。

奇怪的是，之前共和党内并没有这样的声音——至少公开场合没有。而现在大家的声音却出奇一致，或许是因为一个共同的原因：现在到了共和党拒绝麦卡锡的时候，不然他会拖垮共和党的。

1954年6月30日，参议院以68票对22票通过了一项决议：免去麦卡锡在参议院的全部主席席位。

而就在一个月前，在一个任命麦卡锡为某个委员会主席的投票过程中，只有民主党参议员富布赖特一个人敢投反对票。

麦卡锡依旧是参议员，但他所感受到的境遇和以前已经完全不一样了：在参议院，同事们都避免和他接触；他的演讲，听众寥寥无几，也没人邀请他去演讲了；以前喜欢围绕他的媒体，一夜之间都消失无踪；至于鸡尾酒会等社交宴请，他几乎收不到邀请函了。

原本就酗酒的麦卡锡再一次沉迷于酒精中，每次醉酒都要花很长时间才能醒来，有时甚至就醉倒在参议院里。

1957 年 5 月 2 日，麦卡锡在海军医院去世，年仅 48 岁。官方的诊断结果是急性肝炎，但媒体预测的一致原因，是酗酒。

在生前最后几年被人敬而远之的麦卡锡，死后却享受到了国葬的待遇。他的葬礼有 70 名参议员参加，近 2 万人去瞻仰了他的安葬之地——威斯康星州苹果顿圣玛丽教区公墓。

然而，在一些人的怀念和尊重之外，麦卡锡留下的威斯康星州参议员空位之争，却又让人寻味。

在 1957 年夏天的初选中，威斯康星州的共和党人科勒获胜，他主张的观点是“要与麦卡锡方式划清界限”，而他击败的对手戴维斯的观点则是“艾森豪威尔政府对共产主义太软弱”。

在最后的决战中，胜出的是民主党人普罗克斯迈，他的观点更鲜明：“麦卡锡是威斯康星州、参议院和美国之耻。”

馒头说

如今提起“麦卡锡主义”，我们觉得大家都应该达成了一种共识：这是一种应该被时代抛弃的错误主义。

但真的是这样吗？恐怕未必。尤其是对于麦卡锡这个人本身，在美国，想为他“翻案”的作家和学者依旧不少，更有美国右翼团体认为他是“了不起的勇敢的灵魂，伟大的爱国者”。

他们有一个重要的论据，那就是“维诺那计划”（Venona Project）的解密。

这是一个在二战期间由美国和英国合作的苏联情报搜集计划，最初的目的是防止苏联再度单独向德国媾和。但在搜集情报的过程中，美英两国发现：苏联向美国不断渗透，已经布置了一张情报网。

麦卡锡的支持者认为：你们看，麦卡锡当初并没有错！

但真的是这样吗？从解密的所谓 159 个“间谍”名单来看，其中大部分人都是可能与共产主义者有过接触或抱以同情态度，真正坐实“间谍”身份的，也就 9 个人，这与当初麦卡锡拉出的“黑名单”其实有很大出入——有人统计过，在“麦卡锡主义”盛行期间，美国大约有 12 000 人被迫辞职或遭受其他惩罚。更何况，麦卡锡当初疯狂攻击的国务卿艾奇逊、国防部长马歇尔，已被证明和共产主义完全没有关系。

这其实才是美国人至今依旧要反思和警惕“麦卡锡主义”的真正原因：那是一种不讲证据、不讲程序、无端指责、随意攻击的政治迫害和政治妄想。

令人遗憾的是，虽然美国对此确实进行过纠偏和改正，但时至今日，“麦卡锡主义”的阴影依旧没有散去。

这首先和美国本身的历史有关。

作为一个建国时间相对不长，主要由移民组成的大国，美国缺乏历史、文明乃至宗教、礼仪或生活习惯这一类强力的民族性纽带，那么凝聚共同意志的最好办法，就是意识形态上的政治动员，寻找共同的敌人——比如说“共产主义国家”。

所以，无论是民主党还是共和党，无论过去、现在还是将来相当长一段时间，“反共”永远是他们共同的目标，也是一个绝对“政治正确”、可以动员起全国民众力量的最有效武器。从这个意义上说，“麦卡锡主义”在美国永远有生存的土壤。

而另一方面，也和美国的判断力有关。

如今的世界，早已和“冷战”时代大不相同。在互联网技术奠定的基础上，“全球化”早已成为一种趋势。世界不是当初的世界，而中国也不是当初的苏联。

这不仅仅是指中国不同于当初的苏联，已经是世界第二大经济体，早已和全世界的经济和文明密不可分，更是指中国的目标和当初苏联“全球争霸”的目标完全不同：中国人只是想完成自己国家的繁荣和稳定，绝没有对其他国家进行“渗透”“颠覆”乃至成为世界领袖的诉求和想法——这是由中国延续五千年的文化和思想决定的。

因为“麦卡锡主义”，当年美国政坛在相当长一段时间内，无论是民主党还是共和党，没有人敢和中国有接触——因为谁都怕“背锅”。尽管谁都知道两个大国完全没有必要这样对抗，但那座冰山还是在两国之间矗立了 20 多年才慢慢消融。

如今，这座冰山眼看又要被美国的一些政客重新一块块垒起来了。

但作为当今世界无可争议的第一强国，美国其实并没有必要再一次陷入焦虑和臆想之中。

20 世纪 50 年代的“麦卡锡主义”，其实给美国造成了相当程度的伤害。而如今，如果这种已经完全脱离时代的主义死灰复燃，损害的其实是全世界的利益。

这其中包括中国，当然也包括美国。

本文主要参考来源：

1.《光荣与梦想：1932—1972 年美国叙事史》(威廉·曼彻斯特著，四川外国语大学翻译学院翻译组译，中信出版社，2015 年)
2.《麦卡锡主义的兴衰》(张红路，《世界历史》，1983 年第 4 期)
3.《麦卡锡：一个焦虑的时代》(林达，《东方早报》，2009 年连载)

4.《美国史学界关于麦卡锡主义的争论》[孙超,《山西师大学报》(社会科学版),2008年第3期]

5.《麦卡锡及其主义的终结》(杨忠民,《书屋》,2002年第3期)

6.《“麦卡锡主义”秘密档案公开 罪恶昭然》(李永敬,《检察日报》,2003年5月8日)

7.《麦卡锡主义——美国人经历过的“文革”?》(赵信宇,微信公众号“大象公会”,2015年8月31日)

1971年，“乒乓外交”背后的六个人

说起“乒乓外交”，这已经是一段大家比较熟悉的历史了，但这桩改变中美关系乃至世界格局的大事件，如果还原到一个个具体的参与者身上，还是挺有意思的。

1

1971年1月下旬的时候，住在北京饭店的后藤钾二有点急了。

后藤钾二是日本乒乓球协会的会长，本来也是亚洲乒乓球联合会的会长，但因为支持中国申请亚乒联、取消台湾会员资格未果，刚刚愤然辞职。此时的他，已经在北京待了好几天了，但一直没有得到自己想要的答复。

后藤钾二是作为“特使”专程赶到北京的，目的只有一个：邀请中国派出代表团，参加在日本名古屋举行的第31届世界乒乓球锦标赛。

当时，中国已经进入“文化大革命”的第五个年头，受此影响，作为世界乒坛一支举足轻重的力量，中国乒乓球代表团已经缺席了两

1971年2月，中国乒乓球协会负责人宋中（左）、日本乒乓球协会会长后藤钾二（右）在中日体育交流会谈纪要签字仪式上握手

届世界锦标赛。而第31届世乒赛就在日本举办，所以组委会非常希望能邀请中国派代表团参加。

后藤钾二来中国，其实也是顶着不小压力的。

其时，中日邦交尚未正常化，右翼当道的日本执政内阁对中国的态度相对敌视。后藤钾二的中国之行，受到了日本右翼势力的阻挠，甚至还有威胁和恐吓。但后藤钾二还是克服了种种阻力，带着当时的日中文化交流协会代表村冈平和日本乒协理事森武等人来到了中国。

到了北京后，后藤钾二提出了自己的请求，并给出了一份草案，希望双方能出一个“会谈纪要”。但中方在详细研究后给予他的回复却让他有点蒙了。

中方提出，出“会谈纪要”可以，但必须满足两个条件：第一，将“中日关系政治三原则”放在纪要的第一条；第二，必须再加一句，“台湾是中国的一个省，是中国的神圣领土”。

这就让后藤钾二进退两难了。

所谓“中日关系政治三原则”，是1958年7月周恩来在会见日本社会党代表团时提出的，三点内容其实也很简单：

（1）不执行敌视中国的政策；

（2）不参加制造“两个中国”的阴谋；

（3）不阻挠中日两国正常关系的恢复。

为了体现出自己的诚意，后藤钾二到中国后主动提出，可以把遵守“中日关系政治三原则”放在“会谈纪要”的第二条。但是，中国方面提出要放到第一条，并且要加上那句话，他感到无能为力：我只是一个日本民间搞乒乓球的代表，我有什么权力决定这些东西呢？

后藤钾二坚持不肯这样写，而中方人员坚持必须写，谈判就此陷入僵局。

眼看时间就将进入2月，而第31届世乒赛即将在3月底举行，后藤钾二自己也感到希望渺茫，准备收拾行李回国。

然而，就在1月30日，后藤钾二得到了中方通知：第一，不再坚持当初要求添加的条款；第二，中国将派出代表团参加第31届世乒赛，并坚决支持后藤先生办好这届世乒赛。

喜从天降。

后藤钾二后来才知道，中方态度的突然转变，主要是因为一个人。

2

1971年1月29日午夜，周恩来紧急召开了一次协调会。

参会的人，有外交部的，有国家体委的，也有对外友好协会的，周恩来直接开门见山：凡事要看实质，不要搞形式上的争论。

周恩来明确指出，既然后藤钾二已经同意把“中日关系政治三原则”放入纪要，为何还一定要他写上“台湾是中国的一个省”呢？最后，周恩来似乎发了点小火：他又不是日本外相，你们对这样的朋友要求太过分了。

周恩来的眼光，确实要比很多人长远一些。

当时间进入20世纪70年代的时候，整个国际局势其实已经发生了微妙的变化。

苏联已经完全对中国撕破了脸皮，在“珍宝岛冲突”之后，昔日的“老大哥”在中苏边境上陈兵百万，不断进行武力乃至核武器的恐吓。

美国深陷“越战”泥潭，锋芒已经大不如前。从之前种种不同场合的蛛丝马迹来判断，美国其实在不断释放或明或暗的信号：我们愿意同中国接触。

而中国此时也处于“文化大革命”的困境之中，几乎关闭了一切对外交流的渠道。面对明显将发生变化的国际局势，中国其实也到了需要寻求突破的时候。

但是，就在周恩来做出同意中国代表团出征的决定之后，变幻莫测的国际局势又给中国出了一个难题：1971年3月上旬，柬埔寨首相兼国防大臣朗诺将军和副首相施里玛达殿下趁柬埔寨最高领导人西哈努克亲王访问苏联之际，发动了军事政变。

当时西哈努克亲王正在北京逗留，中国政府立刻表态支持西哈努克政权。不过，西哈努克的流亡政府随即提出，希望中国和朝鲜能够更有力地表达支持——比如放弃参加第31届世乒赛，因为有朗诺集团的运动员参加。

周恩来决定先听取中国乒乓球代表团的意见。

在那场连夜召开的讨论会上，乒乓球代表团也有两种意见：一方认为政治最大，不能去；而另一方认为，既然答应了日本，就要守信，且参赛对中国的乒乓球运动、对整个国家也有利。还有人提出：要去，但不比赛，去现场开展斗争。

周恩来当时在人民大会堂一直等到凌晨3点，直到听到乒乓球代表团的意见总结汇报后，他拍了板：遵守诺言，参加比赛！

同时，他也做出了指示：如果碰到朗诺集团或南越集团的选手，我们就弃权。

当然，心思缜密的周恩来，随即自己亲自动笔，熬了个通宵，写了一份逻辑清晰的情况报告，请示了毛泽东。

毛泽东看完后，在报告上写下了批示：“照办。我队应去。并准备死几个人（注：当时日本右翼宣称将要暗杀中国代表团）。不死更好。要一不怕苦，二不怕死。”

中国乒乓球队，就此出征名古屋。

徐寅生，后担任中国乒协主席。按照他的回忆，在那个晚上，他是主张去的，而庄则栋是主张不去的

3

1971 年 3 月 21 日晚，东京羽田机场，中国乒乓球代表团秘书长宋中震惊了。

中国乒乓球代表团刚下飞机，就受到了日本方面的热烈欢迎，光是赶到机场的日本各界代表，人数就超过了 2 000 人。很多日本人手执中日两国国旗、欢迎标语和鲜花，将机场大厅挤得水泄不通。

宋中后来才知道，因为中国代表团的参赛，名古屋世乒赛的规格一下子就升级了，这不仅仅是因为中国乒乓球在世界处于一流水平，更是因为这是“文革”以来，中国第一次向日本派出大规模的代表团。

第 31 届世乒赛如期开幕，久违世界舞台的中国乒乓球代表团如猛虎下山，给整个世界乒坛重新注入一股“中国旋风”，一举拿下了男团、女单、女双、混双的冠军。在男单比赛中，连续三届世锦赛冠军庄则栋在第二轮遭遇了朗诺集团的选手柯武，按照赛前制定的策略，庄则栋选择弃权，对手不战而胜。虽然庄则栋当时已经过了巅峰时期，但依旧是中国男队的一号主力，他的弃权对最后中国男队丢掉男单金牌应该还是产生了不小的影响。

但是，与赛场内的拼杀相比，宋中对一些场外细节更加留意。

在世乒赛举行期间，国际乒联曾专门举行过会议。在这场会议上，宋中公开指责当时的南越提出让台湾加入国际乒联是“美帝国主义的阴谋”，并表示朗诺集团是“美帝国主义扶植的傀儡”。但宋中发现，一起参会的美国乒乓球代表团团长斯廷霍文并不在意，反而在会后主动找宋中寒暄。

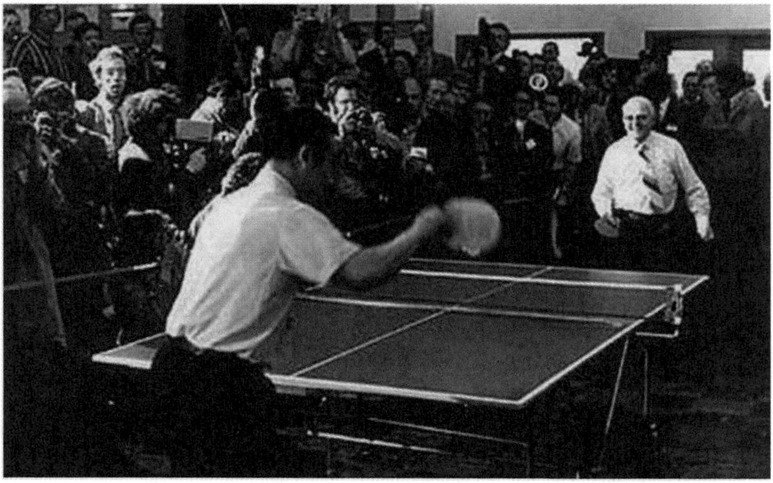

庄则栋与斯廷霍文切磋球技。斯廷霍文后来回忆说，他理解当时中国人的抗议，并说：“换作我，我也会这么说。”

让宋中意外的是，斯廷霍文的寒暄内容不仅仅有“中国运动员乒乓球打得很好”这类客套之辞，还有一句颇有所指的“玩笑话”：“听说你们邀请了五个国家的球队到你们国家去访问，不知什么时候会邀请我们？”

在这届世乒赛上，中国代表团确实向英国、澳大利亚、哥伦比亚、加拿大和尼日利亚五个国家的代表团发出了访问邀请，但美国当时和中国依旧处于“敌对”状态，所以斯廷霍文这句话怎么听都应该是句玩笑话。

不过，宋中却因为这句话，立刻想起了在世乒赛举行前不久，美国乒乓球协会驻国际乒联代表拉福德·哈里森对他说的话：“美国的年轻队员们真的想访问中国……尼克松总统已经取消了美国公民去中国旅游的禁令。如果你们给我们签证，我们可以在任何时间去中国访问。”

当天晚上，中国代表团就成立了以团长赵正洪、秘书长宋中组成的七人临时党委，专门讨论斯廷霍文的这句话到底有没有“弦外之音”，讨论的结果是，立刻向国内报告。

而就在向国内报告和听取指示的过程中，意料之外的事情发生了。

4

1971年4月4日下午，在中国代表团的班车上，庄则栋一下子蒙了。

当时，中国队的球员都已经上了班车，司机正准备开动，忽然车门一开，上来了一个黄头发、蓝眼睛的外国运动员。那个运动员一上车，发现整车都是黑头发、黄皮肤的中国运动员，他自己也愣住了，忙想转身下车，但这时候，班车已经开动了。

这名明显上错车的外国运动员只能面朝车门站立，而他这一转身，运动服背后的国家字母也露了出来：U. S. A。

一个美国运动员，莫名其妙上了中国队的班车。

美国运动员面朝车门，一动也不敢动。中国队的所有队员也面面相觑，面对来自“美帝”的运动员，也没人敢搭腔。

整整 10 分钟，车厢内一片寂静，没有人说话。

整个班车行程一共大约 15 分钟，还有 5 分钟就抵达目的地了。

这时候，庄则栋在队友惊异的目光中，走向了那位美国运动员。当时有队友轻轻拉他的衣服：“小庄，别去，别理他，别惹事。”

庄则栋的回答是：“没事，他也就是个运动员。”

庄则栋拉着翻译走到了那位美国运动员面前，先是自我介绍，然后知道了美国运动员的名字叫科恩。科恩自然认识三届世锦赛冠军庄则栋，情绪一下子变得很激动。

而且，庄则栋不光上去打了招呼，还从包里拿出一段一米多长的杭州织锦，作为礼物送给了科恩。

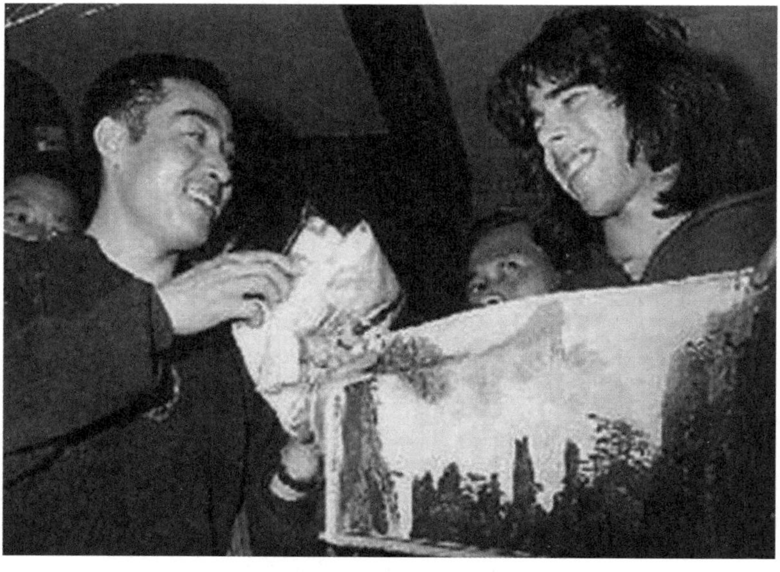

庄则栋和科恩。林克、徐涛、吴旭君所著《历史的真实》披露，毛泽东邀斯诺登上天安门城楼，是向美国高层传递往来信号。但美国高层并未捕获这一微妙细节。基辛格在《白宫岁月》中记述，“斯诺自己后来谈论这一事件时指出：‘凡是中国领导人公开做的事情都是有目的的。’事情过后我才终于理解到……”

按照庄则栋后来自己的回忆，他当时这么做是出于两个理由。

一是他觉得中国是礼仪之邦，“不能把人家晾在那里”。二是他想起不久前毛主席在天安门城楼上接见美国老朋友斯诺说的话：“我们要寄大希望于美国人民。”

班车到站，一直跟踪中国队每一个行程的日本媒体记者惊异地发现：一个中国运动员居然和一个美国运动员微笑着站在一起。

整个媒体队伍当时就炸了——这无疑是一条爆炸性的新闻。

第二天，日本各大报刊的醒目位置，都刊登了这条新闻。

而此时，中国代表团内部却陷入了分歧：庄则栋这样的行为是不是违反了外事纪律？是不是要回国听候处分？

与此同时，美国代表团在接到了科恩的汇报后，由代表团的副领队哈里森向中国代表团提出了正式请求：“美国乒乓球队希望能访问中国。”

要不要邀请美国队？这种“天大的事”，自然不是庄则栋能决定的，也不是代表团能决定的。

一纸报告，很快就放到了中南海的一个人案前。

5

4 月 6 日晚，中南海。毛泽东提前吃了安眠药，准备早早睡觉。

就在睡前不久，毛泽东刚刚圈阅了周恩来递上来的“关于是否邀请美国乒乓球代表团访华”的报告。

这份报告，其实在毛泽东这里已经被压三天了。

美国乒乓球队提出希望访华的请求，在中南海也引起了不小的震动。

当时外交部和国家体委的建议是，时机尚不成熟。理由是美国一直在台湾问题上没有表现出诚意，并且还在侵略越南、老挝和柬埔寨，威胁中国安全。从访问方式上来看，也应该是美国先派高级官员前来，而不是派一个乒乓球队。

周恩来在外交部和国家体委的报告上做了圈阅，递交给了毛泽东。毛泽东在压了三天之后，最终在 4 月 6 日晚上也做了圈阅——拒绝美国乒乓球队访华。

文件送走后，已经是晚上 11 点多。毛泽东在吃了安眠药后，让他的保健护士长吴旭君为他读“大参考”（供中央高层阅读的“参考资料”）。毛泽东本来已经昏昏欲睡，但在听到外电对庄则栋与科恩在班车上互动的评价时，他突然说起话来。

吴旭君听了一会儿，才听出大意：“打电话……美国队……访华！”

当时毛泽东自己规定：吃安眠药后讲的话不算数。吴旭君知道毛泽东刚刚还圈阅了不邀请美国队访华的报告，所以她不敢动。

看吴旭君没动静，毛泽东的语气有些生气：“小吴，你怎么还不去办？”

吴旭君表示自己没听清。毛泽东又一字一句、断断续续地说了一遍。

听清楚了之后，吴旭君还是不放心，再追问了一句：“主席，您吃过安眠药后说的话算不算数？”

毛泽东急了，一挥手，说：“算！赶快办，来不及了！”

6

1971 年 4 月 10 日上午，深圳罗湖口岸，格伦·科恩兴奋得四处眺望。

中国代表团邀请访华的通知在 4 月 7 日传到了美国队那里，全队上下一片沸腾。当时团长不在，副团长哈里森立刻致电美国驻日本大使馆，告知受邀消息，并要求把护照上会引起纠纷的“大陆中国”字样消掉。当时美国驻日大使正好也不在，值班的一等秘书威廉·卡宁汉得到消息后，考虑到美国队本来4月8日就要返回国内，立刻“越级”上报了美国白宫，并大力支持美国队访华。

美国队访华的路线也很快被确定下来：从日本飞香港，由香港到深圳坐火车到广州，由广州飞北京。作为让美国队得到访华邀请的“功臣”，科恩当然被选入访华的代表团名单。

科恩当时19岁，是洛杉矶圣莫尼卡市立学院政治系的二年级学生，从小喜欢打乒乓球。不过，他和很多队友一样，其实是自费来参加第31届世乒赛的——美国乒协只进行选拔，不提供差旅费。

但这已足以让科恩满意了，因为他自己的理想就是能去世界各国开眼界，没想到这次还能去神秘的中国。所以科恩当时很不能理解，美国队中居然还有不愿意去中国的人——一位当时韩国裔的队员就明确表示不愿意去（后来这位队员公开表示这是他一辈子最后悔的一个决定）。

美国队抵达北京后，下榻在新侨饭店。科恩不知道的是，他和他的队友们在中国的每一个行程，都是中国的总理周恩来亲自安排过问的。到北京第一天，美国队被安排参观了天安门广场和故宫，随后访问清华大学，游览万里长城，观看了芭蕾舞剧《红色娘子军》。

中国的新奇景象给科恩留下了深刻印象：干净整洁的街道，川流不息的自行车洪流，几乎不讲究款式的男女着装，到处都竖立着的毛泽东画像……

4月13日，在首都体育馆，一场中美乒乓球友谊赛拉开帷幕。考虑到美国选手的水平还比较低，中方特地安排了中美混合配对双打，以保证双方水平接近。

4月14日下午，周恩来在人民大会堂东大厅接见美国、加拿大、澳大利亚、英国、哥伦比亚和尼日利亚乒乓球代表团。其他国家的代表团虽然也受到了一样的接待，但谁心里都明白：美国队是这次的主角。

周恩来在与美国队谈话时，引用了“有朋自远方来，不亦乐乎”

这句话，并表示："中美两国人民过去往来是很频繁的，以后中断了一个好长的时间，你们这次应邀来访，打开了两国人民友好往来的大门，我们相信中美两国人民的友好往来将会得到两国人民大多数的赞成和支持。"

美国乒乓球队访华时中美双方进行友谊赛

美国代表团的团长斯廷霍文其实来之前很担心科恩，因为科恩受当时美国国内文化影响，是一个标准的"嬉皮士"：留长发，穿喇叭裤。就连和中国选手打球时也不太安分：用红绳扎起头发，把脚跷到桌子上系鞋带，听到《大海航行靠舵手》的音乐时，还会以迪斯科的姿势跟着一起跳舞。

结果，让斯廷霍文担心的事情还是发生了——科恩忽然向周恩来提问："请问您怎么看待嬉皮士？"

周恩来的回答是："现在世界青年对现状有些不满，想寻求真理。青年思想波动时会表现为各种形式。但各种表现形式不一定都是成熟的或固定的。按照人类发展来看，一个普遍真理最后总要被人们认识的，和自然界的规律一样。我们赞成任何青年都有这种探讨的要求，这是好事。要通过自己的实践去认识。但是有一点，总要找到大多数人的共同性，这就可以使人类的大多数得到发展，得到进步，得到幸福。"

周恩来的讲话和接见美国队的照片，都刊登在了美国的报纸上。最惊讶的人，其实是科恩的母亲。为此，她特地托人给周恩来送去一束花。

7

当然，无论是科恩，还是庄则栋、宋中、后藤钾二，都不会想到这场“乒乓外交”的后续会如何发酵。

就在周恩来接见美国乒乓球队的现场，斯廷霍文发出了对中国乒乓球队访美的邀请，周恩来当场就答应了。

就在会见之后还不到10个小时，美国总统尼克松就发表了一项声明，宣布从货币、石油、货物运输进出口等各方面对中国解禁。

就在会见之后3个月，尼克松总统的特使基辛格就通过“巴基斯坦渠道”，秘密从伊斯兰堡飞抵北京，会晤中国领导人。

就在会见之后的10个月，美国总统尼克松正式访华，中美之间几十年的坚冰，一朝打破。

馒头说

对20世纪的整个世界格局来说，中美关系的突破，绝对是一个大事件。

而促成这个大事件发生的原因，是整个国际局势的变化，以及中美双方领导人对未来形势的判断和把握，“乒乓外交”可以算是一个“抓手”。

在这个大事件中，后藤钾二、宋中、科恩、庄则栋，包括斯廷霍文、卡宁汉，都是参与其中的人物，他们各自扮演着不同的角色，各自发挥着不同的作用。他们或多或少可能都意识到，自己在参与一件不平凡的事，但未必能预料到这件事的影响会如此深远。不要说他们，即便是毛泽东、周恩来、尼克松这一层面的人物，也未必能对当时事情的走向完全了然于胸。

所以有时候历史真的很有意思：一个历史事件，由时间、地点、起因、经过、结果构成，从头到尾看一遍，是一种感受，而如果你站到这个事件中的每一个人的角度重新看一遍，又是一种新的感受。

历史确实是由一个个年份、一个个数字、一个个事件构成的，但这一切的背后，是一个个有血有肉的人。他们作为个体，就像每个人拿着一块拼图，一块块组合在一起，最终凑成了一个完整的历史事件。

当我们现在回过头去看，前人的成败得失，一目了然。但当时的他们，并不能清楚地知道自己将怎样选择，也未必意识到自己的选择会对事件未来的走向产生怎样的影响，当然也不知道，有一批人在同时参与这一事件，大家相互作用，交叉影响。

在现在，看过去，鉴未来，这可能就是读历史的魅力吧。

本文主要参考来源：

1.《我亲身经历的“乒乓外交”》(高梁,《炎黄春秋》, 1998 年第 12 期)

2.《我所亲历的中美“乒乓外交”》(徐寅生口述，金大陆采写，吴维整理，《世纪》, 2017 年第 1 期)

3.《非常时期的战略抉择——见证“乒乓外交”(上)》(王鼎华,《秘书工作》, 2008 年第 7 期)

4.《历史性的五分钟——庄则栋回忆中美乒乓外交》(杨桂凤、平丽,《瞭望》, 1998 年第 52 期)

5.《美方人员关于乒乓外交的回忆》(顾宁,《百年潮》, 2001 年第 7 期)

6.《美国国务院对乒乓外交的评估报告》(侯新竹,《冷战国际史研究》, 2018 年第 2 期)

7.《中美乒乓外交背后的毛泽东》(周溢潢,《北京档案》, 2004 年第 12 期)

那一年，中国在联合国连投 16 轮反对票

在很多人的印象里，中国作为五大常任理事国之一，似乎一直在联合国决议中投“弃权票”。但事实上，中国还投过很多反对票，其中，以 1981 年那一次最为著名。

1

当 1981 年到来的时候，库尔特·瓦尔德海姆面临一个重要的抉择。

此时的瓦尔德海姆，是在任的联合国秘书长，而 1981 年，正是他第二个五年任期结束的日子。

这位出生在奥地利的著名外交家，在自己十年的联合国秘书长任上做得相当不错。他在 1972 年上任之后，首先解决了联合国 6 500 万美元的财政危机，随后在“慕尼黑奥运惨案”“第四次中东战争”“伊朗人质危机”“苏联入侵阿富汗”“越南入侵柬埔寨”等一系列棘手问题中表现得可圈可点，获得了绝大多数联合国成员国的认可。

也正是因此，瓦尔德海姆经过再三考虑，在 1981 年 9 月 10 宣布：将参加下一届联合国秘书长的竞选，争取再一次连任——如果连任成

库尔特·瓦尔德海姆

功，他将成为联合国历史上任期最长的秘书长。

瓦尔德海姆参加连任竞选是有底气的：第一，他才 63 岁，精力充沛，经验丰富；第二，他在任内确实口碑不错，不少成员国也支持他连任；最重要的是第三点，美国和苏联两个“超级大国”也都对他的连任表示同意——这是最关键的。

联合国秘书长的产生必须同时满足两个条件：第一，在 5 个联合国安理会常任理事国和 10 个非常任理事国的投票中至少获得 9 票；第二，5 个常任理事国不能出现一票反对，不然就要重新推选。

从以往的经验看，只要美国和苏联都同意的联合国秘书长人选，还从来没有被否决过。

但是，瓦尔德海姆却完全没有想到，他的连任计划遭到了另一个常任理事国的坚决反对。

这个国家，就是中国。

2

按理说，瓦尔德海姆其实是“中国人民的老朋友”。

1971 年，当瓦尔德海姆以“黑马”的姿态出现在联合国秘书长的竞选行列中时，与芬兰代表雅克布森最终对决的关键一票，是中国投给他的。当时中国才刚刚重返联合国没多久，瓦尔德海姆对此也心存感激。他原先就发表过自己的观点，支持中国重返联合国（奥地利当时投的也是赞成票）：“随着时间的推移，情况越来越令人不可思议了：

一个仅控制了1 600万人口、位于中国大陆边缘的岛上政府，竟试图代表占人类总数四分之一的中国人讲话。关于中国恢复联合国席位问题的争论已耗费了太多的时间和精力。”

而在中国重返联合国之后，当时作为奥地利常驻联合国的代表，瓦尔德海姆也做过欢迎致辞：“我们相信，中国参加联合国的生活将加强这个组织，并且大大改进它促进和实现《联合国宪章》的宗旨与目的的能力。……我曾在这个讲坛上说过，人们普遍认为，没有中华人民共和国充分参加联合国的各项活动，我们就不可能期望这个组织所面临的许多问题取得显著进展，这些问题是同联合国的基本目标即保持国际和平和安全有关的。”

瓦尔德海姆当选后不久就访问了中国，成为第一位访问中国的联合国秘书长，与周恩来总理会面。1977年他连任之后，再度访问中国，当时和他会面的是中共中央主席、国务院总理华国锋和国务院副总理邓小平。

当然，关于瓦尔德海姆对中国人民的友好，也出现过一些段子。

最著名的是在周恩来总理逝世时，瓦尔德海姆下令“破例”在联合国总部降半旗哀悼，并且发表“著名演说”，大致意思是如果谁能够像周总理那样做到没有存款、没有孩子，也可以享受降半旗待遇！然后“全场外交官哑口无言，随后响起雷鸣般掌声”。

虽然瓦尔德海姆确实很尊敬周恩来，但1947年联合国就颁布了一个条例：成员国元首或政府首脑去世，都要降半旗致哀一天，所以为周总理降半旗并非“破例”。至于那段发言，很多当时在联合国的中外外交官都表示从没听到过。

所以，似乎中国并没有反对瓦尔德海姆连任的动机。

但是，中国也确实有自己的理由，无关瓦尔德海姆个人——联合国秘书长不能总是由来自发达国家的欧洲人担任。

从联合国成立开始，第一任秘书长是挪威的特里格韦·赖伊，第二任是瑞典的达格·哈马舍尔德，第三任好不容易是来自缅甸的吴丹，还是因为达格·哈马舍尔德在刚果出差飞机失事后，作为副秘书长转正的（后连任一届）。到了第四任瓦尔德海姆，做了两任之后还要再做一任的话，联合国的四任秘书长中三任都是来自西方发达国家，第三世界国家的声音实在太微弱了。

那么，中国有没有自己中意的候选人呢？

有。这个人，就是来自坦桑尼亚的代表萨利姆。

萨利姆在 20 世纪 60 年代担任过驻中国兼朝鲜大使，和中国的关系非常好。1971 年中国重返联合国，有一个非洲代表在投票结果公布后，在现场激动地当场跳舞，这个人就是萨利姆。萨利姆担任过近十年的坦桑尼亚驻联合国代表，当时是坦桑尼亚的外交部长。在 1981 年 6 月，由 50 多个国家组成的非洲统一组织一致同意，推举萨利姆代表非洲大陆竞选联合国秘书长。而中国也希望和第三世界国家一起，推举萨利姆担任新一任的联合国秘书长。

萨利姆当时竞选联合国秘书长时才 39 岁

毫无疑问，新一任的联合国秘书长之争，最终将在瓦尔德海姆和萨利姆之间展开。

而这两人背后站的最大国家，分别是美国和中国。

3

1981 年 10 月 27 日，较量正式展开。

在安理会的一个小会议厅，代表们都拿到了选票，中国代表和美国代表几乎都没什么犹豫，迅速勾上了候选人的名字。

第一轮投票结果：萨利姆11票，瓦尔德海姆10票。

两人都过了“至少9票”这个第一要求，但都没达到第二个要求——因为各有一个常任理事国投了反对票。

虽然投票采用的是无记名方式，但常任理事国投出的票会被特别标记，所以大家都知道萨利姆和瓦尔德海姆各自遭到了一个常任理事国的反对，而且这两个国家都非常明显：

中国对瓦尔德海姆投了反对票，而美国对萨利姆投了反对票。

于是，投票只能宣布无效，重新开始第二轮投票。

由于美国代表开始在各个代表间运作，第二、三、四轮中，萨利姆的得票数直线下降，第四轮仅仅得到了6票，已经不符合“最低投票数”的规定。而瓦尔德海姆的票数一直稳定在10票。

但是，瓦尔德海姆却始终无法当选，因为中国在这四轮投票里每轮都投出反对票。

在这样的情况下，投票只能暂停。第二天，联合国安理会再次进行了两轮投票，萨利姆两轮都得了8票，瓦尔德海姆两轮都得了11票。

虽然瓦尔德海姆依旧领先萨利姆3票，但还是没用——中国又在两轮投票中投出了反对票。

投票再次暂停。

11月4日，在经过6天的磋商、呼吁和各种幕后沟通之后，安理会再次进行了第七轮和第八轮投票，但结果还是一样：萨利姆先后获得9票和8票，瓦尔德海姆两轮都获得10票，但依旧没人能当选——中国和美国在总共8轮的投票中，每轮都互相投了对方推举的候选人的反对票。

在1981年的联合国秘书长竞选过程中，由于号称“非洲国家天然盟友”的苏联一直投的是弃权票，所以坚持投反对票的中国在非洲人气急剧上升。尤其是坦桑尼亚的工作人员，在看到中国的工作人员时，都要用斯瓦希里语说一句："萨利姆！其纳（中国）！拉菲克（朋友）！"

这时候，中国和一些第三世界国家受到的压力明显增大，有部分国家开始指责中国在"故意制造麻烦"，而一种说法开始在联合国各个角落流传开来：中国只是做做样子，在投了 8 轮反对票之后，已经在非洲兄弟们面前做足姿态，接下来就会妥协。

这样的传言似乎也有一定的道理，因为在之前的联合国秘书长选举中，中国就是在前两轮都投了反对票，但在看到自己支持的非洲国家候选人竞选无望的情况下，最终还是妥协了——拿到中国选票的那个人，就是瓦尔德海姆。

但是，中国很快再次表明立场。联合国的成员国已达 157 个，其中不结盟国家几乎占 2/3，非洲国家占 1/3。但自联合国成立以来，担任过秘书长的四人当中，仅有一人来自亚洲，其他三人都来自欧洲。这同联合国的组成和第三世界国家在联合国所起的作用相比，极不相称。

投票还将继续。

也就是在这时候，中国驻联合国代表凌青接到了国内邓小平发来的指示，总结下来就是四个字：

一否到底。

4

11 月 17 日，在投票暂停了近两周之后，战幕再度拉开。

在这一天，联合国安理会一口气再次进行了 8 轮投票。结果是：第一轮，瓦尔德海姆得 11 票，萨利姆得 10 票；第二轮，瓦尔德海姆得 10 票，萨利姆得 9 票；最后六轮，瓦尔德海姆都得 9 票，萨利姆都

20 世纪的联合国大会会场

得 8 票。

虽然各轮票数略有差别，但有一个情况一直没变：中国和美国又连续 8 轮各自投出了 8 张反对票。

整整 21 天，16 轮投票，在其他三个常任理事国都弃权的情况下，中国直接和美国“正面交锋”——连投 16 轮反对票。

这种情况在联合国历史上从没有出现过，该怎么收场？

此时，两个备选方案被提了出来：第一，瓦尔德海姆连任一年或两年后再次进行选举；第二，瓦尔德海姆和萨利姆分享下一任联合国秘书长的五年任期。

随即，又有一种说法传出：中国准备接受第二种方案。

中国代表迅速发表声明：“无论在任何情况下，中国支持第三世界候选人的立场都不会改变。中国不能容忍的是一两个超级大国对联合国事务的控制和操纵。”

1981 年 11 月 20 日，中国副总理兼外交部长黄华在结束对尼日利亚的正式访问时，专门向尼日利亚电台记者强调："中国坚决支持第三世界国家的人选！"

这等于中国向非洲国家再一次做出承诺。

但是，照这样的局面发展下去，哪怕再投 16 轮，依旧无法选出新的秘书长。

怎么办？

5

最终首先做出改变的，是瓦尔德海姆。

瓦尔德海姆和中国的关系其实一直非常好，所以他直接找到了中国驻联合国代表凌青，希望了解中国接下来究竟准备怎么做。

凌青

凌青对瓦尔德海姆也交了底："中国坚持的是原则，中国的态度不是针对你个人的。联合国成立只有 36 年，你一人就担任了 10 年秘书长，这已经是很高的荣誉了。中国支持第三世界秘书长候选人的做法是合情合理的。"

在听完中国的态度之后，瓦尔德海姆表示完全理解，并做出了自己的决定。

1981 年 12 月 3 日，瓦尔德海姆写信给安理会主席，要求安理会在之后推选新秘书长的投票中，不要再把他的名字写进去——等于放弃参加竞选。

5 天以后，考虑到美国肯定不会改投赞成票，所以萨利姆同样也

佩雷斯·德奎利亚尔

宣布退出竞选。

一场僵持了 16 轮的选举，就此出现转机。

12 月 9 日，联合国安理会宣布了另外 9 名联合国秘书长候选人，他们分别来自阿根廷、伊朗、秘鲁、圭亚那、巴拿马、菲律宾、毛里求斯、厄瓜多尔和哥伦比亚——统统是第三世界家。

1981 年 12 月 11 日，经过新一轮的选举，来自南美洲秘鲁的佩雷斯·德奎利亚尔成为下一任联合国秘书长。

这一次，中国投的是赞成票，而美国没有投反对票。

61 岁的德奎利亚尔就此成为联合国历史上第二位来自第三世界的秘书长。

在宣誓就职时，德奎利亚尔特别强调：我不会忘记自己来自一个发展中国家。

6

1982 年 8 月 21 日，德奎利亚尔访问中国。

在中南海，邓小平会见了这位新任联合国秘书长，他说："中国是联合国安全理事会的常任理事国，中国理解自己的责任。有两条大家是信得过的，一条是坚持原则，一条是讲话算数。我们不搞政治游戏，不搞语言游戏。我个人爱好打桥牌，但中国在政治上不爱好打牌。"

邓小平还向德奎利亚尔阐述了中国的对外政策："中国的对外政策

是一贯的，有三句话。第一句话是反对霸权主义，第二句话是维护世界和平，第三句话是加强同第三世界的团结和合作，或者叫联合和合作。”(《邓小平文选》第 2 卷，人民出版社 1994 年版)

德奎利亚尔之后也在联合国连任了一届。在连任的投票中，中国再次投出了赞成票。

馒头说

事实上，1981 年中国连投 16 轮反对票，还有个时代背景。

当时罗纳德·里根刚刚当选美国总统不久，他在竞选过程中对中国表现出了很强的敌意，在就任之初，更表示要支持台湾，并向台湾出售武器。当时中国和美国在售台武器谈判中陷入了僵局。

就在 1981 年的 1 月，邓小平会见美国参议院共和党副领袖史蒂文斯和美国总统出口委员会副主席陈香梅[①]时表达了中国的态度：“我们希望中美关系继续发展。……中国尽管穷和弱，但需要中国自己做的事情，中国是敢于面对现实的。所以，对中国在世界政治中的地位发生错误判断的人，起码不会有一个正确的国际战略。……即使现在世界发生大的动乱和各种难测的变化，中国自己也能够活下去。以为中国有求于人的判断，会产生错误的决策。……要明确一点，即在台湾问题上如果需要中美关系倒退的话，中国只能面对现实，不会像美国有些人所说的那样，中国出于反对苏联的战略会把台湾问题吞下去，这不可能。”

所以 9 个月后的那次联合国秘书长竞选的博弈，背后也有中国“敲山震虎”的目的。

---

① 陈香梅（1925—2018），世界著名华人华侨领袖、社会活动家、美国国际合作委员会主席，早期在中央通讯社昆明分社工作，后来成为中国空军美籍志愿大队指挥官陈纳德的太太，二战后一直活跃在美国政坛。——编者注

就在瓦尔德海姆宣布退出联合国秘书长竞选的第二天，中美双方开始在北京就美国售台武器问题展开谈判。8个月后，经过反复艰苦的谈判，中美双方发布《八一七公报》，美方做出较大让步。这个公报和中美《上海公报》和《建交公报》一起，成为中美关系健康发展的三大基石。而里根总统任内8年，也被认为是中美关系最好的时期之一。

当然，后面发生的那些事，并不能说完全是因为中国在联合国秘书长竞选这件事上的强硬态度引发的，但肯定有一定的作用。

在外交这个大舞台上，何时强硬，何时妥协，尺度如何把握，实在是有太大的学问。

当然，一切的手段背后，关键还是自身要先有实力。

打铁还需自身硬。

本文主要参考来源：

1.《中美上世纪80年代初在联合国秘书长人选上的对峙》（苏振兰，《党史纵横》，2015年第11期）

2.《1981年，中国在联合国16次断然否决瓦尔德海姆之谜》（宁道一、宋礼盈、傅铮铮，《福建党史月刊》，2008年第10期）

3.《中美在联合国秘书长人选上的对峙 邓小平传话“一否到底”》（夏明星，人民网-中国共产党新闻网，2009年10月13日）

4.《前非洲统一组织秘书长萨利姆：我一刻也没后悔过》（央视国际，2006年10月17日）

5.《新闻背景：联合国秘书长的遴选过程》（王龙琴，新华网，2016年10月6日）

6.《邓小平文选（第二卷）》（邓小平，人民出版社，1994年）

炮火的怒吼

有这么一句话：“战场上得不到的，在谈判桌上也别想得到。”

但换个角度来看，战场厮杀的最终目的，其实还是迫使对方回到谈判桌上。

从这个角度来说，除了无理性的冲动和战争狂的疯癫，战争，其实也是博弈的一种手段。

帝国的覆灭：600 万人为何会被 168 个侵略者摧垮？

有时候，历史就是这么让人感慨：一个人，在前半生默默无闻，但只要凭一件事，居然就可以在整个历史上留下名字。本文要说的，就是这样一个人。

1

从任何角度来看，弗朗西斯科·皮萨罗，都不应该是一个能在历史上留下名字的人。

作为一个西班牙贵族和女佣的私生子，皮萨罗甚至没留下准确的出生年月。一般认为，他出生在 1475 年前后。

当哥伦布代表西班牙第一次发现美洲新大陆的时候，皮萨罗 17 岁。

前半生庸庸碌碌的皮萨罗，根本就没留下什么值得一书的事迹。唯一值得记下一笔的大概有两件事：第一件事，他不识字，是一个文盲；第二件事，他非常崇拜和他同时代的西班牙冒险家、军事家埃尔南·科尔特斯。

科尔特斯的事迹，当时在整个西班牙乃至欧洲世界流传——他率领数千西班牙殖民者，远征中美洲，通过各种手段，居然征服了拥有200万平方公里领土和300万人口的阿兹特克帝国。

在那个充满冒险与野心的大航海时代，为自己国家开疆拓土的同时，实现自己的野心和欲望，可能是最吸引人的一件事。

所以，皮萨罗就沿着科尔特斯的足迹，在很年轻的时候就踏上了去美洲的征途，希望能在那里扬名立万，实现自己的梦想。

但是直到1522年，已经47岁的皮萨罗也只是在西班牙征服巴拿马的战争中立了点功劳，获得了一个种植园。

但是，也就是在那一年，皮萨罗从另一个西班牙探险家的嘴里，听说了一个位于南美洲秘鲁附近的神奇国家——据说那是一个满地都是黄金和珠宝的神秘帝国。

2

就好比迷茫的人生有了一盏指路明灯，皮萨罗从此有了追求的方向。

首先，他找到了与自己“志同道合”的伙伴。在经过几番沟通和说服之后，他与同样愿意为寻找黄金付出生命的阿尔马格罗以及神甫卢克组成了一个三人小团体。

其次，他要保证自己的权益。他找到了当时的巴拿马督军佩德里亚斯，获得了他的允许，得到了可以获得大部分战利品的许诺。

1524年，49岁的皮萨罗带着他的两个合伙人，外加112名西班牙冒险者以及少量的印第安俘虏，前往秘鲁探寻那个神秘帝国，但是很快失败，只获得了少量的黄金。

1526年，51岁的皮萨罗重新组织了160人的探险队伍，结果在厄

弗朗西斯科·皮萨罗

瓜多尔登陆后，遭遇了大量的印第安人，在发生激战之后，只能固守等待巴拿马援军。

但是，此时的巴拿马督军已经换成了里奥斯。这位新来的督军根本就不相信皮萨罗“百人征服大帝国”的计划，要求他立刻回来，放弃探险。

在那一刻，已经过了“知天命”之年的皮萨罗上演了让后来很多西方冒险家为之心驰神往的一幕——他拔出腰中的佩剑，在海滩上画了一条线，大声对自己的同伴说：

“朋友们！那边是苦役、饥饿、赤身裸体、倾盆如注的暴雨、荒芜和死亡，这边是安逸和欢乐！那边是秘鲁和它的财宝，这边是巴拿马和它的穷困！

“选择吧！诸位！什么是最适合一个勇敢的卡斯提尔人去做的！

“至于我的选择，我上南方去！”

随后，皮萨罗用佩剑向南方的秘鲁一指：“愿意去秘鲁发财的到这边来！”又向北方的巴拿马一指：“愿意回巴拿马受穷的到那边去！”

他这番慷慨激昂的演说，终于说服了 13 个愿意追随他的同伴一起去南方冒险。而在历史上，这 13 个人被称为“加略岛十三勇士”——当然，是殖民者按照他们的思维给予的称号。

但是，皮萨罗也没有傻到只带着这 13 人就开始他的征途。

他先是回到了西班牙，说服当时的西班牙国王查尔斯五世授权。对这笔“无本万利”的买卖，西班牙国王当然乐意表达自己的支持——反正皮萨罗如果死在美洲，西班牙也毫无损失。

1529年，皮萨罗被封为“瓜亚基尔湾以南殖民地的督军、行政长官和终身先遣官”——那里本来就不是西班牙的势力范围——只要皮萨罗能获得新的殖民地，就可以合法拥有该殖民地80%的财富。而皮萨罗的两个队友，阿尔马格罗为秘鲁城市通贝斯城的司令，神甫卢克为通贝斯城的主教。

听上去名头很响，但其实皮萨罗手底下几乎没有什么人。唯一算得上主力的，是当初跟随他的所谓“加略岛十三勇士”，他们全部被授予世袭的骑士称号，每人分到1 000个印第安人奴隶和大量的庄园土地。

1531年，已经56岁的皮萨罗终于组织起了一支不到200人的队伍。

他带着这支不到200人的队伍从巴拿马起航，决定不惜一切代价，去征服那个让他魂牵梦萦多年的黄金帝国。

此时的他，已经完全探明了情况：那是一个国土面积超过200万平方公里，人口达到600万的庞大帝国。

那就是当时南美洲的霸主：印加帝国。

3

印加帝国是一个很奇怪的国家。

这个古老帝国源自10世纪一个叫“印加”的小部落，从15世纪开始快速崛起和扩张，最盛时国土面积涵盖今天的厄瓜多尔和秘鲁山区、玻利维亚高原、智利北半部和阿根廷的一部分。

然后，这个国家就展现出矛盾的两面。

一方面，印加人很聪明，能制作精美的纺织品和陶艺，能在山上开出梯田，能修水渠和水道，能在全国那么大的范围内修筑四通八达的道路，能测算精准的历法（其中阳历能精确到一年365天6小时），

印加帝国遗址

据说还能做包括开颅在内的复杂手术，普遍使用麻药。

另一方面，虽然印加人凭借丰收的粮食和无数的财宝供养出一支多达数十万人的军队，但他们的军事科技却只停留在了青铜器水平，在 16 世纪火器早在全世界流行时，他们军队用的武器还是弓箭、长矛、石锤、木棍……

他们在全国修筑了四通八达的道路，却没有发明轮子，导致行军和运输的效率非常低下。

他们从来不知道什么是“马”，作为整块大陆最先进的文明，他们只成功驯养了羊驼，用来进行效率极低的负重。

他们拥有数百万人口和一套行政体系，却没有发明文字，而只是用一种打结的绳子来传递和记录简单的信息。

他们繁衍了那么多代，王室却严格遵守一条令人瞠目结舌的规定：国王只能娶自己的亲姐姐或亲妹妹，生下的孩子才能保证血统纯正，继承王位。

在这片千百年来外来人不曾发现的大陆上，印加人默默攀爬着他们几乎已经触碰到天花板的科技树，繁衍出了数百万的人口，开拓了数百万平方公里的疆土，看上去盛极一时，却犹如一个倒立的金字塔——稍微有人去捅一下他们薄弱的根基，就很容易引发一场大崩溃。

而对于这一切，印加人是浑然不知的，他们正热衷于每一个庞大帝国都喜欢做的事：内战。

16 世纪 20 年代，印加帝国的皇帝瓦伊纳卡帕克去世，留下了一个烂摊子：他和自己亲姐妹生下的数十个儿子。

由于印加王室从来没有什么"嫡长子继承"制度，全靠皇帝兴之所至指派继承人，所以每次父子更替，内战是非常容易爆发的，这一次也不例外：瓦伊纳卡帕克指定的继承人叫瓦斯卡尔，但问题是瓦斯卡尔的母亲虽然也是老皇帝的亲姐妹，却没有正式办过仪式（为此，瓦斯卡尔还命令自己的母亲和已经成为干尸的父亲补办了一场"冥婚"）。这时候，原先被立为皇子后又被废黜的阿塔瓦尔帕站了出来，声称自己才是正统。

一场内战无可避免地在这两股势力之间爆发，一打就是好几年。

最终，阿塔瓦尔帕战胜并俘虏了自己的兄弟瓦斯卡尔，当着瓦斯卡尔的面把他诸多妻子和亲属一一杀死，然后送他上路。

此时的阿塔瓦尔帕统一了整个印加帝国，成了正式的皇帝，正准备一展宏图，忽然属下来报：

有一小群奇怪的人，说要见一见印加的皇帝。

4

那群人，当然就是弗朗西斯科·皮萨罗的冒险队。

那是 1532 年的 11 月，打听到印加帝国正处于内战消息的皮萨罗觉得机不可失，立刻带着他的队伍深入南美大陆腹地，第一次真正进入了印加帝国。

皮萨罗的所有家当，是 168 个人，其中 106 人是步兵，还有 62 人是骑兵。

而他面对的，是一个拥有 600 万人口的印加帝国。

但皮萨罗做出的决定是，以“合作”和“贸易”之名，邀请印加皇帝来见一面。

直到现在，依旧有不少历史研究者没有想明白一件事：印加皇帝阿塔瓦尔帕为什么会答应以皇帝的身份，亲自去见皮萨罗的殖民小分队。

一个最有可能的原因，应该是皇帝的好奇心。

对于古老而封闭的印加帝国而言，任何外来的闯入者都是让人觉得新鲜的。更何况，根据手下的禀报，那群闯入者骑着他们从没见过的高大动物（马），浑身包裹着不知是什么材料做成的皮（盔甲），拿着可以发出巨大声响和烟雾的棍子（火枪），还有可以迅速切割一头羊的武器（钢制的剑），这一切都太让人感到新奇了——阿塔瓦尔帕很可能也想验证一下，他们是不是“神派来的使者”。

而另一个重要原因，是印加皇帝并不觉得此行有什么风险。

作为印加帝国的最高统治者，阿塔瓦尔帕此时拥有 8 万精锐战士，还有连绵数百万平方公里的国土和数百万的人口，怎么可能被一支 100 多人的探险队伍摧垮？

所以，阿塔瓦尔帕决定，将与西班牙人会面的地点定在一个叫“卡哈马卡”的地方。

而此时的皮萨罗，也处在一种兴奋与惶恐之中。

从科技和军事上来看，西班牙人与印加人简直不是同一个时代的，真要打起来，属于“降维打击”；但从人数上来看，168 个西班牙人将面临整个印加帝国超过 8 万的精锐部队——如果要硬干，即便最胆大的科幻小说家都不敢这样编故事。皮萨罗骗自己的同伴说印加帝国只有 4 万军队，但即便是这个数字，也足以把他们所有人吓得心惊胆战，夜不能寐。

但是，他们对财富、土地和名望的欲念，最终战胜了他们的恐惧。

皮萨罗决定赌一把。

5

1532 年 11 月 16 日，这是一个在整个人类历史上都会留下印记的一天。

这一天的早上，前一天才抵达卡哈马卡的皮萨罗托信使给印加皇帝带去了一个口信："请转告贵国君主，欢迎他大驾光临。至于何时来和怎样来，都可以按照他的意思办。不管他以什么方式来，我都会把他当朋友和兄弟接待。我求他快来，因为我渴望和他见面。他将不会受到任何伤害或侮辱。"

中午，印加皇帝阿塔瓦尔帕就真的来到了卡哈马卡广场。

任何一个在现场的西班牙人，都会被印加皇帝到来的场面震撼。

走在最前面的，是 2 000 名身穿五颜六色棋盘花纹衣服的印第安人，他们的任务只有一个，捡起路上的石头和小草，让皇帝即将经过的道路变得整洁。

在这 2 000 人身后，是三群身着不同颜色服装、载歌载舞的印第安人，他们的任务，是让皇帝的队伍显得欢欣鼓舞。

再往后，是大批的印加武士，他们虽然只拿着原始的棍棒武器，但雄武有力，毫无疑问，他们的责任是护卫。并且，他们还抬着巨大的金属盘子和许多金银制品，让皇帝的队伍显得珠光宝气。

最终，在众人的簇拥下，坐在轿子上的印加皇帝阿塔瓦尔帕出现了。轿子的木支架用银皮包裹，四周插满五颜六色的鹦鹉羽毛，并用金银饰品装饰。这顶轿子由整整 80 名印加领主扛在肩上——有资格抬轿子的，也必须是身份高贵的人。

阿塔瓦尔帕的画像

阿塔瓦尔帕本人头戴皇冠，身着锦绣，脖子上套着用绿宝石穿成的巨大项链，坐在轿子中装饰华丽的鞍形小凳子上。同时，主轿两边还有大量轿子和吊床，里面坐着大批穿金戴银的高级领主。他们的身后，又都是抬着金银制品的印加武士。

在进入广场时，数千名印加武士唱起了嘹亮的战歌，这让有些等候多时的西班牙人直接吓得尿了裤子。

接触正式开始。

原本只说要进行“贸易和合作”的皮萨罗派出了一名叫德巴尔维德的修士，手捧《圣经》走到印加皇帝阿塔瓦尔帕面前，宣称“以上帝和西班牙国王的名义”，要求阿塔瓦尔帕皈依基督教。

阿塔瓦尔帕很好奇地把《圣经》拿了过去，想看看这是一个什么神奇的东西——印加人不会造纸，更不会印刷书籍。他翻开这本书后，发现并没有什么神奇之处。为了确保万一，他还放到耳边听了听，以为里面会有什么神灵在说话。

当发现这完全是一个普通的东西之后，阿塔瓦尔帕愤怒地将《圣经》丢到了一边，喊道：“我们只相信太阳，不相信上帝和基督！”

而这个举动无疑成了一个导火索——或者说成了皮萨罗的一个借口——有人亵渎了《圣经》。

德巴尔维德回到了皮萨罗身边，开始高喊：“出来吧！出来吧！基督徒们！向这些拒绝上帝福音的敌人冲过去吧！那个暴君竟敢把《圣经》扔在地上！……向他们冲过去，我会宽恕你们的罪孽的！”

与此同时，皮萨罗发出了“进攻”的信号。

一时间，皮萨罗事先安排好的大炮响了起来，而那 60 多个骑兵也从四周埋伏好的位置冲了出来。为了震慑印加军队，皮萨罗专门埋伏了人吹喇叭，还在战马身上系了很多可以发出巨大声响的东西。至于他们的那十几支前膛枪，虽然杀伤力有限，但还是能发出巨大的声响。

印加帝国的武士们确实是被这些从没见过的东西惊呆了。

虽然他们反应了过来，开始用石斧和木制棍棒向西班牙人还击，但这种孱弱的武器根本不能破坏西班牙人的全身盔甲。而西班牙人的钢制佩剑可以轻而易举把没有任何盔甲防身的印加武士砍成两段。

在混战中，皮萨罗一马当先，一手拿剑，一手拿匕首冲向了印加皇帝阿塔瓦尔帕——他清楚地知道，在这种人数占有极大劣势的情况下，必须擒贼先擒王。

簇拥在印加皇帝身边的印加领主开始反抗，但奇怪的是，他们拼死要做的事，是确保皇帝的轿子不能翻下来——被砍死几个，就有几个人从旁边拼死冲过来，再抬住轿子。

描绘当时场景的油画

最终，七八名西班牙骑兵冲了过来，直接撞翻了皇帝的轿子，而阿塔瓦尔帕基本没有什么反抗，束手就擒。

皇帝被俘，印加人的队伍一下子就垮了，之后就演变成了一场残忍的大屠杀。

在这场屠杀中，很多印加人是死于己方的人互相践踏。在如同“天神”一般的西班牙人面前，他们四处逃散，最终靠推倒广场旁的一段围墙才逃了出去，而几十名西班牙骑兵追了上去，肆意砍杀。

最后的战况令人难以想象：印加人伤亡了数千人，而西班牙人的伤亡人数只是个位数。

而且，印加皇帝还被俘了。

6

令人觉得匪夷所思的故事还在继续。

被俘虏的印加皇帝阿塔瓦尔帕并不觉得自己会有什么性命危险，因为他完全无法想象，凭眼前这 100 多个西班牙人，就能接管他的印加帝国。

在牢房中，阿塔瓦尔帕依旧可以向他的臣民发号施令——这主要是因为西班牙人愿意这么做，因为可以借他的名义实现自己很多目标。

比如说黄金。

尽管黄金在欧洲让每个人垂涎欲滴，但在印加皇帝眼里，并非特别珍贵之物。

阿塔瓦尔帕向皮萨罗表示，他愿意用黄金填满自己被关押的房间——那个房间长约 6.7 米，宽约 5.2 米——以此来换回自己的自由。皮萨罗同意了。

于是，从 1532 年 12 月到 1533 年 5 月，在印加皇帝阿塔瓦尔帕的命令下，大量的黄金、精美珠宝和工艺品，从印加帝国各处源源不断运往卡哈马卡。

很快，那个关押皇帝的房间就被黄金填满，作为附送，阿塔瓦尔帕又装了两个同样房间大小体积的白银。皮萨罗将这些都熔铸成了金锭和银锭，用船运回了西班牙。

皇帝履行了自己的诺言，西班牙人非常感动，然后还是决定处死他。

事实上，阿塔瓦尔帕在被囚禁期间已经开始主动向西方文明靠拢，一个标志就是他居然学会了国际象棋，并且主动皈依了基督教——在绞索套上他的脖子之前。

但他依旧被西班牙人毫不留情地处死了。

一个 600 万人帝国的中枢核心，就这样被一个 160 多人的小队给摧毁了。

7

之后，皮萨罗先后扶植了三个傀儡皇帝，但渐渐明白了这究竟是怎么一回事的印加人，开始学会了反抗。

这场战争断断续续持续了近 40 年，直到 1572 年前后，西班牙人才完成了对印加帝国的完全征服。在这期间，西班牙人凭借先进的武器和技术，以及南美大陆人完全缺乏免疫力的天花等病毒，将整个印加帝国的人口直接消灭了近 90%。

不过，皮萨罗自己并没有得到一个好归宿。

由于获得了太多的金银珠宝，皮萨罗和手下出现了分赃不均的问题，他原来的忠实追随者阿尔马格罗就是起兵反叛者之一，在进攻皮萨罗失败后被处死。

但是，皮萨罗也没有就此高枕无忧，1541 年 6 月 26 日，一群阿尔马格罗原来的追随者再度起义，冲入了皮萨罗高高在上的宫殿，杀死了这位 66 岁的冒险家。

据说，在临死之前，皮萨罗在地上画了个十字。

馒头说

有两款游戏，曾经给我留下过深刻的印象。

一款是微软的《帝国时代》系列，一款是席德·梅尔的《文明》系列。

在玩这两款游戏时，你都会有一种非常震撼的体验。当你拼命加速发展文明之后，去征服一个比你落后得多的文明，就会出现这样的场面：在《帝国时代》中，你只用一个“铁器时代”的枪兵，就可以横扫一群“青铜时代”的武士；而在《文明》里，真的可以只派出一队坦克，就把对方处于农耕文明时代的骑兵步兵全部扫平，顺带享受摧毁他们投石车的快感。

不要以为这只存在于游戏中，现实生活中真的发生过，比如皮萨罗的 100 多名西班牙殖民者，居然屠杀了几千名印加武士，顺带摧垮了数百万人口的印加帝国。

我上初中时写作文，写到一半自己会义愤填膺、双手握拳：“堂堂拥有 100 多万军队的天朝大国，居然会被区区几千侵略者堂而皇之地登陆上岸，烧杀掳掠……”

很多我们觉得不可思议的事情，背后是有道理的。

历史的解读因解读者的立场不同而不同，有人看到的是皮萨罗的勇敢和决心，有人看到的是西方殖民者的贪婪和残酷。

但有一点，恐怕是所有人都深以为然的，那就是：

落后，真的，真的，真的是要挨打啊！

本文主要参考来源：

1.《印加帝国覆灭记》（陶短房，搜狐网，2018 年 8 月 24 日）

2.《1491：前哥伦布时代美洲启示录》（查尔斯·曼恩著，胡亦南译，中信出版社，2014 年）

3.《皮萨罗：征服印加帝国的文盲殖民者》（蒋美晴，参考网，2017 年 7 月 8 日）

4.《印加帝国的末日》（金·麦夸里著，冯璇译，社会科学文献出版社，2017 年）

5.《人类简史》（尤瓦尔·赫拉利著，林俊宏译，中信出版社，2014 年）

6.《皮萨罗血洗秘鲁——印加帝国的覆灭》（代彭康，《文化译丛》，1989 年第 1 期）

7.《试论美洲印第安人沦为被奴役地位的历史教训》（朱世广，《拉丁美洲研究》，1999 年第 6 期）

日俄战争：一场中国土地上的权力游戏

这是发生在20世纪初的一场战争，我国的历史教科书上涉及较少，因为交战国不是中国。但这场战争发生在中国的土地上，并且是一个反映当时中国地位的绝好案例。

1

如果把日俄战争比作一局大棋的话，那么第一颗棋子的落下，要从1894年的中日甲午战争说起。

甲午一战之后，清政府除了向日本赔款2亿两白银之外，还答应了一系列附加条件：承认朝鲜归日本控制，并割让辽东半岛和台湾。

然后，俄国就拍桌子跳了起来。

按理说，这是只涉及中日双方的事，俄国人急什么呢？那是因为俄国不仅觊觎辽东，还早就把中国的东北视为自己的势力范围，甚至可以说准备将其纳入自己国家的版图，只是在等一个合适的时机而已。

为此，俄国拉来了自己在欧洲的两个盟友德国和法国，要求日本把辽东半岛还给中国，这就是著名的“三国干涉还辽”。

由于日本在甲午一战中也消耗了大量的国力，所以在清点了自己的筹码之后，只能再向清政府敲了 3 000 万两白银的“赎辽费”，被迫归还了辽东半岛。

虽然半岛是还了，但日本人的梁子却结下了——他们不恨中国人，恨俄国人。

然后就到了 1900 年，第二颗棋子又被埋下：“义和团”运动爆发了。

因为“义和团”运动，八国联军组成了近 2 万人的军队直扑天津和北京。有意思的是，其他国家的军队打着“解救本国大使馆和侨民”的旗号，好歹去的是直隶方向，而俄国除了派军队参加北京的行动，还发动 15 万军队大举进攻根本没有什么“义和团”的东北，随后占领东北全境。在其他国家军队都撤出北京之后，俄国没有一点要从东北撤军的意思——就是准备赖着不走了。

眼看俄国就要实现它所谓的“黄俄国计划”，独占中国的东北全

八国联军侵华时的俄国军队。在侵占了中国东北之后，俄国还索要了最多的“庚子赔款”份额

境，这回轮到日本坐不住了（清政府把消息透露给了日本）。日本拉着英国和美国开始干涉，要求俄国必须撤军。这回轮到俄国清点自己的筹码，算下来觉得和列强作对不值得，最终签署了《交收东三省条约》，被迫承诺在一年半之内全部撤兵。

于是，东三省算是还了，但俄国人的梁子也结下了——他们也不恨中国人，恨日本人。

其实这两个国家互相仇恨本来就是一件不可避免的事，因为它们对领土和利益的诉求高度重合——虽然领土和利益都是属于它们的邻居的。

一个是老牌帝国主义，一个是新兴帝国主义，围绕着邻居家的那块好地，开始摩拳擦掌。

其实它们都知道，一场战争是不可避免了。之所以还不打，只是因为双方都要盘算一下自己背后的盟友和手上的筹码。

2

日俄战争在台面上是一场单挑，但在台面下，其实是一场群架。

以日本当时的情况，虽然经过"明治维新"后国家实力迅速膨胀，但要单挑堪称"巨无霸"的俄国，它心里也是没底的。好在，它的身后站着英国和美国。

英国长期以来一直把俄国视为自己在中国的利益竞争对手，尤其担心侵占中国的东北以后，俄国会继续渗透到长江以南——那是英国的核心利益所在区域。再加上同为岛国的惺惺相惜感，英国于 1902 年 1 月 30 日与日本在伦敦签订了同盟条约，主要目的就是共同对付俄国。

而美国因为进入中国比较晚，利益基本都已被列强分光，在试图插足东北时，好几次都被俄国拒之门外，所以也希望借助日本来对抗俄国。

清末被列强瓜分的中国蛋糕

俄国的背后也站着欧洲两强，那就是法国和德国。

法国和俄国在 1902 年同样缔结了同盟。法国对俄国的主要诉求倒不是在华利益，而是希望俄国能够对德国施加一定的压力，让德国始终保持一种两线作战的状态。

德国和俄国并没有盟约，但德国支持俄国在远东扩张。除了和日本的势力范围有冲突外，其实德国的主要目的是对抗法国。德国最希望的就是俄国在远东大干一场，甚至直接和英国爆发矛盾，因为这样的话俄国就会把西线的兵力调到东线，从而大大减轻德国的压力。

台面下各自啦啦队的基本实力相当，那么台面上的两个拳击手实力究竟如何呢？

3

应该说，如果以举国之力来衡量的话，日本当时绝不是俄国的对手。

俄国当时的人口达到了 1.4 亿，拥有陆军常备军 104 万，后备役军人 375 万——这个数字别说日本，连欧洲列强看了，都心里发毛。在海军方面，俄国海军拥有 200 多艘战舰，日本海军主力舰还要向英国购买，而俄国的战列舰都已经实现自己建造（法国人设计）。

但俄国当时也面临三个巨大的问题。

第一，军队主力都部署在西线，在东线的远东地区只有10万左右的兵力，海军在远东也只有60多艘作战舰只。当时西伯利亚大铁路的贝加尔湖段并没有完全开通，从欧洲运兵到亚洲的远东，火车需要开6个星期的时间，每昼夜只能开两至三列军车。

第二，俄国军队的数量虽然庞大，但技术和指挥水平普遍落后。有线电报电话只配备到集团军和军，师以下部队还是靠骑马甚至徒步通信。在全世界已普遍进入火药时代时，俄军不少将领还是崇尚当年库图佐夫击败拿破仑远征军的刺刀白刃战战术。

第三，俄国人非常轻视日本人，或者说轻视黄种人，称日本人为“猴子”。当时他们做出的判断是，一个俄国士兵能打三个日本士兵，在远东根本不需要打大仗，只需要做一次“餐后散步”，就可以“教训一下日本人”。

相比之下，日本虽然国力逊色，但备战比俄国要认真得多。

当时日本的总人口大约为4 400万，陆军大约37.5万人，战时可动员后备役为200万出头。海军是当时日本的骄傲，大约有作战舰只80艘，绝大多数都是在英国建造的新型军舰。

虽然国力和军力不如俄国，但日本当时也有三个优势。

第一，日本对俄作战蓄谋已久。从中国清政府手里拿来的2.3亿两白银赔款，日本把相当一部分投入了军备。从国家开支看，日本在1893年到1894年的开支是8 400万日元，而到了1897年就增加到了2.4亿日元，其中军费增长是最大头。

第二，日本在中国东北战场能一下子投入超过25万兵力，鉴于俄国糟糕的后勤运输能力，在俄国把主力部队运来之前，日本在东北战场能形成绝对优势。

第三，日本陆军中的很多军官留学德国，部队里也有很多德国教官，整体的战术思想和战斗素质要高于俄军。日本的军舰数量虽然不多，但质量精，舰队的高级军官都留学过英国，指挥能力和临场应变

俄国装甲巡洋舰“佩列斯韦特号”停泊于旅顺港。这艘军舰建造于 1898 年，其引擎能提供 14 500 马力的动力，使它能轻易达到每小时 18 节的航速。军舰上装备有大炮 70 多门，多数为速射炮，并有 6 个鱼雷发射管。这些大炮的射程超过 3 英里（约 4.82 千米）。日俄战争期间，这艘军舰给日本海军带来了极大压力

能力都很强。

所以当时的情况是，双方都知道一场战争在所难免，而俄国希望能够拖得越晚越好，便于自己再做一些准备，而日本希望越快开战越好，在俄国尚未调集主力以及防御工事还没修好之前，一举歼敌。

于是，1904 年 2 月 8 日，一场蓄谋已久的战争，终于由日本率先打响。

4

如果要把日俄战争概括一下，最重要的其实就是三场陆战、一场海战。

第一场战役是辽阳会战，这是场颇有戏剧性的惨烈会战。

辽阳会战是从 1904 年 8 月正式打响的。日军投入了 13.5 万人和近 500 门大炮，开始强攻俄军的重要据点辽阳。而守卫辽阳的俄军有大约 16 万人、近 600 门大炮（日俄开战后，俄国开始往远东疯狂运兵）。从双方兵力对比来说，俄军处于优势，且是防守方，物资也非常充足，所以俄国远东陆军总司令库罗帕特金下达的命令是“誓死守住辽阳”。

但问题是，俄军在整个日俄战争中表现出了不可思议的保守：每次战斗往往要留 50% 以上的部队做预备队，有的战线甚至要留到 70% 以上。与之相反的是，日军在进攻中完全不留预备队，全军出击，这样反而在局部阵地上形成了兵力优势。

即便如此，俄军确实也进行了殊死抵抗，导致日军的进攻进展缓慢，死伤惨重。战斗打到 9 月 3 日清晨，日军其实已经撑不住了，计划在早晨将投入进攻的第一军撤回。但就在日军决定撤退前 2 小时，不了解敌情的俄军也撑不住了，决定先行撤退回奉天（今沈阳）。这也使得战场上出现了滑稽的场面：两方都要撤，守方先撤了，进攻方也无力前进——直到 9 月 4 日，日军才将信将疑地进占空无一人的辽阳。

这场战役，俄军伤亡 2.7 万人，日军伤亡 1.4 万人。

第二场战役，是旅顺争夺战，这是整个日俄战争中最惨烈的一场战役。

日俄战争的开端，就是从日本联合舰队突袭旅顺港开始的——当时旅顺港内的

当时的日本满洲军总司令大山岩，他是日俄战争中日军的总指挥

俄国海军明明已经知道日俄谈判破裂，却还在庆祝司令史塔克夫人的命名日。

旅顺港是俄国 1898 年强行从清政府手里租来的，是他们在远东梦寐以求的“不冻港”，所以要拼尽全力死守。而这个港口的存在严重威胁日军的海上运输线，所以日军也不惜一切代价要拿下。

在甲午战争中，日军只花两个小时就拿下了旅顺要塞，考虑到俄军的战斗力比清军强悍，他们的预估时间是一周。但没想到这场残酷的争夺战从 1904 年的 2 月一直打到 12 月，一共打了 10 个月。日军前后投入了近 10 万兵力，而俄国的守军也超过了 4 万。

乃木希典在旅顺的攻击方式后来被称为“肉弹”攻势，当时日本国内有不少母亲痛哭着去乃木家的房子外扔石头，要他为自己的儿子偿命。乃木希典在回国后的庆典上自己也痛哭流涕，希望能够剖腹谢罪。1912 年明治天皇病逝后，乃木希典和夫人为了追随天皇，双双剖腹自杀。因为所谓的“忠诚”，在大正和昭和年间，乃木希典被奉为日本的“军神”

日军在进攻旅顺战役中的总指挥是日本著名的将领乃木希典，这位带着自己和儿子的三口棺材上战场的“军神”虽然毫不惧死（两个儿子先后在战场上阵亡）且意志坚定，却对近代化的攻防体系并无研究，还是一味信奉步兵成集团的敢死冲锋。结果，漫山遍野头缠白布的日本兵毅然决然地冲向俄军阵地，全部成了坚守在加固工事内的俄军机枪的活靶子。

日本军部原本想撤换乃木希典，但当时的明治天皇深知，一旦撤换，看重荣誉的乃木希典肯定会剖腹自杀，所以坚持不肯撤换。军部最终派去了一个深谙炮兵战术的儿玉源太郎任总参谋长，替代乃木希典指挥第四次总攻旅顺的战役。儿玉源太郎动用调配过的炮兵狂轰后发动总攻，只打了 8 天，就一举拿下了之前几个月都没拿下的 203 高地。

失去 203 高地的庇护后，旅顺要塞内的俄军军心溃散，在 1905 年 1 月 2 日向日军投降。当时要塞内俄军还有 3.2 万人，火炮 610 门，炮弹 20.3 万发。

这场旅顺攻防战，日军损失了 6 万人以上。

第三场战役就是“奉天会战”，是日俄双方在陆地上的最后总决战。

这场会战也是整个日俄战争中最大的一场会战，日军集结 25 万人总攻困守在奉天的 37 万俄军。与之前一样，兵力占优势的俄军因为一系列的指挥错误，最终只能被迫撤出奉天。

这一战，俄军损失 12 万人，而日军也付出了 7 万人的代价。

奉天会战之后，日本人虽然付出了惨重的代价，但在整个东北战场上已经奠定了绝对优势。而俄国沙皇政府还不甘心失败，继续向远东增兵。

在整个增援过程中，让沙皇抱最大希望的，是从欧洲赶来增援的俄国波罗的海舰队。

经典的“对马海战”即将拉开帷幕。

5

抛开立场等问题不看，日俄战争中的对马海战无论从哪个角度看，都足以成为世界海战史上的经典战例。

事实上，俄国的舰队当时能够抵达战场，本身就是一种奇迹了。

当时的俄国第一太平洋舰队被日本联合舰队打残，龟缩在海参崴港口里不敢出来，完全丢掉了制海权。沙皇震怒之下，决定将波罗的海舰队改名为“第二太平洋舰队”赶来增援。

当时俄国的第二太平洋舰队在哪里呢？既然原来叫“波罗的海舰队”，自然在波罗的海港。波罗的海港在哪？在欧洲。那怎么过来？绕半个地球过来。

增援的命令在 1904 年 4 月传达，但由于俄国政府程序复杂和官僚习气严重，经过长达半年的各种文件传达和准备，第二太平洋舰队大大小小数十艘军舰才从基地拔锚起航，准备远赴亚洲增援。

第二太平洋舰队的主力战舰吨位都超过了 1 万吨，所以无法抄苏伊士运河的近道，只能沿着非洲海岸线南下，绕过好望角进入印度洋后再到亚洲的远东。当时的军舰还是以煤炭为主要燃料，但由于受中立法规影响，俄国舰队不能沿途靠港补给，没有海外基地的俄国只能从德国那里租借了 70 条煤船一路跟随，沿途补给。好在德国和法国还算是俄国背后的盟友，后来开放了一批海外殖民地港口给俄国舰队补给。

但即便如此，整个舰队的行进路线也已经非常吓人——全程超过 3 万公里。而且一路上为了减少补给，俄国军舰上都尽量多堆煤，从甲板到厨房甚至军官的卧室里都堆了煤，整个舰队上下又脏又乱，再加上天气炎热，人心思归，一路航行，士气一路跌落。

1905 年 5 月 27 日，在经历了整整 7 个多月的航行后，俄国这支风尘仆仆的第二太平洋舰队中途集结“第三舰队”，大大小小 38 艘舰艇终于赶到了朝鲜半岛和日本本州之间的对马海峡——离进入海参崴军港也就一步之遥了。

而在那里等候他们的，是由东乡平八郎率领的、早已严阵以待的日本联合舰队全部主力。

1905 年 5 月 27 日下午 2 点，两支舰队狭路相逢，对马海战正式拉开战幕。

在开战之初，东乡平八郎率领的联合舰队行进在俄国舰队的前方，

出战前的日本联合舰队

他忽然下令进行一个U形大转弯——这也是被后来日本人津津乐道的“敌前大回头”。这其实是个非常危险的动作，因为在转弯的过程中，日本舰队是无法开炮的，等于成了俄国舰队的活靶子。

但是当时海面上起了一层薄雾，双方都估远了彼此之间的距离：如果当时知道距离那么近，东乡平八郎不会下这道命令；而俄国舰队如果意识到距离如此之近，早就下令开炮了。

在短短的黄金5分钟之后，日本舰队已经取得了有利的进攻位置，俄国舰队瞬间陷入猛烈的炮火攻击之中。

长途远征的俄国海军在战斗中还是显露出了剽悍的战斗民族本色，不少舰艇在沉没过程中还不断炮击日舰并造成伤亡。但整场海战中，日本海军表现出了更高的战斗素养，水兵配合娴熟，炮击点位准确，经过改良的“下濑火药”也杀伤力巨大。

这场海战历时两天，当中经过追击和迂回，直到5月29日清晨才宣告正式落幕，而结果让西方国家大吃一惊。

强大的俄国第二太平洋舰队38艘战舰，被击沉16艘，自沉6艘，被俘 7 艘，逃往中立国 6 艘，回港 3 艘，损失舰艇共 27 万吨，阵亡 4 830 人，被俘 6 106 人，堪称全军覆没。

而日军仅仅损失了 3 艘鱼雷艇，不到 300 吨，亡 117 人，伤 583 人。

对马海战摧毁了俄国人最后一丝信心，1905 年 9 月 5 日，俄国被迫和日本签订合约，做出了一系列让步：承认日本对朝鲜的控制；将辽东半岛、旅顺口、大连湾的租借特权都转让给日本；将长春至旅顺口的铁路及一切支线，以及附属的权利、财产和煤矿，都转让给日本；割让库页岛南部给日本。

日俄双方签订《朴次茅斯和约》

6

但日俄战争所产生的影响，远远不止俄国让出几个岛那么简单。

从俄国的角度来看，这场战争显然失败了，并且大大动摇了沙皇的威信和执政根基，为后来的国内革命埋下了引线。但对于疆域辽阔的俄罗斯帝国而言，发生在远东的这场战争只是“局部战争”，整个帝国的国力和筋骨还没有被伤到。

在对马海战中立下大功的日本联合舰队总司令东乡平八郎，在战后也被日本视为“军神”，并成了后来的日本军国主义者山本五十六的偶像

而从日本的角度来看，这场战争虽然胜利了，但他们拼上了全部的国力，是“举国之战”。在对马海战开战前，东乡平八郎曾对将士说：“皇国兴废在此一战，各员一层奋励努力！”这倒也不是一句纯粹激励的话，因为如果联合舰队失败，陆军再失利的话，等待日本的命运就是亡国。

为了这场战争，日本花费了近20亿日元，还借了近10亿日元的外债（英美两国不断在给日本输血，没有它们的资助，日本半年也撑不了）。所以，在和谈中，日本向俄国另外开出了30亿日元的天价索赔款。但是俄国沙皇就回了一句话：一分钱不赔，不服的话就继续打。

日本最终只能放弃赔款。它有什么办法吗？一点办法都没有，一是自己已经打不动了，二是即便打得动，如果俄国把西线的主力调过来，日本自恃打得过吗？

而换个角度来看，日俄战争也改变了西欧列强对俄国和日本的看法——它们本来就是这场战争背后的重要角色。

列强对俄国的看法无疑是失望的，一个如此庞大的帝国竟然被一个小小的岛国打败，大家随即重新调整了对俄国的评估。尤其是德国，经此一战看出了俄国的孱弱，这也给它增添了不少信心，以至后来敢冒着两线作战的风险投入第一次世界大战。

而英美也开始对日本的实力刮目相看。经过日俄战争，尤其是对马海战，日本海军一跃成为当时世界上仅次于英国和法国的第三强舰队，这也进一步让英美对日本有所忌惮，在亚洲采取与日本交好的政策——只要不涉及我的利益，随你怎么弄。这也为之后二战期间英美的远东绥靖政策埋下祸根。

1921 年，在美国华盛顿召开华盛顿会议，会议规定当时五大海军强国英、美、日、法、意建造的军舰吨位比例是 5 : 5 : 3 : 1.75 : 1.75。可见日本当时超越法国和意大利传统两强，依旧位居世界第三海军强国

当然，日俄战争也大大影响了日本对自己实力的评估。

经过这场战争，日本虽然也付出了惨重代价，但对自己实力的信心空前暴涨。如果之前击败大清帝国还只是让他们高兴的话，那么这次世界上第一次“黄种人打败白种人”的战争，给日本全民注入了一股谜之自信，自认大和民族确实受到天照大神的眷顾，不管敌人看上去有多强大，只要万众一心，肯定能够战而胜之。

曾有很多人怎么也想不通：二战期间日本怎么会去招惹比自己强

大得多的美国？那种自信与疯狂，相当一部分就源自日俄战争的胜利。

馒头说

在整个日俄战争中，最痛苦的国家，可能就是中国。

在这场发生在自己国家土地上的战争中，中国扮演的角色，是“中立”。

这无疑是相当屈辱的。别人在你的家里面打得稀里哗啦，把你家的锅碗瓢盆砸得稀巴烂，但你还只能站在一边：打可以，注意时间，注意影响，别打到我们家卧室。

但现在回过头去看，中国当时如果不保持中立，又能怎样？

帮俄国？俄国侵占了我们整个东北，我们帮了它，东北什么时候能还回来？而且就算胜利，因此激怒日本的话，今后日本人不在东北闹了，却来东南沿海一直骚扰怎么办？

帮日本？日本对我们一直野心勃勃，它又不是在为我们打架，而是为了它自己的利益。如果日本胜利，也会因此激怒俄国，俄国在东北退却了，却骚扰中国的西北，漫长的边境线何时能够安宁？

那两边都不帮，叫它们滚出中国？得了吧！如果能做这个选择，人家也不会在中国的土地上打起来了。

所以，“中立”只能是最屈辱也最无奈的选择。

当然，说是中立，但在整个日俄战争中，清政府还是暗中支持日本的，在炸药、情报甚至人力上都给日本很多帮助。为什么？因为两害相权取其轻，从总的格局看，俄国若胜，肯定侵吞整个东北，而日本若胜，最多把给俄国的几个岛和港口转交给它，再付一点酬劳而已。

最后的结果证明，事实确实如此。

但是否应该因此感谢日本人帮我们赶跑了俄国人，保住了东北？那也完全没必要。日本经此一战，接管了俄国在中国东北的权益，并借南满铁路和旅顺、大连的租借地，开始慢慢向中国东北渗透、生根、发芽，愈演愈烈，最终在1931年9月18日露出了等待已久的獠牙。

所以，所谓的“以夷制夷”，只能是在自己孱弱的情况下做出的无奈之举，最终结果必然是与虎谋皮。

还是那个观点：把自己搞强大，才是最正经的道理。

本文主要参考来源：

1.《1904年度事件：日俄战争》（腾讯历史“转型中国1864—1949”专题，责编谌旭彬）

2.《在日俄战争期间，为什么很多中国人支持日本获胜？》（搜狐历史，“鬼说天下”，2016年10月3日）

3.《日本为日俄战争付出的代价有多惨重？》（微信公众号“非常历史”，2018年2月21日）

4.《略论日俄战争对远东与世界国际关系的影响》[沈传旺，《新教育时代电子杂志》（教师版），2014年第16期]

美墨战争：一场“老大”对“老二”发动的掠食战

从世界战争史上看，美墨战争并不是一场规模很大的战争。但这场战争却给两个国家造成了巨大的影响，其实想想也是：一场造成200多万平方公里国土面积易主的战争，影响怎么可能不大？

1

当时间进入19世纪40年代的时候，美国人确实有些按捺不住自己驿动的心了。

这个1787年正式确立联邦制的国家，在经历了50多年的发展后，北部的工业化和南部的农业化齐头并进，已经俨然成了北美洲的第一强国。尤其是18世纪末在美国开始的工业化革命，以交通运输业的茁壮发展为标志，公路、运河、铁路的大规模开建，辅以先进的蒸汽机车、蒸汽轮船，将东北部工业和西南部的农业迅速联结。（当时美国南部的棉花产量已经达到了全世界的2/3。）

到了 1840 年的时候，昔日一穷二白、靠农业立国的美国的 GDP 已经达到了 16 亿美元左右，开始超过“老大哥”英国 GDP 的一半了（12 年后首次超越英国）。

在这样的背景下，美国人开始不再满足于自己狭小的国土了，一种叫“天定命运论”（Manifest Destiny）的理论开始在全美弥漫开来。

“天定命运论”总结下来，主要是三点。

第一是“立国”的天意——北美洲建立自由、联合、自治的“美利坚合众国”是天定的命运。

第二是“扩张”的天意——“上帝早就做了决定，西半球是美国人的，即从大西洋到太平洋，或许从北极到南极。”

第三是“民主”的天意——“民主制度是如此尽善尽美，以至不会受到任何国界的限制”，“它不是帝国主义，是强行拯救”。

这幅名为《美利坚向前行》（*American Progress*）的画作大约在 1872 年绘成，作者是约翰·贾斯特（John Gast）。这幅画是“天定命运论”的一种寓言式表现手法：在图中，一个天使般的女人（有时被视为哥伦比亚，美国 19 世纪时的拟人化象征）带着“文明”之光与拓荒者一同西行，在路程中串起电报线，印第安人以及野生动物窜逃入前方的黑暗中

总的来说，美国的精英阶层认为：在上帝的庇护下，美国建立了世界上最为自由与优越的共和制度，美国人既是“上帝的选民”也是“自由的人”。所以，他们的国土注定要横贯北美洲，直达太平洋。

在“理论正确”的前提下，美国开始了大张旗鼓的领土扩张。

1803 年，美国以 1 500 万美元的代价（差不多每亩土地 3 美分），从法国手里购买了大约 215 万平方公里的路易斯安那。这块土地基本上和美国当时自己的国土面积相当，占目前美国国土的 22.3%。

1819 年，美国从西班牙手里夺到了佛罗里达。这块土地面积是 15 万平方公里左右。

经过这两次扩张，美国的国土面积已经多了一倍不止，向西扎到了北美洲中部，向南触到了加勒比海地区，再加上本身就东临大西洋，美国成了一个地理位置十分优越的国家。

但是，这样的局面还不能让美国满意——他们的西面还没有接通太平洋。

想来想去，美国人的眼光，就落在了当时北美洲的“老二”身上。

2

在加拿大脱离英国殖民统治之前，墨西哥应该算是北美洲的“老二”了。

事实上，无论是从历史积淀还是领土面积上看，在相当长一段时间里，墨西哥才是北美洲的“老大”。

墨西哥的历史，最早能追溯到公元前 1200 年的奥尔梅克文明，而阿兹特克帝国雄霸北美洲大陆的时候，美国在哪里都还不知道。但是，当西班牙殖民者带着先进的武器和北美大陆从没经历过的瘟疫、传染病到来后，昔日的北美洲霸主就此一蹶不振。

墨西哥的独立战争从 1810 年开始，打了整整 11 年才赶走了西班牙的殖民统治者，于 1821 年独立建国，成立了共和国。

独立后的墨西哥，几乎拥有整个北美大陆西面靠近太平洋近 2/3 的绵长海岸线，如果只从领土面积计算，墨西哥当之无愧是当时北美洲的第一大国。

但是，有这么大的国土面积和那么良好的开局，墨西哥人却有些暴殄天物。

墨西哥独立之后，政局一直长期处于动荡中，各种政治派别的互相斗争，导致从 1821 年到 1850 年的短短 29 年间，墨西哥居然出现过 50 个政府。而从 1824 年到 1848 年的 24 年时间里，墨西哥发生过 250 次军事政变，更换过 31 个总统——其中 1841 年到 1847 年的短短 7 年间，就换掉了 21 个总统。

长期的政坛混乱，导致墨西哥的经济从来就没踏上过正轨，整个国家在农业化程度上都非常落后，遑论工业化。

当一片大陆或一个大洲出现两强格局，而其中的一强明显开始孱弱露出破绽的时候，另一强就会开始变得心痒难耐。

3

美国人最初是从得克萨斯州下手的。

得克萨斯原先也是西班牙的殖民地，在西班牙殖民者被墨西哥人赶跑以后，成为墨西哥科阿韦拉-特哈斯州的一部分。由于当时的得克萨斯地广人稀，所以墨西哥政府欢迎大量外来移民，恰逢美国的“西进运动”兴起，得克萨斯这片土地上的美国人就开始越来越多。

到了 1830 年的时候，墨西哥政府自己也意识到了危机，于是下令“禁止美国移民再度进入得克萨斯”——当然，以当时墨西哥的实力，也无法去修筑一道“边境墙”。

1835 年，定居到得克萨斯的美国移民人数已经达到了 35 000

人，相当于原住民的 9 倍，新移民和墨西哥政府的矛盾开始越来越尖锐——墨西哥人希望在得克萨斯的美国移民说西班牙语，信奉罗马天主教，但这是不现实的。终于，在 1835 年的时候，得克萨斯的美国人在各方力量的推动下宣布独立，进行了一场起义。

墨西哥政府随即派出大军征讨。战事之初，力量薄弱的所谓“得克萨斯军”并不是对手，也正是因此，自我感觉良好的墨西哥总统桑塔·安纳决定“御驾亲征”。然而，就是因为他的轻敌和麻痹大意，在著名的圣哈辛托战役中，骁勇的得克萨斯人发动奇袭，一举生擒了他。被俘后的墨西哥总统被迫承认得克萨斯独立。

随后，得克萨斯在 1836 年宣布独立建国，国名为“得克萨斯共和国”，以格兰德河为边境。因为国旗上有一颗星，又被称为“孤星共和国”。

此时的墨西哥心里咽不下这口气，所以墨西哥国会表示这个协议是总统在被胁迫之下做出的，一直不承认得克萨斯共和国的合法性。这个情况一直持续了 9 年，在这期间，处于墨西哥和美国之间的“得克萨斯共和国”因为受到挤压，不断向美国“抛橄榄枝”，希望能够加入联邦。但由于当时北方和南方的意见不统一（北方拒绝，希望避免和墨西哥开战；南方同意，因为需要奴隶州增加奴隶数量），美国几次拒绝了这个请求。

等时间到了 1845 年，国力大大加强且眼看时机成熟，美国南北双方关于“必须得到得克萨斯”的意见也趋向统一——南方的奴隶主希望得到土地，北方的工商界希望得到加利福尼亚地区的沿岸港口。再加上新上任的波尔克总统是一个标准的“大陆扩张主义”者，所以美国终于公开宣布：如果得克萨斯共和国愿意加入美国，那么美国将承认格兰德河是它的边境。

得克萨斯共和国随即宣布加入美利坚合众国，成了美国的第 28 个州。

墨西哥遭受这般奇耻大辱，一直怀恨在心，但他们根本没有想到的一点是——

美国并没有因此满足。

4

美国最眼馋的，是当时属于墨西哥的加利福尼亚。

美国最初的想法是用金钱购买的方式来达到目的。

早在 1835 年，时任美国总统杰克逊就提出了一个方案：以 55 万美元的代价，从墨西哥手里购买旧金山港口及其以北地区。这个提议被墨西哥政府断然拒绝。

到了 1845 年 11 月，美国总统波尔克又提出了新的方案：以 1 500 万 ~ 4 000 万美元的价格，购买加利福尼亚以及新墨西哥的所有土地。这个提议再次被墨西哥政府拒绝。

詹姆斯·诺克斯·波尔克是美国第十一任总统，在 1845 年就任，任期只有一届。但在他的这一届任期里，美国国土扩大了一倍。据说波尔克一天要工作 18 个小时，这也导致他的健康大受影响，在卸任离开白宫后三个月就离世，终年 54 岁

在两次出价均被拒绝后，美国人清楚地认识到：不通过武力，是不可能在谈判桌上再拿到什么了。于是他们开始寻找新的理由，而这个理由其实也并不怎么新鲜：我们被墨西哥侵略了。

1846 年 1 月 13 日，波尔克总统命令泰勒将军率领美军占领了在历史上从来不属于得克萨斯的格兰德河左岸。墨西哥军队进行了反击，双方都有士兵阵亡。不过，波

尔克总统对国会的说法是：“墨西哥在反复进行威胁之后，终于越过我国领土的边界，已经侵入我国领土，使我国公民的鲜血流淌在我们自己的土地上。”

1846 年 5 月 11 日，波尔克总统在致国会的战争咨文中声称：“我们的忍耐已达到极点！…… 实际上战争已经存在，我们的领土已遭入侵！”

就在当天，美国众议院以 174 票比 14 票通过了宣战决议。次日，参议院又以 40 票比 2 票批准了宣战决议 。

1846 年 5 月 13 日，美国正式向墨西哥宣战。

5

虽然这是一场一个大洲“老大”和“老二”的战争，但形势几乎是一边倒的。

墨西哥当时拥有一支 3.2 万人的军队，数量其实是超过美国的。但墨西哥当时还只能算是一个农业国家，在军工、科技和装备方面明显不如美国。外加墨西哥政局连年动荡，军队腐败现象十分严重，军官指挥水平糟糕，士兵缺乏训练，纪律涣散，战斗力非常低下。

反观美军，虽然与现在的美军完全不是一个概念，但在北美大陆基本也是可以横着走的。当时美军的常备军不到 9 000 人，但通过义务募兵制，再加上海军陆战队，部队接近 10 万人，且拥有更先进的来复枪和大炮，以及墨西哥没有的海军，所以无论是在装备还是在训练素质上都远胜对手。

于是，这场战争就成了美国吊打墨西哥。

战端一开，美国就水陆并进，兵分三路侵入墨西哥，三个月内，加利福尼亚地区的洛杉矶、旧金山、圣迭戈等重要城市全部被美军占领。

得手后的美军为了使墨西哥无力抵抗，继续增兵，开始向墨西哥的首都墨西哥城进军，一路上攻克了墨西哥诸多传统大城市和要塞，几乎没有遭到什么激烈抵抗。一路上，墨西哥军队由于在装备和部队素质上与美军有着巨大差距，几乎溃不成军，到后来只能依靠游击战术来拖延美军进军的步伐。

美墨战争时期美国方面的宣传画

战争进行到 1847 年 8 月的时候，美军终于将墨西哥首都墨西哥城团团围住。

在这场保卫首都的战役中，墨西哥人终于拿出了最后的血性。当美军向墨西哥城发动总攻的时候，当时墨西哥军事学院的学生兵们也都拿着武器冲了出来，战斗到最后一人。9 月 13 日墨西哥政府撤退，美军于次日穿着崭新军服进入墨西哥城的时候，四处埋伏的墨西哥狙击手们突然同时开火，双方再度陷入惨烈的巷战，光那一天美军就伤亡近 900 人，几乎相当于之前伤亡人数的总和。

事实上，即便美军占领了墨西哥城，墨西哥全境的抵抗也都没有停止，很多墨西哥人拿着大刀、长矛和猎枪继续和美军打游击。不过，墨西哥政府似乎并没有继续抵抗下去的意图，在 1848 年 1 月向美军投降议和。

在这场战争中，墨西哥大约阵亡了2.5万名官兵，而美国也阵亡了1.3万人，只是美军直接在战场阵亡的只有1 700人，其他人受制于美军当时糟糕的后勤补给，大多死于疾病和伤口细菌感染。

美军占领墨西哥城

但对于墨西哥人而言，最大的失败不在战场上，而是在谈判桌上——当然，在战场上输掉的，在谈判桌上本来就拿不回来，只会赔得更多。

根据双方在1848年2月2日签订的《瓜达卢佩-希得尔戈条约》，墨西哥向美国割让了加利福尼亚（下加利福尼亚半岛仍属墨西哥）、内华达、犹他的全部地区，科罗拉多、亚利桑那、新墨西哥和怀俄明的部分地区。

墨西哥割出去的国土面积达到230万平方公里，如果再加上之前丢掉的得克萨斯，墨西哥等于失去了自己国土面积的一半。

作为一个补偿面子的“台阶”，美国付出了1 500万美元的“购买款”，并免除了墨西哥325万美元的债务，总共代价是1 825万美元。

6

这场战争，无疑给墨西哥带来了巨大的影响。

首先是领土。墨西哥失去的 200 多万平方公里领土，原来是本国最肥沃的土地，蕴藏着丰富的石油、天然气、铜矿、锡矿、硫黄、钾盐等，而加利福尼亚绵长的太平洋海岸线还有许多优良的港口。

其次是经济。墨西哥在 19 世纪后期开始正式启动现代化，而那时欧美国家已经开始了第二次工业革命。在走向现代化的过程中，石油和矿产成了重要资源，墨西哥恰恰失去了大量的优势资源，导致经济的起步和发展受到了极大的影响。

最后是社会影响。由于大片的土地被划归了美国，那片土地上原有的墨西哥人也成了美国公民，其中有的人选择就此定居，也有很多人选择返回墨西哥。这两批人的后裔子孙的流动问题，给美墨边境的管理留下了很多隐患，其中一些问题延留至今。

反观美国，无疑从这场战争中得到了太多东西。

首先自然是领土。1848 年 12 月 5 日，波尔克总统在第四个国会年度咨文中承认，从墨西哥那里拿到的领土比以前美国全部土地的半数还多，全国面积增加了 60%。

而相对于蕴藏丰富的矿产资源，加利福尼亚沿岸的优良港口让美国人更看重，因为这等于为美国打开了东方贸易的通道。当然，这也让美国就此成为一个两面临洋的超级大国，正式加冕“北美霸主”。

不过，作为一口气吃进那么多的代价，美国北方的资产阶级和南方的奴隶主也对新并进来的几个州究竟是施行“废奴主义”还是“蓄奴主义”进行了激烈的争论，双方矛盾因此进一步激化，这也成了十多年后爆发的南北战争的一个重要引线。

但无论如何，美国通过这场蓄谋已久的战争，得到了一个大大的便宜，就此正式踏上了“超级大国”之路。

只是，这场战争也让一些美国人心中多少怀着一点愧疚。曾经参加这场战争，并在之后南北战争中大出风头，进而成为总统的格兰特，在自己晚年的回忆录中就写下过这样一句话：

“这是一场最不公正的强国对弱国的战争。”

馒头说

不少时候，中外名谚表达不同，意思却很相像。

比如中国有句古语，叫“一山不容二虎”，而古希腊哲学家修昔底德也通过《伯罗奔尼撒战争史》中描述雅典的崛起和斯巴达的恐慌，指出新崛起的势力和老霸主之间大多会爆发战争，这被后世称为“修昔底德陷阱”。

在某种意义上，美国的崛起也是“修昔底德陷阱”的一种体现，只不过未必像教科书那样一板一眼：美国的独立，是靠与当时的世界“老大”英国的战争实现的；拿走佛罗里达以及之后争得古巴、菲律宾、波多黎各的利益，是靠与昔日世界霸主西班牙的战争实现的。

至于和墨西哥的一战，看上去墨西哥才是“老二”，但它对美国不构成威胁。美国当时的身份其实是一个“挑战者”，挑战的是以墨西哥为代表的欧洲殖民主义者在北美大陆留下的旧框架和旧体系。美国人有迫切的动力和实力，打破这个桎梏，实现自己的崛起。

换个角度看，美国的运气也确实非常不错。与英国火并时，自己的体量离“老二”还差很远，远到英国觉得没必要拼尽全力与之一战；在北美大陆扩张谋求路易斯安那时，欧洲正被拿破仑搅得天翻地覆，拿破仑有意让美国掣肘英国，让美国在遥远的北美捡了个大便宜；攻打墨西哥时，自己羽翼已成，看上去又不对欧洲构成威胁；等到1894年美国GDP跃居世界第一、欧洲列强觉醒过来的时候，欧洲率先掉进了自己大陆的“修昔底德陷阱”——德国掀起的第一次世界大战和第二次世界大战让欧洲传统强国满目疮痍，而美国因此一骑绝尘，直接成了超级大国。

所以，从一方面看，美国的崛起确实也从一定程度上验证了“修昔底德陷阱”，但另一方面，它的运气又足够好，基本上避开了“修昔底德陷阱”的两败俱伤。与之相反的例子，是德国与日本。

那么，“修昔底德陷阱”是否必然存在？我个人认为，这相当程度上取决于大国的心态和战略判断。

当一个大国崛起，另一个原先占据优势的大国必然会感到恐慌和警惕，这是不可避免的。但是，如果崛起的大国用历史证明一贯走的是和平之路，在崛起的道路上更多扮演的是参与者、合作者和推动者的角色，或者索性退一万步，只从利益角度来看，双方的利益已经你中有我、我中有你、不可分割，原先处于“霸主”地位的大国，就应该仔细考量一下了。

当然，纸上谈兵，说道理是很简单的，现实中的博弈却很残酷。一念之差，千变万化。

但也正是因为如此，要避免跌入“修昔底德陷阱”的两败俱伤，光靠一方努力，是肯定不够的。这是一个双方都需要拿出大智慧、大勇气、大胸襟和大眼界的博弈。

时代总是滚滚向前，国与国之间的未来，肯定是合作大于对抗的。和则两利，斗则俱伤。道理肯定大家都懂，重要的还是行动。

期待真正的相向而行。

本文主要参考来源：

1.《美墨战争简述》（黄安年，《军事历史》，1993 年第 5 期）

2.《美墨战争和“天定命运”思潮的泛滥》（黄安年，《北京师范大学学报》，1984 年第 4 期）

3.《1846—1848 年美国对墨西哥的战争》（方幼封、曹珺，《军事历史研

究》，1997 年第 1 期）

4.《“天定命运”论与 19 世纪中期美国的国家身份观念》（滕凯炜，《世界历史》，2017 年第 3 期）

5.《美墨战争：帝国扩张的侵略之战》（唐廊，知乎，2017 年 5 月 23 日）

6.《美墨战争｜美国如何通过战争成为美洲主宰者》（张晓莉，澎湃新闻，2016 年 4 月 25 日）

7.《美墨战争：土地的魅力与海洋的诱惑》（刘国柱，《河北学刊》，1995 年第 3 期）

8.《美墨战争——美国历史上地域的扩张》（吴开胜，《环球时报》，2005 年 3 月 9 日）

弩炮悲歌：昔日盟友之间的残忍对杀

在二战的历史上，有过很多悲壮和残酷的战役，但对战双方面对的都是不共戴天的敌人，像本文讲述的这场战役这样的，恐怕并不多见。

1

1940 年 7 月 3 日凌晨，大西洋，直布罗陀海峡。

意大利“马可尼号”潜艇的值班观察员惊呆了——通过潜望镜，他看到远处海面上驶来了一支庞大的舰队。

从潜望镜里看到，这支舰队显然是一支英国舰队，因为观察员轻易分辨出了英国皇家海军赫赫有名的“胡德号”战列巡洋舰。

作为交战国，“马可尼号”潜艇立刻全员进入战斗状态，快速向那支英国舰队靠拢，同时，鱼雷也已经做好了发射准备。

然而，这支英国舰队的航速极快，迅速把“马可尼号”甩到了后面。“马可尼号”只来得及发射几枚完全偏离目标的鱼雷，就目瞪口呆地看着这支庞大的英国舰队劈波斩浪地消失在远方。

如此庞大的一支舰队，如此急速地航行，“马可尼号”上不少艇员认为：他们肯定是去执行一次针对德国海军的重大任务。

然而，他们只猜对了一半。

这支由“胡德号”战列巡洋舰作为旗舰，“皇家方舟号”航空母舰、2艘巡洋舰、11艘驱逐舰同行的庞大舰队，确实是去完成一项重大任务的。

但这项任务的目标并非交战国德国，而是英国曾经的铁杆盟友——法国。

H舰队的旗舰“胡德号”，是英国建造的最后一艘战列巡洋舰，标准排水量达到41 758吨，长期作为到各国展示英国海军“帝国威严”的礼仪舰，于1920年服役，到1940年已服役20年

2

这件让人困惑的事情，还要从1940年的5月10日说起。

就在这一天，在入侵波兰后获得充分时间休整和准备的纳粹德国——因为英法盟军“宣而不战”等了德国大半年——出动了136个师，在 3 000 多辆坦克的引导下，分 A、B、C 三个集团军，潮水般扑向比利时、荷兰、法国、卢森堡等西欧国家，全面点燃了欧陆战火。他们的主要进攻对象，是号称“欧洲第一陆战强国”的法国。

但是战端一开，严阵以待的法国人惊恐地发现，自己在第一次世界大战时通行的“高筑堡垒，死守阵地”战术，遭遇了德国人以飞机、坦克和机械化部队为先导的全新“闪电战”打法。在这种“降维打击”下，很多防线的法国守军还没反应过来，德国人已经跑到自己后面去了。尤其是德国 A 集团军的装甲部队，在“装甲天才”海因茨·古德里安的率领下，直接绕过了法国人认为“万年不破”的马奇诺防线，在色当撕开了一条口子，潮水般地杀入法国腹地。

从 5 月 10 日到 6 月 10 日，才一个月时间，法国全境就已经被德国打穿，首都巴黎只能宣布为“不设防城市”——12 天后，法国被迫与德国签订停战协定。

纳粹德国与法国签订所谓的“停战协定”，堪称希特勒导演的一场超级“行为艺术秀”：他命人将福煦车厢搬了过来，要求法国代表在这节车厢里签字投降——福煦是第一次世界大战时的法国著名元帅，以他名字命名的这节车厢曾是一战时德国与英法两国签订停战协定的场所

在战前动员了600万战斗人员，在北部驻防200万军队，号称“欧洲第一陆战强国”的法国，才打了一个多月，就被迫投降了。

法国的“闪电投降”，让海峡对岸的英国立刻陷入恐慌。

英国完全没有想到，法国这个在一战时和自己浴血奋战四年最后惨胜的坚定盟友，居然在二战中只坚持了一个多月。

尽管在经历了奇迹般的“敦刻尔克大撤退”后，英国把自己的有生力量大多成功撤回了本土，但还是丢失了几乎所有的重武器和物资，能否扛得住此时如日中天的纳粹德国，英国自己心里也完全没有底。

而在英国看来，法国还留下了一颗“大地雷”。

根据法国和德国签订的“停战协定”，法国领土的60%被德国占据，南部40%的领土成立法国元帅贝当领衔的傀儡“维希政府”，法国投降后残存的军事力量都由“维希政府”管辖。

法国残留下来的陆军对英国而言意义不大，因为英国本身就没有能力登陆欧洲大陆去对抗德国；法国的空军在抵抗德军进攻的时候，已经基本被打残，也失去了威胁。

真正让英国担心的，是几乎毫发未伤的法国海军。

当时整个英伦三岛，只剩下500门火炮和200辆坦克，而空军只剩下700多架战斗机和500多架轰炸机，以至英国完全没有信心能够抵御德国空军48小时的空中进攻。

3

法国的海军，曾经长期处于世界一流水平。

早在殖民时期，法国的海军就是仅次于英国海军的世界第二强海军。在第一次世界大战之后，受国力衰退和“先陆后海”思想的影响，法国的海军力量渐渐被美国和日本超过，但依旧还能排到世界第四。

1940年，法国海军拥有航空母舰1艘、战列舰3艘、战列巡洋舰

7艘、轻巡洋舰12艘、各型驱逐舰50余艘、各型潜艇共101艘——这个实力超过了德国和意大利两国海军的总和。而且法国海军的大多数主力舰，都是刚刚建造的，战斗力很强。

但是，由于法国在陆战中的速败，海军还没能有用武之地，就等来了政府宣布投降的消息。

此时的法国海军就陷入了一个尴尬境地：到底听谁的？

听德国的？这超出了法国海军的荣誉底线。听法国政府的？眼前的这个政府已经投降了德国。那么，听英国的？英国倒是在法国投降的第一时间就发来了请求：请法国海军第一时间编入英国海军序列，共同抗击德国。但这个请求，又有违法国人的民族自尊心——并且，法国人相信战争结束后英国不会归还一艘法国军舰，还很有可能趁机掠夺法国的海外殖民地。

在这样的背景下，当时的法国海军总司令达尔朗最终做出了决定和承诺：法国海军听命于维希政府，保持中立——既不会攻击德国，也不会攻击英国。

对于这个决定，希特勒当然是欢迎的：当时的法国海军的主力舰队驻扎在北非的海军基地米尔斯克比尔，这是法国海军的传统军港，扼守直布罗陀海峡咽喉。希特勒当时并没有剿灭法国海军的精力和实力，那么他们自己宣布中立，肯定是希特勒希望看到的，他也为此表态：尊重法国海军的中立，不会让他们编入德国海军。

弗朗索瓦·达尔朗，法国海军总司令。他在二战期间是法国“维希政府”仅次于贝当的二号人物，充满争议，在1942年被暗杀

但是，法国和德国这样

一表态，英国慌了。

以法国海军的实力，一旦他们为德国所用，欧洲战场上双方海军的实力对比会立刻逆转，在德国准备全面入侵英伦三岛的背景下，大英帝国唯一还能对德国保持优势的就只有海军了——这种逆转是英国绝对不能接受的。

英国其实在法国投降之前，就知道自己的盟友大势已去了，为此他们早就三番五次地提出让法国舰队“入编”的请求，但不断被拒绝。英国首相丘吉尔并不信任达尔朗的承诺，这背后的关键是他完全不相信希特勒。

1940 年 6 月 25 日，丘吉尔在下院演讲时几乎拍着桌子说道：“当然，我们也注意到，德国政府庄重地保证在战争期间不打算为自己的目的而去利用他们（指法国海军），这有什么价值？可以去找半打国家问一问，这种庄严的保证有什么价值？有头脑的人谁会相信希特勒的话？”

在经过再三思考之后，英国海军部出台了一个专门针对法国海军的“弩炮计划”：以“胡德号”战列舰为旗舰，编组一支“H 舰队”，即刻开赴法国海军驻扎的北非阿尔及利亚奥兰湾的米尔斯克比尔军港。

H 舰队的首要使命，是说服在那里的法国海军投降英国。

当然，他们还有一个次要使命——如果首要使命被法国海军拒绝的话。

4

1940 年 7 月 3 日清晨，一路疾行的英国 H 舰队抵达了距离米尔斯克比尔军港 10 海里的位置，静候命令。

直到此时此刻，H 舰队的司令萨默维尔中将的心情依旧是矛盾的。

在来的路上，萨默维尔和自己的幕僚不断开会，认为要用尽一切手段避免和法国海军冲突，尽量使用和平的方式。但是，就在7月2日晚上10点55分，一封首相丘吉尔亲自发来的电报，打破了萨默维尔的希望："你所负担的任务，是历来英国舰队司令部所遇到的最不愉快和最困难的任务之一，但是我们对你完全信任，相信你会毫不留情地执行这一任务。"

丘吉尔使用了"毫不留情"这样的字眼。

7月3日清晨，萨默维尔试图做出最后的努力：他派出幕僚霍兰上校和法国舰队交涉。霍兰上校是那支驻扎在米尔斯克比尔军港里的法国海军分舰队司令让·苏尔的私人密友。

然而，让·苏尔表示，海军总司令达尔朗有令：不能和英国人私下接触。

无奈之下，霍兰上校只能托人送去了一封以英国海军部名义写的信函，信函上再次对法国海军提出了要求：

（1）希望法国海军加入英国海军的队列；

（2）如果不愿加入，那么裁减船员后，将军舰开入英国港口；

（3）如果以上两点都不愿意，那么在裁减船员后，在英国军舰监督下开往西印度群岛的一个法国港口，解除船只武装，或交给美国保管，战争结束后归还；

（4）如果以上三点都不同意，必须在6小时内自己把港口内的船只全部凿沉；

（5）如果以上四点都不同意，我们会"使用一切必要的力量"。

一直到下午4点，港内的法国海军都没有给出任何回应。4点之后，让·苏尔同意与霍兰上校碰面，但态度冷淡："我以个人荣誉担保，如果德国人来抢夺舰队，我就把舰队带去西印度群岛，但是如果你们要硬来，我们会以武力回敬武力。"

而与此同时，位于伦敦的英国海军部收到了秘密电报：6艘法国轻巡洋舰正火速赶往米尔斯克比尔港，其他法国在地中海的军舰也在向该港口迅速靠拢。

遭遇炮击的法国舰队

丘吉尔知道，法国人肯定不肯“投降”了。

下午4点46分，丘吉尔给萨默维尔发去了最后一封电报：“尽快解决问题，不然你将面对整个法国海军。”

此时，在米尔斯克比尔港口内，法国海军的军舰也都将炮口对准了英国舰队——法国这支舰队拥有2艘战列舰、2艘战列巡洋舰、6艘超级驱逐舰，实力并不逊于英国的H舰队。

这个时候，谁先发制人，谁就能掌握先机。

下午5点56分，英国最终决定率先动手。

英国H舰队的旗舰“胡德号”打响了第一炮——一枚330毫米的炮弹径直飞向了港口内的法国战列舰“布列塔尼号”。

上一次英国向法国开炮，还是在1815年的滑铁卢战役。

5

一场昔日盟友之间的血战，就此拉开帷幕。

尽管法国舰队并非没有战斗准备，但由于英国舰队有备而来，并且抢先开炮，所以一开战就占了先机。

最先遭受重创的是停泊在港口内的法国战列舰“布列塔尼号”，这艘老式的战列舰率先中弹后，又遭到了从英国“皇家方舟号”起飞的鱼雷机的密集攻击，开战仅十几分钟就中弹无数，开始倾覆——它的舰尾炮直到沉没的最后一刻依旧努力在向英国舰队开炮。

随后遭受攻击的是法军的旗舰“敦刻尔克号”战列巡洋舰和“普罗旺斯号”战列舰。由于英国海军一开始就处于战斗阵型，而法国舰队停泊在港口内，做战术机动的空间不足，所以基本处于被动挨打的局面。“敦刻尔克号”和“普罗旺斯号”在饱受炮火之后，为了避免船只下沉，只能选择冲上港口的沙滩搁浅——尽管舰体已经伤痕累累，但幸存的法国水手依旧聚集在几门还能运转的大炮前，用绳子和铁索拉动炮管还击。

此时的变数出现在法国的另一艘战列巡洋舰“斯特拉斯堡号”上。

早已发动的“斯特拉斯堡号”趁着浓烟掩护和有利位置，冲破了英国舰队在港口布下的水雷，全速向法国的另一个港口土伦港方向逃去。由于事出意外且担心撞上自己布下的水雷，英国舰队在追击一阵之后就放弃了。“斯特拉斯堡号”最终成了幸运者，当它在 7 月 4 日晚上驶入土伦港时，得到了所有驻守法军的欢呼。

但其他军舰就没有“斯特拉斯堡号”那么好的运气了。在开战后的短短十几分钟内，“布列塔尼号”沉没，“敦刻尔克号”和“普罗旺斯号”搁浅，其余舰只都受到了重创。

“布列塔尼号”倾覆时，舰上的 1 000 多名水手掉进了海里，一艘最近的英国驱逐舰试图捞救落水者，但一些愤怒的法国水兵宁可被淹死，也不愿意登上英国人的船。

被轰沉的“布列塔尼号”

基本达到目的的英国舰队，在晚上 6 点 12 分全面停火。

整个米尔斯克比尔港内浓烟弥漫，海面上到处漂浮着着火的燃油，以及不断哀号和挣扎的法国水兵。

在这场不到 20 分钟的战斗中，停泊在港口内的法国舰队主力被重创，基本丧失作战能力，另外还有 1 297 名法国水兵阵亡，341 人受伤。

而英国舰队除了两名水兵轻伤外（被法国军舰上冒险起飞的水上飞机自杀式扫射），没有损失。

6

但其实，英国的这支 H 舰队也并非全身而退。

7 月 5 日，他们通过舰载机再度攻击了之前搁浅的法国旗舰“敦刻尔克号”，在炸死了军舰上 154 名水手后，彻底让这艘军舰丧失了战斗力。

7 月 11 日，圆满完成任务的 H 舰队胜利返航，在通过直布罗陀海峡的时候，又遭遇了那艘意大利潜艇“马可尼号”。

这一次，“马可尼号”终于取得了战果——它发射的鱼雷击沉了英国舰队中的一艘驱逐舰“护卫号”。

这是英国舰队在这场海战中唯一一艘沉没的军舰，还是被意大利人炸沉的。

一场离奇的海战，从这艘意大利潜艇开始，也从这艘潜艇结束。

一来一去间，法国海军的重要力量，灰飞烟灭。

馒头说

平心而论，关于道德伦理上虐心的抉择，二战期间的英国人还真没少碰上。

比如说德军轰炸考文垂（此事的真假还有争论），比如“弩炮计划”歼灭法国海军主力。

这件事情如果站在英国的角度，还真有点道理可以讲：首先，盟友的武器如果不能归我所用而被敌人利用，那就是对我最大的威胁——何况英国已经给出了几条退路但法国不选；其次，在英伦三岛岌岌可危的时候，连丘吉尔“永远，永远，永远不要放弃”的宣言都有不少人认为是在作秀，但炮轰法国舰队之后，全世界都相信英国人是要真的抵抗到底了；最后，英国这一轰，等于也向美国输诚，美国明白了英国的决心后，立刻就给予了英国大量的军事援助。

所以，在海战第二天，丘吉尔准备怀着“沉痛的心情”去议院报告整个海战的经过，他走进大厅时却惊讶地发现，迎接他的，是全体议员起立，以及暴风雨般的掌声。

但是，站在法国的立场上，这简直是奇耻大辱：首先，我们刚刚在敦刻尔克战场用几万法国士兵的浴血阻击，换来你们英国的“敦刻尔克大撤退”，然后你们回报的礼物，就是血洗我们“敦刻尔克号”领衔的法国舰队？其次，连德国都能允许我们保持海军中立，你作为盟友倒要将我们斩草除根？

所以，英国也为自己这一举动付出了沉重代价——法国海军就此与英国海军不共戴天。

1942 年，美英联军制定了“火炬行动”，在法属北非登陆，结果遭到了法国海军的拼死阻击，法国海军付出 1 艘巡洋舰、3 艘驱逐舰、7 艘鱼雷艇、10 艘潜艇沉没和 3 000 水兵伤亡的代价，也坚决不让英国舰队登陆，最终还是达尔朗下令全线停止抵抗。

但法国海军停止抵抗又激怒了纳粹德国，希特勒下令全面接管在土伦港的法国舰队。面对英国舰队伸出的援手，法国舰队却断然拒绝，最终选择了最悲壮的一种方式：包括 3 艘战列舰、8 艘巡洋舰、17 艘驱逐舰、16 艘鱼雷艇、16 艘潜水艇、7 艘通信舰、3 艘侦察舰，以及 60 多艘运输舰、油船、挖泥船和拖船在内的法国舰队全部自沉海底。

曾经排名世界第四的法国海军，至此彻底消失。

有悲壮，有残酷，有荣耀，有耻辱，有两难，有狗血，这就是战争。

本文主要参考来源：

1.《“弩炮行动”——米尔斯克比尔之战纪实》（吴洪海，《国际展望》，2007年第20期）

2.《“弩炮计划”的缘起——1940年法国单独停战与英国对策研究》[梁占军，《首都师范大学学报》（社会科学版），2005年第2期]

3.《海军见证法兰西兴衰》（倪海宁、李剑、董使礽，《解放军报》，2015年7月3日）

4.《试论米尔斯克比尔事件及其影响》（宋永成，《历史教学》，2001年第5期）

5.《法国为什么赖在米尔斯克比尔？》（贺起，《世界知识》，1961年第17期）

帝国斜阳：一场跨越半个地球的战争

在世界足坛，有几对著名的生死冤家，就是“一见面就杀得分外眼红”的那种，比如英格兰队和德国队，巴西队和阿根廷队，中国队和日本队或许也算。但在这些“冤家”中，仇恨最深的，是英格兰队与阿根廷队。这两支球队虽然远隔重洋，却是生死之敌，这一切的起因，是1982年两国之间的一场战争，那场二战后规模最大的海战。

1

1982年4月2日，凌晨。

位于南大西洋的英属马尔维纳斯群岛首府斯坦利港附近，出现了大量荷枪实弹的阿根廷士兵。

在夜色的掩护下，阿根廷士兵直扑位于斯坦利港的英国总督府——在那里，英国全部的守军加在一起，也不到200人。

面对如此巨大的实力差距，英国的总督很快无条件投降。

天色放亮之后，一面5米长、3米宽的阿根廷国旗在斯坦利港徐徐升起，而被降下的英国米字旗，被送到了英国驻阿根廷大使馆。

阿根廷宣布对马尔维纳斯群岛行使主权。

阿根廷国内一片欢腾。

英国举国震惊。

刚刚上任没多久的联合国秘书长德奎利亚尔急忙四处奔走，呼吁双方坐下来谈判，不要诉诸武力。

但一切都是徒劳。

一场二战后全世界最大的海战，就此拉开帷幕。

2

先来说说这岛——马尔维纳斯群岛。

马尔维纳斯群岛简称马岛，位于南大西洋，由 700 多个小岛组成，总面积 12 200 平方公里。

马岛被发现和占有的历史，一直存在争议。

葡萄牙人和荷兰人都声称是他们当年先发现了马岛，然而法国人在 1764 年首先在马岛上建立了居民点，但在一年后率先定居的却是英国人。而且麻烦的是，西班牙人在 1767 年向法国人买下了全部居民点，并在 1770 年将所有外国人都驱逐了出去，不过，英国人一直不承认西班牙的占领。

1816 年，阿根廷人也加入了进来——这一年，他们从西班牙的殖民统治中独立，所以宣布应该“继承”西班牙的领地。

但英国人根本不买账。1833 年，英国人用武力驱逐了在马岛上的所有阿根廷人，宣布正式对马岛进行殖民统治。事实上，英国人从来不使用“马岛”这个称谓，他们一直称之为“福克兰群岛”——至今在他们的历史书和官方文件中仍这么称呼（在下文中我们还是统称“马岛”）。

在漫长的纠纷中，其他国家都陆续退出了，只剩下英国和阿根廷对马岛争执不下，并在二战后将这个问题交给了联合国。

阿根廷除了强调“继承于西班牙”之外，最理直气壮的理由是，马岛离阿根廷只有500公里，但离英国有13 000多公里，它到底属于谁，不是一目了然的吗？而英国也有自己的理由：我们自1833年开始，就对马岛进行了“公开、持续、实际的拥有、占领和管理”。

简单来说，阿根廷的理由就是“离我家近”，而英国的理由是“自古就是我家的领土”。

这笔账从20世纪50年代一直算到80年代初，依旧算不清。

时间到了1982年的时候，阿根廷先等不及了。

3

于是就要来说说阿根廷了。

阿根廷实在是一个一言难尽的国家——其祖上曾经的“阔绰”程度，令人咋舌。

阿根廷的国土面积为美国的1/3不到，人口只有4 000万出头，但人均可耕地面积是美国的2倍。上帝给了阿根廷太多的馈赠，绵长的海岸线、优质的草原、丰富的淡水，以及大量的矿藏资源，所以阿根廷又被称为“世界的粮仓和肉库”。

20世纪之初，阿根廷是世界上最富裕的国家之一，经济总量排在全世界第八。那时候阿根廷的人均收入比欧洲的老牌帝国主义德国和法国还要高，且贫富差距很小——欧洲人当时形容一个人富有，用的比喻是“像阿根廷人一样有钱”。

这从当时的两个称号就可以看出来：阿根廷的首都布宜诺斯艾利斯被称为“南美洲的巴黎”，而这个国家被称为“南美洲的美国”。

但在20世纪30年代的“大萧条时代”，阿根廷的经济就开始疲软了，到了40年代，更彻底进入了南美洲诸国特有的“军人独裁”模式，贝隆将军的统治在短时间内给阿根廷带来一阵复兴，但随即还是掉头向下。

几经沉浮之后，到了1981年，阿根廷的国内经济已经到了崩溃的边缘。

那一年，阿根廷的通货膨胀率为600%以上，GDP下降达11.4%，制造业产量下降22.9%，薪资增长却只有19.2%。

贝隆将军和他的妻子贝隆夫人。那首著名的歌曲《阿根廷别为我哭泣》（“Don't Cry for Me Argentina”）即为她而写

在这样的背景下，全国上下反对声音四起，要求本来就实行残酷独裁统治的军人政府下台。当时的独裁总统加尔铁里绞尽脑汁之后，只能想出一个办法来转移视线。

什么办法？对外发动一场战争。

加尔铁里的目光，很快就落在了一直存在争议的马岛上。

阿根廷自认还是有点底气的。

因为祖上曾经阔过，所以阿根廷当时的军事实力，在南美洲仅次于巴西，人称“南美小霸王”：陆军大概有近20万的正规军，空军拥有从法国进口的“幻影”战斗机以及“超级军旗”战斗机；海军除了各类舰艇外，还有一艘配备弹射器的正规航空母舰“五月二十五日号”（以阿根廷国庆日命名）——当时拥有航母的国家，屈指可数。

再加上马岛在地理位置上是对阿根廷如此有利，所以加尔铁里决定不惜一切代价，将“收复马岛”作为挽回国内形势的最大筹码。

就在阿根廷部队顺利占领马岛之后，事情的进展正如当初加尔铁里所预料的那样：阿根廷的国内一片欢腾，所有的反对党都宣布支持

阿根廷时任总统加尔铁里，在当总统前是阿根廷陆军总司令

加尔铁里政府，连当初反对独裁的政党也高呼“加尔铁里万岁”；全国上下的男性青壮年在征兵处排起了长队，誓死要为国出征，保卫马岛；总统府外一直有人集会游行，高呼爱国口号，表态全力支持。

所以，加尔铁里的计划离成功只差最后一环：远在13 000公里外的那个已经垂暮的大英帝国，不会反击。

4

该轮到英国出场了。

20世纪80年代初的大英帝国，早就没有了当年领土占到地球陆地总面积25%的“日不落帝国”的风采。一战和二战巨大的创伤让英国一蹶不振，由当年是美国的“老大哥”转而成为“小跟班”。英国国内的经济形势也很不乐观，国防实力更是衰退严重。

但是，英国有一个上任三年不到的首相，还是位女性。她就是玛格丽特·希尔达·撒切尔。

当阿根廷派部队攻占马岛的消息传到国内时，英国举国震惊。有一种说法是，在撒切尔夫人上任之前，英国政府已经有意把马岛归还给阿根廷了——毕竟离英国本土太遥远了，鞭长莫及。

但是，阿根廷不宣而战，却把“铁娘子”撒切尔夫人给惹毛了。

当时撒切尔夫人的日子也不好过。她的自由主义经济政策把很多党派和势力都给惹火了，民众对她这一届政府的支持率长期走低，而英国在国际上的形象也日渐衰落，雄风不再。

如果说阿根廷发动战争的目的是转移国内注意力，那么撒切尔夫人同样有这样迫切的需求。

在最短的时间里，撒切尔夫人就做出了决断：坚决还击！

撒切尔夫人做这个决断，也是顶着巨大压力的。

撒切尔夫人接受英国媒体采访，努力让英国人觉得丢失马岛是“一种无法忍受的耻辱”

昔日威震全球、纵横四海的英国皇家海军，在20世纪80年代只剩下了两艘航空母舰。其中一艘老迈的“竞技神号”是二战后建造的，已经服役快40年，准备卖给印度了；另一艘是刚刚服役的“无敌号”轻型航母，准备卖给澳大利亚海军做旗舰。这两艘航母没有一艘吨位超过2万吨，并且连弹射器都没有，只能垂直起降作战半径不大的亚声速鹞式战机。

在出征的部队里，有一个飞行员的身份只有海军司令和军事当局才知道，他就是英国女王伊丽莎白二世的第二个儿子安德鲁王子。英国王室曾对安德鲁参战大为震惊，试图施加压力让海军司令阻止他成行，但安德鲁还是不顾反对，成了海王直升机上的一名战斗人员，并且在战争中表现不俗。让英国王室欣慰的是，安德鲁最终毫发无伤地返回国内

但即便只有两艘根本不适合远洋作战的轻型航母，撒切尔夫人仍然力排众议，说服各方反对势力，坚决出兵。

而英国国内的爱国热情同样被激发了出来，年轻人同样走上街头，强烈支持撒切尔政府出兵收复马岛，一些商业邮轮甚至立刻终止与乘客的合同并赔付，然后清空舱房用来运送英国士兵。

英国作为一个老牌军事强国的底蕴，在这个时候就显露了出来。

在短短 48 小时之内，英国就完成了战争动员和集结，各种战时方案全部有条不紊地施行。4 月 3 日撒切尔夫人决定出兵，4 月 4 日以“竞技神号”和“无敌号”两艘航母为主的特混编队，就载着数十架作战飞机和数千名海军陆战队队员，驶离了英国本土，直扑万里之外的马岛。

当时英国人的参战热情可见一斑。

由 111 艘各类舰船组成的特混舰队，是当时英国皇家海军几乎全部的家底——其中还有 46 艘被征调来的商船。

英国特混舰队出征时，美国的《新闻周刊》杂志封面引用电影《星球大战》的最新一集名字作为醒目标题：《帝国反击战》（*The Empire Strikes Back*）。

参加马岛战争的英国舰队

5

1982 年 4 月 26 日，英国远征军首先收复南乔治亚岛，宣布 200 海里以内为军事禁区。

马岛战争战幕正式拉开。

按照阿根廷的计划，只要能够在这场战争中保持不败，拖住英国军队，基本上就能获得最终的胜利——对于劳师远征的英国部队来说，拖一天，补给线就危险一天。

但阿根廷作为一个只购买了一些工业国武器和装备的农业国，还是低估了英国这个老牌工业强国的军事力量。

阿根廷的劣势首先体现在海军方面。

面对几乎倾巢出动的全世界最老牌的海军，阿根廷海军其实是有自知之明的，他们在一开始就采取了“避战”的策略。但英国海军却一直在寻找战机，希望击沉对方的一艘主力舰以鼓舞士气，打击对手的信心。

机会在 5 月 2 日到来了。

英国派出参战的两艘核潜艇之一“征服者号”，在他们划定的 200 海里禁区之外，发现了阿根廷海军的“贝尔格拉诺将军号”巡洋舰。“征服者号”随即向这艘排水量达到 1 万吨的巡洋舰发射了 3 枚二战时期的鱼雷，其中 2 枚命中。

THE Sun
QE2 IS SET TO SAIL FOR WAR
GOTCHA
Our lads sink gunboat and hole cruiser
UNION BOYCOTTS WAR

击沉“贝尔格拉诺将军”号后，英国媒体用的醒目标题。“Gotcha”为“Got you”的连读，意为“逮到你了！”

曾经做过麦克阿瑟座舰的“贝尔格拉诺将军号”，在二战中曾毫发无伤地从日军偷袭珍珠港事件中逃出（后来以 100 万美元的价格被美国卖给了阿根廷），却最终没有逃过这一次的厄运——两枚鱼雷引发的大爆炸造成舰上 323 名阿根廷士兵死亡或失踪，巡洋舰也在 45 分钟后沉没。

“贝尔格拉诺将军号”的沉没给了阿根廷政府很大的触动，虽然他们立刻强硬地回应将战斗到底，但包括“五月二十五日”号航母在内的海军由此开始龟缩在港口里再也不敢出动，拱手让出了制海权。后来有人评说：英国人用一艘潜艇就牵制了整个阿根廷海军。

相较之下，阿根廷的空军在这场战争中表现得可圈可点。

在失去海军支援的背景下，阿根廷空军独自出动，冒着极大的风险突入英国舰队的防空圈，强行展开空袭。

5 月 4 日，两架阿根廷空军的“超级军旗”战斗机升空，它们发射的“飞鱼”导弹准确地命中了英国海军的导弹驱逐舰“谢菲尔德号”。

“谢菲尔德号”是当时英国最先进的导弹驱逐舰，全舰造价高达 2 亿美元，而击中它的“飞鱼”导弹才 30 万美元一枚。在被“飞鱼”导弹击中后，“谢菲尔德号”在几小时内爆炸起火，然后沉没。

“谢菲尔德号”的沉没同样也给以英国很大的震撼，而更让他们震撼的是，此后的阿根廷空军如同飞蛾扑火一般冒死扑向英国舰队，其中不乏如同日本“神风特攻队”那样中弹后连人带机撞向军舰的情况。

虽然英国的鹞式战机在这场空战中占尽优势，但阿根廷空军凭借近乎不要命的空袭，又先后击沉了英国舰队的“考文垂号”驱逐舰和“羚羊号”、“热心号”护卫舰，还有 2 艘驱逐舰（“格拉斯哥号”、“安特里姆号”）以及 5 艘护卫舰（“大刀号”、“阿尔戈水手号”、“普利茅斯号”、“箭号”、“敏捷号”）被击伤，沉没和负伤的军舰超过了英军特混编队主力作战舰艇的半数以上。

被击中的“谢菲尔德号”

在整场空战中，阿根廷空军损失了 107 架作战飞机，是

法国的“超级军旗”战斗机经马岛一战后声名大振

英国空军损失的3倍以上，但他们毕竟还是尽到了自己最大的努力。

但阿根廷空军的努力基本都白费了，因为除了有阿根廷海军这个猪队友之外，还有更糟糕的陆军。

虽然阿根廷国内青年的求战热情高涨，但事实上阿根廷陆军并没有做好战争的准备——他们根本就没有想到英国真的会跨越半个地球追杀过来。

后来的资料显示，阿根廷原本是想在1982年的9月中旬发动对马岛的进攻。事实上，这个时间选得不错——那个时候，不仅阿根廷购买的各类武器将到位，英国的两艘参战航母也很可能已经向别国交货了。而没有航母，英国根本不可能远赴重洋来收复马岛。

但有可能是迫于国内形势，也有可能是为5月25日的国庆献礼，阿根廷提前发动了攻势。

阿根廷其实从来就没有经历过现代化的残酷战争，极其缺乏经验。他们实行的是为期一年的“义务兵制”，大批才训练了几个月的阿根廷新兵被临时征召，送上了马岛。虽然马岛上的阿根廷驻军接近1万人，

英国海军的鹞式战斗机

但基本上都是毫无战斗经验的士兵，防线松垮，部署混乱，后勤短缺，连抵御南太平洋寒带的装备都不齐全，晚上只能聚在一起烤篝火，甚至连哨位都没安排。

反观英军，都是有两年、三四年甚至更多经验的职业军

人，每年因为和北约同盟国举行联合军演，都会进行大量特训，经验丰富，且纪律严明，补给充足——这也是让人啼笑皆非的一幕：战争打到后来，英军士兵每天能吃上三顿热饭，而老家近在咫尺的阿根廷守军补给短缺，一天甚至两天才能吃上一份野战粮。

如果说阿根廷的海军是一筹莫展，空军是浴血奋战的话，陆军就是一触即溃。他们既没有阻止英军轻松登陆马岛（英军乘坐橡皮艇就轻松登陆了），也没有给英军顽强的阻击。以马岛的重镇鹅原一战为例，英军击毙阿军 250 人，俘虏 1 300 人，而自己只伤亡不到 60 人。

不过，马岛战争真正的结局，是战场外就已经注定了的。

6

在现代国际局势中，幕后的站队和博弈，其实很大程度上决定了台前掰手腕的胜负。

在阿根廷占领马岛后的第二天，联合国就在英国代表的推动下，通过了 502 号决议：要求阿根廷立刻全面撤军——这也表示联合国认定英国是“受害者”。

随后，撒切尔夫人又将这个行为定性：世界上有很多领土争端，如果都像阿根廷那样动用武力而不是谈判解决，那将是一个“危险的先例”。这样一说，当时很多有领土争端的国家，都表态支持英国。

随后，就是国家之间的站队。

英国是联合国安理会五大常任理事国之一，又是西方世界曾经的“带头大哥”，所以强大的西方世界一边倒都支持英国，而支持阿根廷的，主要是一些有心无力的南美洲国家。

关键是，西方世界的支持，并不是口头上的。

在马岛战争开始之前，阿根廷其实一共向法国订购了 14 枚“飞鱼”导弹，法国先交付了 5 枚。马岛战端一开，“飞鱼”导弹大显神威，英国立刻给法国施加压力，法国就开始以各种理由拖延交付剩余的9枚“飞鱼”导弹。阿根廷打听到邻国秘鲁也曾向法国订购了8枚“飞鱼”导弹，于是想高价向秘鲁购买，法国得知消息后，顺带连原本应该给秘鲁的8枚“飞鱼”导弹也一并拖延交货。

无法生产先进武器的阿根廷转而向其他国家购买，而在英国的推动下，北约集体对阿根廷禁售军火。

不仅如此，阿根廷空军的“超级军旗”和“幻影”战斗机其实也是向法国买的。马岛战事一起，法国立刻向英国提供了这两个型号战斗机的各项数据，甚至让英国的鹞式战斗机和“幻影”“超级军旗”战斗机一起演习。

在马岛战争幕后扮演重要角色的，还有美国。

阿根廷加尔铁里政府的背后撑腰者其实就是美国，所以马岛危机爆发后，美国一开始扮演的是“调停者”的中立角色。但随着战事逐步展开，美国随即倒向了自己更重要的盟友英国——以阿根廷拒绝“调停”为名，宣布制裁。

英国海军第45突击小队在向斯坦利港进军。马岛在地理位置上已经接近南极圈，气候寒冷。阿根廷军方因为内部派系林立，派到马岛上的守军居然还有来自亚热带的驻军。而英国的士兵经常在格陵兰岛进行演习，抗寒能力反而远胜阿根廷士兵

从1982年4月30日开始，美国政府中止向阿根廷出口一切军事物资，暂停所有出口银行向阿根廷提供贷款和担保。

另一方面，美国向英国提供了离马岛5 000公里的阿松森岛上的军事设施，让英国有了一个非常重要的中间站。此外，美国动用了全球47个监听站以及多枚高性能侦察卫星，持续向英国提供情报。据英国媒体战后

透露，英国在马岛战争中取得的关于阿根廷方面的情报，98% 来自美国，阿根廷被击沉的“贝尔格拉诺将军号”巡洋舰的位置，就是美国卫星发现并提供给英国的。

英国驻美大使亨德森曾表示：“正是美国帮助英国打赢了战争。美国提供的帮助无论怎样夸大都不过分。”而加尔铁里则对美国咬牙切齿：“阿根廷人和我都认为这是一种背叛。”

所以，从表面上看，马岛战争是阿根廷和英国两个国家之间的战争，而实际上，是阿根廷以一国之力，在单挑整个西方世界。

在这样的背景下，阿根廷无可奈何地看着战局一天天恶化。

1982 年 6 月 13 日，英军无线电监听小组截获了马岛上的阿根廷守军发给总统加尔铁里的电报，知道对方已经弹尽粮绝。

随即，英军投入全部预备队，向马岛阿根廷军队的最后据点斯坦利港发起总攻，只付出伤亡不到 20 人的代价，就攻破了阿根廷人当初引以为傲的“加尔铁里防线”。

6 月 14 日下午 2 点，困守在斯坦利港市区的阿根廷军队挂出了白旗——大约 12 000 名阿根廷士兵向 8 000 名登上岛的英军无条件投降。

第二天，阿根廷总统加尔铁里宣布战争结束。

投降的阿根廷官兵

7

历时 74 天的马岛战争结束了。

回过头来复盘，这场战争很容易就能找到输家，却很难找到赢家。

阿根廷为这场战争付出的代价：阵亡 1 000 多名士兵，伤 1 300 人左右，被俘约 12 000 人；损失舰船 11 艘（沉没 5 艘，受损 6 艘），飞机 107 架；总耗资 10 亿美元以上，间接经济损失 20 亿美元以上。

英国为这场战争付出的代价：阵亡 250 余人，伤 770 余人，被俘 200 余人，耗资 12 亿美元以上。

阿根廷的加尔铁里政府因为战争失败，在第二年就迅速垮台；英国因为这场胜利，第二年撒切尔夫人代表的保守党在大选中大获全胜，撒切尔夫人获得连任。

但是，英国因为这场跨越半个地球的战争，也洒尽余晖，耗光心力。关键是，阿根廷并没有因为这场战争的失败而承认英国对马岛的主权，依旧态度强硬。

时至今日，英国和阿根廷在马岛问题上依旧各执一词。

在马岛附近发现 600 亿桶石油储量的背景下，马岛的主权争夺，远未画上句号。

馒头说

如果把二战之后的局部战争规模排个榜，马岛战争未必能进前五，还有朝鲜战争、两伊战争、中东战争、海湾战争、越南战争等。

但这场历时 74 天的战争，值得玩味的东西却不少。

战场上，有对古典战争中“天时地利”概念的颠覆，海陆空协同的现代化立体战争的进化，武器装备和士兵素质对战争胜负的影响，等等；在战场外，有政府对发动战争时机的把控和运用，西方世界在战事爆发后的协作，一个国家军工实力的强弱对军事实力的影响，等等。

而我个人印象最深刻的，还是民族情绪的激发以及对局势的冷静思考。

在残酷而现实的当今世界，一腔热血固然难得，但真正管用的，还是一个国家的科技、经济和军事实力。有时候，我们认为天经地义、理所当然、手到擒来的事，结局未必是像我们想象的那样。

而在当今的环境下，无论如何，动用武力都是最后一步棋，任何可以用谈判解决的问题，都不应该头脑发热地诉诸武力。其实，在谈判桌上可以打的牌太多了，真到了动用武力的那一步，已经是个双输局面了。

当然，这并不代表需要承诺放弃武力。到了万不得已的时候，武力当然也是一个最终选择。只是，一旦决定要动武，需要的不是激情的口号，而是冷静的谋划和筹备。

善战者不言战，战则必胜。

争霸亚洲：400 多年前那场中日之战

对于中日两国，我们经常用“一衣带水”这个词来形容。但两国之间的战争，却发生过不止一次。

1

没有明确的史料记载 1598 年 9 月 18 日这一天的天气，但对于在朝鲜前线的日本远征军高级将领而言，心情肯定是充满阴霾的。

因为就在这一天，日本实际上的最高统治者，丰臣秀吉逝世了。

丰臣秀吉的死讯在最初被严密封锁了，但没有不透风的墙，很快，这个消息就开始扩散开来。

军心动摇。

其实日本军人的心里都很清楚：这场仗，是打不下去了。

这场仗，发生在朝鲜的国土上，但主要交战的双方，却是日本和中国。

日本当时处于文禄至庆长年间，所以日本称之为“文禄庆长之役”。

中国处于明朝的万历年间，所以中国称之为“万历朝鲜战争”。

丰臣秀吉

朝鲜称之为“壬辰倭乱”及“丁酉再乱”。

这是在甲午战争之前，中日两国之间爆发的最大的一场战争。

2

时间倒退 7 年，这个故事，要从 1591 年说起。

这一年，刚刚结束战国纷乱时代统一全日本的丰臣秀吉，有点坐不住了。

一方面，由于土地的分配不可能做到人人满意，原先各地的“大名”（诸侯）都有不同程度的怨言，丰臣秀吉不希望看到一个火药桶从内部爆炸，需要找到一个外部的宣泄口。

另一方面，从一个低级武士一跃成为全日本的最高统治者，丰臣秀吉经历了一个华丽的蜕变，可以说是谱写了一段日本战国传奇。而这一年，他才 54 岁，他觉得他的征途不能止于日本列岛，而是星辰大海。

于是，这一年的 4 月，丰臣秀吉派人给朝鲜的国王，宣祖李昖（yán）送去了一封信："日本丰臣秀吉，谨答朝鲜国王足下。吾邦诸道，久处分离，废乱纲纪，格阻帝命。秀吉为之愤激，披坚执锐，西讨东伐，以数年之间，而定六十余国。……今海内既治，民富财足，帝京之盛，前古无比。……吾欲假道贵国，超越山海，直入于明，使其四百州尽化我俗，以施王政于亿万斯年，是秀吉宿志也。凡海外诸藩，役至者皆在所不释。贵国先修使币，帝甚嘉之。秀吉入明之日，其率士卒，会军营，以为我前导。"

简单翻译过来就是，我丰臣秀吉，已经统一了日本，下一个目标，是征服中国的明朝，但打中国要经过你们国家，所以向你们借条道。

以当时很多人的眼光来看，丰臣秀吉的这个口气可能超出了他们的想象——什么？敢打明朝？

宣祖李昖立刻召集群臣商议，得出的结论是，你敢不敢打明朝，会不会打明朝，我们不管，但你问我们借道，其实是想打我们，这肯定是真的。

所以，朝鲜给日本的答复是两个字：不借。

丰臣秀吉到底想不想打朝鲜？当然想。历史上，日本对朝鲜觊觎已久。

那他想不想以朝鲜为跳板，攻打明朝？也是想的，但把握不大，准备打一步看一步。

其实中国当时还不是丰臣秀吉的最终目标，他的最终目标是打下中国后，再征服印度。

这应该是日本历史上第一次出现这样狂妄的战争设想。

但当时日本为什么敢那么想？因为日本当时的军事实力确实很强。

当时日本全国拥有 40 万人左右的军队——这个数字放到当时的欧洲已经让人瞠目结舌了。其中，装备火器的部队高达 6 万人。同时，日本还有相当一部分重装甲骑兵，以及 1 000 艘作战舰只。

当时日本的军事实力，不仅在亚洲，放到全世界，也可以说是一流的。

所以，在得到朝鲜意料之中的拒绝答复之后，丰臣秀吉立刻就开始调兵遣将。到了 1592 年的 3 月，丰臣秀吉总共调集了 40 万水陆大军（其中 10 万为预备队，以当时日本的国力，确实是倾国一战了）。

1592 年 4 月 14 日，日本的先头部队在朝鲜的釜山登陆，开始攻击朝鲜。

一场涉及中、日、朝三个国家的大战，由此拉开帷幕。

3

战争才刚开始，朝鲜就垮了。

朝鲜宣祖李昖重文轻武，朝廷上下互相钩心斗角，人浮于事。朝鲜当时的八道（“道”相当于我国“省”的概念）300 多个郡县，绝大多数都是没有任何守备部队的。

刚刚经过战国时代大小战争残酷洗礼的日本武士，在朝鲜如入无人之境。日本的 9 个兵团在日本战国名将加藤清正、福岛正则、黑田长政、小西行长等人的率领下，如同砍瓜切菜一般，只花了 19 天就攻克了朝鲜的“王京”汉城，43 天后又攻下了平壤。

除了一些民兵在自发抵抗外，朝鲜正规军大面积溃败。朝鲜八道，在短短一个多月里就全部沦陷。

仓皇出逃的李昖一直逃到了当时的中朝边境义州，和群臣一商议，觉得依靠自己的力量赶走日本人已经不可能了，唯一的办法就是“抱大腿”。

抱谁的大腿？当然是明朝的大腿。当时的明朝，是朝鲜的宗主国。

于是，李昖开始连续不断地派出使臣向明朝求救，希望明朝尽快发兵，“抗日援朝”。

收到朝鲜的求援后，明朝朝廷上下也大吃一惊：朝鲜怎么垮得这么快？

因为朝鲜的溃败太过迅速，反而让明朝生疑：你是不是和日本勾结在一起，引诱明军主力入朝，然后一举歼灭，顺势入侵中国？

得知明朝的这个怀疑之后，朝鲜人也哭笑不得。李昖只能继续不断派人去明朝求援，不仅递交正式国书，还让人分别游说明朝的尚书、侍郎、御史甚至太监，希望明朝能尽快发兵。

不仅如此，朝鲜还把日本发来的威胁书信原封不动地转交给明朝。

另一方面，明朝也没少做情报工作，比如派人确认朝鲜国王的真假，他们到底是不是真的在求援。

经过反复调查和沟通，明朝终于明确了一点：“倭寇之图朝鲜，意实在中国，而我兵之救朝鲜实所以保中国。”

值得一提的是，那个时候，明神宗——也就是我们熟悉的万历皇帝，已经不再接见朝臣，把自己封闭起来了。但他还是密切关注着外界的局势，通过谕旨的方式下达命令。

当时的明朝，处于张居正改革之后，虽然万历皇帝已经开始自我封闭，但整个国家的国力还是有底子在的——这也是当时的日本只能排到亚洲第二，绝排不到亚洲第一的原因。

于是，在万历皇帝的亲自点头下，明朝通知朝鲜国王李昖：我们愿意派兵过鸭绿江，帮你们打日本人。

1592 年 6 月 15 日，明朝的参将戴朝弁与游击史儒率领 1 000 多人的明朝部队，开始渡过鸭绿江。

中国人出手了。

4

但是，中国军队加入战场后，也遭遇了一个“开门黑”。

1592 年 7 月 17 日黎明，明朝辽东副总兵祖承训（他的儿子就是后来抗清又降清的祖大寿）率数千明朝士兵开始攻击平壤城，结果天降大雨，明军的火枪统统失灵，再加上日军确实强悍，结果明军大败而归，祖承训率军退回鸭绿江。

第一场大仗就打得有点下不来台，作为宗主国，明朝也有点脸上无光。

不过，这场败仗也没白打，祖承训回国后，总结了一系列经验教训，主要有三点。

第一，没有粮草。朝鲜根本无法提供给明朝军队粮草——事实上，朝鲜当时已经崩盘，根本找不到地方官员筹措粮草。

第二，朝鲜谎报军情。可能是出于让明朝尽快出兵的目的，朝鲜大大低报了日军的人数，比如他们说平壤只有 1 000 多名日军守卫，但交战后，祖承训发现对方至少有上万人。

第三，争夺指挥权。朝鲜一直希望明军由朝鲜将领指挥，但事实上这是不可能的。

虽然明军首战失利，但朝鲜的使臣们还是没有放弃努力，他们生怕明朝就此撒手不管，所以还是频频游说明朝朝廷上下，希望明朝能够继续派兵，即便派个几百人过去壮壮声势也行。

这个时候，明朝却派出了一个会讲日语的商人，名叫沈惟敬（他是这场战争中一个不可或缺的人物，后面还会登台亮相），去和日本人议和了。

这无疑把朝鲜人给吓了个半死：你们议和了，我们的国家可就没了啊！

但明朝的议和，其实是假的。

在了解到日本派的军队绝非朝鲜人口中的“几千人”，而是数十万人，准备对朝鲜发动“灭国战”之后，明朝知道不能那么轻易地派几千人应付了事了。

与日本人“议和”，其实就是在拖延时间。明朝一方面筹措粮草（明军认识到只能自带干粮入朝作战了），一方面调集兵力，最重要的，是在等待一个人。

当时的李如松，正率领辽东的精锐铁骑在宁夏平叛，需要平叛之后再率军入朝

这个人，就是当时的明朝名将李如松。

1592 年 9 月，明朝的各方面准备都差不多了，沈惟敬也得到了消息：差不多得了，回来吧，我们要动手了。

这一次，明朝集结了 7 万大军（号称 10 万），粮草齐备，于 1592 年年底开始横渡鸭绿江。

中国的精锐力量终于出动了。

5

明军入朝的第一场大仗，就是围攻平壤。

当时占据平壤的是日本战国悍将小西行长，他率领日军第一军团 18 000 人严阵以待。李如松在那一场战斗中尽遣主力，亲自坐镇，明军从南、西、北三个方向全力进攻——东面留出来给日军撤退（撤退路上有伏兵）。

那一仗确实是明军打得相当漂亮的一仗，一方面也得益于当时明军的武器还比较先进，配备的佛朗机炮、虎蹲炮、灭虏炮等数百门火炮，一起向平壤城轰击。按当时朝鲜人的记录：“在距城五里许，诸炮一时齐发，声如天动，俄而花光烛天。”“倭铳之声虽四面俱发，而声声各闻，天兵之炮如天崩地裂，犯之无不焦烂……”

在朝鲜人的记录里，他们一直称明军为“天兵”。

按记载，那一战，日军损失超过 1 万人，而明军只损失了 1 000 人左右。

收复平壤后，李如松想顺势进攻汉城，随后中日双方在一个叫碧蹄馆的地方又发生了一次遭遇战。日军毕竟还是相当强悍的，从后来各方的记录来看，碧蹄馆之战明军没有讨到任何便宜，甚至死伤人数超过日军。

碧蹄馆之战的结果就是，日军发现明军确实强大，而明军也发现“倭寇”绝对不是他们想象中那样可以轻松战胜。双方之后又断断续续互有攻守，总的来说明军还是占有一定优势，但却无法一举将日军赶出朝鲜。

一直打到 1593 年 6 月，战争陷入僵局，双方都已经没了战意。

先前提到的那位沈惟敬，又要粉墨登场了。

6

其实，早在 1593 年 5 月 8 日，丰臣秀吉就会见了到达日本的明朝使团。

代表明朝的，就是那个精通日语的沈惟敬。

丰臣秀吉提出了七个停战条件，通过小西行长转达给了沈惟敬：

一、迎大明公主为日本天皇后；

二、发展勘合贸易；

三、中日两国武官永誓盟好；

四、京城及四道归还朝鲜，另外四道割让于日本；

五、朝鲜送一王子至日作为人质；

六、交还所俘虏的朝鲜国二王子及其他朝鲜官吏；

七、朝鲜大臣永誓不叛日本。

明眼人一看就知道，丰臣秀吉的这七条是在痴心妄想——但明眼人虽多，懂日语的却只有沈惟敬一个。

沈惟敬当时做了一个相当厉害的决定：他一口答应了丰臣秀吉的这七条要求，然后对同行的明朝官员说，丰臣秀吉决定向明朝俯首称臣，并请求封贡。

而另一头，小西行长也向丰臣秀吉汇报，说明朝已经同意了七点要求，只需要日本派使臣一起去北京请万历皇帝批准。

于是，1594 年 10 月，日本的议和使团又和沈惟敬他们来到了北京。日本的代表叫小西如安（小西行长的属下），他来之前，已经和沈惟敬对好了口径。

到了北京之后，明朝的兵部尚书石星提出了中国真正期待的三点要求：

一、日军在受封后迅速撤离朝鲜和对马海峡；

二、只册封而不准求贡；

三、与朝鲜修好，不得侵犯。

和当时沈惟敬在日本时一样，小西如安也假装一口答应。

然后，沈惟敬献上了日本的降表——这份降表是他自己伪造的。

明朝从皇帝到大臣都非常满意，万历皇帝立刻册封丰臣秀吉为“日本国王”，然后再派沈惟敬把册封书带往日本。

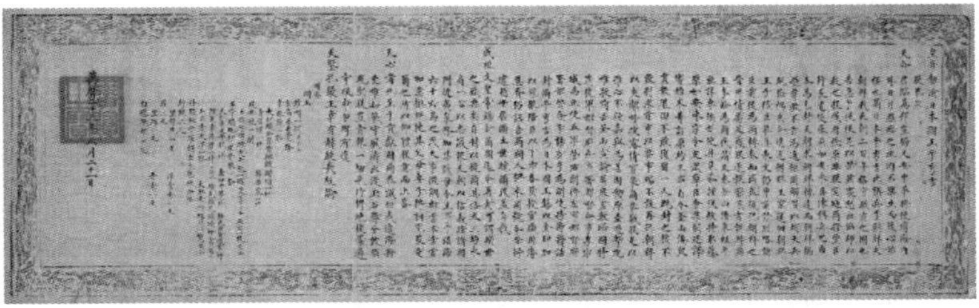

册封书里写道：“封尔平秀吉为日本国王，锡以金印，加以冠服。……一切免行，俾绝后衅，遵守朕命，勿得有违。”

1595 年 1 月，沈惟敬带着万历皇帝的册封书来到了日本。这本册封书，如今就保存在大阪的博物馆，通篇是上级对下级、皇帝对番王的口气。

丰臣秀吉看到这封册封书，当场就掀了桌子：我本来就是日本的王，还需要你来封？（“吾掌握日本，欲王则王，何待髯虏之封哉！”）

据说他当时想将明朝使者全部处斩，结果被人劝住。

但当时丰臣秀吉并没有发作，据说还身穿明朝的冠服，在大阪城接待了明朝的使者。不过，整个议和其实完全失败了——丰臣秀吉已经在酝酿再次攻打朝鲜了。

沈惟敬一看纸包不住火，就在回国途中留在朝鲜不肯走了，还伪造了一封丰臣秀吉的谢恩表让其他人带回朝廷。

这一次，这封假的谢恩表被识破了。参与欺骗的兵部尚书石星等人立刻被革职下狱。

但明朝还是不想再进行战争，到了 1596 年 5 月，万历皇帝仍想通过册封丰臣秀吉的方式换来和平。于是，明朝的都督佥事杨方亨和沈惟敬（没办法，他会日语）再次领命到了日本。

但是，丰臣秀吉很快就找了个借口发怒了：朝鲜的王子为什么不肯来？然后拒不接受册封。

脆弱的和平没有维持多久，1597 年 1 月，丰臣秀吉再次调动兵马，第二次入侵朝鲜。

听闻日本再伐朝鲜，万历皇帝震怒之下，先把那个沈惟敬投入了大牢。

然后，明朝再度派遣援军进入朝鲜。

7

第二次侵朝，丰臣秀吉发动了 14 万人马。

而作为应对，明朝先后入朝的军队又达到了 7 万。

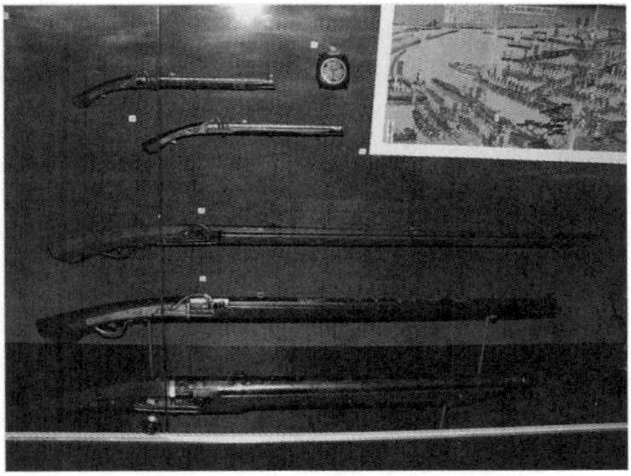

日军用以狙击明军骑兵的鸟铳（火绳枪）

相对于第一次战争，中日第二次在朝鲜战场上的较量更为惨烈。明朝军队取得过稷山大捷，但在第一次蔚山攻城战中也遭遇了不小的损失。总的来说，明朝军队的人数少于日本，但火炮、战术和骑兵都强于日本，日本在火枪和战斗经验方面则占有一定优势。

在双方僵持不下的情况下，取得突破的，是海战。

朝鲜的陆军毫无疑问是相当糟糕的，基本早就被日军打残了，但他们的海军还是非常有战斗力的，主要是因为他们拥有一代名将李舜臣。

1597 年 10 月，退无可退的李舜臣率领 12 艘朝鲜战船及 100 余艘改装过的民用船，在鸣梁海峡决战日本水师。凭借鸣梁海峡特殊的地理位置以及李舜臣发明的“龟船”，朝鲜水师在鸣梁海峡大破日本水师。这就是著名的“鸣梁海战”（韩国专门为此拍过一部电影）。

双方就这样一直纠缠到了 1598 年 9 月，其间各有胜负，然后就发生了本文开头的那一幕——丰臣秀吉在久攻朝鲜不下，国内开始怨声四起的时候，“驾崩”了。

丰臣秀吉一死，日本的侵朝军队立刻军心大乱。这时候，明朝和朝鲜的联合水军又发动了“露梁海战”，截击日本撤退的军队。

露梁一战，日本被摧毁 200 艘战船（一说 400 艘），伤亡万余人，大败而归，但明朝的名将邓子龙和朝鲜的李舜臣也在这场战役中殉国。

经此一败，日本在朝鲜再也无力组织起像样的攻势，最终在 1598 年全军撤出朝鲜。（关于露梁海战，参见本书《1598 年，中朝日决战露梁海》。）

这场历时 7 年之久的万历朝鲜战争，最终以中朝获胜而落下帷幕。

中国的援军在现在韩国人的叙述中，已被提起得不多，但史料中还是记载着后来朝鲜肃宗李焞说的一句话："神宗皇帝于我国，有万世不忘之功矣。当壬辰板荡之日，苟非神宗皇帝动天下之兵，则我邦其何以再造而得有今日乎？"

对了，1599 年，万历皇帝想起了关在大牢里的那个沈惟敬，提审，一刀斩首。

馒头说

毫无疑问，万历朝鲜战争，对日本人而言是一场大败。

因为这场战争，刚刚统一日本的丰臣秀吉抑郁而终，而丰臣家也开始发生分裂。就在万历朝鲜战争结束后第三年，"关原合战"爆发，丰臣家的德川家康和石田三成火并，丰臣家权威尽失，开始四分五裂。15 年后，惨烈的大阪战役爆发，德川家全歼丰臣家，丰臣一族就此退出历史舞台。（大家去大阪旅游的话，可去天守阁顶层看这段历史。）可以说，入侵朝鲜是丰臣家败落的最大诱因，也是丰臣秀吉一生最大的败笔。

而朝鲜呢？朝鲜虽然赶走了侵略者，但其实也是个输家。朝鲜首都汉城的户数从战前的八九万户减到战末三四万户（还被日本人掳走了不少陶瓷工匠）。战后朝鲜全国人口只有战前的 1/6，从此一蹶不振。

那么明朝胜了吗？从表面上看，明朝教训了日本，帮助了小弟，维护了宗主国的尊严，但事实上，七年的朝鲜战争，也大大削弱了明朝的国力。因为要支持朝鲜战争，明朝国库开始入不敷出。更重要的是，明朝精锐的辽东军经此一役，也元气大伤，从原来的近 10 万兵额，下降到 1600 年的 4 万，下降幅度达到了 60%。

辽东防守力量的削弱，直接让一些当地少数民族势力抬头，其中最大的一支，就是努尔哈赤的后金。经历朝鲜战争后，明朝在辽东的军事力量在剿灭努尔哈赤这件事上一直力不从心，内部又面临各种各样的社会危机，最终战后不到 50 年，大明帝国崩溃，崇祯皇帝自缢于煤山。

所以，可以说这是一场没有赢家的战争。

回顾历史，如果不把元朝出兵日本算上的话（那场战争因为气候原因，双方几乎没有大规模作战，蒙古海军是被“神风”给吹没的），中国和日本这两个近邻国家一共发生过四次大规模战争，其中中国获胜三次（唐朝的白江口之战、万历朝鲜战争和抗日战争），日本获胜一次（甲午战争）。

中国为这三次胜利付出了不小的代价，尤其是第三次，代价可以说是惨痛的。日本为三次败仗付出的代价自不用提，而甲午一胜，从短期看自然是让日本国力大进，但从长期看，也滋长了日本军国主义的野心，最终在二战中遭遇了最惨痛的失败。

我们经常用“一衣带水”来形容中国和日本这两个国家所处的地理位置关系，但历史却证明，我们两个国家往往是“一衣带血”的关系。

特别希望日本能够再多回顾一下历史，借鉴一下历史，正视一下历史。

也希望我们的一些同胞，不要再在键盘上体会“踏平东京”乃至“东京大屠杀”带来的快感，更不要让这种行为沾染上自己国人的鲜血。

愿警钟长鸣。

1598年，中朝日决战露梁海

上一篇讲了万历朝鲜战争，不过主要讲的是陆战，但其实有一场重要的海战，与似乎更有名的鸣梁海战相比，这一战才是真正影响深远的一战。

1

公元1598年9月，历时7年，前后打过两次的万历朝鲜战争，似乎出现了结束的迹象。

这场由日本倾全国之力、动员40万水陆大军发起的战争，以日军势如破竹在朝鲜攻城略地为开始，以明朝出动7万大军进入朝鲜境内“抗日援朝”为中盘，中间插进过一次堪称搞笑的“和谈”，最终经过7年断断续续的拉锯战，总算进入了尾声。

标志性的触发诱因就是，1598年9月18日，日本实际上的最高统治者、这场战争的发动者，“关白”丰臣秀吉死了。

丰臣家从白手起家到统一全日本，也就用了二三十年而已，根基并不算稳固。这场打了7年，被日本人称为“文禄庆长之役”的战争，早已使国内厌战声音四起。

而在朝鲜半岛的战场上，日本人本来就早已被中国明朝的军队压制在半岛南部的沿海一带，一筹莫展。

如今，“顶梁柱”倒了，群龙无首，谁都知道，日本人要撤了。

当时，除了先期已经撤退的日军外，留在朝鲜境内的大概还有5万人左右。按照计划，驻扎在东部的日军在釜山集结后上船回国，中部的日军就地上船，而西部的侵朝日军殿后，在济州岛集结后乘船回国。

如果这个计划可以实施，这5万侵朝的日军大致可以“体面”地撤回国内。

但是，有人并不希望这样的事发生。

2

这个人，名叫陈璘。他是援朝明军的水路总指挥。

陈璘，广东人，以英勇善战闻名，长期奋战在东南沿海的抗倭第一线，屡立战功，官职一路飙升。

但另一方面，他又充满争议，曾多次被免官，原因各种各样——大兴土木、役使部下、勒索部下、贿赂上级等等，但却因为实在太能打仗，每次又被起用。

陈璘像

《明史》对陈璘的评价是

“有谋略，善将兵”，却也记录了他“然所至贪黩，复被劾褫官。废久之，朝士多惜其才，不敢荐”。（关于陈璘“污点”的记载也有后人质疑为清人写史作传时有所偏颇，存争议。）

陈璘统领水军的经验和才能，确实是没有任何争议的。在他率领的大明水师震慑下，以海战为傲的日本水师，居然一度不敢接近陈璘的船队。

当然，陈璘的水师能如此威武，也因为他有一群好帮手，比如他的副手，邓子龙。

邓子龙雕像

邓子龙，江西人，踏上朝鲜战场的时候，已经年近七十了。

有意思的是，邓子龙和他的上司陈璘颇有相似之处：一方面，邓子龙也是以勇武闻名，多次剿匪平叛，屡立军功；但另一方面，他似乎也有一些缺点，比如包庇和纵容自己的亲信等，以至他的一个亲信因为军饷问题竟然起兵造反，邓子龙受牵连后被捕入狱。

但因为战名显赫，所以邓子龙即便以七旬之龄，依旧被朝廷起用，编入大明援朝的水师，出任陈璘的副手。

陈璘和邓子龙，两个颇有点“戴罪立功”意味的人，就这样走到了一起。

在丰臣秀吉去世后不久，陈璘就得到了确切的消息。

谁都知道，“大统领”去世，原本就无力再战的日本人，肯定要总撤退了。

但是陈璘绝不愿意日本人走得那么轻松和体面，他要集结重兵，围追和堵截日军的主力。

在和邓子龙等人商议之后，陈璘把截击的目标，放到了驻扎在朝鲜南部顺天的日军第二军团身上。

第二军团的总司令官，是日本的战国名将小西行长。

按照小西行长的计划，他的第二军团应该从顺天出发，由曳桥上船，往东航行回国。

而陈璘就是要堵住小西行长撤退的道路。

当然，要完成这一点，陈璘还需要一个人配合。

3

这个人，名叫李舜臣。

李舜臣是朝鲜人，生于汉城，从小就展现出“文武全才”的天赋，但他最后参加的是武举考试，并且考中了。

万历朝鲜战争爆发后，经宰相柳成龙举荐，当时已经47岁的李舜臣被破格擢升为全罗左道水师节度使，统领水军，抵御日军。

在任上，李舜臣充分发挥自己的经验和才智，经过研究和改进，造出了在当时世界海军史上赫赫有名的战船——龟船。

龟船并非李舜臣发明，但他进行了大量有效的改造。改进后的龟船长10余丈，

韩国首尔军事博物馆展出的龟船仿制品

宽 1 丈多，船身及上面的“龟壳”用硬木制作，包上铁板，敌人的炮火很难对其造成伤害。铁板上还装有密集的铁钉，使敌人在接舷战时无法攀登。船头有一个大龙头，上设两个炮眼，在行进中船内可焚烧硫黄等物，烟从龙口喷出，可以起到隐蔽自己、迷惑敌人的作用。船身四周凿有很多炮眼枪眼，便于士兵在船内向敌人发射火力。同时，船的两侧各有 10 面船桨，战斗时一齐划动，航行飞快，进退自如。

日军入侵朝鲜后，朝鲜军纪废弛，一路脆败，首都汉城 19 天就被攻克，平壤 43 天沦陷，一个多月，朝鲜八道全部落入日军之手。

但在海面上，李舜臣率领的朝鲜水军几次击败日本水军，虽然无法挽回大局，却让人眼前一亮。李舜臣因此升任忠清、全罗、庆尚三道水军统制使，可以说成了朝鲜水师的总司令。

然而，日本人在发动第二次侵朝战争前使用了反间计，功高震主的李舜臣被诬告后革职，锒铛入狱。

失去李舜臣后的朝鲜水军顿时不堪一击，漆川梁一战，朝鲜水军在庸将元均的率领下几乎全军覆没，近 200 艘战舰沉没。

无奈之下，李舜臣被再度起用，但他手里当时就只有 12 艘残存的“板屋船”了。

李舜臣毕竟是李舜臣。

1597 年 10 月，李舜臣用 12 艘战船，再加上 100 余艘改装过的民用船，在水路复杂的鸣梁海峡设伏，一举击沉日军先锋部队的 30 余艘战船，是为著名的鸣梁海战。

不过鸣梁海战存在一定的争议。按照朝鲜以及后来韩国方面的说法，李舜臣的部队凭借 12 艘战船在这场战役中击沉日军 130 多艘战船和 200 多艘后勤船，杀死日军 7 300 多人。

但事实上，整支入侵朝鲜的日本水军一共只有 7 200 人。当时日军进入鸣梁海峡的是 30 多艘船的先锋部队，李舜臣自己的《乱中日记》也写的是“贼船有三十只撞破”。

按照日方的记载，日本损失了几艘船，十几个人。

事实上，鸣梁海战并没有阻止日军的战略意图，所以李舜臣也一直在寻找与日本水军大干一场的机会，只是手里的朝鲜水师太过孱弱。

所以可以想象，李舜臣收到陈璘的“邀约”后，有多兴奋。

一个约定很快就达成了：中朝联军，伏击日军。

4

1598 年 12 月 8 日，明朝和朝鲜的联合水军抵达猫岛。

猫岛，位于朝鲜南部的南海岛西侧，扼守光阳湾的要冲。日军如果要从猫岛西面的顺天走水路出海，无论往北还是往南，都无法避开猫岛。

12 月 9 日，日军第二军团由小西行长率领，果然开到了猫岛附近。李舜臣率领的朝鲜水师立刻全军出击，给了日军迎头痛击。

在之后几天里，小西行长几次试图冲破朝鲜水师的防线，但都无功而返——李舜臣率军拼尽全力，将小西行长的一万多人死死堵在了光阳湾里。

12 月 11 日，几艘小船忽然快速驶向猫岛，在经过明朝水师的防线时，防线忽然出现了一个小豁口，几艘小船顿时就冲了

小西行长画像。小西行长是丰臣秀吉的得力干将，在侵略朝鲜的战争中，先后两次都担任先锋官的角色

出去。

那是小西行长派出去讨救兵的信使。

关于陈璘的这个“谜之行为”，曾有过两种说法：一种，说是陈璘收受了小西行长的贿赂，放了这道口子；另一种说法是，陈璘是故意放小西行长去报信的，为的就是让他引来更多的日军援兵，再一举歼灭。

如果按第一种的逻辑，陈璘也不是傻瓜，既然不会放小西行长全军通过，那自然也知道放他这几条船出去会造成什么后果。所以，第二种可能性相对大一些——当然，陈璘也有可能想两头通吃。

那么，小西行长去向谁讨救兵呢？

他是去向驻扎在泗川的日军第五军团司令官岛津义弘请求救援的。

岛津义弘倒确实很讲义气，在接到小西行长的信之后，亲自率领得力干将前往救援。在救援的路上，他还遇到了从固城赶来的立花宗茂和从南海赶来的宗义智——小西行长给他俩也都发了求援信。

岛津义弘，日本战国时代九州萨摩大名。曾率领萨摩军团辅佐父亲岛津贵久及兄长岛津义久统一整个九州，时人称之为“鬼岛津”“鬼石曼子”

三支日军合兵一处，决心拼死也要救出被困在海湾里的小西行长。

这三支日军兵力合在一起，也是颇为惊人的：一共 1.7 万余人，大约 500 艘战舰。

而此时，明朝水师的陈璘和朝鲜水师的李舜臣也集结了重兵：明朝水师大约 2 万人，600 艘战舰；朝鲜水师大概 7 000 人，100 艘战舰。

按照陈璘和李舜臣事先规划好的，这将是一场“等君入瓮”的伏击战。而伏击战的地点，陈璘和李舜臣也早就选择好了：

岛津义弘的援军有一条必经之路，那就是要通过南海岛与朝鲜半岛之间一段狭窄的海峡，那段海峡最窄处不足 1 000 米，非常适合伏击。

这个海峡的名字，叫作“露梁海峡”。

一场当时亚洲最强的三支舰队的大战，即将在此拉开帷幕。

5

1598 年 12 月 16 日凌晨 1 点刚过，一支庞大的舰队出现在了露梁海峡。那就是岛津义弘率领的三家联合的救援舰队。

而此时的中朝联军，一支埋伏在左侧，一支埋伏在右侧，静静等候敌人的到来。

正当日军 500 多艘战舰全部进入露梁海峡，先锋部队已经驶出海峡的时候，忽然之间，上百门大炮的轰鸣声响起。

但这炮，不是中朝联军打的。

在一片黑暗中，日军的舰队忽然向前方无目标齐射了。

这也让中朝联军大吃一惊。

原来，久经战阵的岛津义弘也知道露梁海峡是一个绝佳的伏击位置，预料到自己绝不会轻轻松松通过这个海峡。但是，由于这是救援小西行长最便捷的道路，他也只能仗着自己的舰队还算庞大，又趁着夜色，打算硬闯。

至于为何要冒着暴露位置的风险先行开炮，是因为岛津义弘知道前方肯定有伏兵 ，舰队已经全进入海峡了，与其等对方开炮，不如先下手为强。

一看到对方发炮，陈璘和李舜臣知道对方已经洞悉己方的埋伏计划，索性也就发出号令：全军出击。

一时间，从两个方向冲出的中朝水师，向着被挤在露梁海峡中的日本水师冲了过去。

上千条战舰在狭窄的露梁海峡顿时战成一团。

炮声、枪声、呐喊声、登船肉搏的怒喝声响彻海峡，而火药发出的闪光和火把发出的光亮，更是把整个海面照耀得一片红光。

朝鲜的宰相柳成龙曾在他用汉语写的朝鲜半岛史书《惩毖录》中这样记录当时的场面："月挂西山，山影倒海，半边微明。我船无数，从阴影中来，将近贼船，前锋放火炮，呐喊直驶向贼，诸船皆应之。贼知我来，一时鸟铳齐发，声震海中，飞丸落入水中者如雨。"

两军对接之后，立刻就分出了高下。论船只的先进程度、火炮的威力、水兵的作战技巧、士气的高涨程度，中朝联军都明显要压日军一筹。明军还配备了一种喷火筒，一条条火舌直接喷向日本战船，喷一艘烧一艘。所以当战役开始几个小时后，日军舰队就明显落了下风。

当时明军已经配备了从葡萄牙学来的"佛朗机"大炮

到了天色将亮未亮之时，日军已经稳不住阵脚了。岛津义弘只能下令收拢船只，退入西南方向的观音浦港湾。

跟随而来的中朝联军，随即将港湾口封得严严实实。

眼看没有退路的日军，只能重新集结阵型，返身再度向中朝联军扑来——这一次，是真正的决死攻击了。

原本就打算全歼这支舰队的中朝联军，立刻做好迎战准备。

这时候，中朝联军其实已经胜券在握了。

但狭小的港湾限制了中朝联军占优势的火炮，倒给善于贴身肉搏的日本水兵有了发挥的机会。

就是在这个时候，意外发生了。

6

最先出意外的，是明军的副总指挥邓子龙。

邓子龙率领的部队是明军攻击的主力，甫一开战，他就率领三艘巨大的楼船冲入了日军阵营，左冲右突。观音浦港里双方短兵相接后，邓子龙更是将座船交给副手指挥，亲率200多名亲兵，直接加入了肉搏战团。

虽然已经70岁，但邓子龙的勇武完全不减当年，他带领亲兵直接跳上日本的战船贴身肉搏，左挥右砍，杀敌无数。有时他也会跳上朝鲜战船，帮助友军斩杀扑上来的日军。

然而，当邓子龙率人又跳上一艘朝鲜战船帮忙杀敌的时候，意外发生了：

由于现场太过混乱，周围的明军和朝鲜士兵误将这艘战船给点燃了。一时之间，邓子龙登上的战船燃起熊熊大火，并且发生了倾斜。日军见到朝鲜战船着火倾斜，顿时不要命般从各个方向爬了上来。

四周都是大火，深陷重围的邓子龙无路可退。他只能整合周围亲兵，死守一角，苦等救援——但是，没人知道他在那艘船上。

日军发现这股明军特别顽强，直接调来鸟铳队排射。

邓子龙胸口中了数弹，最终倒下。

日军蜂拥而上，割下了邓子龙的首级。

然而，乱军之中，意外还没有结束。

李舜臣的座船也遭遇了危险。

和邓子龙一样，李舜臣打起仗来讲究的也是身先士卒。开战之初，李舜臣的座船就率先冲入了敌阵。在短兵相接后，他的座船也被日本战船包围。

陈璘是认得李舜臣座船的。他一见李舜臣座船被围，立刻率船来救——两人在数次战斗合作中，确实已经结下了友谊。

然而，日军同样认得陈璘座船，一看敌军主帅出现，便如同群蜂一样围了上去，向陈璘的座船发动拼死攻击。

陈璘的座船虽然非常高大，但也挡不住日军的拼死攻击，有好几次，日军已经爬上了座船，陈璘的亲兵在甲板上与日军展开肉搏。最危险的一次，日军的士兵差点就砍到了陈璘，是陈璘的儿子陈九经扑上来挡了一刀。

但陈璘毕竟久经沙场，在杀光爬上甲板的日军之后，他下令座船索性停锚，所有士兵伏到船舷以下，等日军靠近后集体开火射杀，再集体伏下等待下一次机会。

用这样的战法，陈璘稳住了阵脚。

正在这时候，一支朝鲜船队杀入了重围——是李舜臣率人来救了。

李舜臣也认得陈璘的座船，看到他因来救自己而身陷重围，于是奋力杀出一条血路，反过来救陈璘。

两支船队会合后，周围的明军和朝鲜战船也渐渐靠拢了过来，战局一下子扭转。

然而，就是在这个时候，另一个意外发生了。

在枪林弹雨中，站立在船头的李舜臣忽然被一颗日军鸟铳发射的流弹击中了。子弹从腋下钻入了李舜臣的身体，中弹之后，李舜臣就知道自己不行了。他当即对身边的侄子李莞嘱咐了一句："敌方急，勿言我死。"

言毕，身亡。

侄子含泪遵照李舜臣的关照，秘不发丧，代叔父继续指挥战斗。

此时，中朝联军已经取得了明显的优势。

7

这场从凌晨开始的战役，一直打到了正午时分。

海面上到处都是漂浮的战船残破木板，还有数不清的浮尸——大多数都是日军的。

岛津义弘的舰队垮了。

在最后时刻，岛津义弘组织了200多艘残存的战船试图突围，但被中朝联军围堵，最终，只有50多艘船逃了出去。

500多艘战船，最终只幸存了50多艘。近两万日军，最终只有3 000人左右生还，绝大多数葬身大海，还有一部分逃到岛上，被追上来的明军一一捕杀。光中朝联军斩杀并上缴的日军首级就有1 100多颗。

不过，对中朝联军来说，还是有遗憾。

一个遗憾是，中方损失了70岁的老将邓子龙，而朝方"国宝级"统帅李舜臣也阵亡了。

在清理战场的时候，陈璘不知道李舜臣已经阵亡，还准备登船答谢李舜臣赶来解围之恩。他听到李舜臣在战斗中已经阵亡的消息后，从椅子上跌落下来，失声痛哭。

另一个遗憾是，小西行长的第二军团还是跑了。

陈璘原来是安排了船只监视小西行长舰队动向的。然而，老谋深算的小西行长知道当时中朝联军的主力全在猫岛北面的露梁海峡与岛津义弘的舰队作战，所以他在此时率领船队一路偏南航行，绕着南海岛南端悄悄走了。

从当时的形势来看，如果小西行长同样全军出击，开赴露梁海峡，从西面夹击中朝联军，陈璘还是有点吃力的（当然，小西行长的部队以陆军为主），所以陈璘也没有选择去追击小西行长的舰队。

生气的是岛津义弘。

在逃离战场后，他还想着派几艘船漂泊在大海上寻找小西行长舰队的踪迹，结果一艘日本商船告诉他们：小西行长的舰队早跑了。

8

露梁一战，日军最后的士气和底气也被打垮了。

而明朝和朝鲜虽然是战争的获胜者，也元气大伤。

不过，就这场战争而言，中朝之间的联合作战还是值得记上一笔，尤其是在海战中的表现。朝鲜在战后还专门为陈璘和邓子龙立宗庙祭祀。

而且，这场战争虽然导致三国都国力大伤，但日本尤甚。他们第一次因扩张领土的野心碰得头破血流，由此，东亚也得到了 200 多年的和平。

如今，400 多年过去了，但历史依旧没有忘记。

2016 年，露梁海战的遗址观音浦的海边，建起了占地 9 万平方米的“殉国公园”。公园里立了邓子龙和李舜臣的铜像，并建有纪念馆，通过各种视频、图绘和文字资料，介绍了当年中朝联军的这场惨烈海战。

在此之前的 2015 年，韩国庆尚南道南海郡守（相当于县长）朴英还访问过邓子龙的故乡——江西省丰城市邓家村。在邓子龙的墓地前，朴英率领的访问团献花、焚香，并举行祭礼仪式。

在朴英致的悼词中，有这样一句话：

“希望中韩两国能够传承邓子龙将军与李舜臣将军誓死守护信义的精神，和谐共处，实现东北亚的和平与繁荣。”

馒头说

电视剧《亮剑》中，已经当上师长的李云龙和自己的参谋长张大彪回忆抗战时期，说："想当年，我缴获了一门日本 92 式步兵炮，乐得是一宿都睡不着觉！"

二战期间日本陆军的装备，其实在全世界范围内是绝难称一流的，比如薄铁皮的 95 式和 97 式坦克，以及 92 式步兵炮。（当然，以小巧和隐蔽为设计宗旨的 92 式步兵炮，至少在机动性和多用途方面占了点优势。）

但就是这样的装备，在中国军队面前已堪称"豪华"。92 式步兵炮在解放战争期间还是解放军攻城克坚的主力武器。

而就在 400 多年前，那场露梁大海战中，中国军队的武器装备其实是碾轧日本的。

从双方水军的战舰来说，明朝的水师拥有甲板上是四层楼、配备大量火器的福船，还有楼船、柘槽、沙船、苍船、铜绞艄、海舫、八喇虎等各类船只，朝鲜水师有李舜臣的龟船。而日本水师的主力舰只有福船的 1/5 大小，且数量极少，绝大多数都是小型和超小型船只。

从火力配备上来说，明军很早就配备了从葡萄牙人那里学来的"佛朗机"炮，最远射程可达 3 000 米，而中距离则大量配备射程为 500 米左右的"虎蹲炮"，近距离则除了传统的弓箭外，大量配备由火绳枪改造的鸟铳。此外，明军还有自己发明的各种"黑科技"，比如他们配备的一种可以喷出数十丈高火焰的"飞天喷筒"，可以看作最早的"火焰喷射器"雏形，还有叫"火龙出水"的多级火箭发射系统。

而日军方面，在鸟铳的改进和使用上比较出色，但战船大多数都不配备有威力的大炮，鸟铳根本无法给明军的福船、楼船造成任何损害。

所以，露梁一战，中朝联军完胜日军，这固然有战略筹备、将士英勇和高效联合指挥等各种因素的作用，但武器装备的优势也是绝不能忽视的。

可惜的是，经此一役，形势却开始慢慢发生了逆转。

296 年后，在黄海的北部海域，中日两国最强的海军再次列开阵势——那时的朝鲜海军，早已烟消云散。

那一次，日本舰队在舰队的总吨位、新军舰的数量、航行的平均速度、火炮的射速等各方面都已经超过了中国的北洋舰队。

至于结果，大家都知道了。

我们都知道，战争的胜负并不是单单由武器装备的优劣决定的，但我们也必须承认，武器确实是一大影响因素。而这种优劣之所以产生，其实取决于交战双方背后的各种比拼：从制度到经济，从科技到人文，从思想到精神。

愿我们从领先到落后的历史，不会重新上演。

本文主要参考来源：

1.《明史·卷二百四十七·列传第一百三十五》（清·张廷玉、徐元文、万斯同等）

2.《明史纪事本末·卷六十二·援朝鲜》（清·谷应泰，中华书局，1977 年）

3.《韩国庆尚南道南海郡守访问抗倭名将邓子龙墓地（组图）》（裴埈基，人民网，2015 年 1 月 23 日）

4.《史海：410 年前的今天明军取得露梁海大捷》（人民网，2008 年 12 月 16 日）

5.《明代援朝抗日：震惊海外的露梁海战》（“梦回三峡”，新浪博客，2017 年 10 月 15 日）

6.《帝国最后的荣耀》（马伯庸、汗青，山西人民出版社，2012年）
7.《露梁海战中武器装备使用对新时代我国国防科技建设的启示》（严兴文、梁碧锜、刘文霞、易湫铭，《产业与科技论坛》，2018年第15期）
8.《万历抗日援朝战争之露梁海战》（白晨光，《文史天地》，2018年第11期）

决战料罗湾：中西文明的海上大搏杀

一个是冉冉升起的西方海上霸主，一个是日落西山的东方大陆帝国，这两个国家的精锐海军主力，打一场海战，结果会是怎样的？

1

1633年，大明王朝的第一场雪，比平常来得还要早一些。

这一年，是崇祯皇帝即位后的第六年。按照后世一些科学家的观点，明朝此时已经进入了“小冰河期”。在这段时期，中国的北方常年干旱，奇寒无比，很多地方庄稼颗粒无收。南方的气候也出现异常，江苏、福建，甚至广东地区的河水都出现了结冰现象，且地震频繁。

对于发誓要成就一番伟业的崇祯皇帝而言，天象并不是唯一让他头疼的地方，还有人祸——天灾导致饥民遍野，盗贼四起。

还是在这一年，高迎祥、张献忠、罗汝才、李自成这批造反者，率领十多万农民起义军突破了官军的重重包围，进入了明军力量薄弱的湖北北部地区，开始游击作战，让崇祯之前推行的“以抚代剿”政策彻底宣告破产。

除了应对国内的农民起义之外，更让崇祯睡不着的，是关外的后金铁骑。

这一年，实力已经越来越强的后金一鼓作气拿下了北方的重镇旅顺，明朝总兵黄龙兵败自杀。不久之后，原毛文龙麾下的悍将尚可喜也宣布投降后金。

遗憾的是，崇祯的烦恼还没有到此为止。

如果说陆地上的“内忧外患”目前还暂时在可承受范围之内的话，一股威胁大明东南沿海的海上势力，又让这位年轻的皇帝寝食难安。

因为那股海上的势力并非寻常的倭寇或海盗，而是来自遥远西方的一个强大国家。这个国家在过去几十年里迅速崛起，事实上已经成为西方世界的海上霸主。

没错，那就是荷兰。

在这一年，崇祯皇帝觉得，有必要和这个纠缠大明十几年的对手做一个了断了。

2

1633 年，荷兰对明朝的忍耐其实也到了极限。

这个在 17 世纪初开始迅速崛起的国家，以惊人的造船数量、出色的造船技术以及遍布全球的商业贸易能力获得了“海上马车夫”的称号。一个令人咋舌的数据是——当时全世界一共有 2 万艘左右的商船，其中 1.5 万艘属于荷兰。

而在荷兰的崛起过程中，又诞生了“荷兰东印度公司”这样一个体现国家力量的奇怪产物。

说它是一个“公司”，是因为它确实是按照公司的规章建立并运行的：私人性质，有股东，有董事会，每年还会派发股息。但另一方面，

荷兰东印度公司的标志。荷文原文为 Vereenig de Oostindische Compagnie，简称 VOC，中文全文应译为“联合东印度公司”。公司的标志以 V 串联 O 和 C，上方的 A 为“阿姆斯特丹”的首字母

这家公司是可以自己发行货币的，还可以自己组建佣兵，打造战舰，与其他国家可以签订正式条约，并且可以代表荷兰对海外殖民地施行殖民统治。

1602 年，荷兰东印度公司在爪哇的巴达维亚（今印度尼西亚的雅加达）建立了总部，正式成立。随后，这家实力强大的公司便开始将触角伸向了东南亚所有值得做贸易的国家。

17 世纪，荷兰东印度公司所占有的地区范围包括了印度洋与大西洋中的圣赫勒拿岛。到 1669 年时，荷兰东印度公司已经是全世界最富有的私人公司了，拥有 1 万雇佣军、5 万员工、140 艘战舰，每年派发的股息高达 40%。

在东南亚沿海做贸易，有一个巨大的帝国是不可能回避的，那就是中国。

从荷兰人的角度来看，他们是巴不得和中国人做生意的，地大物博的中国有太多珍贵商品可以让他们带回遥远的欧洲卖取高价。但是，荷兰人很快就发现自己迎面撞上了明朝那条从朱元璋就开始传下的遗训：海禁。

荷兰人由此开始了长达十多年打开明朝自由贸易之门的努力，并不断试探明朝的“底线”。1622 年，长期只能通过近乎“走私”的方式来满足自己贸易需求的荷兰，一举占领澎湖并建立了碉堡。大怒之下的明朝在 1624 年倾尽东南海军进行围剿，一场血战后荷兰人被包围，最终只能选择投降，并在明军的监督下拆掉了碉堡。

吃过一亏的荷兰人虽然之后有所收敛，但依旧无法咽下这口气。

作为堂堂西方的“海上霸主”，他们无法接受由中国人制定并主导的贸易规则。

终于，荷兰东印度公司在 1633 年做出了自己的最后决策：开始劫掠中国沿海地区，准备最终向明朝宣战——以战迫商。

一场当时东西方最强大两股势力的大对决即将拉开帷幕。

而这场大对决的结果，很大程度上取决于一个人。

3

1633 年，郑芝龙才 29 岁。

因为他的儿子郑成功太过出名，所以作为父亲的郑芝龙在我们的教科书上一直被忽略了。事实上，比起他的儿子，郑芝龙的传奇故事一点都不逊色。

郑芝龙生于福建泉州，17 岁时开始投奔舅父做起了海上贸易，因为被当时东亚海域的第一大海盗商人李旦认为义子，人生之路开始发生改变。经历了一系列的拓展和拼斗，到了 1633 年，29 岁的郑芝龙俨然已经是当时东亚海域最大的海盗商人。

之所以说他是“海盗商人”，是因为郑芝龙的身份其实一直在变：他不被明朝官府承认并遭围剿时，身份就是“海盗”；被明朝官府承认并招安时，身份就是“海商”。

在 1633 年的时候，郑芝龙的身份是“海商”。因为在五年前，他就接受了明朝政府的招安——其实是明朝政府发现再也无力剿灭郑芝龙了——官授“五虎游击将军”。

必须指出的是，这个“游击”虽然带着一个“将军”衔，但其实职位不高。游击将军上面还有参将、副总兵、总兵，可能相当于现在的一个团长或略高一点的职位。但郑芝龙这个“团长”，其实手里掌握着 3 万剽悍的私人“郑家军”和近千艘战船。

不过郑芝龙也不是很在乎官衔，他要的只是朝廷给他一个“名分”，能够让他安心打理郑氏家族的生意。当然，那时候要在东南沿海做生意，光搞定明朝官府这一头还不行，还得搞定另一头——荷兰东印度公司。

郑芝龙和荷兰东印度公司的渊源是很深的，因为在年轻的时候，受义父李旦的推荐，郑芝龙一直就是荷兰人的翻译。也正是在担任翻译期间，郑芝龙展现出了良好的经商天赋（可能还有做海盗的天赋），荷兰人甚至让他也出任一艘船的船长，在东亚海域经商兼劫掠，为荷兰东印度公司赚取利润。

所以，郑芝龙、荷兰东印度公司和明朝政府之间其实是一个复杂的“三角关系”。

明政府一方面想剿灭郑芝龙，但在发现无力剿灭后，又需要仰仗郑芝龙维护东南沿海的安定，甚至利用他来打击其他的海盗。

荷兰东印度公司想讨好郑芝龙。一方面，郑芝龙在 1624 年自立门户之后，势力越来越大，实力也越来越强，甚至开始劫掠荷兰东印度公司的船队，而且几次交锋下来，荷兰人负多胜少。另一方面，郑芝龙还有一个明朝的官方身份，荷兰人希望通过郑芝龙影响中国官方，完成“打开自由贸易之门”的心愿。

郑芝龙

由此可见，郑芝龙是这段“三角关系”中的核心人物。

而作为“核心人物”的郑芝龙，一直在明朝政府和荷兰东印度公司的夹缝中翩翩起舞：以荷兰东印度公司的存在巩固自己在明朝官员眼中的“棋子”地位；以明朝可能会开放贸易为诱饵，接二连三让荷兰东印度公司帮他剿灭海上竞争对手。

明朝政府本来就奈何不了郑芝龙，更何况他打击的竞争对手也是海盗，所以乐见其成。但是荷兰东印度公司却有迫切的通商需求，在几次帮助了郑芝龙之后不见回报，他们就决定先拿郑芝龙开刀了。

从某种意义上说，荷兰海军要对决的不是大明水师，而是郑芝龙的“郑家军”。

4

双方交恶，郑芝龙一上来就吃了一记大亏。

1633 年 7 月 12 日清晨，五艘荷兰快艇忽然开到厦门港。其实之前在南澳，荷兰舰队已经和明朝水师发生了交火，但这个消息还没传回厦门，郑芝龙正率“郑家军”主力在福建剿匪，大家都不知道荷兰事实上已经对明朝开战。

当时厦门港里停泊的，是郑芝龙正在打造的数十艘新式战舰（其中大部分都是模仿荷兰军舰建造的），对到来的五艘荷兰快艇完全不设防。五艘荷兰军舰一直开到郑氏舰队的中间，下锚，忽然升起了红色战旗，宣布开战。突如其来的密集炮火给还在建造中的最新式舰船带来了灭顶之灾——数十艘战舰全部被击沉。

汉斯·普特曼斯，后来成为荷兰殖民台湾时期的第四任台湾殖民官

率军突袭的荷兰舰队司令普特曼斯当天记录下了对这次偷袭成功有多满意：“有些中国船的大炮比我们快艇中任何一艘都要多……有人诚实地

说，从未想过在这个国家会看到像这舰队那么漂亮壮观、雄伟巨大、武器精良的戎克船。……我们不难想象，这支舰队被毁，将使中国这个国家，尤其是郑芝龙受到何等巨大的痛苦。”

郑芝龙痛苦吗？当然痛苦。那些被摧毁的战舰是他谋划的未来舰队主力。

但 29 岁的郑芝龙之所以能成为一方枭雄，还是有原因的——他完全没有在大怒之下率军报仇，而是开始耐心地给荷兰人写信。

郑芝龙先是礼貌地询问荷兰人攻击厦门的原因，随后又开始不断地写信，称荷兰人通商的诉求明朝其实一直在考虑，是很有希望同意的，但荷兰人不能操之过急，兵戎相见。

他的信给荷兰人的整体感觉是，经此一役，明朝水师被打怕了，准备求和了。

但事实上，郑芝龙是在拖延时间。

一方面，是因为郑芝龙清楚地知道双方舰队的实力。荷兰舰队的主力战舰是都是“盖伦船”。这种拥有两层甚至多层甲板的大帆船是当时最先进的战舰之一。而且荷兰的战舰一般都配备至少 10 门当时被中国人称为“红衣（夷）大炮”的加农炮，一尊 3 000 斤的红衣大炮能轻松将炮弹打出七八里远，而与之相对的明军自制铁火铳只能打到三里远——荷兰舰队完全可以在明朝水师战舰的射程之外吊打对手。

荷兰盖伦帆船“毛里求斯”号

而当时明朝水师虽然立国之后就未遭一败，但其实是在走下坡路的。与荷兰这样强大的对手相比，当时明朝水师装备的都是被称为“戎克船”的小个头战船，每艘船只能配两门炮，无论是载员数量还是火炮数量，都无法和明朝初年郑和下西洋时威武的“宝船”相提并论。

西方人描绘的16世纪航行于亚洲海域的中国“戎克船”

所以，郑芝龙知道在战舰质量上其实明朝水师是落下风的，要想打，只能靠数量和战术，但这需要时间。

另一方面，郑芝龙知道7月后是台风季，不是一个开战的好时候。

在偷袭了郑芝龙舰队后，荷兰方面向明朝发来了他们所谓的“停战条件”：在漳州河、安海、大员（台湾）、巴达维亚有自由贸易的权利；在鼓浪屿建立贸易据点；可派遣代表至中国沿海城市收购商品；船只能在福建沿海自由停泊；不准任何中国船只前往马尼拉；荷兰人在中国享有与中国人同等的法律权利。

而且，按他们之前提出的要求，明朝不能和西班牙人或葡萄牙人做生意，只能和荷兰人有生意往来。

这种盛气凌人且要求垄断的诉求，明朝是肯定不可能答应的，但是郑芝龙的回信却始终态度暧昧：不明确答应，也不明确拒绝。

1633年10月6日，秋季的最后一场大风暴降临，荷兰舰队受到了一些损失，但舰队司令普特曼斯得到一个令人欣慰的消息：郑芝龙的舰队受损更加严重，他因此被福建巡抚撤销了兵权。

而事实上，这是郑芝龙故意放给荷兰人的一个假消息，这个时候，他的舰队集结已经进入了尾声。

10月19日，普特曼斯忽然收到了来自明朝的一封战书，有别于之前模棱两可的态度，这封战书的态度非常决绝——还附有21名明朝水师将领的签名：“御枕岂容一犬蹋卧？尔等怎敢盘踞吾处？你若急盼开战，且于厦门湾这边来！”

普特曼斯不知道的是，在过去的三个月里，大明水师以郑芝龙舰队为主力，已经集结了超过150艘战舰、3万名官兵。

中国人准备动手了。

5

1633年10月22日，凌晨4点，料罗湾。

料罗湾是金门岛东南部面向台湾海峡的一个海湾，此时是荷兰舰队的停泊之地。荷兰舰队停泊在料罗湾的共有58艘大小军舰，其中8艘是荷兰东印度公司的主力战舰，剩下的50艘是中国海盗船——荷兰人为了对抗郑芝龙，找来了另一个海盗头子刘香的舰队组成了联军。

而在荷兰舰队的东南方向，150艘大明水师的战舰悄悄散开了阵型。

很快，负责瞭望警戒的荷兰水手发现了明朝的水师，发出了警报——双方同时进入战斗状态。

东西方两大最强势力的海军，终于在料罗湾展开了一场生死大战。

甫一开战，荷兰舰队的司令普特曼斯就下令让8艘荷兰主力战舰居中，刘香的50艘海盗船分散拱卫策应。按照普特曼斯的想法，用中国的海盗船挡住明朝水师的去路，然后8艘火力超强的荷兰战舰就可以进行“打靶训练”了。

但是，郑芝龙的战术完全出乎普特曼斯的预料。

在郑芝龙率领的150艘战舰里，50艘是郑芝龙自己的主力炮舰，他让这50艘船与对方进行硬对硬的炮战，而大部队——100只小而坚固的戎克船，充分发挥机动性强的特点，义无反顾地径直冲向了8艘荷兰主力战舰。那100艘戎克船，统统都点上了火，成了100艘熊熊燃烧的“火船”。

荷兰军舰上的官兵顿时都惊呆了，因为他们还从没见过这种战法：对方居然会将自己的主力战舰统统点火燃烧！而每艘“火船”上都配有钩子，只要“火船”一和荷兰战舰接触，船上的中国士兵就会用钩子牢牢钩住战舰，然后不要命一般冲上甲板来肉搏。

中国人怎么那么拼命？荷兰人不知道的是，为了这次决战，郑芝龙动用了自己私人的金库，为这次参战的“郑家军”开出了赏格：参战者，每人赏白银 2 两，如果战事延长，给“加班费”5 两；每艘“火船”配备 16 人，如果能成功烧掉一艘荷兰战舰，一艘“火船”额外赏白银 200 两；每砍下一个荷兰人的人头，奖赏白银 50 两！

当时明朝的一个七品县令，一个月的俸禄大概是 5 两白银。

在明朝水师震天的喊杀声和 100 条船的火攻中，荷兰人完全迷失了方向。短短时间内，荷兰的一艘主力战舰被完全烧毁，一艘被击沉，一艘连同船上的 100 名官兵一起被明朝水师俘获。剩下的几艘荷兰战舰掉头就跑（据明方战报共焚毁 5 艘），拱卫在周围的 50 艘刘香的海盗船全军覆没。

逃出战场的普特曼斯随后这样记录：“鉴于曾经受到强烈暴风的损害，现在又遭到这场败战，我们的力量已经衰弱到本季在中国沿海不能再有任何作为了。”

6

但是，料罗湾海战产生的影响，其实远远超过普特曼斯自己的估算。

首先，当然是荷兰舰队经此一战，认识到自己哪怕动用整个远东地区的所有主力，也无法战胜已经在没落中的明朝，最终只能放弃“自由（垄断）贸易”的主张，还是回到“你们给什么我们就买什么”的原有贸易模式。

其次，明朝虽然获得了这次海战的胜利，但本质上这只是一次“边疆维稳”而已。他们要的只是安宁，而不是拓展或开启新的贸易模式。所以在打败荷兰人后，明朝要求的战争赔款最终也不了了之，对荷兰人的贸易尺度反而比以前略有放宽，为的就是避免他们再来骚扰。

再次，在整个料罗湾海战中，得益最大的还是郑芝龙。经此一战，他不仅大大巩固了自己在明朝官方心目中的地位，更重要的是彻底摧毁了荷兰东印度公司的信心，进而垄断了整个远东的海域。从此之后，每一艘在这个海域通行的商船，都必须给郑家上交“保护费”——每年 3 000 两白银，买一面“郑”字令旗。如果哪艘商船没有插上“郑”字令旗而做生意，十有八九会在海上被“郑家军”洗劫。到后来，连荷兰东印度公司每年都要给郑芝龙上交“保护费”才能保安宁，而且荷兰人后来遵循的不是明朝的贸易规则，而是郑家制定的“贸易规则”。

年轻的郑芝龙由此年入千万，开始经营起他庞大的“郑氏帝国”——鼎盛时期船只超过 3 000 艘，人马超过 20 万，这个状态一直维持到明朝灭亡。没有父亲留下的这份基业，他的儿子郑成功后来也不可能收复台湾。

最后还有一点，当然也是很重要的一点，西方列强经此一战，也看到了中国的实力——虽然明朝本身也已经处于垂死挣扎中。由此，无论西班牙还是葡萄牙，都吸取了荷兰的教训，不敢用武力进逼中国沿海。

只是，不思进取不会带来长久的优势。

两百年后，相似的一幕再次发生。

那一次，胜负易主。

馒头说

我曾和一个朋友讨论“闭关锁国”的问题。

他的观点是，明清两代的“闭关锁国”其实不是为了“防守”，而是为了“进攻”。因为在那个时代，中华文明与周边国家相比是先进的。那么作为先进国家将自己的先进科技封锁，再强力遏制贸易，就可以对周边落后国家实现一种“绞杀”。按照他的观点，古往今来，任何先进的国家，都会采用这种策略，只是表现形式、实施力度或叫法不同而已。

我部分同意这个观点，但也有不同意的地方。

我承认先进的国家或多或少都会不自觉地采用“贸易保护”手段，包括我们以“开放”闻名的唐朝，对外贸易也是由官方垄断的，平民是不允许对外进行自由贸易的。

这种“自我保护”看上去似乎理所应当，但带来的结果其实是非常可怕的——你根本不知道你是否真的如自己想象的那般强大。

以明末这场料罗湾海战为例吧。荷兰人要求自由贸易可以理解，但要求垄断、建立据点乃至攻击明朝城市和港口，这些行为就完全暴露了殖民者本色，明朝的反击完全出于自卫，没有任何问题。

但换个角度看，明朝“片甲不准下海”的“海禁”政策还是建立在文明自信上的——我大明朝自给自足，和你们这些蛮夷做生意是赏赐，你们已经在占我便宜了，还要什么自由贸易？

但隐忧就在这里。如果说在明初的“郑和下西洋”时代，大明的文明发展进度条还能领先世界的话，那么到了明末，西方文明早就迎头赶上了。就以料罗湾海战为例，郑芝龙的舰队其实也损失了100多艘战船，获胜也只能说是场“险胜”。而当时荷兰人的造船技术、军工水平，以及对贸易、制度的理解程度，其实已经领先于明朝了。至少，双方已经有很多可以互补短长的地方了。

这就是“自我封闭”的可怕之处——一旦失去了对外界的接触和感知，就根本不知道自己在哪个时间点已经被世界抛在身后了。而更可悲的是，可能自我封闭者那时候还在沾沾自喜。

从世界历史的进度条看，明末的中国已经很难说遥遥领先西方文明，到了清朝，事实上我们连东亚的传统势力范围都罩不住了——日本已经迅速崛起了。但问题是我们还沉浸在“天朝大国”的自信中，乾隆皇帝对英国使者马戛尔尼带来的大量先进西方技术视而不见，而即便如“睁眼看世界”的林则徐，当时也相信外国人如果失去中国的茶叶和大黄，就会“大便不通而死”。

所以，古往今来，开放和包容的态度都是一个国家或一个民族实现长久繁荣的基本条件，封闭和自大永远都是定时炸弹：可能一时看不出弊端，但一旦时间轴拉长，结果还是有目共睹的。

相对于几百年前的世界，我们现在所处的时代更是如此，包括互联网在内的各项科技正在进一步将人类文明融合成一个整体。在这样的背景下，长久的封锁或贸易保护将变得越来越困难，代价也会变得越来越大。

历史留给人类很多经验教训，就看我们自己是否吸取了。

本文主要参考来源：

1.《从料罗湾海战看17世纪中西方海军实力的差距》(任志宏,《国家航海》，2011年第1期)

2.《诡谲的闽海（1628—1630）——由“李魁奇叛抚事件”看明政府、荷兰人、海盗李魁奇和郑芝龙的四角关系》(何孟兴，台湾《兴大历史学报》，2011年)

3.《热兰遮城日志（第一册)》(江树生译注，台南市政府)

4.《郑成功父亲曾在海上亦盗亦商 料罗湾海战大败荷兰》(卜松竹,《广

州日报》，2014 年 3 月 8 日）
5.《晋江发现沉船　或见证中国大败西方海军首战》（张素萍，东南网，2016 年 8 月 16 日）
6.《何新共济会史料：明朝与荷兰东印度公司（共济会）的海战》（何新，搜狐网，2018 年 5 月 3 日）
7.《料罗湾海战打得荷兰人赔款求饶是真的吗？》（“慎由戎”，新浪博客，2018 年 8 月 23 日）

1949年，炮轰“紫石英号”

在英国正式承认中华人民共和国之前大半年，英国和中国人民解放军曾经有过一场“炮战”。按大英帝国老早的脾气，如果挨了那几炮，该向中国开战才对。

1

1949年4月20日，上午9点30分，扬州三江营附近水域。

三江营，因位于扬子江（长江从南京以下至入海口的下游河段的旧称）、小夹江和太平江这三江汇入长江口处而闻名，历来为江防重地。

此时的三江营沿岸，战云密布。

中国人民解放军的第二野战军和第三野战军共计120万人，在长江北岸严阵以待，准备发起“渡江战役”。

大家在等的，是国民党方面的最后答复。

1949年4月1日，中国共产党代表团和国民党代表团在北平展开谈判，经过激烈的争辩和博弈，4月13日至15日，双方代表团终于拟定了《国内和平协定（最后修正案）》，而4月20日，是共产党方面

如今的三江营是“南水北调”东线工程的源头，被江苏省建设成了国家级湿地公园

给国民党的最后签字期限。

尽管国民党尚未给出最终答复，但外界判断和预测，国民党拒绝签字的可能性非常大。

所以，4 月 20 日是一个非常敏感的日子。

时间一分一秒过去，长江沿岸的空气中都弥漫着火药的味道，一触即发。

而就在此时，三江营的江面上，忽然出现了一艘军舰。

“是不是美国人的军舰？”长江北岸的解放军阵地上，有人发出这样的疑问。

对于援助蒋介石的美国可能会干涉渡江战役，当时的中共中央军委是有思想准备的。

在渡江战役之前，美国在南京下关江面停泊着一艘驱逐舰，在上海的黄浦江上有一艘巡洋舰、两艘驱逐舰和若干配合舰只。

不过，就在渡江战役准备发动之前，解放军总前委发布公告称，禁止一切无关人员进入解放军渡江时的交战区域。

公告一出，美国就从南京撤走了军舰。

那么，如今在三江营江面上出现的那艘大摇大摆的军舰，会是美国的吗？在这样一个敏感的时间，他们为什么要进入明显的军事戒严区？

很快，沿岸的解放军部队发现，那不是美国的军舰，是一艘英国军舰。

2

这艘英国军舰，是英国皇家海军的“紫石英号”护卫舰。

“紫石英号”在这样一个敏感时刻闯入长江水域，可以说有点“阴差阳错”，也可以说是“有意为之”。

1948 年末，鉴于对中国人民解放军很快会打到长江流域的判断，在这块区域已经营多年的英国向国民党政府提出要求：英国皇家海军需要长江南京段到上海段的航行权，用以派遣军舰保护英国在中国的财产和公民安全。

要求一个主权国家出让内河通行权，在世界上任何一个国家看来都是对对方的侮辱，但英国方面认为这并无过分之处：1858 年签订的《天津条约》早已规定，外国军舰和商船可以在中国的长江上通行无阻。

虽然在 1943 年的《中英新约》中，国民政府已经废除了英国在中国内河通航的权利，但到了 1948 年末，在辽沈战役中败局已定的国民党政府，迫切需要一切来自外部的支援——哪怕只是放几艘军舰做个样子。

所以，国民党政府立刻批准了英国政府的这个请求，只是要求英国军舰每次进入长江之前必须进行细节通报。

在这样的背景下，1949 年 3 月 22 日，英国驱逐舰“伴侣号”开到了南京进行“驻防”。按照计划，一个月后，澳大利亚的护卫舰“渔港号”将来接班“站岗”。

但是，“渔港号”换岗的时间，恰恰在国民党要对《国内和平协定（最后修正案）》做出最后答复的敏感时段内。出于对国民党的了解，时任英国驻华大使施谛文做出判断：国民党很有可能拒绝签字。如果和谈破裂，就只有一个结局：打。

那么，在这样的敏感时刻，一艘英国军舰如果出现在共产党军队要大举渡江的攻击线路上，不是自寻死路吗？

所以，施谛文连发两封电报，要求当时的英国远东舰队副总司令梅登，暂时不要派任何军舰去替换“伴侣号”，以免引起任何不必要的麻烦。

但是，梅登做出的回应，只是将本来应该去换岗的澳大利亚护卫舰“渔港号”换成英国自己的军舰。这艘军舰，就是当时停泊在香港的“紫石英号”。

英国“紫石英号”护卫舰，排水量 1 475 吨，航速 20 节，配备 102 毫米口径双联炮

4 月 19 日，“紫石英号”抵达上海。

就在“紫石英号”抵达上海前后，施谛文和英国驻华大使馆海军武官魏伦先后各发出一份电报，意思基本相同：国共和谈很有可能破裂，中共将毫不犹豫立刻发动“渡江作战”。

但这些都没引起英国远东舰队副总司令梅登的重视，在他的命令下，“紫石英号”按照原定计划，大摇大摆地向南京进发。

在梅登看来，“紫石英号”的航行是经过国民党政府同意的。

更重要的是，他认为共产党的军队，是不敢向英国军舰开炮的。

但他可能忘记了一点：1947 年 2 月 1 日，中共中央发表了一份《中共中央关于不承认蒋政府一切卖国协定的声明》，明确表示自 1946 年 1 月 10 日以后，所有由国民党政府单独签署的条约和协议，“本党现在和将来均不承认，并决不负担任何义务”。

3

1949 年 4 月 20 日上午 9 点，“紫石英号”出现在了扬州东南方向的江面上。

那块区域，是中国人民解放军第三野战军的预定渡江区域。

关于是谁先发现的“紫石英号”，有多种说法——在解放军沿江的阵地上，多个地点同时观测到一艘军舰出现，也是一件很正常的事。

按照第三野战军炮兵 3 团政委康矛召后来递交的报告，是位于三江营阵地的炮兵 3 团 7 连观察所先发现的，时间是 4 月 20 日上午 9 点 30 分左右。

此时，解放军阵地上的大炮响了。

根据后来英国方面提供的“紫石英号”船员的回忆，第一轮由解放军阵地上射来的炮弹，不是太近掉到了水里，就是越过军舰掉进了远处的江面。

很显然，这是解放军在鸣炮警告。

此时，“紫石英号”舰长斯金勒做出了一个他后来应该后悔了的决定：将所有舰炮瞄准解放军的长江北岸阵地。

按照通行做法，如果你没有发起武装冲突的意图，应该将炮口归零，即上扬 45 度。

与此同时，斯金勒下令“紫石英号”全速前进，试图冲出这块危险区域——按通行做法，应该立即停船表示自己没有敌意。

很快，解放军阵地上的大炮再次响起。这一次，不再是警告了。

第三野战军的炮兵 3 团和 6 团，都留下了开炮记录。在记录中，第三野战军第 26 军炮兵团 6 连的连长赵成斋的回忆比较详细：“当英舰已进入我连有效射程（4 000 米左右）之内时，我马上命令测量员测定目标的方位、距离和航速，命令全连各就各位，准备战斗。但这时尚未接到团部的指令，战机稍纵即逝。我立即命令全连注意口令：‘榴弹瞬发信管距离 3 000 米，方向 250 度，一号炮试炮！’随着我的命令，第一发炮弹呼啸着飞落在英舰的甲板上。英舰上的水兵立即乱作一团，有的爬上炮位，转动炮筒寻找目标，有的在甲板上乱跑乱窜。随即我又命令：‘原方向递减 50 米，全速齐射！’三发炮弹又同时向英舰飞去，其中一颗炮弹击中了驾驶舱。”

弹痕累累的“紫石英”号

短短几分钟内，“紫石英号”连中 30 多发炮弹，满目疮痍。虽然舰上的 102 毫米舰炮也开炮还击，但收效甚微。没多久，“紫石英号”开始方向失控，向国民党军队占据的南岸挣扎漂移，最终搁浅。

这轮炮战后，“紫石英号”上阵亡 19 名英国官兵，伤 27 人，其中舰长斯金勒少校和副舰长均重伤（前者在几天后伤重而亡）。

解放军炮兵阵地上仅 6 人受伤。

搁浅后，“紫石英号”挂起了一面白旗。

4

4 月 20 日下午，1 点 30 分，三江营附近江面。

就在第一轮炮战过去之后 4 个小时，江面上又出现了一艘英国军舰。这艘军舰，就是“紫石英号”原本去准备换岗的“伴侣号”驱逐舰。在接到“紫石英号”的求援电报后，“伴侣号”迅速从南京出发，准备营救自己的友军。

等待它的，是驻防在三江营附近的第三野战军炮兵 3 团 3 营 7 连的野战炮。

“伴侣号”驱逐舰，1946 年建成，排水量 2 530 吨，主炮为 4 座单管 114 毫米炮，舰员 180 名

不过，与护卫舰“紫石英号”相比，“伴侣号”是驱逐舰，配备6门114毫米口径的舰炮，火力上比7连的75毫米口径野战炮要厉害很多。

在这一轮炮火交锋中，7连吃了亏，被摧毁了两门野战炮，伤亡10余人。

有优势火力压制对方，“伴侣号”准备用缆绳牵拉搁浅的“紫石英号”。

此时，炮兵3团1连的105毫米口径榴弹炮拉上来了。

榴弹炮的威力非野战炮能比，一阵炮战之后，“伴侣号”的两个炮塔被摧毁，舰桥也被击中。

失去战斗能力的“伴侣号”丢下“紫石英号”，将航速开到29节，迅速逃离——据说这个航速创造了长江上舰船航行的最高速度纪录。

第二轮炮战，解放军伤亡40余人，“伴侣号”上有10人死亡，12人受伤。

“紫石英号”依旧孤零零地搁浅在那里。而围绕它的炮战，也没有结束。

4月20日晚，国民党方面果然不出所料，拒绝在《国内和平协定》上签字。4月21日，渡江战役全面发动，百万人民解放军开始在长江各段发动总攻，强渡长江。

而就在这个时候，英国人还在想着怎么“捞”回搁浅的“紫石英号”。

4月21日，英国远东舰队的旗舰、重型巡洋舰“伦敦号”带着“黑天鹅号”护卫舰出现在了江苏泰兴县附近的江面，试图救出“紫石英号”。

而负责那块江面的是中国人民解放军第23军，他们已经发动渡江战役了。

“伦敦号”重巡洋舰，排水量达到 1 万吨，主炮口径 204 毫米

但此时的双方，经过前面两轮炮战，都开始比较谨慎了。

由于英国海军的旗语解放军无法看懂，于是就在岸上燃起了三堆大火——之前对国民党来投诚的军舰，就是采用这个方式，代表不会开火。

而“伦敦号”发现无法传递“和平”信号，索性让官兵在甲板上跳起了爵士舞，希望用这种方式告诉解放军：我们也不想打。

负责驻防那段江面的第 10 兵团司令叶飞和第 23 军军长陶勇决定发射三发黄色信号弹表示最后警告。在看到信号弹后，信心不足的“伦敦号”和“黑天鹅号”开始拔锚起航。

但就在这个时候，一个意外发生了：可能是由于“伦敦号”的铁锚起锚时碰到了船体，发出了一声巨大的声响。

当时炮兵 6 团 1 营 3 连 2 排炮长梁学成本来就已严阵以待，一听到巨响，以为英舰已经开炮，随即也下令开炮——梁学成后来得到个绰号叫“梁前委”，因为对英舰开炮必须得到解放军总前委的命令。

一看解放军开炮，刚才还在甲板上跳爵士舞的“伦敦号”官兵立刻奔赴炮位，开炮还击。

双方再度陷入炮战。

比起先前的护卫舰和驱逐舰，“伦敦号”重巡洋舰配备的主炮口径达到 204 毫米，火力非常凶猛。虽然英国人没有发现解放军隐蔽的炮兵阵地，但一阵乱射之后，却击中了江堤背后已经集结准备渡江的第 23 军 202 团阵地。

“伦敦号”同样弹痕累累

当时的 202 团团部正好在一个小村子里开会制订渡江计划，一发炮弹打来，正中团指挥所，202 团团长邓若波、参谋长王保哲当场阵亡，村中的百姓也多有伤亡。

不过，在炮兵 6 团榴弹炮的轮番轰击中，“伦敦号”和“黑天鹅号”也遭受重创，“伦敦号”舰长卡扎勒重伤，英国阵亡 15 人，受伤 20 人。没多久，“伦敦号”放弃了营救“紫石英号”的计划，带着“黑天鹅号”再次离开。

不过，这轮炮战，解放军因为集结阵地被炮火击中，共伤亡 252 人。

三轮炮战之后，英国人清楚地认识到了一个事实：凭武力解救“紫石英号”，是不可能了。接下来，就只能靠谈判了。

5

“紫石英号”引发的一系列事件，对于中英双方而言，都是有些震惊的。

英国方面，时任首相艾德礼表示愤愤不平，理由是“紫石英号”的航行得到了国民党政府的认可，而前任首相丘吉尔再次展现了他好斗的本色，在下院发言时要求英国派航空母舰到远东实行“武力报复”。

但也有人持不同意见。4 月 21 日发行的伦敦自由党《新时报》就提出了一个问题：为什么“紫石英号”偏偏要在这个时间段在长江上航行呢？也有议员认为：如果有一艘亲纳粹的军舰在诺曼底登陆的那一天驶入英吉利海峡，我们难道不会把它打得粉碎吗？

中国方面，4 月 22 日新华社发表了毛泽东亲自起草的社论《抗议英舰暴行》，4 月 24 日《人民日报》发表了专文，都指出英舰进入中国内河是“挑衅行为”。

人民日報
雄師百萬勇猛渡江前進
南下江陰要塞北克安慶
接連解放揚中繁昌銅陵貴池四城
南京舊政府四處逃命
李宗仁何應欽等作鳥獸散
長江下游圖
成立華北軍管委會
我軍戰勝阻撓奮勇渡江
蔣賊出面作絕望抵抗

1949 年 4 月 24 日的《人民日报》

4 月 30 日，针对艾德礼的“得到认可”说和丘吉尔的“航母报复”说，中国人民解放军总部发言人、中央军委作战部部长李涛将军发表公开声明：“英国人跑进中国境内做出这样大的犯罪行为，中国人民解放军有理由要求英国政府承认错误，并执行道歉和赔偿。”

针对这一声明，英国驻华大使施谛文立刻回应：英国政府将不会再向解放军控制的区域派遣任何军舰，并将立刻撤离停泊在上海的军舰。

虽然英方表明了一定的缓和态度，但双方接下来从 5 月 24 开始的多达 11 次的谈判却艰难异常——在双方没有建立外交关系的前提下，各自的诉求都无法得到满足。

中方代表、炮兵 3 团政委康矛召坚持的中方立场是，英方必须就闯入解放军防区的行为认错并赔偿损失。

而接任“紫石英号”军舰舰长职位的英国驻华大使馆武官克仁斯少校坚持的英方意见是，“紫石英号”可以遵从解放军要求，放弃移动，但英方没有过错，所以不认错，不道歉，不赔偿。

双方的激烈交锋甚至细到每一个措辞上：英方形容这次行为是“过失”（fault），但中方坚持要用“罪行”（guilt）；中方要求使用“侵入”（invade），英方拒绝，最多同意使用“贸然”（indiscreetly）或“不谨慎地”（imprudently），但中方认为上述只有副词没有动词，所以拒绝。

这场“拉锯式”谈判一谈就是 2 个多月。在这个过程中，中国人民解放军百万军队已经渡过长江，南京、上海等大城市也已陆续解放，各种事情千头万绪，“紫石英号”军舰的处理并不在中共工作的重点序列。

在谈判桌上虽然双方互不让步，但在谈判桌外，围绕那艘依旧孤零零搁浅的“紫石英号”，双方倒也没之前那样剑拔弩张了。中方为“紫石英号”上的伙食和生活用品补给、伤兵救治提供了各种便利，甚至同意“紫石英号”补充了燃油，这也显示出中方无意长期扣留“紫石英号”的态度，毕竟中方也判断出，英舰并非是有意闯入阻挠渡江战役的。

根据后来解密的资料，毛泽东出于解放战争的大局和之后的中英关系角度考虑，其实一度有过“睁一只眼闭一只眼”让“紫石英号”自己溜走的想法，中央军委对长江前线指挥部也有过“如‘紫石英号’逃走，不做拦截”的指示。

但进入7月后，长江口的英国军舰活动日益频繁。中共中央的态度又恢复强硬：绝不能因为你的武力威胁而屈服，或者让你不打招呼擅自溜走。随后，中央军委下达命令：之前“不做拦截”的命令作废。

然而，意外还是发生了：“紫石英号”真的逃跑了。

6

1949年7月30日，晚9点。

一场台风刚过，江水大涨。

已经修复损伤，下锚停泊的“紫石英号”，一直在等这个机会。正当一艘从镇江方向开往上海的“江陵解放号”客轮驶来的时候，“紫石英号”的代理舰长克仁斯立刻下令全舰灯火管制，砍断锚链（起锚会发出巨大声响），迅速跟上“江陵解放号”，向长江下游驶去。

当晚没有月光，长江上也没有照明设备，但“紫石英号”一移动，还是立刻被北岸的解放军哨位发现，位于镇江东南大港附近的解放军炮兵接到命令，立刻开炮。

遭到炮击的“紫石英号”，此时做出了一个不光彩的举动——它加速开到了“江陵解放号”客轮的南侧，与客轮保持同速前进。这也就意味着，“紫石英号”把“江陵解放号”当作了“人质”，挡住解放军的炮火。

而此时的“江陵解放号”船长也做了一个错误的选择：它没有立刻向岸边的解放军表明身份，或停止前进，反而关闭了灯光，试图进行躲避。

由于解放军当时并没有夜间照明设备，无法辨识具体船只，“江陵解放号”被炮火击中，开始下沉。

在这样的情况下，北岸的解放军炮兵阵地停止了炮击，开始救人，而“紫石英号”趁乱闯过了这片江面。

事后，开炮的解放军阵地向上汇报，称“江陵解放号”是被“紫石英号”撞沉的，第三野战军就据此上报中央军委。后来调查“江陵解放号”上被救起的乘客，发现客轮是被解放军炮火误伤击沉的。但新华社已于8月1日宣布是“紫石英号”撞沉了“江陵解放号”。为此，周恩来严肃批评了第三野战军。

晚上10点，“紫石英号”到达江阴要塞附近，随即关闭了轮机，静悄悄地顺流而下。江阴要塞当时刚刚宣布起义，再加上驻防官兵也缺乏必要照明设备，当发现“紫石英号”并开炮时，为时已晚。

晚上12点，驻防在长江南岸上海的第三野战军特种兵纵队炮兵部队接到拦截命令，严阵以待，但直到天亮都没在崇明岛以南的主航道发现“紫石英号”的踪迹——这艘军舰在撞翻撞沉多艘民船后，于凌晨由崇明岛北侧副航道驶出了长江口，与接应的英国皇家海军“和谐号”驱逐舰会合，逃出生天。

“紫石英号”逃跑后，一切关于它的谈判也就此中止。

7

“紫石英号”事件之后，国际舆论都猜测，英国和中共将会陷入长期冷战。

但让包括美国在内的大多数西方国家大跌眼镜的事，在“紫石英号”事件结束后不到半年就发生了：1950年1月6日，英国率先宣布承认中华人民共和国，成为西方国家中第一个表态的国家。

虽然英国和中国正式建交要推迟到1971年，率先承认中国的背后也有香港问题、在华资产等多种原因，但是英国在“紫石英号”事件发生之后仅半年就做出这样的决定，还是出乎不少人意料的。

关于英国为何要做出这个决策，当时国内外也有很多猜测和观点，有的也和“紫石英号”挂上了钩——中共方面在这件事上态度强硬，但又并非不可通融，让英国人感到“硬来”实在有百害而无一利。

但无论如何，抛开“承认”这件事不说，“紫石英号”事件确实是向当时的国际社会传递了一个明确信号：

外国军舰凭借大炮在中国内河航道上游弋的时代，已经一去不复返了。

馒头说

70余年过去了，再回过头来看看“紫石英号”事件，还是颇值得玩味。

在这件事情上，别看英方一开始态度很强硬，但其实后期也保持了克制。按照原本大英帝国的脾气，本国四艘军舰被重创，已经是可以“宣战”的理由了，再怎么样也要把这个面子给挣回来。但是，英国从头到尾连“抗议”也没有提过一次。

中方在最初的强硬后，其实也保持了冷静。不仅提供生活用品和伤员救助，还允许“紫石英号”补给燃油——这其实就是允许它开走的一种暗示。在发扬人道主义精神的同时，也留下了一个可回旋的余地。据外交部解密档案，当时“紫石英号”上一名叫班纳斯特的受伤水兵，还曾给解放军方面写过一封感谢信。

不过，在整个事件中，双方其实也都有值得总结和吸取的教训。

英国方面尽管已经获得国民党政府的许可（当时国民党政府确实是可以代表中国的合法政府），但在如此敏感的时刻闯入如此敏感的区域，尤其是一个国家的内河航道，无论如何是理亏的一方，而且自我感觉太好了。

而解放军方面在主权问题上毫不让步，在一些细节方面也做到了不卑不亢，还反过来让西方感受了他们信奉的“真理在大炮射程之内”，都是值得称道的。不过有些环节还是值得吸取教训，比如和“伦敦号”那场造成最大伤亡的炮战其实是可以避免的，以及当初解放军曾派一个班登上“紫石英号”监视，但因为出于人道主义考虑，并没有将英国人俘虏并集中看管，连电台等通信工具都没有接管，最终“紫石英号”是将那个班的战士全缴械后逃跑的。

最后来说一下那艘“紫石英号”的最终命运吧。

按照英国的宣传，“紫石英号”最终逃出生天，是一场堪比“敦刻尔克大撤退”的奇迹，所以舰上的官兵都受到了表彰。为了纪念这一“天佑我王”的光荣事件，英国在 1956 年特地为此拍摄了一部电影，叫《扬子江事件》。

在那部电影中，“紫石英号”本色出演，成了道具舰。结果在拍摄爆炸场面时因为炸药安置过多，“紫石英号”在爆炸中整个舰体严重受损。

这艘当初被认为是“好运”象征的军舰，最终在 1957 年被英国人自己拆分解体。

本文主要参考来源：

1.《炮击英舰“紫石英”号回忆》（赵成斋口述，臧护德、沈洪玲、罗光洲整理，《春秋》，2001 年第 1 期）

2.《追溯紫石英号军舰炮击事件》（上海纪实频道《往事》，爱奇艺）

3.《揭秘中英长江炮战　百万雄师跨江前的一场恶战》（人民网，2015 年 7

月 20 日）
4.《炮击“紫石英”》（艾米尼，《北京日报》，2019 年 8 月 13 日）
5.《“紫石英号”事件中的外交谈判》（吴化、张素林，《中共党史研究》，2009 年第 3 期）
6.《“紫石英号事件”中谁先开炮》（白杰，《航海》，1995 年第 6 期）
7.《“紫石英”号事件前后》（宋凤英，《南方周末》，2004 年 1 月 8 日）

科威特战争：“敝国虽小，硬骨头还是有两根的”

1991 年爆发的那场海湾战争，不少人都有印象，而引发海湾战争的那一场战争，不少人未必了解，因为那场战争规模实在太小。不过，它也值得说一说。

1

每年的 2 月 27 日，对科威特这个国家来说，是一个特别的日子。

这个国土面积不到 1.8 万平方公里，仅比中国的北京市稍大一点的中东小国，于 1961 年 6 月 19 日从英国殖民统治中独立，至今也就 59 年的历史。

它的国庆日是 2 月 25 日（系 1950 年第十一任埃米尔登基日，埃米尔是阿拉伯语中统帅的称号，现为阿拉伯世界某些君主世袭制国家元首的称谓），但 8 月 2 日和 2 月 27 日，却是这个国家每个人都无法忘记的两个日子。

1990 年 8 月 2 日，邻国伊拉克悍然入侵，攻占科威特全境。

1991 年 2 月 27 日，科威特宣布恢复独立主权。

那场国家被入侵的战争，史称“科威特战争”。

2

时间还是要回到 1990 年。

在那一年，一直梦想成为中东霸主的伊拉克，日子越过越难受。原本堪称富庶之国的伊拉克经历了长达 8 年的两伊战争，名堂没打出一个，本国经济却被打得千疮百孔，直接经济损失超过 3 000 亿美元，还欠了近 800 亿美元的外债。

从 1980 年打到 1988 年的两伊战争导致伊朗战死 35 万人，伊拉克战死 18 万人，两国经济损失合计超过 6 000 亿美元

就在此时，国际市场的原油价格又开始大幅度下跌，从每桶 40 美元直接跌到 14 美元，伊拉克在 1990 年上半年蒙受的经济损失就高达 140 亿美元。而那笔巨大的外债光在 1989 年就产生了 35 亿美元的利息，伊拉克当时全国一年经常项目的盈余才 20 亿美元，一进一出，这就意味着伊拉克只能靠借贷还钱，越还越借，越借越多，陷入了一个恶性循环。

而与糟糕的经济情况相比，伊拉克在两伊战争后军事实力迅速崛起，全国原有的常备军从 20 万人一下子膨胀到了 120 万人，并且拥有大量先进的武器装备，号称"中东第一军事强国"。

可以想象，当一个村子里唯一一个自己折腾得家徒四壁的穷光蛋拥有了最大口径的猎枪，那么和他相邻的手无寸铁的富人们会遭遇怎样的命运。

伊拉克手握雄兵百万，囊中分文不名，不由得开始打量起那些富得流油的海湾邻居们。选来选去，伊拉克选中了一个最对胃口的对象：科威特。

3

科威特国土面积虽小，却是一个真正意义上"富得流油"的国家。

根据已经探查出的数据，科威特以区区 1.8 万平方公里的国土面积，占据全世界 10.8% 的石油资源，排全世界第四。

早在 1986 年，科威特光国家投资局用于国外投资的两个"储备金"（"后代人储备金"和"国家储备金"）就分别高达 547 亿美元和 372 亿美元，仅这两项投资每年就能获利 45 亿至 50 亿美元。1988 年，科威特的国际储备就已经达到了 192.35 亿美元，这还不包括黄金。科威特的人均国民收入很早就超过了 1.4 万美元，可谓"国富民富"。

而这样一个富得流油的国家，军事力量却弱得可怜，全国连警察加在一起的常备军队人数还不到 2 万人，这在北边的强邻伊拉克眼里简直不值一哂。

关键是，在两伊战争期间，伊拉克为了维持战争物资供应四处举债，其中科威特就是一个大债主，战争期间一共借给伊拉克的钱有 150 亿美元之巨。

可想而知，当自己家藏万贯的邻居每天大门敞开，家里连狼狗都没养一条，关键还借给自己一大笔已经无力偿还的债务，伊拉克的心是如何蠢蠢欲动。

科威特的标志景观——贮水塔

4

1990年7月，在伊拉克总统萨达姆·侯赛因的授意下，一系列针对科威特的“找碴”行为开始了。

首先，伊拉克搬出了一个让人啼笑皆非的理由：两伊战争不是我们伊拉克在为自己打，而是在为整个阿拉伯世界打，所以你们应该无偿赞助我们。秉持这样的理由，伊拉克单方面宣布不会偿还科威特（还包括沙特等一些国家）的债务。

沙特等国家断然拒绝，而科威特对此的反应是，对伊拉克这种单方面做出的决定无法接受。其实这话还留了一点余地：你吃相不要那么难看，我们可以先谈谈看，你或许可以少还一点。

但伊拉克根本不打算留缓和的余地，随即又提出一条：科威特违反了欧佩克的产油规定，在1990年上半年日产石油超标50万桶，导致国际石油价格下跌，伊拉克因此损失了140亿美元。

春风得意时的伊拉克总统萨达姆·侯赛因

事实上，欧佩克成员国都有过超产行为，伊拉克自己也经常超产。一般这种情况下，成员国都相互协商，进行一些调整和沟通。但伊拉克完全没有沟通的意向。

第三点最致命，伊拉克搬出了领土说：科威特自古以来就是伊拉克国土不可分割的一部分，不应该是独立的。

这个说法就有点滑稽了。从历史上看，伊拉克和科威特在奥斯曼帝国崩溃后，都是英国的"保护国"，之后相继独立。科威特在1961年独立后，伊拉克确实不承认，但到了1963年，科威特向伊拉克付了一笔3 000万英镑的巨款，换得了伊拉克承认"科威特是一个独立国家，放弃对科威特的领土要求"。

之后，两国虽然在边界问题上一直有纠纷，但还算可以维持。两伊战争期间，因为科威特提供资金支持，伊拉克一直没有发什么声音。两伊战争一结束，伊拉克又开始提出领土争端问题，说科威特长年来一直在"蚕食伊拉克的领土"。

这个说法，即便不知内情的人看了也心知肚明：一个连警察加在一起军队都没有2万人的国家，怎么敢去"长期蚕食"一个拥有120万常备军的"中东第一军事强国"。

事实上，伊拉克对科威特要求的"争议领土"，都是一些石油矿藏丰富的地区。

1990年7月31日到8月1日，经过时任埃及总统穆巴拉克的调解，伊拉克革命指挥委员会成员伊扎·易卜拉欣和科威特王储兼首相萨阿德·萨利姆·萨巴赫在沙特的吉达市举行了会晤。

这不是一场成功的会晤。在会上，伊拉克在石油开采、领土争议和债务偿还等问题上提出了非常苛刻的要求，甚至直接提出要科威特让出两个资源丰富的岛屿，科威特表示无法接受。但双方表示后续会谈会在两国首都巴格达和科威特城继续进行。

尽管这次会谈不成功，但海湾国家乃至全世界都认为，双方会进一步沟通，缩小分歧。

但谁也没想到，就在几个小时之后，伊拉克竟然动武了。

5

1990 年 8 月 2 日凌晨 1 点，伊拉克突然向科威特边境发动了全面进攻。

在 350 辆坦克的引导下，伊拉克“共和国卫队”的三个精锐师在空军、海军和两栖特种部队的配合下，如同潮水一般扑向了几乎手无寸铁的科威特。尽管并非没有心理准备，但孱弱的科威特军队实在无法抵挡眼前这群刚刚经历过两伊战争，配备先进武器的虎狼之师。

伊拉克的部队在短短几个小时之内就杀入科威特的首都科威特城，包围了王宫。在那里，伊军遭到了科威特王室亲卫队的激烈抵抗，而带领亲卫队的，就是国王贾比尔的八弟法赫德亲王。

伊拉克军队入侵时的战争场面

当伊拉克入侵科威特的消息传来后，科威特的王室立刻做出了去沙特避难的决定，但法赫德亲王拒绝了这个要求，理由是"当国家遭遇危难的时候，必须有王室成员带头站出来抵抗！"

法赫德亲王不顾家人的劝阻，驱车从王宫附近的家中赶向王宫，指挥亲卫队抵抗伊军的进攻，而他的两个儿子也放弃了逃跑，和父亲一起投入了战斗。

由于出行匆忙，法赫德亲王只带了一把随身的手枪和五发子弹，他和王宫亲卫队战斗到了最后一刻——他在射完最后一颗子弹后，被伊军射中，倒在了王宫的楼梯扶手旁，据说临死前还保持着射击姿势。他的两个儿子也都在战斗中阵亡。

法赫德亲王牺牲时只有 45 岁。他同时还有一个职务：亚奥理事会主席。他在任期间曾力主让中国举办 1990 年亚运会。由于当时国际舆论认为北京不安全，他带着自己的妻子和女儿专门到访北京作为表态，鼓励北京办好这届中华人民共和国成立后举办的最大的国际体育运动会。

为了支持北京亚运会，法赫德亲王准备到开幕式现场致辞，并为此专门学习了中文。但就在亚运会开幕前一个多月，他为保卫自己的祖国献出了生命。后来在亚运会开幕式现场，亚奥理事会副主席代他读完了当初写好的致辞。

伊拉克前后一共只花了 14 个小时就占领了科威特的首都科威特城，第二天占领了科威特全境。萨达姆·侯赛因宣布，科威特从此并入伊拉克，成为伊拉克的第 19 个省。

但是，战争其实并没有结束。

6

法赫德亲王虽然倒下了，但整个科威特的反抗从没有停止过。

按照伊拉克在入侵后给出的说法，他们是应一批"要推翻国王的科威特青年革命者的要求”而派兵进入科威特的。事实上，伊拉克在入侵前也确实联络过科威特的反对派。

但是，当伊拉克准备邀请科威特的反对派出面“组阁”的时候，却没有一名反对派同意接受委任。最终，伊拉克只能推出所谓的“9 名科威特军人内阁”。但内阁刚一推出，媒体就指出其中没有一个是科威特人，其中被推为“科威特首相”的人更是萨达姆的女婿。而另有消息称，有一名不愿意加入内阁的原科威特议员被伊拉克军队投入了监狱。

到了 8 月 3 日，尽管伊拉克已经宣布占领了科威特全境，但科威特境内还是可以听到零星的爆炸声和枪声，那是忠于国家和王室的科威特军队在坚持抵抗。

根据当时的媒体报道，科威特海军中有一艘小炮艇毅然决然地冲出港口，向伊拉克海军的军舰发起决死攻击，很快就被淹没在军舰猛烈的炮火和伊拉克空军战机扫射的烟幕之下。

科威特的公共电视台和电台在伊拉克入侵的第一时间就被占领，失去了声音。但在入侵 24 小时后，一家名为“科威特之声”的地下电台却在一个伊拉克军队找不到的地方持续播音，号召“我们伟大的人民”起来抵抗，并希望全世界各国政府和人民支持科威特，给他们以帮助。

伊拉克的坦克进入科威特

8 月 5 日，逃入沙特境内的科威特国王贾比尔发表电视讲话：“伊拉克绝不会征服我们的意志，我们决不会向侵略者投降！”

7

科威特人并没有等待太长的时间。

1990 年 8 月 2 日当天，联合国先后通过了 11 个谴责和制裁伊拉克的决议，并在第 678 号决议中规定，伊拉克最晚在 1991 年 1 月 15 日之前必须无条件撤离科威特。同日，美国宣布冻结伊拉克在美国的所有资产，并发动"沙漠盾牌"行动，两支航母编队进入战斗地区。

1990 年 8 月 6 日，联合国安理会通过第 661 号决议，对伊拉克施加经济制裁。

美国的 F15-E 轰炸机在沙特的空军基地集结

1991 年 1 月 9 日，美国国务卿贝克和伊拉克外交部长阿齐兹在日内瓦举行战前最后一次会晤，伊拉克拒绝让步，谈判破裂。

1991 年 1 月 17 日，以美国为首的多国部队开始轰炸巴格达，海湾战争正式爆发。

开战当天，被空袭的巴格达夜空被防空炮火点亮

1991 年 2 月 15 日，已经根本无力打下去的伊拉克宣布接受安理会第 660 号决议，有条件地从科威特撤军，

但之后的“撤军方案”被多国部队拒绝。

1991 年 2 月 24 日，多国部队发起地面进攻，分五个方向攻入伊拉克，围歼伊拉克“共和国卫队”。

1991 年 2 月 26 日，在地面战斗仅仅持续了 100 个小时之后，伊拉克军队彻底崩溃，萨达姆宣布无条件接受停火。

1991 年 2 月 27 日，科威特宣布恢复独立主权。

馒头说

1990 年北京亚运会开幕式的运动员入场式上，当科威特运动员代表入场时，很多中国观众都起立鼓掌。

彼时彼刻，他们的“国”其实已经被完全占领，但没有人认为他们是“亡国之人”，相反，他们得到了更多的尊敬。

这也是萨达姆·侯赛因的如意算盘打错的地方。

萨达姆原先的乐观估计，一是全世界（尤其是之前扶植自己的美国）不会管这件事，二是即便管了，也未必管得了（战争耗上几年，又可以谈筹码了）。

但是，他确实低估了这件事的严重性：这是二战之后第一次有国家公然用武力侵吞另一主权国家，这是挑战了全世界所有国家的底线。（当然，包括萨达姆在内的全世界很多国家领导人，也都低估了现代化高科技战争的威力。）

1990 年 8 月 2 日那场联合国安理会的投票结果，是 14 : 0——没有一个国家对制裁伊拉克投反对票（也门缺席）。其中包括处处与美国唱对台戏的苏联，立刻宣布和美国在“要求伊拉克无条件撤军”这件事上达成共识。（苏联后来在联合国授权美国动武的议案中还投了赞成票。）

其中也包括中国。尽管中国一向强调“不干涉别国内政”和“用谈判解决问题"，但当时中国驻联合国代表李道豫也在发言中指出，"伊拉克军队必须退回到出发位置"。（在后来动武的议案中，一向反对动武的中国投了弃权票。）

由此可见，萨达姆在这个问题上是惹了众怒，没有任何回旋的余地。

20 世纪 90 年代以来，海湾爆发过两次大规模战争，每次失败的主角都是伊拉克。

第二次海湾战争（2003 年开始的伊拉克战争）至今仍众说纷纭，充满争议。这场战争首先就没有得到过联合国授权，当时受到了包括中国、俄罗斯、法国、阿拉伯联盟的谴责。这场战争的目的也不明，所谓的"大规模杀伤性武器"最终并没有被找到。美国在这场战争中付出的代价也远比第一次海湾战争时要高，而且留下了一个烂摊子，成了至今很多问题的根源。

但第一次海湾战争并没有什么争议，因为任何侵略行为都是没有讨价还价余地的错误行为，侵略者所遭受的失败都是咎由自取。

本文主要参考来源：

1.《伊拉克入侵科威特背景》（肖翠英，《国际研究参考》，1990 年第 9 期）
2.《伊拉克入侵科威特前后》（唐继赞，《瞭望》，1990 年第 33 期）
3.《伊科之战——外刊报道伊拉克入侵科威特之背景》（方舟，《国际展望》，1990 年第 16 期）
4.《和平使者血洒王宫——法赫德亲王其人其事》（马年华，《南风窗》，1990 年第 11 期）
5.《我对中国很放心——记两访已故亚奥理事会主席法赫德》（刘元培，《阿拉伯世界》，1991 年第 3 期）

个人的抉择

人与人之间，国家与国家之间，都存在博弈。

事实上，很多时候，人与自己也在不停地较量：和自己的私欲，和自己信念，和自己的理想。

天人交战，何尝不是一场博弈？

县令之死

在波澜壮阔的大时代，舞台的中心往往是那些帝王将相，但总有一些小人物，能留下自己独特的故事。

1

1907年7月的一天，绍兴山阴县县令李钟岳接到了一道加急命令。

命令是绍兴知府贵福发来的，简单但严厉——让他查封一所办在山阴县内的学校，以及抓捕一批人。

按理说，这并非一件难事，却立刻让刚刚到任才半年的李钟岳陷入了两难境地。

山阴的士绅们从其他渠道得到这个消息后，纷纷聚集到了县衙，希望李钟岳能够高抬贵手。李钟岳的回答是："即使你们不来，我也决不能鲁莽从事。"

随后，他自己跑到了知府衙门，向贵福表达自己的想法："这所学校并没有什么越轨的行动，如果用武力查封，反而会在地方上引起不安。不如让我先暗中调查一下，如果确实如此，我们再抓不迟。"

秋瑾

贵福碍于李钟岳的情面，勉强答应。

李钟岳回到县府衙门，告诉了士绅们这样一个结果，并表示自己也实在没有其他办法了，只能拖一天是一天，希望学校里的人赶紧逃走。

为何李钟岳要如此“包庇”这所学校？因为他奉命查封的学校，叫“大通学堂”。他奉命要去抓捕的人，正是大通学堂当时的实际负责人。

这个负责人是个女子，名叫秋瑾。

2

这件事，需要倒退几天，从 1907 年 7 月 6 日说起。

这一天，光复会成员徐锡麟在安庆起事，枪杀安徽巡抚恩铭后被捕，第二天被斩首处决。

按照原先的计划，徐锡麟先在安徽发动起义，而同为光复会成员的秋瑾在浙江同时响应。如今，徐锡麟起义事败，更糟糕的是，他的手下在刑讯中招出了徐锡麟在山阴县创立的大通学堂与此事也有牵连。

听闻此讯，当时的浙江巡抚张曾敭（张之洞族侄曾孙）立刻电令绍兴知府贵福：立刻查封大通学堂，逮捕一切和学堂有关之人。也就是在此时，大通学堂的实际负责人秋瑾开始浮出水面——她和徐锡麟是表亲，也去日本留过学，平时行为也颇“出格”，所以嫌疑最大。更

徐锡麟。其实他和同伴在起事之前已经暴露，所以他是明知不可为而为之，有赴死之意。徐锡麟被处斩后心脏被人挖出炒菜分食

何况，当时还有个别乡绅为了撇清关系，举报秋瑾和徐锡麟有牵连。

绍兴知府贵福和恩铭有远亲关系，立刻命令山阴县令李钟岳带人去查封学堂，逮捕秋瑾。所以才出现了本文开头李钟岳矛盾犹豫的一幕。

李钟岳为何要“袒护”秋瑾？因为他一直非常欣赏秋瑾。秋瑾曾写过一句诗叫“驰驱戎马中原梦，破碎山河故国羞”，李钟岳经常拿来教育自己的儿子：“以一女子而能诗，胜汝辈多矣！”所以，事发之后，李钟岳想尽办法保全秋瑾。

但是，李钟岳区区一个县令，想要阻止这件事，是根本不可能的。7 月 13 日中午一过，知府贵福将李钟岳喊到了府衙，把浙江巡抚张曾敭发来的第二封催促电报扔给了李钟岳，厉声呵斥：“这是上级的命令，你故意拖延不执行，到底是什么居心？我现在命令你立刻率兵去学堂，该抓的抓，该杀的杀！不然我就马上向上级报告你和这个学校有勾结，你自己想想吧！”

话说到这个地步，李钟岳只能执行命令。

下午 4 点，李钟岳带着三百新军，前往大通学堂缉拿“乱党”。

3

李钟岳带人赶到大通学堂的时候，他是失望的。

失望的原因，就是之前自己拖了那么久的时间，秋瑾居然没有逃走。

但秋瑾也有她的理由。事实上，徐锡麟牺牲的消息一传出，就有人劝秋瑾离开绍兴，甚至有人已经为她在上海法租界找了一处隐居的居所，希望她先去避一避。但秋瑾在听闻徐锡麟死讯后失声痛哭，坚决不走。

秋瑾不走，一方面是因为当时并没有任何证据能证明她和大通学堂牵涉到了徐锡麟在安庆的起事，而更重要的一个原因是，当时秋瑾已经有了赴死的念头，因为她曾对同伴说过一句和谭嗣同差不多的话："革命要流血才会成功。如果满奴能将我绑赴断头台，革命至少可以提早五年。"

当然，秋瑾利用李钟岳争取的那几天时间，还是疏散了很多大通学堂的师生，但还有最后一小部分人不愿意走，要和秋瑾一起用武力保卫大通学堂。

不久，李钟岳带兵赶到，一场奇怪的"拘捕行动"开始。

李钟岳上来就下了命令："不许乱射，只准捕人。"为了防止清兵胡乱射击，李钟岳下令让自己的轿子走在队伍的最前面，这样后面的手下就不敢乱开枪了。

最终，秋瑾和其余七名学生被逮捕。

就在抓到秋瑾的第二天上午，李钟岳被贵福逼着去查抄秋瑾的家。李钟岳到了秋瑾家，先问秋瑾住哪里。在得知秋瑾住的是一幢小楼后，他当即吩咐手下："那幢楼就不用去搜了。"

1936年，秋瑾的弟弟秋宗章遇见了李钟岳的儿子李江秋，秋宗章告诉李江秋："先姊在家，独居一小楼，所有与先烈来往信件，均藏其中。六月初四（农历）大通被查抄时，全家均逃难，故一切未及掩藏。令父李钟岳先生在查抄前，已问明小楼为秋女士所居，故意不令检查，否则必连累多人。"

所以，李钟岳的这个举动，也是在救秋瑾的全家。

但他最想救的，还是秋瑾本人。

4

7月14日下午，李钟岳奉命提审秋瑾。

在稍稍审讯了几句之后，李钟岳就让人将其余七人带到公堂审讯，独留秋瑾一人，破例给她设了一个座位。

李钟岳问："你到底是不是革命党？"

秋瑾回答："是！"

李钟岳问："为什么要革命？"

秋瑾回答："我主张的只是男女革命、家庭革命，并没有犯法，不知道为什么要抓我。"

李钟岳闻言默然，拿出纸笔，请秋瑾写下口供。

秋瑾提笔后就只写下了七个字，这七个字后来流传百年：

"秋风秋雨愁煞人。"

李钟岳忍不住夸秋瑾笔迹工整，秋瑾回答："未见过帖，字实不能写，文章还是能做几篇的，只是毛笔用不惯了。"

李钟岳随即让人拿来墨水和钢笔。秋瑾随即写下了千字文，主要陈述自己的生平，还有申诉自己这次被捕之冤。

李钟岳马上拿着秋瑾的申诉去找贵福，早已通过密探得知李钟岳待秋瑾如上宾的贵福，对着李钟岳破口大

贵福。贵福最初是支持办大通学堂的，他还去学堂视察，甚至题写了"竞争世界，雄冠地球"八个字，与学堂师生合影留念。所以有人怀疑当时贵福是怕自己受到大通学堂和秋瑾的牵连，所以必须痛下杀手，以表明态度

骂："你不用刑讯，待人如上宾，人家怎么肯招?！"李钟岳回答："大家都是读书人，她还是一个女子，证据又不足，实在难以用刑。"

贵福知道李钟岳审不出个所以然来，于是通报浙江巡抚张曾敭，称秋瑾已经招供，张曾敭表示："就地正法。"贵福将这个消息告诉了李钟岳，后者大惊："供证两无，安能杀人？"贵福怒斥："这是巡抚的命令！你好自为之！"

李钟岳知道无法再违命，只能返回县衙，提审秋瑾。

当着秋瑾的面，李钟岳掉下了眼泪："我位卑言轻，实在没有办法了，杀你并非我本意，请你体谅。"

秋瑾面色镇定，对李钟岳表示感谢，并提出了三个要求：

第一，请让我与家人见面诀别；

第二，我是女子，死后请不要剥衣；

第三，请不要将我的首级示众。

李钟岳答应了后两个请求。

5

7 月 15 日，秋瑾被押往绍兴轩亭口赴刑。

秋瑾那天穿着白色汗衫，外套玄色生纱衫裤，戴铁镣，反绑双手。临刑前，秋瑾一言不发，只是默默扫视了两边围观的人，然后从容俯首就刑。

据现场的人说，刽子手第一刀并没有将秋瑾的首级砍下，第二刀才完成了斩首。现场围观的百姓有惋惜，也有哄笑，很多人都未必知道这位女子为何要被斩首。

这一幕，后来就被鲁迅写成了小说《药》。小说中的女主人公"夏瑜"，其实就是秋瑾——"夏"对"秋"，"瑜"对"瑾"。而华老栓家和夏家的姓合在一起，就是"华夏"。

秋瑾就义后，果然引起了舆论上的滔天巨浪。

首先，官府根本就没有杀秋瑾的确凿证据，只有一张“秋风秋雨愁煞人”的口供。

其次，当时大清律例已经规定，即便是“连坐”和“株连”，除知情者治罪外，其他人一律宽免，但秋瑾依旧被杀头。

最后，按历史学家、绍兴人范文澜回忆，绍兴的轩亭口是杀江洋大盗的地方，秋瑾只是一个女子，不应该到那里行刑。且当时妇女只有绞刑和剐刑，不应该用斩刑。当时即便不认同秋瑾观点的人都认为，不应该使用这样一种血腥的方式对待一个女子。

当时，上海包括《申报》《中外日报》《时报》《文汇报》在内的大大小小媒体，都为秋瑾申冤，称之为“千古奇冤”，并开始对主张杀秋瑾的清廷官员施加舆论压力。

主杀的浙江巡抚张曾敭迫于压力，在一个多月后调任江苏巡抚，但这个消息见

鲁迅其实比秋瑾还要小 6 岁，两人在日本留学期间相识。他们都反对帝制，鲁迅也非常佩服秋瑾的性格和果断作风。但两人因为在 1905 年日本出台关于严格管束清朝留学生的条例时意见不同，产生过分歧：秋瑾表示要所有中国留学生立刻回国表示抗议，但鲁迅等人表示不必如此激进。不过，鲁迅后来在很多文章中还是表达了对秋瑾的钦佩和怀念。当然，他在小说《药》中也隐晦地表达了自己的一种疑惑：激进而不被民众理解的牺牲意义何在？

1908 年建成的秋瑾墓

报后立刻遭到江苏当地士绅的联名反对，并发电报给都察院。结果张曾敭没能到任，转调山西巡抚，没多久就托病辞官回籍，1920 年去世。

绍兴知府贵福，也迫于压力调任浙江衢州，后来又想调任安徽宁国府，也被拒。他只能改名赵景琪，隐姓埋名，最后投靠了“伪满洲国”，1936 年去世，死因不详。

那么，那个县令李钟岳呢?

6

在秋瑾就义后三天，李钟岳就被撤职了。

当时贵福对李钟岳袒护秋瑾十分不满，在张曾敭面前参了李钟岳一本，所以李钟岳就因“庇护女犯罪”被革职。

李钟岳离任时，有绍兴的士绅和民众百人，乘船数十条，送他到距城三十里的河桥，依依不舍。李钟岳在离开县衙大堂时，砸碎了陈列在大堂上的一具天平。

辞任后的李钟岳住在自己的杭州家里，终日闷闷不乐。据他的家人回忆，他反复念叨一句话：“我不杀伯仁，伯仁因我而死。”而那幅秋瑾的遗墨“秋风秋雨愁煞人”也被李钟岳带了回来，他经常注视默诵，泪流满面。

没过多久，李钟岳就开始试图自杀。先一次是跳井被家人救了上来，又一次是在一棵树上上吊被家人发现。几次下来，家人开始严加防范。

但是，10 月 29 日上午，李钟岳还是找到了机会，趁家人不备，在自己房间里悬梁自尽，时年 53 岁。

他自缢之时，是在秋瑾就义三个多月后。

馒头说

放到历史的洪流中，李钟岳是一个小到不能再小的小人物。但就是这样一个帝国大厦将倾时的基层小干部，在历史上留下了自己的名字。

他做了什么惊天动地的事情吗？并没有。他只是尽了自己的本分——不是职务上的本分，而是遵从内心，尽了自己作为一个正直善良的人的本分。

当然，在特定环境下，要尽到这样的本分，其实是需要莫大勇气的。

古往今来，滔滔历史长河，站在舞台聚光灯底下的，或者是帝王将相，或者是志士仁人，他们毫无疑问都是主角。但在这个舞台上，光有主角是不行的，还需要有很多配角，他们和主角一起，才构成了整部丰满完整的历史。

无论在哪个时代，每一个角色来到舞台上都不是偶然，每一个角色行为其实都会影响历史。一部历史剧，不可能人人都是主角，你我很多时候都只是一个龙套而已。但哪怕只是一个微不足道的龙套，我们也都应该认真思考自己的角色，认真聆听自己的内心，认真做好自己的事。

其实我们每个人，都正在时代的宏大历史画卷中留下或浓或淡的笔痕。

每一笔，历史都会记住。

本文主要参考来源：

1.《秋瑾被杀为何引全国公愤》（傅国涌，《中外文摘》，2013 年第 5 期）
2.《李钟岳其人其事》（静仁，《柯桥日报》，2012 年 4 月 8 日）

3.《秋瑾的最后三年：从女性解放到民族解放》（庞清辉、王一凡，中国新闻网，2011 年 9 月 30 日）
4.《秋瑾女士被捕及就义过程中，县令李钟岳都做过哪些善事与义举？》（张再坤，搜狐网，2018 年 10 月 12 日）
5.《回肠荡气才能冲击心灵：县官李钟岳与女侠秋瑾》[陈正宽，《大学》（阅读独唱团），2016 年第 7 期]
6.《清末民间舆论与官府作为之互动关系——以张曾敭与秋瑾案为例》（李细珠，《近代史研究》，2004 年第 2 期）
7.《秋瑾就义的背后》（“史客儿”，搜狐历史，2017 年 9 月 13 日）

中国最后一个状元

历史上，有两个词容易被人记住。一个是“开创”，一个是“终结”，但担任主角的，不一定都是皇帝。

1

公元 1904 年 7 月 4 日。

对于中国历史而言，这应该是可以留下一笔的一天。

这一天的清晨，273 名表情肃穆且略显紧张的男子，由专人带领，从紫禁城的中左门进入保和殿，然后经过点名、散卷、赞律、行礼等一系列仪式礼节之后，屏气凝神，蓄势待发地准备参加一场考试。

这 273 个人不是普通的人，他们有个共同的称号，叫“贡士”。

自隋唐开科举以来，及至清朝，中国的读书人要出人头地，必须要闯过“六关”，分别是：县试，府试，院试，乡试，会试，殿试。（各朝代略有不同）

闯过县试和府试，可称“童生”（明代以后）；过院试，可称“秀才”；过乡试，称“举人”，可择优放官；过了会试，便可称“贡士”；

而过了最后一关殿试，即可称“进士”。由此可见，一旦成了贡士，离成功就只剩一步之遥了。

保和殿，建于明永乐十八年（1420）。到清朝时，每年除夕、正月十五，皇帝会在此赐宴外藩、王公及一品、二品大臣，场面十分壮观。此外，每科的殿试也在这里举行

而这 273 个人参加的这场考试，正是殿试。

殿试历来应由皇帝主考，按名次分三甲：一甲三名获赐“进士及第”，二甲和三甲分别获赐“进士出身”和“同进士出身”。

一甲是第一等的，前三名分别就是大家所熟悉的状元、榜眼和探花。而那名状元，就是那一年名副其实的“天下第一”。

在 1904 年 7 月 4 日那一天，那 273 名贡士谁都不知道，究竟状元这顶桂冠会花落谁家。而他们更不可能知道的是，他们参加的这一次殿试，是大清帝国最后一次科举考试，也是整个中国封建王朝的最后一次科举考试。

一年之后的 1905 年 9 月，清廷正式下诏，废除科举，推广学堂。

所以，这一届科举，就成了“末代科举”；这一届的状元，便成了“末代状元”。

或者有个更意味深长的称呼，“第一人中的最后一人”。

2

还是让我们回到这一天的殿试。

上午 10 点，273 名考生落座，试卷发下，一共有四道题：

一、世局日变，任事需才。学堂、警察、交涉、工艺诸政，皆非不学之人所能董理。将欲任以繁剧，必先扩其见闻，陶成之责，是在长官。顾各省设馆课吏，多属具文。上以诚求，下以伪应。宜筹良法，以振策之。

二、汉唐以来兵制，以今日情势证之欤。

三、古之理财，与各国之预算决算有异同否。

四、士习之邪正，视乎教育之得失。古者司徒修明礼教，以选士、俊士、造士为任官之法。汉重明经，复设孝廉贤良诸科，其时贾董之徒最称渊茂。东汉之士以节义相高，论者或病其清议标榜，果定评欤？唐初文学最盛。中叶以后，干进者至有求知己与温卷之名，隆替盛衰之故，试探其原。今欲使四海之内，邪慝不兴，正学日着，其道何之从？

这四道题，与当初的八股文题目已有很大不同。

事实上，自光绪二十七年（1901）之后，国人痛定思痛，开始诟病延续千年却与时代脱节的科举制度，而清廷迫于压力，做出改革：废除八股文，考题与时事密切相关。

以这一年殿试前的会试题目为例。第一场考中国政治史事论五道题，虽然都考中国历史，但已有“北宋结金以图燕赵，南宋助元以攻蔡论”这样和时事能够结合的题目。

第二场考外国政治艺学五道题，既有“日本变法之初，聘用西人而国以日强；埃及用外国人至千余员，遂至失财政裁判之权，而国以不振。试详言其得失利弊策”这样的比较，也有“美国禁止华工，久成苛例。今届十年期满。亟宜援引公法，驳正原约，以期保护侨民策”这样的问策——如果考生平日还是埋首于“之乎者也”，可能会一个字都答不出来。

清朝的殿试一直到乾隆帝的时候，皇帝还多有亲临考场巡视，但从道光帝开始就已经开始缺席了，更别提早已被软禁在瀛台的光绪了。

273 名考生在保和殿从上午写到傍晚，终于交卷，答卷收到了读卷官手里。

那一届殿试的读卷官一共八人：大学士王文韶、鹿传霖，尚书陆润庠、张英麟、葛宝华、陈璧，侍郎李殿林、绵文。这八名读卷官第二天会在文华殿将所有考生的考卷阅毕，分出高下。

转眼到了两天之后的 7 月 7 日。

那一天的黎明，所有参加考试的贡士在乾清门外的台阶上集结，恭听最终名次的宣读——这一天的这件事，被称为“小传胪”。

读卷大臣立于台阶之上，捧着一张写满名字的黄纸，开始高声宣读名次。

所有人都竖起耳朵听第一个被报出的名字——那就是这一科的状元郎。

读卷大臣高声喊出了第一名的名字，声音刺破了黎明的寂静：

“刘春霖！”

3

刘春霖得这个状元，背后一直有一些传说。

流传最广的一个说法是，那个“状元”原来并不是刘春霖的。

按照殿试的规则，在宣布名次之前，还有一个必须要经过的步骤——面呈钦定。

谁钦定？自然是皇上钦定。但考虑到光绪当时的处境，在面呈他之前，是要先给慈禧太后看的。这个版本的传说就是由此而来。

按照排列顺序，第一名的卷子放在最上面，而当时的那张卷子，是一个叫“朱汝珍”的考生的。

但慈禧一看这个考生的名字，不禁眉头一皱。

首先，“朱汝珍”这个名字，犯了一个“珍”的忌讳——慈禧对光绪当年的宠妃珍妃可谓心怀怨恨，以至在庚子年逃难前，还要让人将她投入井中溺毙。（珍妃的故事请参考《历史的温度》收录的《珍妃为什么必须死》）

梁士诒，后来做到袁世凯总统府秘书长、交通银行总理、财政部次长、北洋政府国务总理

其次，朱汝珍来自广东。慈禧对广东籍的人更是恨之入骨——康有为和梁启超都是从那里来的。1903 年的经济特科考试，广东才子梁士诒高中榜首，但据说就是因为慈禧看这个名字是“梁头康尾”（康有为原名康祖诒），又来自广东，就硬把这个名字画掉了。

慈禧拿掉了朱汝珍的卷子，看了第二张卷子，顿时眼前一亮：这个考生的字写得相当好看，有名家风范，而且名字起得也好，刘春霖，“久旱逢甘霖”。再一看籍贯，直隶省河间府肃宁人——肃静安宁。

于是，慈禧把两张试卷换了一换：原来的榜眼刘春霖成了状元，而原来的状元朱汝珍成了榜眼。

这个版本流传很广，散见于多种资料，但似乎有不少漏洞，一时也难辨真假。

比如按照规矩，前十名的考生试卷递进去，名字都应该被遮掉，慈禧如何能看到考生名字？但想到放到那个时代环境下，慈禧真要看，料来也是没人敢阻拦的。

又比如室内换名次这种事情，应该是相对机密的，又是如何传得人尽皆知的？但那一次考试的第三名商衍鎏撰写的回忆录记载，他当时就说自己原来是第四名，后来被钦定改为第三名的（“我卷即是进呈时为

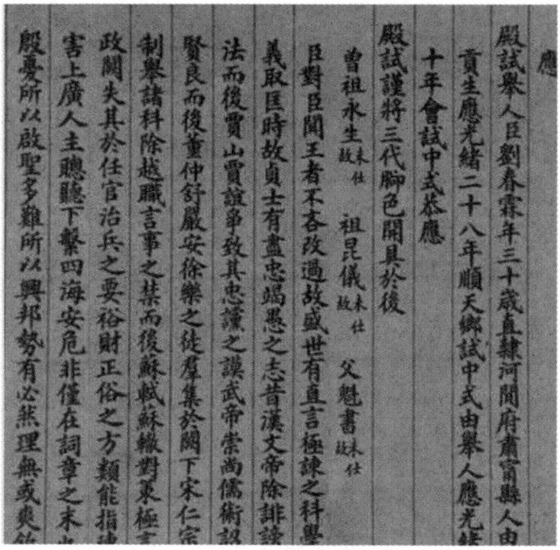
應
殿試舉人臣劉春霖年三十歲直隸河間府肅寧縣人由
貢生應光緒二十八年順天鄉試中式由舉人應光緒
十年會試中式恭應
殿試謹將三代腳色開具於後
曾祖永生未仕故 祖昆儀未仕故 父魁書未仕故
臣對臣聞王者不吝改過故盛世有直言極諫之科舉
義取臣時敢貢士有盡忠竭愚之志昔漢文帝除誹謗
法而後賈山賈誼爭致其忠讜之謨武帝崇尚儒術設
賢良而後董仲舒嚴安徐樂之徒羣集於闕下宋仁宗
制舉諸科除越職言事之禁而後蘇軾蘇轍對策極言
政闕失其於任官治兵之要裕財正俗之方類能指陳
害上廣人主聰聽下繫四海安危非僅在詞章之末
殷憂所以啟聖多難所以興邦勢有必然理無或爽

刘春霖的答卷

第四，而钦定改为第三的”），可见这事情似乎又不是什么高度机密。

其他还有一些版本，比如刘春霖的卷子是光绪皇帝提为第一的，因为他并不喜欢朱汝珍写的文章。（如果这种说法成立，就很可能慈禧并没有改顺序，因为如果是慈禧定的顺序，以当时光绪的地位，可能未必敢动。）

种种说法，给刘春霖这个“状元”的头衔加上了一层神秘色彩。

但无论如何，客观结果是不变的：中国科举制度的最后一位状元，就是刘春霖。

4

刘春霖，字润琴，1872 年出生，直隶省河间府肃宁县人。

刘春霖并非出身于书香门第，而是一个标准的“苦出身”。他的祖父是农民，父亲是保定府的一个皂役（衙门里的普通当差），母亲为了补贴家用，还要给别人家做女仆。

按照清朝的规定，皂役之后是不能参加科举的，所以刘春霖被寄养到了大伯家里，送入保定著名的莲池书院读书，师从当时书院的总教习吴汝纶。

吴汝纶是晚清著名的文学家和教育家，在他的主持下，莲池书院

刘春霖

虽为中式书院，却引入大量的“西学”，如《万国史要》《西国哲学史》《世界文明史》《海上权力史》等，这让刘春霖受益匪浅。

刘春霖本身也是有读书天分的，且非常肯吃苦，他曾自刻一枚印章，上刻“平生志不在温饱”。而“苦心人，天不负”，刘春霖的读书之路最终还是相当平坦的：18 岁中秀才，30 岁中举人，32 岁金殿夺魁，获“状元”之名。《神童诗》有云“朝为田舍郎，暮登天子堂”，说的就是刘春霖这样的人了。

然而，时处“三千年未遇之大变局”的风云激荡时代，即便高中状元，又哪有什么时间和机会让刘春霖“春风得意马蹄疾，一日看尽长安花”呢？

在被授予翰林修撰之后，刘春霖并没有按照惯例被派官，而是很快就被派往日本的法政大学留学了——同行的包括他这一科的其他进士。其时，大清帝国的根基已经摇摇欲坠，面对民间呼吁的“预备立宪”，清廷知道无法回避，在这个时候，管你是状元还是榜眼或探花，全都要去“师夷长技以制夷”。

在当时的日本，虽然也有不少纨绔子弟混在留学的中国学生中，但毕竟还是有相当一部分学生思想是比较进步的。刘春霖以“状元”的履历，也认真刻苦学习，只是在“共和”和“君主立宪”这两派观点中，他渐渐倾向于后者。

其实当时无论哪种观点，相对于腐朽的清朝统治而言，都是进步的。而刘春霖的选择应该还有另外一层因素——毕竟他是皇帝钦点的状元郎。

等到刘春霖学成回国的时候，他已是“君主立宪”方面的专家和活跃分子。1909 年，他被选为直隶谘议局议员，1910 年担任资政院议员。[①]虽然资政院在清廷"预备立宪"的幌子下毫无实权，只是一个受制于皇帝的御用机构，但刘春霖却一直努力在里面发挥参政议政的作用。

1910年11月，湖南巡抚杨文鼎不经省谘议局决议就发行国债，刘春霖坚决反对，其间军机处建议"不必追究"，刘春霖又杠上军机处。到后来摄政王载沣也要求资政院不要"多管闲事"，刘春霖直接又杠上了摄政王："于立宪精神很相背驰，将来立宪政体很不牢固，恐要变成专制。"

论国学修养，刘春霖是堂堂状元；论西学知识，他又是日本法政大学的海归，所以那段时间是刘春霖在政坛最活跃的时候，也是他离政治中心最近的时候。

然而，没多久之后，武昌一声炮响，天翻地覆。原本还属于"进步"和"革新"一派的刘春霖，忽然发现自己多了一顶帽子：

前清遗老。

5

辛亥革命对刘春霖的打击，还是相当大的。

那一年，刘春霖才39岁，正值壮年，恰是可以做一番事业的时候。但刘春霖却在自己北京的寓所里隐居了起来，终日读书吟诗，品茶下棋，似乎已决定"两耳不闻窗外事"了。

但熟悉刘春霖的人，可能知道他这样做的矛盾和苦衷：他是皇帝钦点的状元。

当初在乾清门外的台阶上，当读卷大臣第一个报到"刘春霖"的

---

① 资政院为清末立宪运动的议会准备机构，各省的地方议会机构为谘议局。——编者注

名字后，立刻就有人将一条白色绸带给刘春霖缠到了腰上——寓意他入仕后就要效忠朝廷了。可如今，皇帝没了，朝廷没了，他堂堂状元郎，又该向谁效忠呢？

这个问题，困扰了刘春霖至少两年时间。到了1914年的时候，他终于出仕了。

出仕的对象，是当时全中国最有权力和实力的一个人：袁世凯。

袁世凯对刘春霖算是有“知遇之恩”。当初在清廷，是袁世凯提议让刘春霖参与君主立宪方面的工作，而刘春霖的老师杨士骧在世时和袁世凯是好友，刘对袁也执弟子礼。

刘春霖担任的职位，是大总统府的内史（相当于秘书长），但在他做的诸多事情中，唯独只有一件事让人印象深刻，且并不是什么光彩的事：在袁世凯筹备称帝期间，各地组织“劝进”，刘春霖作为直隶省的“请愿团”代表，也加入了“劝进”的行列。

1913年12月23日，冬至，刚刚登上民国大总统宝座的袁世凯在北京天坛举行祭天仪式

如果说这件事是因为刘春霖和袁世凯有各种难以言清的关系，那么另外两件事，似乎也可以成为刘春霖渐渐与“进步”和“革新”形象有所距离的佐证。

一件事，是1917年的张勋复辟（张勋的故事请参考《历史的温度2》收录的《张勋这个人》）。刘春霖作为“前朝遗老”的一分子，在张勋拥立溥仪登基之时，是穿着清朝的四品官服，去太和殿磕了头的。

另一件事，是1931年淑妃文秀提出和溥仪离婚，轰动全国（溥仪离婚的事情参看《历史的温度 4》收录的《1931 年，皇帝陛下离婚了》）。在中华民国已经建立了近 20 年的时代背景下，59 岁的刘春霖愤怒地发出指责："实属大逆不道，于情于理均不合清祖宗法制。"

当年那个意气风发、立志投身改革的状元郎，似乎已经在风云变幻的时代潮流中迷失了方向。

其实在那个时候，刘春霖自己未必没有这样的感受。

在袁世凯去世后，刘春霖还担任过一系列职务：中央农事试验场场长、总统府秘书帮办兼秘书厅厅长（徐世昌、曹锟当大总统期间）、直隶省教育厅厅长、直隶自治筹备处处长等。

看上去似乎颇有些名堂，但实际上呢？刘春霖曾自嘲过自己在政府任职，不过是个"执戟郎官"——就是一个空摆设。

1928 年，刘春霖看不惯北洋政府的种种钩心斗角、互相倾轧，辞职赋闲在家了。赋闲在家后的刘春霖反倒过得舒心了，除了读书写字之外，还尽己所能兴办教育、捐建学堂、捐赠图书、为灾民募捐等，做了很多好事。

中国的末代状元，是否就能如此安然平凡地终老呢？

还不行。这不是他能决定的，而是他所处的那个变幻莫测的时代，还要给他一个考验：

这一次，不光朝廷没了，国家也要没了。

6

1934 年，郑孝胥来找刘春霖了。

当时的时代背景，是中日《塘沽协定》已经签订，在东北沦陷后，整个华北也有落入日本人之手的趋势。而郑孝胥当时的身份，是"伪满洲国"总理大臣兼文教总长——刘春霖当年支持的那个溥仪皇帝，已经以一个傀儡的身份，在满洲"建国"了。

郑孝胥来找刘春霖，是想请他出任“伪满洲国”教育厅厅长一职。

郑孝胥是充满信心的。

从私人交情上来说，郑孝胥和刘春霖都是清末立宪派的代表，两人的很多意见是一致的，当初颇有惺惺相惜之感。

从“君臣道义”上说，无论是张勋复辟还是文秀离婚，刘春霖都是坚定站在溥仪这一边的。现在溥仪都建立新的国家了，他难道还有什么理由不去辅佐他吗？

郑孝胥，也以书法著称，死于1938年，传被毒杀

然而，刘春霖的态度令郑孝胥大吃一惊。他不仅对这个“诱惑”嗤之以鼻，更是宣称要和溥仪决裂：“君非昔日之君，臣亦非昔日之臣！”

郑孝胥悻悻而归，但刘春霖毕竟顶着一个“末代状元”的头衔，日本人还是不会轻易放过他。

1937年“七七事变”后，北平沦陷。时任伪华北临时政府常务委员会委员兼赈济部总长的王揖唐又来到了刘春霖的家。这一次，王揖唐许给刘春霖的官也不小：北平市市长。

王揖唐，1904年那一科进士二甲第五名。曾先后担任内务总长、吉林巡按使、众议院议长等职。抗日战争时期公开投敌，官至伪最高国防委员会委员、伪全国经济委员会副委员长、伪华北政务委员会咨询会议议长。1948年9月10日，以汉奸罪被处以死刑

王揖唐同样也是有信

心的：他和刘春霖同为 1904 年那一年的进士，一起在保和殿答的卷，在乾清门听的宣，然后又一起去日本法政大学留的学。

然而，王揖唐却直接被刘春霖当面怒斥：“筋骨软的东西！”

不知是不是狼狈离开的王揖唐的授意，日伪军在第二天就找上了刘春霖的家，用刺刀逼着刘氏一家人离开，然后将他家的书法藏书文物一抄而空。刘春霖后来动用多层关系并花了重金，才把抄去的物品给赎了回来。

这件事对刘春霖打击颇大，但原则上的事情，他还是丝毫没有动摇：

汉奸，是绝对不能做的。

7

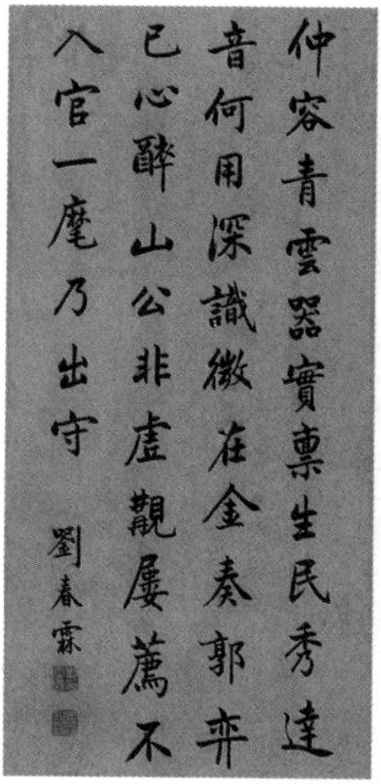

刘春霖的字。时有“大楷学颜（颜真卿），小楷学刘（刘春霖）”的说法

刘春霖晚年的主要收入来源，就是卖字。好在他一是字写得确实好，二是毕竟有个“状元”的头衔，所以前来求字的人络绎不绝，维持生计倒也不成问题。

只是，置身事外，还是不能抵御病魔的袭击。

1944 年，刘春霖因为心脏病突发，与世长辞，享年 72 岁。

他并没有等到他希望看到的那一天。

馒头说

先来说两个人的故事吧。

第一个人，叫朱汝珍，是1904年那一科的榜眼。他后来和刘春霖一起，被公派到了日本法政大学留学。学成归来后，他参与拟定中国第一部“商业法”，前往各地商埠调查现代商业操作习惯，之后提交了长达数十万言的调查报告。后来他在“逊帝”溥仪的小朝廷里做了13年“南书房行走”（可以视为溥仪的老师之一），后移居香港。溥仪建立伪满州国之后，曾邀请朱汝珍去助一臂之力，但他婉言谢绝。香港沦陷后，朱汝珍移居北平，曾多次资助抗日义士。1943年，朱汝珍因中风去世，享年73岁。

第二个人，叫商衍鎏，是1904年那一科的探花。他同样也被派往日本法政大学留学，归国后又前往德国任教，正好与辛亥革命擦肩而过。从德国回国后，他担任过一些诸如顾问、秘书、咨议这样的虚职，日本侵华后，曾多次怒斥日本人的暴行。中华人民共和国成立后，商衍鎏于1960年被聘为中央文史研究馆副馆长，1963年在广州逝世，享年88岁。商衍鎏的后人和弟子中出了不少著名学者，而他自己也根据回忆写了一本23万字的《清代科举考试述录》，为后世了解清朝科举提供了很多宝贵的资料。

看完了这两个人的故事，加上刘春霖的，似乎会有这样一种感觉：哪怕贵为状元、榜眼和探花，他们的一生似乎也没有太多显赫的事迹。如果在太平盛世，他们的境遇可能会有些不一样。

我曾接受一本杂志的采访，采访的记者告诉我，她对我写的那篇《让二战美军痴迷的“东京玫瑰”》印象颇深，她问我：“你怎么看待被时代洪流裹挟的个体？”

我觉得，刘春霖他们的境遇，或许给出了一个答案：在滚滚的时代洪流面前，个体的抉择确实显得微不足道，哪怕你贵为状元，也只是一朵被推着前行的小浪花。

但是，真的聚焦到每一个个体，难道连一点抉择空间都没有吗？

1904 年的那一科进士，出了王揖唐那样的汉奸，但也出了沈钧儒、谭延闿这样颇为著名的政治人物，哪怕像刘春霖、朱汝珍和商衍鎏，看似平凡，也至少都有一个共同点：守住了自己的气节。

在时代前进的步伐下，他们的脚步只要稍微放慢一些，可能就会显得有些“落伍”（朱汝珍也说过“绝不吃民国饭”），但在一些大是大非的原则问题上，恰恰是时代才能检验出个体的本色。

时下流行一句话是：“时代的一粒灰，落在个人头上就是一座山。”

确实，有时在不能控制的大环境下，每个人都会有一种无力感。

然而，即便是一座山压下来，怎样来面对这座山，我们并不是完全没有选择的：坚强、乐观、麻木、逃避、投降，都是选择。

更何况，当每一粒灰的共同选择凝聚在一起，放到时代面前的时候，难道，不也是一座山吗？

本文主要参考来源：

1.《清末科举考试亲历记》（商衍鎏，《岭南文史》，1983 年第 1 期）

2.《刘春霖生平事迹考》（刘超，《兰台世界》，2018 年第 1 期）

3.《试析末科状元刘春霖的政治观》（杨猛，《集宁师范学院学报》，2014 年第 4 期）

4.《刘春霖〈甲辰科状元策〉探源》（于素敏，《保定学院学报》，2014 年第 2 期）

5.《科举史上“第一人中最后人”》（刘继兴，《江淮文史》，2013 年第 3 期）

6.《民国时期的北京书风·刘春霖》（邹典飞，《艺术品》，2018 年第 6 期）

朝鲜最后一个国王

说朝鲜的近代史，这位国王是无法绕开的一个人。事实上，今天要说的这位国王，也是朝鲜历史上第一位皇帝。但是，这位国王兼皇帝，却未必像大家想的那样活得顺心。

1

公元1864年1月，朝鲜半岛阴云密布，暗流涌动。

一场有关王位继承的危机正在酝酿之中：33岁的朝鲜哲宗在这一年初忽然去世，然而，他却没有子嗣。

事实上，进入19世纪之后，朝鲜的李氏王朝在王族的后代繁衍问题上已经力不从心有一段时间了。

第23代国王纯祖李玜只活到44岁，而他立的嫡长子李旲却在他驾崩四年之前就死了（只活到21岁），导致王位继承发生了问题。最终，李旲的儿子，也就是李玜的孙子李奂即位，是为第24代国王宪宗。

宪宗7岁即位，22岁就去世了，依旧没有子嗣。经过一番权力斗争，王室找到了朝鲜第21代国王英祖的玄孙李昪，是为第25代国王哲宗。

哲宗也只活到 33 岁。1864 年，哲宗薨，所生六子五女，只留得一女，朝鲜王室再度陷入继嗣危机。

此时朝鲜中央政府的权力，把持在两大外戚家族手里：安东金氏和丰壤赵氏。

这两大家族为了巩固自己的权力，相互之间明争暗斗，但对外却在一点上保持步调一致：对稍有才能的李氏王朝潜在继承者，不是流放，就是诬杀，导致李氏王族人才凋零，几乎没有可能再出现一位强有力的君主来干扰外戚的执政。

不过，在这些倒霉的王族中，有一个例外。他的名字，叫李昰应。

李熙（左）和儿子李坧在一起。李熙初名载晃，字明夫，乳名命福，即位后改名“熙”（正写为“㷩”）

李昰应，按血统应该是朝鲜第 16 代国王仁祖的八世孙，但因为在他出生前就被过继，所以从宗法上说，又是朝鲜第 19 代国王肃宗的五世孙。在哲宗去世后，由于王族宗亲被逐的被逐，被杀的被杀，李昰应居然成了王室宗亲最嫡系的那一脉。

那么，是他成为国王吗？并不是，是他的儿子。

那一年，李昰应 12 岁的儿子被推上了朝鲜第 26 代国王的宝座。他的名字叫李熙，庙号为“高宗”。

高宗，是朝鲜的最后一任国王。

2

如果说李熙是一个短命的国王，那这篇故事就没有展开的意义了。

事实上，可以说李熙以一个国王的身份，经历了近代朝鲜的种种大事。换句话说，要追溯朝鲜当年的那一段历史，李熙提供了一个非常好的旁观者视角。

且慢，旁观者视角？李熙可是堂堂的朝鲜第 26 代国王啊。

很遗憾，确实如此。李熙虽然贵为国王，但他的一生，从来没有被加持过“主角光环”。如果要做一个简单总结的话，李熙的一生，始终没脱离过两个人和三个国家的影响。

李昰应。李熙登基后，按照惯例，李昰应受封“大院君”——这是历代朝鲜国王给自己生父所封的一个爵位。而李昰应是朝鲜王朝唯一一个在世时就受封的“大院君”

第一个人，就是他自己的亲生父亲，李昰应。

如果没有李昰应，李熙是不可能坐上国王宝座的。

1864 年朝鲜王朝发生王位继承危机的时候，李昰应 43 岁。他清楚地知道，自己年富力强，是断无可能被两大外戚集团找去做国王的。但他同样清楚地知道，根据宗法继承之道，他的 12 岁儿子李熙，是很可能被推上王座的。

其实李昰应已经准备了很久。

李昰应的“放浪形骸”在王族中是非常有名的：他一天到晚在市井和一些流氓无赖称兄道弟，大白天就经常去妓院鬼混，常常酒气熏天，胡言乱语，吃喝嫖赌无所不精。他这样做有自己的目的：让两大外戚集团认为自己不会对他们的权力构成威胁，既能免杀身之祸，也能为后来留一点翻身之机。

而另一方面，他充分利用了当时自己在宫内包括宫女在内的关系，说服当时在宫廷中最有发言权的丰壤赵氏的赵大妃，并承诺让李熙成为她的养子，最终成功上位。

李熙登基时才 12 岁，而他有这样一个年富力强又韬光养晦那么多年的父亲，请问，李熙可能自己掌握实权吗？

当然不可能。

自李昰应之后，朝鲜近代史上凡是提起“大院君”，指的就是他一人——可见他后来所释放出来的能量。

李昰应上位后不久，就架空了赵大妃的权力，虽然没有“摄政”之名，但开始行“摄政”之实：谁让国王是他的儿子呢？

从 1864 年到 1873 年的十年，朝鲜名义上的国王是李熙，但实际统治者却是他的父亲“大院君”李昰应。李昰应确实怀着一番雄心壮志，他重用了一批人才，实施了一系列改革，包括重建景福宫、设置三军府、实行社仓制与户布制、裁撤书院等。

总的来说，这十年的“大院君改革”在充实国家财政、振兴国家军队、整顿吏治等方面还是取得了不错的成效，就连朝鲜近代著名思想家和政治家、与大院君不和的金允植，也承认他的改革“十年之间，令行禁止，内外肃然奉公”。

但另一方面，大院君也是一个非常保守的人。他深受中国儒家思想影响，在他的规定下，朝鲜实行了前所未有的“闭关锁国”政策。有五百年历史的朝鲜王朝在 19 世纪中叶其实已经步履维艰，大院君的改革最多是缝缝补补，并没有把朝鲜推向近代化，而是在原来那个茧房里越陷越深。

而在这十年里，高宗李熙在做什么呢？

很遗憾，他什么也不能做。因为是个傀儡，他终日饮酒作乐。他的父亲李昰应逼着他读一些中国的儒家经典，尽管他照做，却心情复杂。有一次，李熙读《孟子》，看到一句“汤以七十里，文王以百里”（指商汤和文王起家时地盘都很小），他说了一句：“七十里、百里，犹可以为政于天下，况我国三千里乎！”

这一刻，高宗的内心可能颇有些豪情，但是，是否也会有一丝失落：这三千里疆土，我说了算吗？

当然，这时候的高宗，毕竟还是一个少年，执政的是他亲生父亲，也不是外人。终有一天，他应该能自己掌握权力。

那么，他等到了吗？

并没有。

3

于是，就该说说第二个影响李熙人生的人了。

她是一位女性，史称“明成皇后”，但她有个更著名的名号：闵妃。

闵妃是李熙的妻子，但两人的结婚和爱情无关，完全是因为大院君李昰应——为了巩固李家王朝的权力，李昰应必须要找一个自己能完全拿捏得住的儿媳妇。

闵妃可以说条件完美：她来自李昰应妻子骊兴闵氏一族，这个家族原先也是朝鲜王朝的名门望族，但家道中落，需要依靠李氏；她聪明乖巧，善解人意，关键还幼年丧父，可以说完全能被李昰应一手掌控，成为自己阵营的一名重要成员。

对这位完全不由自己选定的妻子，高宗李熙一开始是很冷漠的。他钟情的，是一位叫李顺娥的尚宫，两人感情非常好，还生下了一个儿子，叫李墡。

整整三年，高宗李熙对闵妃都爱理不理，再加上有了一个庶长子，一切情况都对闵妃非常不利。

但闵妃确实有一套本领。

一方面，她学公公大院君那样，开始韬光养晦——把大量被冷落的时间花在阅读中国古代经典书籍上。据她身边的人回忆，当时闵妃爱读的书主要是《春秋左氏传》《资治通鉴》《周易》《唐宋八大家文钞》。

另一方面，她花了大心思搞好和赵大妃以及婆婆闵氏的关系，甚至连李顺娥分娩（生下的儿子其实将大大动摇闵妃的地位）都亲自去看望并带上礼物。这也使得宫廷内从上到下包括高宗在内，都对闵妃刮目相看，认为她孝顺通达，贤淑温良。在这样的背景下，大院君也愿意提拔一些闵妃的亲戚入朝做官。

三年之后，高宗李熙对李顺娥渐渐有些厌倦了，而此时出现在他面前的，是一个学识渊博、见解独到、温柔可人的闵妃。

两人的关系迅速升温，直至如胶似漆。

而地位稳固的闵妃随后便开始了自己的计划：掌握权力。

此时的闵妃，不仅在朝中有了自己初步的关系网，而且已对中国历朝历代那些宫廷权术了然于胸。而挡在她通向权力宝座之路上的障碍，并不是她的丈夫李熙——她自信已能完全掌控丈夫了——而是自己的公公大院君李昰应。

闵妃是大院君招进来的，是作为本方棋子用的。然而在闵妃入宫的几年时间里，翁媳之间的矛盾却在不断加深——主要是闵妃对自己公公有所怨恨。其中一个重要的原因，就是李昰应很喜欢李熙和李顺娥的那个庶长子李墡，颇有把这个孩子立为世子的想法（藩属国不能称“太子”，只能称“世子”）。

当时的闵妃怀孕多次，但孩子不是流产就是夭折，如果李墡被选为王位继承人，会触动闵妃的根本利益。

而闵妃也不是没有看到翻盘的希望，因为大院君“摄政”的十年，经济搞得并不尽如人意：朝廷上，反对大院君的情绪在酝酿；国内，多地开始爆发农民起义；国外，由于大院君的“闭关锁国”政策，与日本的关系降至冰点（当时朝鲜只承认清朝是宗主国，只和清朝通商），日本一直在宣扬出兵朝鲜。

公元 1873 年，闵妃终于等到了机会。

一个叫崔益铉的儒臣上奏抨击大院君的政策，被大院君驳回。但在闵妃的鼓动下，高宗李熙反而嘉奖了崔益铉。“儿子不给老子面子”，这让大院君非常光火，鼓动人上奏要求严惩崔益铉，但李熙反而罢免和流放了上奏的人。

借此机会，21 岁的高宗李熙一反往日懦弱之态，在闵妃的鼓励下忽然宣布要“亲政”——这在年龄和礼法上都没有任何问题。理亏的大院君之后动用了一系列的“招数”，但都被自己儿子背后的那个儿媳妇轻松化解。最终，辛苦培育了十年势力的大院君只能落荒而逃，离开汉城，大院君的势力一夜之间土崩瓦解。

这一年，21 岁的高宗李熙终于得到了“亲政”的机会。

然而，他手中依旧没有权力。权力都在他的媳妇闵妃手里。

史书记载，闵妃当时“百官奏章常自阅之”。

朝鲜王朝在“大院君时代”之后，并没有过渡到“高宗时代”，而是进入了“闵妃时代”。

4

从“听爹的”到“听媳妇的”，李熙依旧没能尝到权力的滋味。

不过，以当时朝鲜所处的环境来看，如果李熙真的亲政，恐怕也一个头要变成两个大。因为偌大的一个朝鲜半岛，始终笼罩在三个国家的阴影之下。

第一个国家，就是大清帝国。

长期以来，朝鲜一直是中国的藩属国。虽然在明朝灭亡后，朝鲜一度“人心思明”，但最终还是承认了大清帝国的宗主国地位。

在大院君集团执政时期，朝鲜的国策“一边倒”倾向清帝国，但这个政策在闵妃集团上台后发生了改变。她力主与日本发展关系，并在“云扬号事件”之后，顶住全国上下的压力，与日本签订了《江华条约》，并派使团出使日本，还请日本教官训练了朝鲜历史上第一支近代化军队——别技军。

日本描绘“云扬号事件”的画。1875 年 5 月，“云扬号”等日本军舰入侵朝鲜釜山，进行武力示威；9 月入侵江华岛一带并与当地朝鲜守军发生冲突，以日本大获全胜告终。随着《江华条约》的签订，朝鲜的国门被打开

应该说，闵妃的这一举措有“不在一棵树上吊死”的想法，也有借助日本的力量对抗“亲华派”大院君集团的诉求。而从历史进程来看，就是自闵妃执政开始，日本势力开始大举进入朝鲜，形成与大清帝国势力角逐的格局。

而另一点必须指出的是，闵妃集团上任后其实非常贪污腐败，宫廷内夜夜笙歌，地方上层层盘剥，朝廷甚至对外卖官鬻爵，这让朝鲜百姓怨声载道，而大院君执政时期积累的国库也被迅速耗空。

内有国力衰退，外有两派势力角逐，从 1882 年到 1884 年，短短

两年之内，一向国内还算平和的朝鲜，接连发生两次震动东北亚格局的“事变”——都和大清帝国有关。

第一场事变，是发生在 1882 年的“壬午兵变”。

这一年，朝鲜大旱，民怨四起，而京城的军队也发生异动：日本教官训练的“别技军”待遇优厚，而其他朝鲜老式军队已经 13 个月没发过军饷了，都被闵妃的亲信克扣。在大院君的暗中煽动下，数千名朝鲜军人揭竿而起，连同自愿加入的大量汉城老百姓，竟然长驱直入，直接冲入宫中，杀死了一大批闵妃的亲信，并扬言要取闵妃项上人头。

在危急时刻，闵妃化装成宫女逃出京城，并迅速展现出了自己的政治手腕：派人向大清帝国求援。

按理说，重新掌权的大院君才是“亲华派”，而闵妃集团是“亲日派”，为何闵妃会向清朝求援？

因为闵妃自知虽然引入过日本势力，但与大清帝国的关系并没有搞僵。更重要的是，当时日本人也趁机向朝鲜派兵，试图借此染指朝鲜。闵妃集团掌握朝政已经十年，她又是高宗的王后，有把握清廷会做出正确的抉择：借帮助自己之机，巩固清帝国在朝鲜的势力，驱逐日本。

果然，已经丢了琉球的清政府在收到闵妃的求援后，权衡利弊，下决心力保这最后一个藩属国，所以很快决定放弃重新上台的大院君，继续扶植闵妃集团。

决定出兵的清政府随后派出淮军 6 个营共 3 000 人，在广东水师提督吴长庆和后来的北洋水师提督丁汝昌（当时北洋水师还未正式建军，但丁汝昌率“威远”“超勇”“扬威”三艘军舰随行）的带领下奔赴朝鲜，抢在日本人动手之前，诱使大院君到清军大本营后一举扣押，直接送往天津软禁。

“壬午兵变”历经一个多月，最终闵妃集团重新掌权，并且由原先的“亲日派”转向“亲华派”。

袁世凯在“甲申政变”中起了重要作用，也展示了能力，自此走上历史舞台

而在这个过程中，李熙惊慌失措，先是宣布自己“归政”给父亲大院君来收拾残局，然后被迫同意宣布自己的妻子闵妃“已死在乱军中”；然而在闵妃卷土重来后，又与妻子重归于好，把自己的父亲丢到了脑后。

但李熙还没有高枕无忧多久，两年后，更严重的“甲申政变”爆发。

“甲申政变”在本书《三个东亚国家，三天，一场政变》一文中已经详述，不再展开，政变的结果就是大清帝国再一次大获全胜，全面巩固了在朝鲜的势力。

但是，另一个国家也因此加入了朝鲜半岛的角力。

5

这个国家，就是俄国。

闵妃在“壬午兵变”和“甲申政变”中两次利用清帝国的势力扫除政敌，一方面巩固了自己在朝鲜的权势和地位，但另一方面也让清朝的势力在朝鲜根深蒂固。清政府吸取了之前的教训，派出袁世凯以“三品道员”的身份坐镇朝鲜，开始主掌朝鲜外交、通商等事务（原先清政府对朝鲜的这类事务并不太插手），俨然已成为凌驾于李熙和闵妃之上的“朝鲜太上皇”。

在这样的背景下，李熙和闵妃的忧虑开始加重了。

让清朝势力全面控制朝鲜？这是李熙和闵妃不愿意看到的；引入

日本势力牵制清朝？这无异于与虎谋皮。想来想去，李熙和闵妃想起了俄国。

在 1878 年的第十次“俄土战争”结束后，一直有扩张欲望的俄国最终惨胜，但受到了西欧列强的遏制，只能把眼光瞄向亚洲。中国太大，日本太远，与自己国土接壤的朝鲜成了最佳选择。

恰好，朝鲜方面也有引入俄国势力牵制清朝和日本的想法，双方可谓一拍即合。

当然，在这个过程中还插进过一个觉得自己来晚了，所以要四处掺和一把的美国，以及不甘心俄国入局的英国，但东北亚总体的格局，还是中、俄、日三国争霸。

“甲申政变”后，受到中国压制的日本恼羞成怒，开始不断叫嚣要入侵朝鲜。而朝鲜国内的大臣韩圭稷恰在此时提出了对俄国的观点：“据天下形胜，为天下最强，为天下最畏。”

这个“引俄自卫”的观点颇得李熙和闵妃的认同，一向话不多的李熙甚至说出了“时以三千里山河臣服于华为耻”的话，于是，朝鲜开始慢慢谋求与俄国接近。

在闵妃的主导下，朝鲜先后两次和俄国签订“朝俄密约”，但两次都被宗主国清朝发现而叫停，其中尤以第二次“朝俄密约”事件更为严重，当时坐镇朝鲜的袁世凯已经密谋废黜高宗李熙，重新搬回大院君执政。

最终，面对清朝的严厉问责，朝鲜方面一口咬定“从无此事”,“不敢有异志”。而当初以“臣服于华为耻”的李熙，则表示自己对这件事毫不知情，把责任都推给了妻子和属下。

虽然朝鲜两次都受迫于清朝的压力而暂时断绝了与俄国人联通的意向，但人算不如天算，时代终究会变。

1894 年中日甲午一战，大清帝国惨败，朝鲜朝中的亲华势力瞬间烟消云散。面对一战而咄咄逼人的日本,“引俄自卫”的声音再度响起。

然而在这个时候，第三个国家——日本早就已经急不可耐了。

6

日本对朝鲜的“野望”[1]，正式起步于《江华条约》签订之后。但他们一直面临的最大障碍并不是朝鲜的李氏王朝，而是原来东亚地区的老大清朝。围绕“如何清肃清朝在朝鲜的势力”，日本人也可谓动足了脑筋。“壬午兵变”和“甲申政变”的背后，都有日本人的影子。

甲午一战，日本完成了自己的逆袭，朝鲜朝中的亲华势力也不复存在，清朝更是在《马关条约》中明确声明放弃了对朝鲜的宗主权。

然而，正当日本以为可以一家独大控制朝鲜的时候，他们发现自己的面前还有一块绊脚石——闵妃。

闵妃在中日甲午战争期间，已经被日本人重新扶植起来的大院君剥夺了实权，但她根基仍在。看到清朝战败，闵妃首先放弃了“亲华”，然后她又看到俄国主导的“三国干涉还辽”压制住了日本，更坚定了“引俄拒日”的决心。

经过一系列的暗中运作，闵妃集团在 1895 年再度发动了一场宫廷政变，一举粉碎了朝廷中“亲日派”的势力，重新掌握了实权。

眼看甲午战争的“胜利果实”被一举粉碎，朝鲜从中国羽翼下脱出后又要求庇护于俄国，日本人彻底动了杀心。

1895 年 10 月 8 日拂晓，在新上任的日本公使三浦梧楼的策划下，一批日本士兵和浪人挟持大院君冲入朝鲜王宫，在四处搜索之后，直接在乾清宫用乱刀砍死了闵妃，并浇上煤油点火焚尸，而后将骨灰抛撒于池塘中。

是为震惊东北亚的“乙未事件”——影响整个朝鲜近代史的闵妃，

---

① “野望”为日本词语，指不合身份、离谱的愿望，野心、奢望。——编者注

描绘“乙未事件”的画

就这样不明不白地死了。

当时，朝鲜已经在名义上不是任何一个国家的藩属国而是一个主权国家了——一个主权国家的王后居然被一帮外国人冲入王宫乱刀砍死，这在世界上是闻所未闻的。而作为王后的丈夫，朝鲜国王高宗李熙，却无法做出任何举动。

尽管王后被杀是奇耻大辱，但李熙也因此获得了一个前所未有的机会：闵妃身死，大院君年老力衰，至少在朝鲜宫廷之内，再也没有能够阻止他“亲政”的障碍了。那一年，李熙43岁，可谓年富力强，正当其时。

那么，他如愿了吗？

7

很遗憾，两人虽不在，三国却不会消失，李熙面临的，还是一个“傀儡局”。

闵妃被砍死后，日本人迅速在朝鲜建立了“亲日”政权。但由于入宫砍杀一国王后的行为被当时在场的两个外国人记录并公布于世（日本方面原先栽赃大院君发动政变），不仅举世哗然，更在朝鲜引发众怒。

在“亲俄派”的鼓动下，朝鲜国内爆发了“乙未兵变”，高宗趁机和王太子一起坐轿子转移进了驻俄公馆，结果在里面一住就是整整一年。

堂堂一国之君，一整年是住在外国领馆里的，他的权威可想而知。

然而，就在1897年回到自己的宫殿之后，高宗却看准了身边没有掣肘，俄日两国势力基本在朝鲜达到均衡的契机，做了一件大事：1897年10月12日，李熙在庆运宫的圜丘坛祭天，宣布即皇帝位，封已去世的王后闵氏为皇后（谥号为“明成皇后”），王太子李坧为皇太子。次日颁诏书，改国号为“大韩帝国”，但沿袭中国明朝的典章制度。

前半生都受制于人的高宗，在朝鲜历史上留下了标志性的一笔：他是朝鲜半岛历史上第一个正式称帝的君王。

1884年的李熙

当然，作为藩属国的终结，他也是朝鲜半岛上最后一个国王。

称帝后的李熙，确实是想做一番事业的。

然而，以他的认知和能力做出的改革政策，还是局限于旧时代：加强君主专制，扼杀民主独立，平衡各方面的关系。换句话说，如果回到旧时代，李熙有可能成为一代明君。但毕竟时代不同了，在风起云涌的19世纪末期，世界各国都处于“大变局”中，而身陷列强旋涡中的朝鲜，想要“在鸡蛋上跳舞”，实属机会渺茫。

1904年，一场间接影响大韩帝国国运的大事件爆发了：日本和俄国正式开战。

看似强大的俄国在这场战争中被日本重创，震惊世界，也震动了李熙——这意味着，朝鲜倚仗的“平衡外交”格局被彻底打破了。

李熙的预料是正确的。

1905 年 11 月 17 日夜晚，日本的重臣伊藤博文在大批日军的簇拥下进入韩国皇宫，强迫李熙签署《乙巳条约》(《日韩保护条约》)。

在李熙称病不出的情况下，外务大臣朴齐纯被迫签署条约。

根据这个条约，日本在韩国设立“统监”(伊藤博文为第一任统监)，韩国撤销外交机构，不再设“外务大臣”职务—— 一个没有外交权的国家，实际上就不是一个有独立主权的国家了。

摆脱了大院君，摆脱了闵妃，摆脱了清国，摆脱了俄国，但最终，李熙和他的朝鲜还是落在了日本人手里。

8

此时的李熙，已经 53 岁了。

但步入“知天命”的年纪之后，一生受制于人的李熙，反而展现了他最后的倔强。

1907 年，《大韩每日申报》发表了李熙的声明，称自己从未批准缔结《乙巳条约》，从没有放弃外交权，也从未同意日本“统监”常驻韩国。

同年，第二届万国和平会议在荷兰海牙召开。李熙秘密派遣李相卨、李儁、李玮钟三人带着他的亲笔信和参加会议的委任状前往海牙，控诉日本对韩国的侵略，呼吁各国声援韩国，宣布《乙巳条约》无效。

这两件事最终都没有结果，却大大惹怒了日本。

这一年的 7 月 19 日，日军在汉城南山倭城台，对着李熙下榻的庆运宫架起了 6 门大炮，在大批日军的包围和监视下，庆运宫的中和殿举行了“禅位仪式”：李熙将皇位让给自己 33 岁的儿子李坧。

李坧被立为纯宗，他也是大韩帝国最后一任皇帝

李熙和儿子都没有出席这场仪式。

被日本人强行称为“太皇帝”的李熙并没有认输，他始终不承认“退位”，而是在文书中使用“皇太子代理”这样的字眼。

在李熙“退位”四天后，李坧就在日本人的逼迫下签订了《丁未七款条约》，宣布解散大韩帝国的军队。

三年之后，日本又强迫李坧签订了《日韩合并条约》——建立仅 13 年的“大韩帝国”就此灭亡。韩国“皇帝”李坧、“太皇帝”李熙和“皇太子”李垠被授予日本皇族的身份，李熙的封号降为“德寿宫李太王”。

那段时间，据李熙的身边人回忆，李熙经常晚上失眠，长吁短叹。

然而，正当日本人以为这位朝鲜“末代国王”和大韩帝国“开国皇帝”已经失去斗志的时候，李熙却在酝酿最后的反击。

9

1918 年，第一次世界大战结束，巴黎和会召开。

在这场会议中，美国总统威尔逊出于对自己国家利益的考虑，提出了“十四点准则”，其中有倡议让一些弱小国家的民族进行民族自决，成为独立国家。

消息传出，在朝鲜国内引起了巨大反响。

按照当时的一种说法，李熙准备再一次效仿当年海牙万国会议的做法：派遣密使去巴黎，向世界各国请求维护韩国的独立。

这种说法并没有得到最终的证实，因为李熙很快就走到了他自己的人生终点：1919年1月19日凌晨，李熙在宫中因突发脑溢血身亡。

不过，“脑溢血”是日本方面的说法，且事后并没有给出病理报告。所以一直有一种说法在坊间流传：为了防止李熙再次派密使去捣乱，日本人在当天晚上将他毒杀。

事实的真相已经无从知晓。

68岁的李熙，终于以朝鲜“末代国王”和大韩帝国“开国皇帝”的身份，走完了他的一生。

馒头说

但凡玩过策略游戏或即时战略游戏的玩家，都知道一点：开局的“出生地”，其实非常重要。

而如果将东北亚的地图放到游戏中，我们不难发现，朝鲜的“出生地”其实并不太妙：北面，是疆域辽阔且一直致力于扩张的俄国；西边，是有五千年文明的中国；东边，是迅速崛起，且在相当长一段时期内“军国主义”上脑的日本。

朝鲜半岛以20多万平方公里的疆域面积，夹在三大强国之间，处境可想而知。

自近代以来，东北亚一直是几个世界大国力量角逐的一个交汇点，从甲午前后，到二战，到冷战，到抗美援朝，一直延续至今。

但是，“出生地”并不是自己能选择的。身处“强邻”包夹，朝鲜半岛历经千年，在几个大国的博弈之间几经沉浮，至今依旧保持独立，并且成为东北亚地区乃至世界格局中一支绝不能忽视的力量，这很不容易。

曾经看到有一位网友的观点：不要把朝鲜半岛看得那么重要，在如今发达的军事科技下，昔日所谓的“战略缓冲地带”已经不存在了。

我个人并不是很赞同。

在军事科技突飞猛进的现代，从空降的距离、导弹飞行的速度或机械化部队奔袭需要的时间这些要素上看，“战略缓冲地带”的意义确实在下降。但在如今的世界格局体系下，“战略缓冲地带”应该更是一个整体的概念。

尤其是在当今和平的大环境下，在东北亚的每一个国家、每一股力量，其实都需要在遵守规则的前提下博弈，而在军事意义之外，各方其实都需要一个政治意义上的“战略缓冲带”。

在东北亚，抛开别的不说，有一点是我们都无法改变的：大家都是一个楼道的邻居。

和平不易，稳定不易。努力，并珍惜。

本文主要参考来源：

1.《大韩帝国与中国的外交关系（1897—1910）》（蔡建，复旦大学博士论文，2004年）

2.《袁世凯在朝鲜的活动与近代中朝日关系》（聂金凯，东北师范大学硕士论文，2010年）

3.《清廷援助朝鲜开化运动及其对中朝宗藩关系的影响（1879—1884）》（黄震宇，华中师范大学硕士论文，2019年）

4.《试论近代朝鲜对清朝政策的演变（1863—1905）》（石少颖，《青海社会科学》，2012年第1期）

“民国第一奇人”和他的“朋友圈”

在民国的历史上，是颇有些“奇人”的。他们或许并不是站在舞台的最中央，但自始至终，都处于一个重要的“推手”位置。比如这个故事里这位，如今知道他名字的人已经不多，但当初，说他“无人不知”也不夸张。有人把他称为“民国第一奇人”，而他经历之复杂、结交之广、转变之多，也确实让人叹为观止。

1

杨度一生中的第一次重大变化，其实发生在他10岁的时候。

那一年是1885年，他的父亲杨懿生去世，他被过继到自己的伯父杨瑞生家。如果那时候有“微信”的话，就是他的“家族群”发生了变化。

杨家祖籍湖南湘潭，世代务农，到了杨度的祖父杨礼堂，带着长子杨瑞生入湘军李续宾部，一路做到正四品都司。1858年11月，湘军与太平军对阵三河镇，湘军大败，李续宾被杀，杨礼堂也在战中阵亡。（“三河之战”发生在今天安徽省肥西县的三河镇，是太平天国晚期取得的一场重要胜利。湘军在此战中受挫甚大，李续宾阵亡消息传来，胡林翼吐血，曾国藩茶饭不思。）儿子杨瑞生死里逃生拣回一条命，继续留在湘军。因朝廷抚恤杨礼堂家属，杨瑞生之后被一路提拔，最后官至总兵。

杨度被过继到杨瑞生家的时候，就是杨瑞生做总兵的时候。此时的杨家家境富裕，而这位伯父又对自己这个过继来的侄子照顾有加，给他提供了一个良好的读书环境。

杨家这一辈几个兄妹，学问都相当不错，杨度的弟弟杨均和妹妹杨庄都是诗、书、画俱佳，而最出挑的，还是杨度。杨度从小天资聪慧，能诗能文，很小就是远近闻名的“神童”了。

1892 年，17 岁的杨度考取了秀才，并在第二年中了顺天府乡试的举人。但他的仕途之路远没有那么一帆风顺，在之后的两年，他在两届会试中均落榜。不过，第二年的会试恰逢 1895 年，那一年发生了一件对中国读书人而言堪称大事的事件——公车上书。当康有为和梁启超率京师数千举人联名上书的时候，杨度也是那些举人中的一分子。

王闿运，做过曾国藩的幕僚，相传曾劝曾国藩起兵反清，自己称帝。他门下有一批颇有名声的徒弟，包括齐白石

虽然最终落榜，但杨度通过这次“串联”，在自己的“朋友圈”新加了一批好友，这批人后来在中国近代史上都留下了名字：梁启超、袁世凯、徐世昌……

当然，这批好友当时还只是“点赞之交”。

21 岁的杨度回到了湖南，拜了个老师，叫王闿运。事实上，是王闿运知道杨度的才气，亲自登门到杨家将他招入门下的——也就等于主动要求加“微信”。

王闿运也算一代名儒，在经学、史学和文学方面都颇有造诣，不过对杨度影响最大的，是王闿运的另一门学问。这门学问，可以说影响了杨度的一生。

那就是“帝王术”。

2

1902 年，27 岁的杨度命运再一次发生改变。

那一年，感觉在国内已经学不到什么新东西的杨度，迫切希望能在时代的大变局中一展身手。于是，他不顾老师王闿运的强烈反对，自费留学日本，入了东京弘文书院师范速成班。在那里，杨度的“朋友圈”又多了一个很重要的同学，他的名字叫黄兴。

杨度的第一次日本留学之旅，在大半年后就结束了。回到湖南后，受王闿运的推荐，他的“朋友圈”里第一次多了一个重量级“大佬”——张之洞。时任湖广总督的张之洞对杨度的才学十分欣赏，推荐他去报考当时清廷新开的经济特科进士考试。

在这场考试中，杨度一举考取了一等第二名，取得第一名的，是来自广东的梁士诒，也就是后来大名鼎鼎的中华民国财政部次长。杨度眼看着自己的从政愿望即将成真，却又横生枝节：有人对慈禧太后说，梁士诒不仅来自广东，而且他的名字是“梁头康尾”。一直恨不得生啖梁启超和康有为之肉的慈禧太后立刻决定将梁士诒除名。但第二名的杨度非但没有因此占了便宜，反而还受了牵连：有人举报杨度在日本留学期间经常有攻击朝廷的言论（发朋友圈从来不注意屏蔽，或者在微信群发言被人截图带来的后果），又来自湖南，很可能是之前造反的“自立军”唐才常的同党。

于是，杨度的第二名也被除名，他还被通缉。

年轻时的杨度

长叹一声的杨度只能再度留学日本。

第二次留学日本，其实从某种程度上让杨度挖到了成名的“第一桶金”。

首先，杨度的才气开始为天下所知。

去日本留学后不久，杨度与梁启超在横滨相遇，两人谈起国事，唏嘘不已。杨度读梁启超的《少年中国说》有感之后，作了一首《湖南少年歌》，经梁启超的《新民丛报》全文发表，轰动一时，成为当时“朋友圈”的千万级刷屏爆文。其中的一句更是至今仍被不少人提起：“若道中华国果亡，除非湖南人尽死。”

杨度还创作过另一首诗歌《黄河》，由沈心工谱曲，也是当时清末各学堂必唱的一首歌曲：

黄河，黄河，出自昆仑山，远从蒙古地，流入长城关。

古来圣贤，生此河干，独立堤上，心思旷然。

长城外，河套边，黄沙白草无人烟。

思得十万兵，长驱西北边，饮酒乌梁海，策马乌拉山，誓不战胜终不还。

君作铙吹，观我凯旋。

这首歌当时与李叔同的《送别》齐名，更因为歌词里有家国情怀，排名还在《送别》之前。

其次，杨度的“朋友圈”一下子深化和拓展了。

杨度和梁启超原来只是“微信”好友，最多是个“点赞之交”。但在日本却开始惺惺相惜，一度被称为“天下至好”，而梁启超更是曾称杨度为“国士”。

1904年，杨度转入日本法政大学速成科，又加了两个同学好友，一个叫汪精卫，一个叫胡汉民。此外，当时另外有一个留日学生与杨度的关系最好，每个休息日都要到杨度家吃饭聊天，两人经常在“朋友圈”互相点赞，这个学生的名字叫蔡锷。

黄兴在整个孙中山的革命生涯中可谓不可或缺

当然，在杨度的这批日本“朋友圈”里，名气最大的还是孙中山。

在东京，杨度和孙中山曾就中国革命的问题讨论过无数次，有时候通宵达旦。杨度并不赞成孙中山“暴力革命”的观点，但非常尊重孙中山，所以把自己在东京弘文书院师范速成班的同学黄兴引荐给了孙中山。

主张君主立宪的杨度当时和孙中山约定：“吾主君主立宪，吾事成，愿先生助我；先生号召民族革命，先生成，度当尽弃其主张，以助先生。努力国事，斯在今日，勿相妨也。”

最后，杨度渐渐建立起了自己的威望。

杨度满腹才气，热心国事，对各路同学又关爱有加，很快在中国留日学生群体中树立了威望，被推举为留日学生总会的干事长。1905年，杨度曾作为留日学生总会的干事长兼留美、留日学生维护粤汉铁路代表团总代表，回国拜见张之洞，提出“官绅筹款自办”的方法，最终助力清政府收回粤汉铁路自办。经此一事，杨度在留学生圈中的声望更加如日中天。

已到而立之年的杨度，其实已经具备了一切条件，他需要等待的，只是一个从政的机会。

3

1906年，这个机会来了。

那一年，清政府派出去欧、美、日考察“宪政”的五位大臣回国。既然是考察，回来肯定要交报告，但有意思的是，五位大臣写不出报告，反而派人找来根本没有去考察过的“枪手”捉刀。

杨度和梁启超两个当时的大才子，就这样被选中了。

梁启超当时写的是《东西各国宪政之比较》，而杨度写了两篇，一篇是《中国宪政大纲应吸收东西各国之所长》，一篇是《实行宪政程序》。基于这几篇文章出台的“宪政考察报告”最终定下了清廷的调子：预备立宪。

1907年，杨度在东京创立了《中国新报》(相当于开了一个微信公众号)，自任总编辑。此时的杨度，已经完全代表留日学生中的“君主立宪派”，表示“不谈革命，只谈宪政”，主张成立政党，召开国会，实行宪政。同时，湖南成立了宪政工会，杨度担任会长。

1908年，33岁的杨度终于等来了他的功名：进京出任宪政编查馆提调(候补四品)。这个官位看上去不高不低，但他由此有机会出入颐和园，从“线上”转到“线下”，亲自给那些皇族亲贵讲解什么叫“立宪”，什么叫“法治”。

1911年5月，清廷推出了中国历史上第一个现代意义上的“内阁”，而杨度在“内阁属官”中出任统计局局长——36岁的他已经当上了中央干部。

然而，这个内阁名单一出台就被舆论嘲讽为“皇族内阁”，因为内阁中只有6名汉人，清廷根本不想认真“立宪”的意图昭然若揭，这也使得一批原本还倒向立宪的人开始转而支持革命。

于是，杨度这个“统计局局长”的位置还没坐热，辛亥革命就爆发了。

革命爆发后，原本就摇摇欲坠的清廷顿时土崩瓦解。但杨度却并没有太惊慌，因为聪明如他，本来也对清廷的“君主立宪”并不抱太大希望，他寄望能够让他施展“帝王术”的人，根本就不是乳臭未干的宣统皇帝，更不是那帮昏昏庸庸的亲王贵族。

杨度的老师王闿运早就告诉过他，“帝王术”的施行，是有诸多条件的，其中一个重要条件，就是要有一个有“帝王相”的可托付之人。

杨度觉得自己已经找到了这个“天选之人”。

那就是袁世凯。

4

杨度和袁世凯，早就是一个“朋友圈”的了。

杨度当初进京当四品官，就是张之洞和袁世凯联合保荐的，而他能进颐和园给皇亲贵族们讲课，也是袁世凯从中协调的。所以，杨度也一直认为袁世凯对自己有知遇之恩。

在光绪和慈禧相继归西之后，袁世凯在朝廷上受到排挤，被载沣赐了个“回乡养病”。当时袁世凯的势力颇有“树倒猢狲散”的架势，朝中权贵都吃不准风向，开始和袁世凯保持距离，连平时“点赞”都不敢给一个。袁世凯离开北京时，竟然没什么人去送他，但杨度不管不顾，跑到火车站月台去送行。

袁世凯回到老家后，敢去看望他的少数人中，就有杨度。武昌起义爆发后，杨度索性连京城的官也不做了，直接跑到袁世凯老家，做了他的幕僚。不久之后，清廷被迫重新重用袁世凯，希望他派兵攻打武昌的起义军，袁世凯的北洋军打打停停，不断向清廷索要筹码，这

志得意满的袁世凯

背后很多时候都是杨度在出主意。

等到孙中山的革命军和袁世凯的北洋军南北对峙的时候，因为杨度和孙中山、黄兴、汪精卫这批人在日本时都是一个“朋友圈”的，所以他成了袁世凯当时派出的代表之一，进行“南北调停”。

而“南北调停”的最终结果，就是孙中山低头和让权，袁世凯最终如愿以偿成了中华民国的大总统。

按理说，杨度此时也应该功成名就了。但这并非他希望看到的终点，因为他的“帝王术”需要辅佐的，是一个真正的“帝王”。而且最关键的是，杨度通过各种细节体察出，袁世凯的内心也是有这方面渴望的。

当时，一切形势的变化似乎都在助推：1913 年 3 月，最有可能挑战袁世凯权力的宋教仁被暗杀；7 月，仓促起事的“二次革命”被镇压，国民党控制的南方地区大多被北洋军攻陷，孙中山、黄兴、陈其美等流亡海外；1914 年，国会被解散，《中华民国临时约法》被废止，所有权力都集中到了袁世凯手上……

杨度觉得，时机差不多成熟了。

1915 年 4 月，杨度抛出了他精心准备的一篇文章——《君宪救国论》，认为中国如不废共和，立君主，则强国无望，富国无望，立宪无望，终归于亡国而已，“故以专制之权，行立宪之业，乃圣君英辟建立大功大业之极好机会”。

这篇文章一出来，果然挠到了袁世凯的最痒处。

袁世凯立刻对这篇文章大加赞赏，称这篇文章为“至理名言”，还专门给杨度送了块亲笔题字的匾额——“旷代逸才”。

得到鼓励的杨度再接再厉，索性就自己“拉群”了：他在同一年成立了著名的“筹安会”，自任理事长，拉了刘师培、严复等一干人打出了“筹安六君子”的名号，开始各种运作，为袁世凯复辟帝制做准备。没多久，从“线上到线下”的“闭环”就形成了：京城的大街小巷出现了各种请愿变更国体的“请愿团”，其中包括“车夫请愿团”、“乞丐请愿团”以及“妓女请愿团”。

人一旦陷入周围人有意构成的“信息茧房”，失去了清醒的判断和有效的制衡，对权力的欲望就会如决堤之水喷泻而出。聪明如袁世凯者，因为“朋友圈”里的好友都是杨度这样的人，所以在他们营造的“全国劝进”画面前开始变得自信满满，最终走上了“称帝”的蠢路。

1915 年年末，“洪宪帝制”出台，袁世凯的人设一夜之间崩塌，顺带带上了杨度。

一帮“朋友圈”的旧友首先就和杨度决裂，互相“拉黑”。

蔡锷（左）和杨度（右）是当初留学时最好的朋友，最终反目。但蔡锷在临终时还是专门为杨度开脱：“湘人杨度，曩倡《君宪救国论》，附袁以行其志，实具苦衷，较之攀附尊荣者，究不可同日语。望政府为国惜才，俾邀宽典。”

当年最好的朋友蔡锷立刻成立“护国军”，宣布独立；当年以“国士”相称的梁启超，直接在“朋友圈”公开说杨度是“下贱无耻、蠕蠕而动的嬖人”。甚至在杨度的家乡湖南，他也成了人人唾骂的对象。

而且，杨度发现即便袁世凯称帝，他也没有实现自己的“帝师”梦想，袁世凯仅仅只是给了他一个“少卿”的职位，一帮他认为功劳远没他大的人都封了“中卿”乃至“上卿”。所以，杨度的老师王闿运也发表了一条“朋友圈状态”：“弟子杨度，书痴自谓不痴，徒挨一顿骂耳。”意思是杨度什么好处也没捞着，白白被全国人民骂了一顿。

当然，杨度也没想到，袁世凯经此一难，那么快就一命呜呼了。而且让他伤心的是，据袁世凯的儿子回忆，袁世凯在临终前还发了一条“朋友圈”——呼喊的是“杨度误我！”（另有说是“他误了我！”）

对此，其实杨度心里也是有想法的。所以，他给袁世凯写的挽联是：

> 共和误民国，民国误共和？百世而后，再平是狱。
> 君宪负明公，明公负君宪？九泉之下，三复斯言。

意思是，究竟中华民国适合不适合搞共和，我们千年之后再来看；究竟袁世凯是不是扭曲了“君主立宪”的本意，建议他九泉之下再仔细想一想。

由此可见，到了此时，杨度还是认为自己主张的“君主立宪”并没有错。

5

如果杨度的一生就到这里结束，其实也没什么特别，他无非就是个身败名裂的“帝制党”领头人而已。但是，如果就这样结束，他的人生又怎称得上"百转千回"呢？

黎元洪

袁世凯病逝，黎元洪继任中华民国大总统，他一上台就弄出了一张通缉"帝制党"的名单，排在第一个的就是杨度。

据说杨度当时还义愤填膺，准备去自首，和黎元洪讲讲道理。他曾说："国体问题这两年闹得纷纷攘攘，我杨某确实应该负有主要的责任，既不诿过于人，亦不逃罪于远方。有报纸说我杨某已经畏罪逃亡，你们亲眼看到我跑了吗？兄弟等新政府正式成立后，必将前往法庭躬受审判。当然，退一步说，政见不同，亦是共和国民应有的基本权利。"

不过在身边人的规劝下，杨度还是没有进京去"讨说法"，最终避居青岛。

在避居青岛的时候，杨度似乎看穿一切，开始钻研佛法，并给自己取号"虎禅师"，重新思考人生和反思过去。他钻研佛法后觉得，"禅"的精髓就是无我，所以他提出了"无我主义"的新理论。

换句话说，他把自己的"朋友圈"设置为了"不可见"。

1917 年，张勋率五千"辫子军"在北京复辟，他和康有为派人专门来请当年"帝制党"的领袖杨度重新出山，而杨度却给两人发了信息："所可痛者，神圣之君宪主义，经此牺牲，永无再见之日。度伤心绝望，更无救国之方。从此披发入山，不愿再闻世事。"

那么，杨度是真的看破一切，遁入空门了吗？

并没有。这从他给自己取的号"虎禅师"就可以看出来。1918 年，杨度被宣布特赦，才 43 岁的他心思又开始活了起来。只是，经过几年的反复反省和思考，他的思想已经由立宪转向了共和。所以，他这次找到的人，是当年在东京和他通宵达旦激辩的孙中山。

孙中山当年并没有拉黑杨度，而杨度找孙中山，也是为了帮他。他凭借自己在方方面面的人脉关系，帮孙中山渡过了不少难关。比如陈炯明与孙中山反目后，他作为孙中山的特使，游说曹锟制止吴佩孚帮助陈炯明，帮了孙中山一个大忙。而军阀张宗昌策应北伐，背后也是杨度在帮忙牵线。

孙中山特别感慨，曾说过："杨度可人，能履行政治家诺言。"这个"诺言"，就是指当初杨度在东京对他立下的誓言：如果我失败了，就来帮你。

1922 年，杨度在上海正式加入了中国国民党。为此，孙中山特地在整个国民党的"大群"里发话，称杨度"此次来归，志坚金石，幸勿以往见疑"。

不过，还没等杨度怎么施展手脚，孙中山就在三年后病故了。

在国民党陷入内斗的时候，杨度也有了自己新的方向。

6

杜月笙

1928 年，53 岁的杨度移居上海，成了一个人的门客。

这个人，就是当年号称"上海皇帝"的杜月笙（杜月笙的故事请参看《历史的温度》收录的《"上海皇帝"的正面与反面》）。

当时上海有报纸说杨度拜杜月笙为师，入了青帮。杨度很不以为然："我一没递过帖子，二没点过香烛。

我称他为杜先生，他称我为皙子兄。我不是青帮，我是靠卖字画为生的‘清客’而已。”

换句话说，他和杜月笙只是互加好友，互相仰慕而已。

事实上也确实如此。杜月笙对杨度非常尊敬，专门给了他一幢宅子，每月给500大洋花销，而他求杨度做的，就是写一些文章和字而已。杜月笙的人生达到顶峰的一件事是他的“杜家祠堂”落成，而杨度是他的筹办委员会秘书长，还专门写了一篇《杜氏家祠落成颂》。

但是，杜月笙并不是杨度新的方向，甚至可以说只是他的一个幌子而已。因为，他的“朋友圈”又加了一个人。

李大钊

那个人，叫李大钊。

早在五四运动时期，杨度就对李大钊的文章有深刻印象。在上海，杨度第一次见到了李大钊，一番谈话下来，杨度深受触动。之后又和李大钊多次交谈，他深深记住了李大钊的一句话：

“海上的雾越浓，越需要灯塔指引。你望见那光，就不会迷航了。”

杨度认为，自己蹉跎半生，终于还是找到了光的方向。于是，他为共产党人做了很多事。事实上，他后来之所以到杜月笙家去做门客，也是经过共产党组织批准的，目的就是利用这个身份，结识三教九流的人物，为共产党的地下组织提供各种有效的情报。

但是，在此之前，他“朋友圈”中的李大钊头像，永远变灰了。

1927年4月，张作霖在北京东交民巷逮捕了包括李大钊在内的数十人。事实上，杨度在前一天通过自己的渠道已经知道张作霖要抓人，

杨度的字

急忙找人通知了李大钊。但当时李大钊不信张作霖真的敢冲进苏联大使馆抓人，最终没有转移。

李大钊被捕后，杨度把所有精力乃至身家都扑在了营救他出狱的工作中。他找到包括当时北洋政府司法总长及教育总长章士钊在内的各界社会名流，一起为释放李大钊奔走游说。为此，杨度还把自己在北京的宅子“悦庐”公馆作价 4 500 元大洋卖掉，把经费全部投入运作之中，甚至还策划过劫狱。

但是，各路营救最终都没有成功，李大钊在 4 月 28 日被张作霖派人绞杀。李大钊牺牲后，杨度非常悲痛，与妻子商量后，又把自己在青岛的宅子卖掉，把换来的钱全部用来接济李大钊以及其他被害人员的家属。所以他后来到上海确实手头窘迫，也确实一度要靠卖字为生。

1931 年，56 岁的杨度其实身体已经很差了，但他还是在做两件事。

一件事，是他根据孙中山的建议，想写一部《中国通史》。为此他已经做了很多准备，并且写好了大纲。

另一件事，就是帮助杜月笙完成杜家祠堂的落成典礼。这场典礼虽然最终办得颇为圆满，但也彻底摧垮了杨度的身体。典礼落成后的两个多月，杨度就倒下了。

9 月 17 日，之前就有肺病和胃病的杨度没有挺过去，在上海租界病故。

杨度去世后，葬于上海万国公墓（今宋庆龄陵园）

7

但杨度的故事还没有结束。

在杨度去世后的相当长一段时间内，他一直以一个“帝制党”的形象出现。直到 1975 年，有一个人说出了杨度晚年的那些故事。

这个人，也是杨度当年“朋友圈”的好友。

他的名字，叫周恩来。

1975 年冬天，饱受病魔折磨的周恩来其实已经开始陆陆续续交代一些后事。当他知道《辞海》正在筹备正式版的时候，专门让秘书转告当时的国家文物局局长王冶秋：“当年袁世凯称帝时，‘筹安会六君子’的第一名杨度，最后参加了共产党，是我介绍并直接领导他的。请告诉上海《辞海》编辑部，《辞海》上若有‘杨度’辞目时，要把他最后加入共产党的事写上。”

王冶秋当时大吃一惊，一面转告上海的《辞海》编辑部，一面向

曾任上海市委宣传部部长的夏衍回忆，当时潘汉年给他介绍过一个老者，说是自己的同志。过了很久夏衍才知道，这个老者居然就是当年大名鼎鼎的杨度

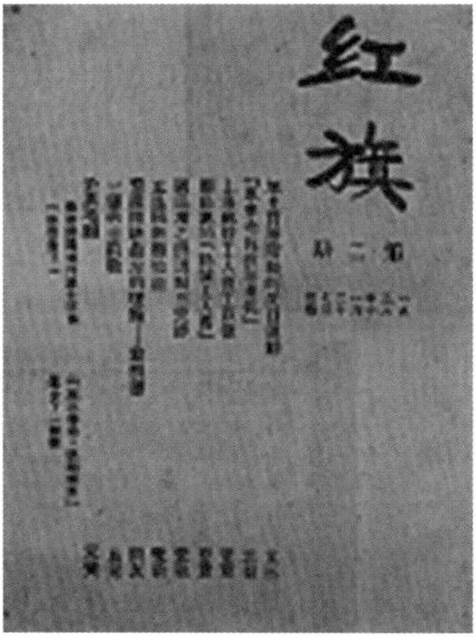

1928 年出版的中国共产党机关报《红旗》第二期，“红旗”这两个字就是杨度写的

很多还健在的老同志打听，结果没有人听说过杨度加入共产党。

但是，周恩来说的并没有错。

杨度是在 1929 年正式加入中国共产党的，介绍人就是周恩来。由于杨度从事的工作有特殊性和危险性，所以杨度只和潘汉年单线联系。除了潘汉年和周恩来，其他只有极少数人知道这件事。由于潘汉年在中华人民共和国成立之后遭遇冤狱，所以这段历史就沉没了。

1978 年 7 月 30 日，王冶秋在《人民日报》上撰文回忆周恩来，将杨度在晚年加入共产党的内情第一次披露。随后，夏衍、李一氓等遵从周恩来生前的嘱告，分别在《人民日报》上发文，将杨度晚年入党以及所做之事公之于众：杨度在晚年不仅为共产党提供大量准确的情报，甚至还利用自己杜月笙门客的身份，掩护过很多地下党的同志 。

在王冶秋、夏衍这批人的回忆文章出来后，很多人又都回想起了杨度当年在弥留之际，给自己写的一副挽联。

那副自挽联，是杨度人生最后一次的"朋友圈"状态更新：

帝道真如，如今都成过去事。

匡民救国，继起自有后来人。

馒头说

说"朋友圈"只是开个玩笑，但杨度的社会关系确实令人印象深刻。

杨度的寿命并不算长，但在整个民国史上，有他这样丰富经历的人，着实不多。从这个角度，说他为"民国第一奇人"，也无不可。

有人曾说，杨度一生投机。这点我倒真的不太认同。

当然，不能否认他有成就自己事业的想法，然而这很正常，每个人都会有。他大半生所坚持的"君主立宪"，主要还是基于他自己真心觉得这样的方式更适合当时的中国。后来转向共和，也是痛定思痛的结果。

至于因他晚年加入共产党，就给他套一个"投机"的帽子，逻辑上就更说不通了。

1929 年是"白色恐怖"的高潮时期，共产党人被大肆捕杀，很多人躲避"共产党"三个字都来不及，但杨度却在此时选择入党，并把母亲送到长沙乡下，妻子送到苏州，坦言自己已经做好牺牲的准备。他曾对和他接头的共产党人说过：

"别人说我一生投机，我这次是投杀头的机，投灭族的机。"所以，他也是发自内心做出了自己的选择。

从这个角度，也可以多少理解加入"筹安会"的严复——他可是最早睁眼看世界的一批中国人之一，是《天演论》的翻译者，怎么会昏头到去"拥立帝制"呢？（关于严复的故事，可以参看《历史的温度3》收录的《严复的人生，为何最终会拐个弯？》）但实事求是地说，当中国遭遇前所未有的大变局时，即便是有识之士，头脑也是蒙的。我们用现在的视角回过去看，会轻松得出结论："哎呀，怎么那么傻？这都看不明白？"那是因为我们开了"上帝视角"。

而那时候的这批中国人，就是在不停地摸索，尝试，彷徨，挣扎。有的人展现了气节，有的人露出了丑态，有的人找到了道路，有的人撞到了南墙——当然，如果撞到南墙后肯回头，也是完全值得认可的。

所以，由这批人勾勒出的中国近代史，才如此悲怆，如此曲折，如此富有张力，如此引人入胜。

这也是我当年从讨厌读近代史，到喜欢读近代史的原因。

本文参考来源：

1.《从帝制祸首到中共秘密党员：晚年杨度的华丽转身》（左玉河，《党史博览》，2013年第2期）

2.《帝师毕竟是书生》（陈曦，《中国企业家》，2014年第12期）

3.《杨度：清末民初第一奇人》（"寻匠之美"，搜狐网，2018年1月14日）

4.《帝王术的最后传人——杨度的故事》（中国历史网，2015年11月20日）

山高水长，勿忘陈嘉庚

“赤子”一词，原指“婴儿”，后引申为“纯洁善良的百姓”，故古代封建王朝有“海内赤子”之说。但后来又引申出一个新的说法，叫“海外赤子”，而这个称号，专指“海外侨胞”。他们想借此表达，自己根在华夏，是中华儿女。

1

1874年10月21日，陈嘉庚出生于福建省泉州府同安县集美社（现厦门市集美区）。

中国近代史上有几次著名的人口迁徙，其中有“走西口”“闯关东”，还有一个就是“下南洋”。中国东南沿海一带，从明至清，有不少老百姓迫于生计或有经商需求，成规模地前往包括马来群岛、菲律宾群岛、印度尼西亚群岛等地在内的“南洋”一带。在“下南洋”的人中，广东和福建沿海的老百姓占到了绝大多数。

陈嘉庚就是出生在这样一个“下南洋”的商人家庭里。

陈家从曾祖一代就开始“下南洋”，陈嘉庚的父亲陈杞佰早年也去南洋闯荡，在新加坡经营大米生意。不过陈嘉庚直到 17 岁那年，才去新加坡投奔了父亲，在此之前，他一直在国内的私塾里读书。

1893 年，19 岁的陈嘉庚从新加坡回国成亲，却发现自己的族弟成了一个纨绔子弟，终日赌钱作乐，疯疯癫癫。陈嘉庚气愤地将弟弟绑在一棵树上鞭打了一顿，然后做出了一个在当时乡里看起来惊世骇俗的举动——说服母亲和新婚妻子拿出了 2 000 银圆。在那个时候，2 000 银圆不是一笔小数目，是陈嘉庚父亲给他成家的钱，以及平时家里省下的家用。

但陈嘉庚决定把这笔钱拿出来做一件事：办一所名为“惕斋学塾”的私塾。陈嘉庚认为，人一定要接受好的教育，才能够好好为人处事。

现在回过来看，陈嘉庚一生的基调，可能在他 19 岁那年就定下了。

2

1904 年，30 岁的陈嘉庚遭遇了人生第一场大变故。

由于经营不善，陈嘉庚的父亲陈杞佰在新加坡经营的生意宣告失败，不久后抑郁而终。陈嘉庚不仅遭受丧父之痛，还面临一个巨大的危机——父亲欠下一大笔债务。

按照当时新加坡的法律，只要公司宣布破产即可，并没有“父债子偿”这一种说法。但陈嘉庚却选择把父亲的生意做下去，并且承诺：“只要我陈嘉庚在人世一日，所有欠债一定会偿还！”

其时，父亲留给陈嘉庚的，就只有一家亏损的米店了。而陈嘉庚就是从这一家米店开始，全身心地投入经营中。在短时间内把米店扭亏为盈后，他又看中了罐头生意，盘下了一家罐头厂，开始做菠萝罐头的买卖。

陈嘉庚当时被称为“橡胶大王”

陈嘉庚很有生意头脑，且肯吃苦，心思细密，事必躬亲，所以大米和菠萝罐头这两桩生意很快被他做得风生水起。在父亲逝世四年之后，陈嘉庚已经开了四家菠萝罐头厂，连同原来的大米生意，已经完全站稳了脚跟，并还清了父亲的所有债务。

对陈嘉庚而言，“还债”是他对自己“守信”的一种自我要求，而这种行为在客观上却让整个南洋商界见识了他的诚信和品德，以至大家都非常愿意和陈嘉庚做生意。

陈嘉庚也并没有满足于米店和菠萝罐头厂的生意，眼光敏锐的他很快发现东南亚的橡胶业具有巨大的市场和前景。从最初的加工橡胶开始，陈嘉庚逐步从下游做到上游，卖胶鞋，制造轮胎和其他日用品，买下橡胶制品厂，买下橡胶种植园……

1925 年，51 岁的陈嘉庚已经拥有了这样的家业：名下的橡胶种植园面积达到了 1.5 万英亩（约 60 平方千米），拥有菠萝厂、米厂、冰糖厂、橡胶厂、木材厂、饼干厂、皮革厂、肥皂厂等 30 多家工厂，有 150 多家商店，雇用员工超过 3 万人，资产超过 1 200 万元。陈嘉庚成为公认的“南洋首富”。

已到“知天命”年纪的陈嘉庚，就此平稳地走完人生下半场是一件非常容易的事：锦衣玉食，子孙绕膝，安享晚年。

但是，如果那样的话，如今记在史册上的陈嘉庚——如果还有可能被记录下来的话——最多只是一个“南洋巨富”而已。

陈嘉庚当然不是这样的陈嘉庚。

3

从 19 岁倾囊 2 000 银圆兴办私塾开始，陈嘉庚就认准了一个方向：办教育。

陈嘉庚的观点是：“民智不开，民心不齐，启迪民智，有助于革命，有助于救国，其理甚明。教育是千秋万代的事业，是提高国民文化水平的根本措施，不管什么时候都需要。”

1913 年，陈嘉庚在南洋的事业刚刚有了一点起色，他就回到了自己的故乡集美社，开始兴办集美小学。

而陈嘉庚的雄心绝不是仅仅兴办一所小学那么简单。

自 1913 年兴办第一所小学开始，陈嘉庚在此之后不断投入资金，相继创办了女子小学、师范学校、中学、幼稚园、水产航海学校、商业学校、农林学校、国学专门学校、幼稚师范学校等，统称集美学校并逐步发展，在校内建起电灯厂、医院、科学馆、图书馆、大型体育场。

1923 年，孙中山批准“承认集美为中国永久和平学村”，著名的“集美学村”之名，由此而来。

集美学校的科学馆和军乐亭（摄于 1933 年）。时至今日，像集美学校这样规模宏大、体系完整的“学校”，全国没有第二个

1921 年，陈嘉庚准备创办厦门大学。当时因为经费短缺，连蔡元培也劝陈嘉庚“暂缓”。但陈嘉庚心意已决，带头个人认捐开办费 100 万元，并承诺出资维持费用 300 万元（分 12 年付款），总共出资 400 万元，创办了厦门大学——这恰好是当时陈嘉庚的资产总和。厦门大学当时设有文、理、法、商、教育 5 个学院 17 个系，是华侨创办的唯一大学，也是全国唯一由个人独资创办的大学。

在学校的成立大会上，陈嘉庚做出保证：“不管遇上多大苦难，我都会尽全力将教育事业办好！”

这不是一句空洞的承诺。

1929 年，世界性的经济危机袭来，陈嘉庚的企业也受到很大冲击。到了 1930 年，陈嘉庚旗下的企业整体经营状况恶化。但即便如此，陈嘉庚依旧每月按时足额给集美学校和厦门大学汇去经费。

当时有身边人劝陈嘉庚先以挺过企业难关为重，减少对学校的经费支持，陈嘉庚断然拒绝：“我吃稀粥，佐以花生仁就能过日，何必为我担心！”

从 1926 年到 1934 年，陈嘉庚的实业亏损超过 1 000 万元。但在这 8 年里，他依旧想方设法给集美学校和厦门大学汇去了 378 万元经费，这都是他以厂房、地产、货物为抵押向银行贷款来的钱。

当时陈嘉庚说了一句话：“宁可变卖大厦，也要支持厦大！”

陈嘉庚以一己之力，维持厦门大学的运营长达 16 年，直到 1937 年，为了全力支持集美学校，陈嘉庚将厦门大学无偿献给了政府，厦门大学由私立变为国立。

当时的陈嘉庚

厦门大学“群贤楼”的老照片

4

在陈嘉庚心目中，比教育更重要的，是国家。身处那个年代，富甲一方的陈嘉庚，是不可能回避参与政治的。

早在1910年，陈嘉庚就加入同盟会，被推举为新加坡中华总商会协理及道南学堂总理。1911年，辛亥革命胜利，福建光复，陈嘉庚被推举为福建保安捐款委员会会长，筹款20多万元支援福建财政。

当时陈嘉庚还另外筹款5万元，专门用来接济孙中山。

1936年，南京国民政府为了庆祝蒋介石的五十大寿，请陈嘉庚发动华侨捐款购买飞机祝寿。当时政府的期待，是华侨能捐款10万元，买1架飞机。但在陈嘉庚的策动下，当时的马来西亚华侨居然筹款130多万元，买了10架飞机。

当然，陈嘉庚虽然以“祝寿”为名，但目的是想加强中国的空军力量——当时明眼人都看得出来，中日之间的全面战争已经一触即发。

果然，1937年“七七事变”爆发，日本全面侵华。身在海外的陈嘉庚，迅速开始利用自己的地位和影响力组织海外华侨募捐。仅1938年和1939年，陈嘉庚领导的“南洋华侨筹赈祖国难民总会”（简称南侨总会）的募捐额就达到了1.5亿元，加上1937年和1940年两年的捐款，总数近3亿元。

1940年国民党军政部长何应钦在国民参政会上的报告显示：1939年中国全年军费为18亿元，而同年华侨汇回祖国的款项就达到11亿元，其中捐款约占10%，而在这10%的捐款中，陈嘉庚领导的南洋华侨捐款占华侨捐款总数的70%。

陈嘉庚四处演讲，号召南洋华侨支持抗日。抗战期间，华侨共捐献飞机217架、汽车500辆、救护车上千辆、坦克27辆、大米1万包、寒衣30万件、奎宁丸5 000万粒，还赠送了军需医疗器械等。

特别值得一提的是，当时为保证运输抗日战略物资的滇缅公路畅通，陈嘉庚动员了3 000多名具有熟练驾驶技术的华侨回国效力，他们中很多人都是富家子弟，许多人最终牺牲，抗战胜利后只剩下1 000多人。

不仅如此，作为南洋华侨的领袖，陈嘉庚还因为一个提案而名垂青史。

1938年11月2日，就在汪精卫准备投敌的前夕，原来和汪精卫私交不错的陈嘉庚（他曾邀请汪精卫担任厦门大学的首任校长）了解到汪精卫的立场已经极度动摇，于是在重庆《中央日报》上公开发表了一项提案：日寇未退出我国土之前，凡公务员对任何人谈和平条件，概以汉奸国贼论。

根据邹韬奋的《抗战以来》一书记载，在当时举行的国民党参政会上，“当汪精卫议长高声朗读‘敌未出国土前，言和即汉奸’时，面色突变苍白，在倾听激烈辩论时，神色非常不安，其所受刺激深矣”。

汪精卫叛逃后，在报纸上痛斥并要求开除汪精卫党籍的也是陈嘉庚。

1942 年，日本偷袭珍珠港后美国太平洋海军瘫痪，日本趁此机会席卷整个东南亚，马来西亚和新加坡很快沦陷。早已在日军黑名单上的陈嘉庚被定为“南洋抗日巨头”，日本方面认为他为中国抗战不断“输血”，开出重金悬赏，要将其追拿归案。

已经 68 岁的陈嘉庚在来不及通知家属的情况下离开新加坡避难，辗转多处，好几次险些被日军捕获。

后来，身边人在陈嘉庚身上发现了一小包氰化钾，陈嘉庚对此的解释是：

“如果我不幸被捕，日本人肯定要强迫我做傀儡，我早就做好准备了。”

5

抗战结束，原以为天下太平的陈嘉庚，又面临了一个更重要的抉择。

从最初的感情上来说，早年就与孙中山结识的陈嘉庚，是支持国民党的。如果当初不支持蒋介石政府，陈嘉庚也不会在 1936 年号召捐赠 10 架飞机。在 1936 年的“西安事变”中，虽然陈嘉庚一直都强烈支持国共合作抗日，但他坚决反对动摇蒋介石的领袖地位，多次通电请求张学良释放蒋介石。

但是，随着抗战的深入，陈嘉庚的心态却渐渐发生了转变。

1940 年 3 月，“南洋华侨回国慰问视察团”回国慰问抗战军民，陈嘉庚也以南侨总会主席的身份回国考察和慰问。陈嘉庚是南洋华侨领袖，既有号召力又有巨额财富，还在抗战中为捐款出力最多，蒋介石自然要隆重接待这位“财神爷”，为此特批了 8 万元的接待费，准备在重庆等地为他举行一系列接待宴会。

但一直生活简朴的陈嘉庚对此却极为反感，他认为在抗战艰苦之际，前方将士正在生死战斗，沦陷区民众还在水火之中，后方完全不应该如此铺张浪费。于是他特地在回国前于重庆各报刊登一则启事：“闻政府筹备巨费招待慰问团，余实深感谢。然慰问团一切费用已充分带来，不欲消耗政府或民众招待之费。在此抗战中艰难困苦时期，尤当极力节省无谓应酬，免致多延日子，阻碍工作，希望政府及社会原谅！”

陈嘉庚回国时受到热烈的欢迎

收到信号的蒋介石遂在重庆嘉陵新村设私宴宴请陈嘉庚一行，特别关照只上了四五样菜，外加一些面包，力求朴素。但由于之前的耳闻目见，陈嘉庚已经对重庆大后方达官贵人们的花天酒地和挥金如土记在心里，他看到国民党高级官员如吴铁城、朱家骅等都大肆兴建自己的私宅，更对富丽堂皇的嘉陵宾馆为孔祥熙私人所有而大为吃惊。尤其让陈嘉庚痛心的是，他在街上看到了新加坡华侨捐赠的面粉等抗战物资被堂而皇之地放进黑市售卖。

这一切，都让陈嘉庚深感不安。

就在国民党中央组织部长朱家骅举行的一场欢迎陈嘉庚的宴会上，朱家骅当场宣布：“我们欢迎陈嘉庚先生来共同领导国民党！”

陈嘉庚沉默不语，并不接话，场面一度十分尴尬。

一旁的戴季陶赶忙圆场：“陈先生热忱为国家社会服务，入不入党是一样的。”

也就是在这段时期，陈嘉庚收到了另一份正式邀请函——毛泽东邀请他去延安访问。

陈嘉庚原来对共产党有很深的偏见。他曾经严令厦门大学的学生不许参加共产党组织的运动，更认为共产党根本没资格和国民党政府谈判，应该无条件被收编。但是，他在看过斯诺的《西行漫记》后，对共产党的印象发生了改变，更想自己去实地考察一下。

对于陈嘉庚要去延安考察，蒋介石当然是持否定态度的。但陈嘉庚以“我是代表华侨回国来考察各个重要地方的，要如实回去向他们汇报”为由，坚持要去。蒋介石也怕得罪这个“财神”，最终勉强应允，但临行前特地关照：“要去也可以，但切不可受共产党的欺骗。”

经过一路辗转之后，陈嘉庚终于到了延安，见到了毛泽东和朱德等中国共产党的领导人（周恩来当时不在延安）。

与重庆的排场形成鲜明对比，共产党给陈嘉庚安排的“接风宴”设在窑洞门口的露天院子里，一桌土菜加起来不超过 1 元钱的花费，鸡蛋还是邻居大嫂执意送来的。

但这些细节却打动了陈嘉庚。他发现在延安并没有所谓的“共产共妻”，而且共产党内部上下很平等，毛泽东在窑洞里摆几张长凳，谁想进来谈，随时可以进来。

在接下来的 8 天时间里，陈嘉庚在毛泽东和朱德等人的陪同下，参观了延安各地，他后来在自己的《南侨回忆录》中这样写道：“余久居南洋，对国内政治，屡有风闻而未知事实究竟如何。时中共势力尚微，且受片面宣传，更难辨黑白……直至回国慰劳……并至延安视察……见其勤劳诚朴、忠勇奉公，务以

陈嘉庚在延安也受到了热烈欢迎

利民福国为前提，并实行民主化，与民众辛苦协作，同仇敌忾，奠胜利维新之基础。余观感之余，衷心无限兴奋，梦寐神驰，为我大中华庆祝也。”

等离开延安到了昆明，陈嘉庚给蒋介石传了话：“……至若欲消灭共产党，此系两党内战，南洋千万华侨必不同情……若不幸内战发生，华侨必大失所望，爱国热情必大降减，外汇金钱亦必减缩。”

蒋介石知道，自己已经失去了这个“财神爷”。

果然，在继续游历了西安、福建等地进一步看到国民党当时内部的腐败之后，回到新加坡的陈嘉庚，在向南洋华侨汇报这次回国考察的心得时，毫不犹豫地给出了自己的判断：“国民党蒋政府必败，延安共产党必胜。”

当时还只是 1940 年。

蒋介石后来得知陈嘉庚回南洋后四处说共产党好话，感到非常生气，派人竭力阻止陈嘉庚连任南侨总会的主席。结果在连任选举中，一共 152 个代表参加投票，陈嘉庚获得了 151 票。

没投的那一票是陈嘉庚自己的，他不好意思投。

6

1949 年的开国大典，陈嘉庚作为嘉宾，出现在了天安门城楼上。

就在一个多星期前，陈嘉庚还被一件事感动：叶飞率领的第三野战军第 10 兵团解放厦门，在攻打集美的战役中，冒着多牺牲解放军战士的风险而没有使用重炮，就是为了尽可能保全集美学村。

由于周恩来等人极力相劝，陈嘉庚决定参加新组建的政协，并就任华侨界首席代表。

陈嘉庚的性格决定了他一旦承诺了一件事，就不会只挂一个空名。之后没多久，陈嘉庚将新加坡的遗留事务一一交代后，举家迁回中国

1949 年，陈嘉庚在新政协筹备会上讲话

定居。

当时周恩来在北京给陈嘉庚安排了三套宽敞舒适的四合院，便于他在北京参政议政。但陈嘉庚谢绝了周恩来的好意，执意返回福建居住——因为他心里还记挂着集美学校和厦门大学的恢复和扩建。

为了完成心愿，陈嘉庚除了自己出钱外，还出面找到了自己的女婿，同为新加坡实业家的李光前，开口就要了 600 万港元的赞助费——这在当时是一个天价。李光前一口应允，如数支付。

截至 1954 年，厦门大学共建大楼 31 栋，总面积超过 6 万平方米，相当于 1949 年前校舍的两倍，花的费用恰好为 600 万港元。集美学校新修校舍总建筑面积为 16 万平方米，相当于 1949 年前的 3 倍半，总投资为 1 097 万元（陈嘉庚本来委托族亲陈六使出这笔费用，但陈的橡胶园遭遇大火损失惨重，最后国家拨款 800 多万元，这对当时一穷二白的中国政府而言也是一笔巨大的费用）。

陈嘉庚与女婿李光前。李光前生前为华人十大富商之一，一生热衷公益，为中国和新马地区的社会发展做出巨大贡献，是陈嘉庚之后东南亚地区公认的华侨领袖之一

然而，随便一出手就是百万元级别的陈嘉庚，自己的生活却过得极为清贫。

陈嘉庚的一件破棉背心从抗战时期穿到新中国成立后，一双皮鞋补过三次。每次出差或长途旅行，他自己都会随身携带针线，以便缝补袜子或纽扣。

陈嘉庚滴酒不沾，给自己定的每日伙食费不超过 5 角钱，一个月不超过 15 元。有一次接待时任上海市市长陈毅，下属在茶几瓷盘上放了一斤糖，结果陈嘉庚事后批评下属："首长最多只吃一两颗，下次买 2 角钱的足够了！"有一次去南安梅山国光中学处理校务，陈嘉庚在半路上坐在路边，吃完自带的咸稀饭配油条再到学校，坚决不要学校招待吃饭。

陈嘉庚在视察厦门大学建设

陈嘉庚在新加坡的住所"怡利轩"很简陋，回国后住在集美学校校董会一栋简朴的两层小楼，办公和起居都在那里。

陈嘉庚在暮年岁月，一般除了天气恶劣的情况外，不乘汽车，靠一根手杖步行。

陈嘉庚的雨伞破了都是补了再用，瓷杯的手柄断了倒过来当蜡烛台用，在厦门办公室的一对沙发还不是配套的，因为一个是新修的。

陈嘉庚对此的态度是：

"事业上该花的钱千万元都要花，生活上该省的钱一分一文也要省。"

7

1961 年 3 月，陈嘉庚因眼疾和脑溢血等多种症状，病情加重。在弥留之际，陈嘉庚提出了自己的三个遗愿：

第一，死后希望安葬在厦门集美；

第二，希望能尽早统一台湾；

第三，集美学校一定要办下去。

1961 年 8 月 12 日，陈嘉庚安详离世，享年 87 岁。

在陈嘉庚的追悼会上，主祭人是中华人民共和国总理周恩来，扶灵人为周恩来和全国人大常委会委员长朱德。追悼会结束后，陈嘉庚的灵柩由专列运往厦门，安葬在厦门集美鳌园。

陈嘉庚追悼会

陈嘉庚自己当时在国内银行的存款大概还有 300 余万元，留遗嘱全部捐献，250 多万元用作集美学校建筑费和集美学村的福利基金，50 万元捐为北京华侨博物馆建筑费。

陈嘉庚一生共捐建 100 多所学校，合计捐款折合现价，超过 1 亿美元。

而即便在陈嘉庚去世后，他的捐赠也还在延续。从 1991 年到

2005 年，香港集友银行付给集美学校的红利与股息已超过 11.4 亿港元——这家银行是 1947 年陈嘉庚命次子陈厥祥筹办的，规定银行每年股息和 20% 的盈利用于厦门集美的办学。

1990 年 3 月 11 日，国际小行星中心和小行星命名委员会将中国科学院紫金山天文台 1964 年发现的第 2963 号小行星命名为“陈嘉庚星”。

2019 年 6 月 10 日，为纪念新加坡开埠 200 周年，新加坡金融管理局首次推出 20 新元纪念钞，8 名已故杰出人士的头像被印上了纪念钞，陈嘉庚赫然在列。

陈嘉庚曾说：“金钱如化肥，散播出去才有意义。”

馒头说

2019 年国庆期间去新西兰旅游，负责全程接待我们的，是一位姓金的导游。

金先生是 2002 年从国内出来的，来新西兰已经 17 年了，一直从事旅游业。现在他全家包括父母已经定居在了奥克兰，他自己拥有一家有 30 多辆车的旅游公司，并且已经成为新西兰华人导游协会的主席。

在每天开车的途中，我们都会聊天，聊的都是国内的各种发展和变化。他说他送走我们后，第一时间就要赶去看在奥克兰上映的电影《我和我的祖国》。

“我爸已经自己先去看了，老人家怕万一档期短，看不到了。”

我并没有问金先生拿的是新西兰的“绿卡”还是加入了新西兰国籍，因为我觉得这个问题意义不大。站在我面前的，就是一个关心中国，发自内心希望中国越来越好的华夏子孙。

其实从严格意义上说，华侨和华人是有区别的。华侨指的是定居在海外，但依旧拥有中国国籍的中国人，而华人是指已经加入居住国国籍的中国人。但是，这只是法理上的区分。每年的春节联欢晚会上，主持人一句“海外侨胞”，已经把这两类人群都囊括了进去。而且，后面还要加一句总结：中华儿女。

事实也正是如此。

我采访过三届奥运会。在奥运场馆里，每每看到五星红旗升起、听到国歌响起就泪流满面的华人，很多都早已在国外居住多年。他们激动地唱着国歌，挥舞着五星红旗，热泪盈眶。在那一刻，去询问他们究竟是华侨还是华人，毫无意义。在那一刻，他们的心就是和祖国相通的。

要求每一个海外华侨或华人都能做到陈嘉庚那样，是绝对不现实的。但是，海外侨胞们心里有一份情，念一个根，却是非常普遍的情况。

我曾经在写容闳的文章末尾（参看《历史的温度 4》收录的《中国海归第一人：见证近代史的“活化石”》一文），写下这样一段话，我觉得放到这里一样适用：

“在自费的前提下，出去，是一种选择，回来，也是一种选择。但无论最终如何选择，身在何方，只要心里有一份挂念，一份回忆，一份坚守，乃至愿意呐一声喊，尽一些心，出一份力，我觉得就是可贵的。”

天下虽大，同为中华儿女，不忘华夏之根，足矣。

本文主要参考来源：

1.《一诺千金——华侨领袖陈嘉庚轶事》（沙平，《炎黄纵横》，2012 年第 6 期）

2.《传统文化视野下陈嘉庚的思想境界论》［杨中启，《集美大学学报》（哲学社会科学版），2019 年第 2 期］

3.《周恩来与陈嘉庚的忘年交》(曹晋杰，《文史春秋》，2019年第3期)
4.《著名华侨领袖陈嘉庚与蒋介石决裂内情》(樊斌，《文史春秋》，2010年第9期)
5.《陈嘉庚与蒋介石、毛泽东》(杨颖奇，《炎黄春秋》，1994年第12期)
6.《陈嘉庚："敌未出国土前言和即汉奸"》(王文、徐焰，东南网，2015年4月20日)
7.《陈嘉庚的慈善事业》(《合肥晚报》，2018年2月12日)
8.《陈嘉庚大事记》(中国科学院官方网站)
9.《陈嘉庚生平》(福建省人民政府侨务办公室，福建侨网)

“国士”邓稼先

我们常有一句感叹：“那时候的这批中国科学家……”说的是他们的艰辛、他们的不易，而如果要在其中找一个代表，我们总能想到他的名字。

1

1924年6月25日，安徽省怀宁县的“铁砚山房”诞生了一个男婴。

邓以蛰与当时的宗白华并称“南宗北邓”

铁砚山房是怀宁县邓家的祖宅，占地接近2 000平方米。之所以有这么大一份基业，是因为怀宁邓家在清朝乾隆年间出了一位大书法家和大篆刻家——被称为“四体书皆国朝第一”的邓石如。

邓家传到第五代，有子邓以蛰，早年东渡日本求学，后又去美国哥伦比亚大学专攻哲学和美学，归国后在北大、清华、厦大等多所高校任教，是中国现代美学奠基人之一。

邓以蛰与妻子王淑蠲先生了两个女儿，一个取名叫邓仲先，一个取名叫邓茂先，然后就在 1924 年的 6 月 25 日，迎来了他们的第三个孩子。

邓以蛰给自己的第一个儿子，取名为邓稼先。

2

邓稼先出生 8 个月后，全家就来到了北京。

出身书香门第，邓稼先从小就接受了良好的教育。3 岁时，邓稼先就已经认识很多字，并能背诵不少古文名篇。5 岁时，邓稼先入读北平武定侯小学，随后又考入了崇德中学。

在小学的时候，邓稼先被父亲要求在学习之余，还要自学"四书五经"，所以打下了扎实的国学基础。而到了中学，邓稼先又被家人鼓励一定要学好英语和数理化，因为必须要了解和掌握西方先进的科学知识。

那时候的邓稼先，不仅自己热爱学习，还由于家族和父亲的关系，经常见到到家里来串门的学问大家。

比如常到邓家来拜访的人中有一位姓许的教授，年少的邓稼先只知道他在"五四运动"中是一个学生领袖，后来还知道他曾是国外一个很有名的女科学

许德珩，著名爱国人士、政治活动家、教育家、学者，九三学社创始人和杰出领导者，曾是居里夫人的学生。新中国成立后历任水产部长、全国政协副主席、全国人大常委会副委员长

家的学生，邓稼先花了些心思才会写他的名字——许德珩。

又比如父亲的好朋友杨武之教授，邓稼先只知道他是一位很有名的数学家。因为邓稼先和杨教授的儿子年龄相仿，两人很快成了好朋友。杨家的儿子也在崇德中学读书，比邓稼先高两级，名字叫杨振宁。

如果不出什么意外的话，邓稼先的人生轨迹就会一直这样平稳地走下去，有很大的概率子承父业，成为一名高校教授。

但是，在邓稼先13岁那年，一件足以影响他一生价值观和奋斗目标的事情发生了：1937年7月7日，“七七事变”爆发。

全面侵华的日军，很快就攻入了北平。

3

还是初中生的邓稼先，第一次体会到了什么叫“国难家仇”。

当时的北大和清华都撤往了后方，但邓稼先的父亲邓以蛰因为恰好身患肺病，咳血不止，所以全家都留在了北平。

邓稼先每次在街上看到耀武扬威的日本兵，心里都不是滋味。

有一次，父亲的一位老友到家中拜访，邓稼先看到一向儒雅的父亲怒发冲冠，叫那位老友滚出去。那是邓稼先第一次看到父亲发那么大的火，之后他才知道，原来那位老友代表的是伪政府，来请父亲出山为伪政府教书。

但不久后，父亲邓以蛰却要为儿子担心了。

已经读高一的邓稼先，有一次在操场上当众将一面日本国旗扯碎，踩在了脚底下。

中学当时的校长悄悄找到了邓以蛰，出于好心劝他：“以你儿子这个脾气，早晚会有汉奸告到日本人那里，肯定要出事。不如让他早点出去避一下。”邓以蛰闻言后觉得有理，决定让邓稼先先随姐姐到大后方昆明去读书。

1940年5月，还没读完高二的邓稼先随姐姐经上海、香港和越南，抵达了昆明。临行前，父亲的一句话让邓稼先印象深刻："你以后一定要学科学，不要像我这样，不要学文！学科学对祖国有用！"

带着父亲的嘱托，邓稼先来到昆明后，先是完成了高中学业，然后考进了国立西南联合大学物理系，师从王竹溪（中国热力学与统计物理研究开拓者）、郑华炽（著名光谱学家）等著名物理学家。

抗战期间的国立西南联合大学由国立北京大学、国立清华大学和私立南开大学联合组成

当邓稼先拿到毕业证书的时候，抗日战争已经取得了胜利。他先去一所中学做了数学老师，由于教学口碑非常好，经人推荐，被聘为北京大学物理系的助教。

此时的邓稼先才22岁，年纪轻轻就已经当上了北大的助教，可谓前程似锦。但他却做出了自己的选择：去美国留学——因为更先进的科学在那里，要去那里学。

曾有身边人劝他："天就要亮了，你先别走。"

邓稼先的回答是："将来国家建设需要人才，我学成后一定回来！"

1947 年，邓稼先顺利通过了赴美研究生考试，并在第二年选择进入美国印第安纳州的普渡大学留学——这所大学是先他一步赴美留学的好友杨振宁帮他选的，因为这里学费相对便宜，但学术能力很强。

在美国，邓稼先省吃俭用，把所有的精力都扑在了学业上，只用了 23 个月，就以本科学历通过了博士学位的论文答辩。此时的邓稼先才 26 岁，所以被称为"娃娃博士"。

也正是在这个时候，大洋彼岸传来了中华人民共和国成立的消息。和当时诸多在美国留学的学子一样，邓稼先立刻就开始准备回国事宜。

平心而论，刚刚拿到博士学位不久的邓稼先，选择回国并不会遭受钱学森那样的巨大阻力，但导师和同学对他的挽留肯定还是有的。而以邓稼先的学历和聪慧，在美国过上衣食无忧的生活，也绝非难事。

邓稼先 1950 年获得博士学位时的照片

但是邓稼先还是决定放弃一切，在 1950 年 8 月 28 日搭乘"威尔逊总统号"轮船回国——就像当初他承诺的那样。

回国后，曾有朋友开玩笑问邓稼先带回来了什么礼物。邓稼先笑着回答："带了几双尼龙袜子给我爸爸，因为这个东西国内还生产不出来。"然后他又接了下半句："还有，就是我一脑子的核物理知识。"

1949 年，杨振宁兄弟（左、右）和邓稼先合影于芝加哥大学

4

回国之后，邓稼先不仅收获了事业，也收获了爱情。

1952 年，28 岁的邓稼先晋升为中科院的副研究员。一年之后，他和自己恋爱多年的女友许鹿希结婚——许鹿希，就是当年那位“许教授”许德珩的长女。邓许两家本就是世交，邓稼先和许鹿希也是青梅竹马、门当户对，最关键的是受教育程度相仿、脾气相投，所以这是一段近乎完美的姻缘。

那可能是邓稼先一生中最开心的一段日子。下班后，邓稼先经常和许鹿希一起去戏院听京戏，或一起去看芭蕾舞演出。每到周末，小夫妻俩会去颐和园观湖，去万寿山徒步。邓稼先是个非常有生活情趣的人，也有各种各样的“小花样”逗许鹿希开心：会在菊园闭园后央求看门人放他们进去参观一下，也会带着许鹿希在戏院外等便宜的退票进去看戏。邓稼先还抖得一手好空竹，经常在公园露一手，引来一群孩子围观，许鹿希就在一旁安静微笑地看着。

邓稼先与许鹿希

有一次，邓稼先和许鹿希手牵手在散步赏月，邓稼先忽然对许鹿希说了一句："如果我们俩能永远这样，该多好？"许鹿希后来回忆，当时有一种非常甜蜜的幸福感涌上心头。但是她不知道的是，就如同拍电影一样，一般主角说出这种台词后，剧情就会发生转折。

1958年，转折就这样发生了。

当时主管原子能工业的第三机械工业部副部长钱三强找到了34岁的邓稼先，和他说了一句话："国家准备要搞一个大炮仗。"

那天晚上，邓稼先回到家里，许鹿希觉得他和往常有点不太一样。

邓稼先对许鹿希说："我的工作要有调动。"

许鹿希问："调到哪去？"

邓稼先回答："这不能说。"

许鹿希又问："那做什么工作？"

邓稼先、许鹿希和自己的两个孩子

邓稼先回答："这也不能说。"

许鹿希说："那你给我一个信箱号码，我和你通信。"

邓稼先回答："这也不行。"

许鹿希的泪水一下子就涌了上来："你是

要去做什么呀？做什么事情要下那么大的决心？”

邓稼先回答：“家里的事我都管不了了，从此就托付给你了！”

那天晚上，夫妻两人躺在床上，彻夜无眠。

许鹿希隐隐约约觉得，丈夫被委派了一个非常重要的任务。但她当时又怎会想到，那个任务有多重要，又有多隐秘。

5

邓稼先的新职位，是新筹建的北京第九研究所理论部主任。

成立这个研究所的最核心任务，在内部大家都心知肚明——尽快造出中国第一颗原子弹。而新中国面对原子弹研究一片茫然，先建立起原子弹研究的理论体系，是重中之重。

最初，中国依靠的是苏联。但是，苏联专家在核武器方面提供的帮助其实非常有限。邓稼先只能从高校选拔组织一批大学生成立理论研究小组，自己学习外国相关书籍，边学边译边讨论。当他们整理出一堆问题去提问的时候，却发现苏联专家漫不经心，给出的不少数值都是随口一说，一经验证是错的。

1959 年 6 月，中苏之间的矛盾终于被摆到了台面上：苏联单方面对《中苏国防新技术协定》毁约，撤走了 233 名核工业系统的苏联专家。

但是，面对一片未知的未来，中国却定下了自己的原子弹研制时间表：8 年之内，一定要试爆成功第一颗原子弹。

大家甚至拟定了将来第一颗原子弹的代号：“596”——那是苏联撤走专家的时间。

而这自信的背后，源于邓稼先牵头的原子弹理论研究的突破：他经过苦苦思索和无数次实验计算，终于决定选定中子物理、流体力学和高温高压下的物理性质作为中国研制第一颗原子弹的主攻方向。

事后证明，这三个主攻方向完全正确，有人甚至称邓稼先是率先“扼住了原子弹的咽喉”。

“咽喉”不是那么轻易就能扼住的，是邓稼先和各路团队（包括被邓稼先尊称为“三大菩萨”的郭永怀、王淦昌和彭桓武三位顶尖物理学家）付出了巨大的精力和投入换来的。在一没经验、二没图纸的情况下，他们依靠当时的电动手摇计算器和一台苏制计算机，再辅以计算尺、算盘以及纸和笔，夜以继日地进行一轮又一轮的演算。算累了，倒地就睡；睡醒了，吃点干粮喝口水再继续干。草稿纸和计算机打孔纸填满了好几个仓库。

当时恰逢三年困难时期，虽然国家科研人员的基本供给还能维持，但因为高强度的工作让人饥肠辘辘，一些科研人员甚至已经饿得身体浮肿了。邓稼先就拿来自己家的粮票换成食品分给大家，粮票没了，他就把自己省下来的瓜子放到办公桌上请大家吃。那时候，在邓稼先的办公室会出现一幕奇特的景象：谈工作的人，每人倒一杯白开水，滴两滴酱油，然后嗑几颗瓜子，就着“酱油汤”聊工作。

就是在这样的环境下，邓稼先的团队通过“九次运算”，彻底推翻了苏联专家提出的数值，为中国原子弹理论设计奠定了坚实的基础。著名数学家华罗庚曾称，完成这个复杂而艰难的运算是“数学上的奇迹”。

根据许鹿希的回忆，当时邓稼先的回家时间开始变得非常不固定，要么很晚回来，要么早回来，但是凌晨3点忽然就出门了，也不说去哪儿（其实是进中南海汇报）。即便在家，很多时候他也是将被子叠得老高，靠在被子上，双眼望向前方，不知在思考什么问题，问他话也魂不守舍。

许鹿希信任自己的丈夫，知道他在参与一项重要的机密工作。但是，她没有想到的是，很快丈夫就连这样所谓的“回家”，也做不到了。

6

1962 年 9 月，随着中国第一颗原子弹理论设计方案形成，一切终于将转向实战。

1963 年，邓稼先和一大批中国科学家一起，义无反顾地奔向了青海金银滩——这个地方随即从中国的地图上神秘消失了。不过对于邓稼先他们来说，这种"隐姓埋名"算不了什么，比如"邓稼先"这个名字，已经从中国的所有理论刊物和公开报道中消失好几年了。

在无法通信的那些岁月里，妻子许鹿希并不知道邓稼先的生活环境有多艰苦。

在海拔 3 000 多米的戈壁滩上，馒头一捏就是死疙瘩，米饭像沙子一样根本煮不熟，荒无人烟，连一棵树都种不活。而就在这样的环境中，邓稼先和千千万万名同事一起，夜以继日，忘我地工作着。他们把"发奋图强"改了一个字，叫"发愤图强"。

就这样，时间来到了 1964 年 10 月，离计划设定的试爆时间越来越近。

在戈壁滩的基地上，每一名工作人员的神经都绷到了最紧，作为方案的主要设计人，邓稼先的压力更是大到了极点。每一次实验，他都要面临无数人的提问和征询："怎么样？""有把握吗？""还存在什么风险？"

而令邓稼先最紧张的事，是每次都要向周恩来总理当面汇报实验结果。越到临近正式实验，邓稼先的压力就越大，在向周恩来汇报的时候，双手都会忍不住发抖。

所有的努力，在 1964 年 10 月 16 日收到了回报。

这一天的下午 3 点，戈壁滩上升起了一朵蘑菇云——中国成功试爆了自己的第一颗原子弹。

从无到有，中国人只花了 5 年的时间。

在戈壁滩上奋斗的中国科研人员

就在举国一片欢腾的时候，邓稼先却悄悄坐专机赶到了医院——他的母亲已经被下了病危通知书。邓稼先跪在病床前，拉着母亲的手痛哭失声。他无法告诉母亲，这几年自己都去干了什么——因为不能给家里的亲戚一一回信，邓稼先甚至已经被有些亲戚骂“眼睛长到天

人民日报 号外

加强国防建设的重大成就，对保卫世界和平的重大贡献

我国第一颗原子弹爆炸成功

我国政府发表声明，郑重建议召开世界各国首脑会议，讨论全面禁止和彻底销毁核武器问题。

我国第一颗原子弹爆炸成功及当时《人民日报》的报道

上去了"。

已经无法说话的母亲，轻轻捏了一下邓稼先的手。

同样无法知道丈夫究竟去干什么的，还有妻子许鹿希。直到原子弹爆炸后的某一天，时任中科院副院长严济慈来到许鹿希的父亲许德珩家中做客（两人是在法国勤工俭学时的好友），许德珩拿着一份报道"原子弹爆炸成功"的号外对严济慈说："谁有本事把中国的原子弹搞出来啊？"严济慈回答："你去问问你的女婿！"

在两人的哈哈大笑声中，许鹿希才隐隐证明了自己的猜测：丈夫应该是去搞原子弹了。

7

但邓稼先还远没有到休息的时候。

在原子弹试爆成功后，邓稼先又马不停蹄地加入了氢弹的理论研究设计工作。

当时，全中国只有两台每秒运算可以达到 5 万次的计算机，一台在中科院，一台在上海华东计算机研究所。邓稼先留守北京，派于敏坐镇上海。随后于敏在上海取得重大突破，发现了热核材料自持燃烧的关键，一举解决了氢弹原理的重要问题。

随后，邓稼先也赶赴上海，和于敏以及团队一起通宵达旦地推演和计算，最终奠定了氢弹的理论研究基础。

1967 年 6 月 17 日，中国第一颗氢弹试爆成功。

从原子弹到氢弹，美国用了 7 年零 4 个月，苏联用了 4 年，英国用了 4 年零 7 个月，法国用了 8 年零 6 个月，中国仅仅用了 2 年零 8 个月。

而中国这第一颗氢弹试爆成功的背后，还有最不容易的地方："文化大革命"已经开始了。

邓稼先和于敏（右）在一起。于敏在中国氢弹原理研究中解决了一系列基础问题，提出了从原理到构形基本完整的设想，为中国氢弹研制成功起了关键作用，所以他也被称为“中国氢弹之父”

在“文革”开始后，周恩来第一时间请示毛泽东，随后中央做出决定：国家研制核武器的基地和人员不能受到冲击。

但是，当时间到了1971年的时候，情况已经变得失控。邓稼先所在的第二机械工业部第九研究设计院（简称九院）开始出现了“大字报”，出现了“造反派”，出现了批斗院领导和科学家的情况。邓稼先的妻子许鹿希作为北京医学院教授也被批斗，他的二姐因为被无休止批斗，含恨自杀。

而邓稼先也自身难保，他和于敏、胡思得等人被押到了青海基地接受批斗。有的“造反派”怀疑科学家是外国间谍，要求他们把中国核试验的关键数据都“如实交出来”。在这样的关键时刻，邓稼先和一批科学家顽强反抗，一字不吐。

据身边工作人员回忆，邓稼先在“文革”刚开始的时候，为了保证科研工作正常进行，也用了很多“小手段”。比如当时院里分成两派互斗，邓稼先就先把一派叫到办公室说“有机密传达”，另一派立刻闻讯赶来。邓稼先就当着大家面说：“法国马上就要研制出氢弹了！我们很可能要落在他们后面了！”于是两派人马都挥舞手臂高喊口号：“坚决超过法国！”然后就携手回到工作岗位上去了。

就在邓稼先也深陷“被批斗”泥潭的时候，一件意外的事情发生了。

1971 年，当时已经获得诺贝尔奖的华裔科学家杨振宁受中国政府邀请，在离开中国赴美留学后，第一次回国探亲。杨振宁下飞机后，中方接待人员问他想见什么人。杨振宁开了一份名单，第一个名字就是邓稼先。杨振宁不知道，自己这份怀念友情之举，无意中救了邓稼先。

周恩来接到杨振宁的要求后，立刻拍板，以“中央办公厅”的名义速招邓稼先来北京，就此将邓稼先从“造反派”的批斗中救了出来。邓稼先作为“主要批斗对象”一离开，于敏、胡思得等一批科学家也就“得救”了。

杨振宁与邓稼先见面后，两人都无比激动，几乎无话不说——之所以用“几乎”，是因为杨振宁知道，有一个领域的话，是不能多问的。

1971 年在北京友谊宾馆前的合影。左起邓稼先、王承书（核物理学家）、杨振宁、张文裕（高能物理学家）

在杨振宁回国前，邓稼先送他上飞机，都走上舷梯了，杨振宁实在忍不住，转身轻声问邓稼先：“稼先，我还是实在忍不住想问，你可以不回答。我在美国听说，中国的第一颗原子弹，有美国科学家的帮忙，是不是真的？”

邓稼先一愣，想了一下，回答：“你先上飞机，我以后告诉你。”

随后，邓稼先立刻将这个情况汇报给了周恩来，周恩来的回复是：“可以说，如实说。”

于是，邓稼先连夜写了一封信给杨振宁。由于杨振宁是从北京转上海再回美国，那封信在杨振宁离开上海回美国之前，就由民航专门送到了。

当时杨振宁正在参加一个饯别宴会，他拆开了专门送到的这封信，看到邓稼先在里面写着：“中国的原子弹和氢弹全部都是由中国人自己研制成的，没有一个外国人参加。”

杨振宁当场泪流满面。

8

1979 年，邓稼先出了一件事。

当时中国做了一次氢弹的空投试验，但是降落伞发生了故障，氢弹直接摔在了地上，没有爆炸。基地立刻派出了 100 多名防化兵去寻找，最终终于找到了残骸——弹体都已经碎裂了。邓稼先坐不住了，自己穿上防护服立刻赶往爆炸核心区——他当时已经是九院院长，是领导，完全可以不用去。但是邓稼先不听旁人劝阻，一定要去。不仅去了，他还直接进入了弹坑，把那颗已经破裂的氢弹捧在了手里，仔细研究了原因，最终确认是降落伞包的设计有问题，氢弹的设计并没有出错。

虽然邓稼先当时穿着防护服，但是学医的许鹿希知道这件事后，立刻让邓稼先去做了一次全身检查。检查结果显示：邓稼先的小便中带有放射性物质，肝脏破损，骨髓里也侵入了放射性物质。

许鹿希后来在当时的二机部副部长赵敬璞家里发现了一张照片，这张照片邓稼先一直没带回过家里——照片里，邓稼先和赵敬璞穿着防护服，一起合影。而那张照片，就是邓稼先检查破裂的氢弹那次拍的。

许鹿希知道，邓稼先从来不拍工作照，但那次他忽然破例主动要求拍一张照，很可能是知道这次经历将会对他之后的健康带来一定的影响。

尽管没有确切的证据证明邓稼先健康受损与此事有关联，但邓稼先的身体状况确实从此之后每况愈下。

但是，邓稼先始终坚持在第一线，就连那次被辐射后的疗休养都不愿去，认为那是“浪费时间”。很多场实验，他不拿到最后结果坚决不走。当时邓稼先预感到，已经掌握实验室模拟核爆炸能力的美国和苏联，很快就会宣布全面停止核试验，以此限制中国核试验——中国尚没有这样的实验室能力。所以他一直在强调：“时间不多了！要抓紧！要抓紧啊！”

1984 年，中国第二代核武器终于实验成功。

邓稼先在兴奋之余，却也感觉到自己的身体撑不住了。

那一年有一次开会，当着全体参会者的面，邓稼先说了一句：“我现在是强弩之末了。”

全场听了以后一片笑声。

笑声中，邓稼先纠正了自己的说法：“不好意思，我不应该自称‘强弩’的……”

邓稼先（左）与赵敬璞的合影

9

1985 年，还想坚持工作的邓稼先被“勒令”进医院。那是他最后一次进医院，因为，他再也没有出来过。

检查的结果，是直肠癌。其实，当时直肠癌已并非绝症，但由于邓稼先长期从事核武器研制工作，所以一做化疗，他的白细胞和血小板马上就跌到零，然后就引发全身大出血，非常痛苦，挽救也近乎不可能。

在住院后的近一年时间里，邓稼先先后做了三次大手术，都非常痛苦。给他止痛用的杜冷丁，从一开始的一天一支，到后来要一小时一支。

但就在这样的情况下，1985 年的国庆节，邓稼先还是提出想去看一看天安门。在得到批准之后，邓稼先如愿成行。看着天安门，他对自己年轻的警卫员说：“到了 2049 年，我们国家建国 100 年了，肯定非常强盛了，到时候你可要多来看看我。”

1986 年 4 月，邓稼先的病情已经非常严重，但他还是强忍病痛，和于敏一起合作完成了对中国核武器工程将来规划的建议书。

1986 年 6 月，杨振宁探望病重的邓稼先，邓稼先和他合影留念，面容保持微笑——但嘴角边还有一丝血迹没有擦干

在建议书上交之后，“邓稼先”这个隐姓埋名 28 年的名字，也终于开始解密。世人通过媒体的报道，终于知道中国核武器发展的背后，有这样一个人。

1986 年 6 月，时任中央军委主席邓小平签署文件，任命邓稼先为国防科工委科技委副主任。同月，邓稼先又被评为“全国劳动模范”——他是在病床上得到这份奖状的。

一个多月后的7月29日，邓稼先的生命走到了尽头。

他在临终前留下了三句话。

第一句是对妻子说的：“苦了你了。”

第二句是对自己说的：“永不后悔，死而无憾。”

第三句是对后人的嘱托：“不要让人家把我们落得太远……”

邓稼先去世时，只有62岁。

10

1996年7月29日，中国进行了第45次也是最后一次核试验。

随后，中国郑重向全世界宣布：自此之后，中国开始暂停核试验。

这一天，正是邓稼先逝世十周年忌日。

馒头说

其实，邓稼先有着很多人未必知道的一面。

我在文中提了一句“他是一个很有生活情趣的人”，这不是随口一说，事实真的如此。

邓稼先喜欢艺术，从芭蕾到京剧，他都很爱看。以他的职位，完全可以通过关系弄到一些门票，但他从不这样做，也不提前买，而是专门去剧院门口等退票。他等退票还特别有经验，有时候带几名学生一起去看，还能帮他们都等到退票。看完演出他也从来不要专车送，都是自己坐公交车或步行回家。

邓稼先讲究吃。他在自己收入范围内，总是力所能及地吃到最好，而且喜欢请客，一直请同事和学生吃好吃的。在北京的时候，他每周末要到岳父许德珩家吃晚饭。在去的路上，他总会找一家好馆子先吃个半饱，既满足自己的口腹之欲，去岳父家也显得礼貌。而且堂堂核物理科学家，每次挤在饭店大堂里，瞅人家快吃完的一桌，乖乖等在旁边，有时一等就是一个小时。

邓稼先好喝酒。只要不影响工作，每餐必饮酒。但每次以二两为限，从不贪杯。

邓稼先也好抽烟。在他的办公桌上，一直有拆开请大家抽的烟。很多人找他谈事情，进办公室头一句话就是："老邓，来一根。"研制氢弹期间，邓稼先第一次去上海华东计算机研究所，上海的同事们都知道邓稼先有好烟，"规定"他必须每人发一根中华香烟，才告诉他计算结果。邓稼先哈哈大笑，给每人点上一根，还带他们去吃好吃的。

我曾经说过，不少人心目中喜欢的"科学家"形象可能是这样的：绝顶聪明但穷困潦倒，离群索居且满身怪癖，愤世嫉俗但热爱人类……

以这样一个标准来看，如此一个鲜活的邓稼先，似乎还不足以"惊天地，泣鬼神"。但事实上，恰恰是这样一个知道生活情趣的邓稼先，愿意义无反顾放弃自己拥有的一切而投身到一项事业中去，才真正让人震撼。

那整整一代的中国科研工作者，都是这样让人震撼的。

张爱萍曾给邓稼先写过一首挽诗，其中有两句：

"君视名利如粪土，许身国威壮河山。哀君早辞世，功勋泽人间。"

国士，当如是！

本文主要参考来源：

1.《"共藏多少意，不说两相知！"——许鹿希怀念邓稼先》（叶娟，《中国核工业》，2014 年第 12 期）
2.《邓稼先院士：许身国威壮河山》（童璟，《今日科苑》，2017 年第 1 期）

3.《共和国脊梁之邓稼先：隐姓埋名三十年的两弹元勋》[完颜亮，《党史博采》（纪实版），2012年第8期]

4.《邓稼先：永恒的骄傲》（天津电视台《中国人》栏目组，《中国电视》，2009年第6期）

5.《老翻译回忆：邓稼先好喝酒爱抽烟　保密意识强》（任传勤口述，侯艺兵、吴明静整理，中国网，2017年5月23日）

6.《大音希声邓稼先》（陈光，《人民公仆》，2015年第7期）

7.《邓稼先轶事》（许良廷，《党史纵览》，2004年第7期）

8.《惊心动魄！邓稼先经历的一次失败空投核试验》（陈瑜、吴明静、沈晏平、王燕，《科技日报》，2018年7月26日）

那个叫余纯顺的上海人

在一些小品里，“上海男人”的形象一度被演绎得走样。有人曾说，姚明、刘翔等一批上海籍运动员改变了全国人民对“上海人”的印象。其实，在他们之前，还有一个让全国人都记住的上海人的名字。

1

1996年6月6日下午1点30分，新疆库尔勒的楼兰宾馆大楼前，一场欢送仪式正在举行。

当地旅游局、人寿保险公司、宾馆的诸位领导，依次在一批人的胸前戴上一朵大红花。随后，几位身着艳丽民族服装的姑娘，为他们敬献了“上马酒”。

“上马酒”是给即将出发的人壮行饮用的。

而那位第一个被佩戴大红花、一口饮下“上马酒”的人，是大家今天送行的主要对象——他即将在6月天气最炎热的时候，孤身徒步穿越罗布泊。

罗布泊，位于中国新疆塔里木盆地东部，在中国最大沙漠塔克拉玛干沙漠的最东缘，常年干旱，夏季平均温度超过40℃，在6月的极端温度逼近60℃。

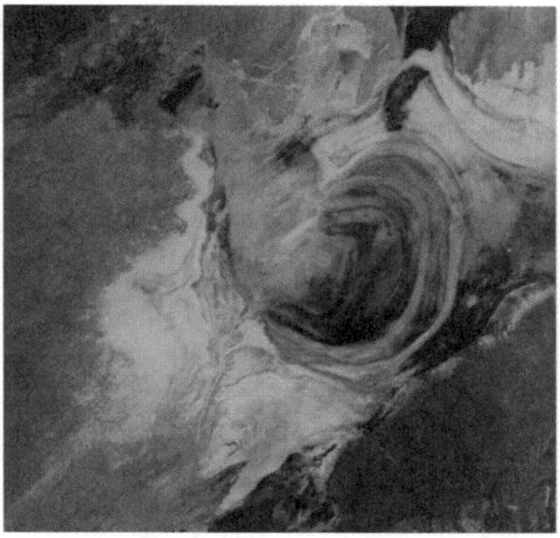

罗布泊原为湖泊，因为地形和气候变化的原因，干枯成荒漠。因为形状像耳朵，所以被称为“地球之耳”，但它有个更著名的名字，叫作“死亡之海”——千百年来吞噬了楼兰文明和无数探险者。当年上海著名科考专家彭加木就于1980年6月17日在罗布泊失踪，尸体至今未被找到

而那位即将出征的汉子，在喝下几碗“上马酒”之后，情绪明显有些激动，泪水夹杂着汗水从脸上滴下：“请大家放心，我一定能实现穿越，打破6月不能进罗布泊的神话！”

话音刚落，现场百余位送行者掌声一片。

这人是个上海人，名字叫余纯顺。

2

余纯顺，1951年12月出生于上海。

童年留给余纯顺的记忆，是苦涩的。余纯顺一家有七口人，但他的母亲、姐姐、弟弟都有精神方面的疾病。在余纯顺6岁那年，母亲被确诊患上了精神疾病，住进了医院。而他从小就被人叫“神经病女人的儿子”，在学校里还会被同学嘲笑，甚至羞辱。

余纯顺的出生年份，也注定了他一生坎坷——他是“老三届”[①]中

① “老三届”是指“文化大革命”爆发时，在校的1966届、1967届、1968届三届初、高中学生。“老三届”离校后基本都当了知青。

青年余纯顺

的“老初二”，在求知欲最旺盛的年纪，去了安徽的军垦农场插队落户。

回到上海后，余纯顺先是在一些厂里做临时工，后来顶替了父亲，进入上海电器成套厂做了一名普通工人。

在工厂里，余纯顺吃苦耐劳，还被评为“先进工作者”，但他始终还是想圆一个自己的梦想：读书。

当初余纯顺在上海教育学院（现并入华东师范大学）成人夜校的同学郑则忠回忆，余纯顺是他见过最刻苦的学生。他每天从遥远的上海东边骑一辆自行车过来，从不迟到早退。他上课认真，笔记记得很详细，书包里每次都放个冷馒头，也没有菜，也不就水，一个人坐在礼堂外啃完。每天晚上下课后，余纯顺骑车回自己的家，整理笔记，做完作业再上床睡觉，一般都要超过凌晨 1 点。第二天一早，他再去厂里上班。

经过苦读，只有初中生底子的余纯顺顺利拿到了中文系本科学位。而通过对中国古代历史的学习和了解，他确定了自己崇拜的人：张骞、玄奘、徐霞客……

但余纯顺命运坎坷：儿子不幸夭折，妻子因为他长期读书冷落自己，决定和他离婚。年近 40 岁的余纯顺，似乎一下子失去了生活方向。一连串打击，让余纯顺开始重新思考人生的意义。

1988 年 7 月 1 日，余纯顺决定实现自己长久以来的梦想：徒步走遍中国。

这一天，他告别了自己的家人，开始向江苏进发。按照他自己设定的计划，先走完海拔较低的华东平原、华北平原、东北林区、内蒙古草原，然后开始徒步走完海拔高的云贵高原、青藏高原，以及气候恶劣的戈壁滩……

这一出发，就是 8 年。

从 1988 年到 1996 年，余纯顺 11 次过长江，7 次渡黄河，徒步走完全国 24 个省份，访问了全国 33 个少数民族。他徒步走过川藏、青藏、新藏和滇藏这四条“天险”公路，成为第一个徒步彻底走完青藏高原的人。在 8 年的时间里，他的行程超过 4 万公里，穿破了 57 双鞋，撰写了 50 多万字的游记，拍摄了 6 000 多张照片，沿途还做了 142 场主题为“壮心献给父母之邦”的演讲。

徒步过程中的余纯顺

随着时间的推移，全中国都开始知道有一个要徒步走遍全国的人，名字叫余纯顺。

各种采访也纷至沓来，其中，上海电视台专门派出摄制组，希望全程跟拍余纯顺徒步穿越罗布泊。在此前接受上海电视台采访时，余纯顺曾说：“我要一鼓作气把六个沙漠走完，包括‘死亡之海’罗布泊，所以今年是我的沙漠年。”他还表示第二年（1997 年）要完成长江源头和黄河源头的徒步。

在一年中最炎热的 6 月，徒步穿越罗布泊，余纯顺希望挑战自己的极限。

在 6 月 6 日离开楼兰宾馆前，余纯顺给自己的好友尚昌平打了一个电话：“昌平！我走完罗布泊和古丝绸之路中国境内的全程后，找个山清水秀、与世无争的地方，写感动自己的文章度过后半生……我做好了回归平淡的准备。”然后，余纯顺再次强调了一句：

“我要打破 6 月不能穿越罗布泊的神话！”

3

1996 年 6 月 10 日，晚上 8 点，罗布泊北岸的土垠——曾经的楼兰古城门户。

这是余纯顺准备徒步穿越罗布泊的出发点。6 月 6 日出发后，余纯顺和上海电视台跟拍的摄制组一路经过了龙城、楼兰古城，还到过“老开屏”。在“老开屏”，他们曾发现上千间部队遗弃的营房，这才知道自己可能闯入了曾经的原子弹试验核爆区。

在龙城，在楼兰古城，余纯顺和摄制组都被壮美的地貌和历史的沧桑震撼，但同时，也感受到了戈壁滩那令人难以忍受的高温：在接近 50℃的高温环境下，人只能待在汽车的阴影里喘气，不敢移动分毫，所有户外行动都要等到傍晚 5 点之后才能开始。

余纯顺（左二）和摄制组一起，每晚雷打不动写日记

6 月 10 日的晚上，就在土垠的露天帐篷外，随行的摄制

组为余纯顺开了一个简单的“壮行会”，用随车带来的 12 瓶楼兰干白葡萄酒，就着几听罐头，大家围坐一圈，依次向余纯顺敬酒，祝福他穿越成功。

根据随行的导游、探险者彭戈侠回忆，那天晚上，平时很健谈的余纯顺似乎有一些心事，话并不是很多。在喝酒的时候，摄制组的人提出，6 月的天气实在太热，“老余，是不是换个季节再来？”还有人提到了“彭加木”的名字。

当时余纯顺端起一杯酒，仰脖喝下，说了一句话：“这次创造的条件这么好，如果这次穿越不成功，那是天亡我也！”

余纯顺制定的穿越线路是一条“U”形线路：从土垠出发，徒步穿越罗布泊，再到前进桥与大部队会合，全程大约 107 公里。对这条路线，余纯顺的评价是：“完全没有问题！我走了 8 年了。从土垠过来到前进桥这段路，我两天半就可以干掉！”

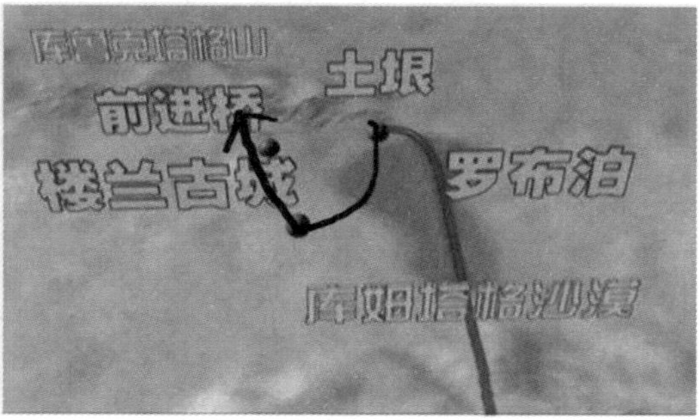

余纯顺的路线用黑色标出

4

1996 年 6 月 11 日，上午 9 点，土垠。

终于到了出发的时刻。摄制组的人和余纯顺一一握手告别，在和队里的向导、地质工程师，人称“沙漠王”的赵子允道别时，余纯顺再次强调了一句：“我一定会成功穿越罗布泊！”

随后，余纯顺背着他装着帐篷、防潮垫、笔记本、睡袋以及一盒西洋参切片的大背包，大步流星地向土垠以南的罗布泊方向走去，身影渐渐融入灰褐色的湖盆之中。

按照计划，摄制组在送走余纯顺之后，就应该前往位于前进桥的大本营接应点，等待余纯顺顺利走出罗布泊。

但是，随行的上海电视台编导宋继昌那几天一直有些担心余纯顺的身体状况，临时改变了决定："去前进桥时间推后，下午 3 点以后追余纯顺。只要他感到身体不适，就把他拽上车，就是拖，也要拖回来！"

中午过后，气温开始直线上升，逼近 50℃。据记载，在中午时分，罗布泊湖心的地表温度最高甚至逼近过 75℃。

下午 3 点之后，温度稍降，摄制组登车，开始追赶余纯顺。

在行驶了大约 8 公里之后，摄制组发现了之前在余纯顺行进路上事先埋好的第一个埋水点——之前放置的 6 瓶矿泉水原封不动。由于余纯顺在早上出发时左右裤兜各放了一瓶水，所以大家判断他应该并不渴。

随后，行进中的摄制组发现了第二个埋水点。在这个埋水点，他们发现了两个空的矿泉水瓶子，还有几只烟蒂，附近还有凌乱的军用胶鞋脚印和一处坐痕。

到了下午 4 点 25 分，摄制组的汽车终于在湖盆中追上了余纯顺。离早上余纯顺出发已经过去了 7 个半小时，而汽车的里程表显示开了 33 公里——余纯顺用 7 个半小时在高温下孤身徒步了 33 公里，平均每小时 4.4 公里。

此时，离余纯顺徒步计划中第一个宿营补给点还有 3 公里左右。余纯顺满头大汗，汗水已经浸透了衣服和背包。

宋继昌问余纯顺："身体吃得消吗？"

余纯顺握紧双拳上下挥动："我没事的！身体这么结实，绝对没有问题。从出发后，我一次没休息，一口气走到这里的。我这不是走过来了吗？我就要打破6月不能进入罗布泊的神话。再走两三公里就到第一个营地了，到了以后我就扎帐篷休息。今天早点睡觉，明天赶早走，你们赶快回吧！”

摄制组怀着惴惴不安的心情，和余纯顺再次告别。在临上车时，余纯顺对彭戈侠说了一句：“老彭，剩下的路我一天半就可以干掉。”众人要离开的时候，看见余纯顺在那里挥手，大声喊道：“咱们前进桥见！”

当时所有人都不知道，那是余纯顺留给这个世界的最后一句话。

摄制组和余纯顺的合影

5

1996年6月12日，傍晚。

已经抵达前进桥大本营的上海电视台摄制组和后勤保障队伍，在汽车的阴影里蜷缩了整整一个白天，唯一能做的事，就是不停喝水。

罗布泊地区年降水量不足10毫米，蒸发量却高达3 000毫米。在这里，光补充水分没有用，还需要补充少许碘盐和钾盐，否则浑身就像棉花一样绵软，没有力气。

好不容易等到日落时分，众人开始扎营。当大家扎好帐篷，做好晚饭准备分食的时候，忽然平地刮来了一阵狂风。

这不是什么好兆头。

果然，刚才还透亮的天空，突然之间就昏暗起来。随后，狂风卷起的阵阵沙尘，慢慢形成了一堵厚重的“土墙”。

沙尘暴来了。

按照彭戈侠的回忆，那场沙尘暴的场面让人触目惊心：

“刹那间天昏地暗，日月无光，风声呼啸，飞沙走石。汽车很快被沙尘雾吞没，沙粒打在车身上，发出噼噼啪啪的响声。这一晚我始终在帐篷里缩守，其余 6 人早已飞身钻进了汽车，他们的帐篷全被狂风吹倒并埋入沙中，只好同两位司机在车上过了一夜。”

这场沙尘暴从 6 月 12 日晚上 9 点 45 分开始，一直到 6 月 13 日的早晨依旧没有停歇的迹象。而 6 月 13 日，是大部队约定和余纯顺会师的日子。

6 月 13 日早晨 8 点 30 分，彭戈侠、赵子允等三人决定出发去 5 公里外的 13 号标记点，迎候余纯顺。

然而，三个人在标记点轮流用望远镜寻找余纯顺的身影，却一无所获。此时，沙尘暴仍在肆虐，能见度不到 10 米，大风将漫天的黄沙刮到人的身上，就像针扎一样。三个人一直守候到了晚上 7 点，依旧没能等到余纯顺，只能失望地回到营地。

回到营地后，他们碰到了愁眉不展的宋继昌——他去了另一个为余纯顺指明方向的 11 号标记点等候，也一无所获。

晚上 8 点，沙尘暴终于停了下来。四周一片宁静，气温也下降了一些。但所有人都阴沉着脸，饭菜做好，没有一个人吃得下一口。

余纯顺失约了。

6

1996年6月14日，早上7点。

彭戈侠和上海电视台摄制组的孙鹭，每人背了12瓶矿泉水、4听八宝粥、4听鱼罐头、4只馕饼和两大包饼干，外加望远镜和GPS（全球定位系统）设备，开始前往楼兰方向——余纯顺过来的必经之路——去寻找余纯顺。

中午12点，两人抵达楼兰，却没有发现任何有价值的痕迹，失望而归。

与此同时，赵子允等两人再一次到前进桥的接应点去等待余纯顺——依旧没有人影。他们在那里为余纯顺放置了矿泉水、罐头和一顶太阳帽后，同样失望而归。

晚上8点，大家聚集到了大本营。

大家都意识到了事态的严重性，但谁也不想开口先说出来。宋继昌在营地里双手背后，不停地踱步，一边踱步一边念叨："余纯顺呀！余纯顺！你到哪里去了？"

6月15日上午，摄制组和后勤保障队伍知道情况已经非常紧急，于是开通电台，向库尔勒报告了余纯顺失踪的情况，请求派出部队或直升机帮忙寻找。

当天下午，巴州党委、政府向自治区人民政府紧急报告，争取飞机出动。

这一天，大本营派出了三支搜寻小组，分三个方向再一次做了搜寻。在搜寻过程中，焦急的队员们甚至在高温下出现了幻觉：看到树影都觉得是余纯顺的背影。

搜寻再一次一无所获。

6月16日，由于大本营只剩10箱矿泉水，已经快陷入弹尽粮绝的境地，只能等待政府承诺的17日即将到来的救援团队。

6月17日下午1点30分左右，新疆军区陆航某团的一架直升机从乌鲁木齐飞了过来，由团副参谋长、机长孙刚领衔，加入了搜救队伍。

直升机第一个飞往的地点就是楼兰古城。在绕楼兰上空一圈后，机上人员没有发现余纯顺的踪迹，倒是碰到了一早上大本营自己派出去的四人步行搜救队。

而这四人搜救队带来了一个让人心头一沉的消息：楼兰埋水点里的水一瓶未动，这说明，余纯顺根本就没抵达楼兰。

由于燃料不够，直升机只能返回前进桥大本营。

此时，离余纯顺失踪已经过去6天了。

7

1996年6月18日，上午9点45分。

搜救队员再一次登上了直升机，开始了第二天的搜救行动。这次飞机搜寻的范围更大，覆盖了龙城、土垠等地点。荒漠戈壁寸草不生，倒是给搜救行动带来了视觉上的便利。

上午10点15分，一位直升机上的解放军战士忽然指着下方不远处湖盆里的一个小蓝点，问："那是什么？"直升机上的彭戈侠看了之后，失声惊叫："那是余纯顺的帐篷！"

10点20分，直升机在离"小蓝点"20米远的地方降落——那真的是一顶蓝色的帐篷。搜救队员一下直升机，立刻冲向了帐篷，有人边跑边喊："余老师！余老师！"然而，帐篷里没有一声回应。

走近帐篷，他们发现一把脱鞘的藏刀扔在帐篷门口，而帐篷已经塌落了一角。

掀开帐篷，一股尸体特有的味道扑面而来——"余纯顺头东脚西仰面躺着，头部肿胀得连五官也失去了比例。他的头发像洗过一样，长而浓密的胡须也湿漉漉的。裸露的上身布满水泡，右胸部的一个大小如乒乓球，尤其醒目。他的右臂朝上略微弯曲，肘下压着草帽，捆扎成一卷的蓝色睡垫放在胯部。”（来自彭戈侠的回忆）

余纯顺的帐篷

余纯顺遇难了。

余纯顺遇难的地方，距罗布泊的湖心只有 50 多米。而就在帐篷不远处，有两个深达 1 米的土坑——他应该是想掘地取水的。

那一刻，所有人在余纯顺的帐篷外肃立，没有人说一句话。

中午 11 点，消息已经传到了前进桥大本营，整个大本营笼罩在一片悲伤的气氛中。

晚上 6 点，直升机再一次飞往余纯顺的遇难地，飞机上除了搭载搜救队员外，还有两位法医，以及花圈、墓碑、掘土工具。

在法医为余纯顺的尸体进行解剖及化验的时候，其他队员开始挖掘墓地。

墓地选在了余纯顺遇难地西北角的一处背风点。墓穴长 2 米，宽 1 米，深 1 米。余纯顺的遗体被放在一条雪白的被单上，上面盖着他那条绿色的睡袋，他被轻轻放

余纯顺生前挖的水坑

余纯顺曾经说过："我死在哪里，就葬在哪里。"他还说过："只要我死之前有意识，就一定要头朝东方死，因为那里是我家乡上海的方向。"

入墓穴中。他穿了一路的白底红条 T 恤、背包、草帽、红色太阳镜、睡垫、胶鞋和那把藏刀，一起被放入墓穴。

在坟墓堆起来后，一块墓碑也被竖了起来。墓碑上的字，是彭戈侠写的：

余纯顺壮士遇难地

一九九六年六月十八日立

余纯顺的墓

8

余纯顺遇难，有两个疑问。

第一个疑问，他为什么没能抵达会合地点？

余纯顺遇难的地点，坐标为东经 90°19'09"，北纬 40°33'90"。经过专业人员的认证核对和比较，发现余纯顺未能抵达会合地点的原因为：余纯顺在行进到罗布泊的一个T字路口（东经90°18'44"，北纬40°34'34"）时，应该向右拐西行。但他走过了这个T字路口，往南偏东方向去了。

换句话说，是余纯顺迷路了。

迷路的原因，众人有很多猜测，也有可能和6月12日那场沙尘暴有关。由于罗布泊没有任何参照物，常规的辨向手段基本不起作用。在出发徒步穿越罗布泊之前，有人曾劝余纯顺带一台GPS，当时上海电视台摄制组带了3台GPS。但由于时间紧迫，余纯顺只能选择放弃："我走了8年，从来没有用过这玩意儿。现在又有这么多事，哪有工夫摆弄？如果给我3天时间，我一定学会用它！"

第二个疑问，他的死因是什么？

根据法医出具的《关于对余纯顺尸体检验报告》，官方给出的结论是："胃内未见食物残留及胃液，胃黏膜有小片状褐色出血。……余纯顺的死因，系在高温环境下缺水而引起急性脱水，全身衰竭而死亡。"

这说明，余纯顺在6月11日出发后，除了补充水外，没有补充任何食物。而很可能是因为迷路，余纯顺在高温之下得不到能量和水分补充，最终走向生命的终点。

事实上，如果余纯顺能按照预定路线走向T字路口，再往西行3公里，那里有满满一箱矿泉水和一箱食物，完全可以供他饮用和食用。

但是，已经没有如果了。

1997年10月，上海电视台的宋继昌编导，再次带着一群人，重新返回了罗布泊。

他们带了水泥、红砖、木料来给余纯顺重新修墓。

重新修好的余纯顺墓前，竖起了一块大理石墓碑，正中书写了"余纯顺之墓"五个大字，嵌有余纯顺的铜质头像，墓碑左下角是一双旅游鞋的雕塑。

余纯顺的红颜知己徐金玉也去到墓碑前，流着泪用自己的口红将墓碑上刻的字一一描红。摄制组在一年后试图寻找徐金玉，却再也联系不上了。

余纯顺墓碑

之后的 20 多年，一批又一批的探险者经过余纯顺的墓碑，都会下车凭吊。

余纯顺的墓碑前，被来往的旅人们放了很多鲜花和酒。

而最多的，是水，一瓶瓶满满的矿泉水。

馒头说

有一次，我和上海滩记者圈的“老法师”强荧老师喝酒。喝到酣畅处，强老师就聊起了他的挚友余纯顺，还说了自己对余纯顺死因的不同看法。不过，那次强老师的叙述，给我留下深刻印象的，是这样一件事。

那是在 2005 年，强老师随一个探险团重走罗布泊，来到当年余纯顺的遇难地，发现余纯顺的墓碑被人砸了。当然，原先最早的那一块墓碑还在，被砸的是后来“缅怀者”竖立起来的近十块大理石或木制的墓碑。

都是谁干的呢？都是余纯顺的“缅怀者”们干的。

余纯顺的事迹传遍全国后，“认亲”的人也渐渐多了起来，这个人说自己是余纯顺当年最好的朋友，那个人说自己曾经和余纯顺一起出生入死，而显示友情的最好方式，就是去余纯顺的遇难处再竖一块碑，写上自己的名字。

也不能说这样的行为完全不好，但由于竖碑的人越来越多，竟也引发了攀比之风。你用木头做，我就用石头做；你花 3 000 元，我就花 3 万元，最终导致相互之间的“敌视”：你前脚立好碑，我后脚就给你砸掉，烧掉。

强老师曾专门为此写过一篇文章，文末的一句话是：“罗布泊在无声地哭泣。”我想，如果余纯顺在天有灵，目睹这一幕，哭大概不会，哭笑不得倒很有可能。

余纯顺当年曾去上海广播电台做过一期节目，叫《人到中年》。节目中，有听众打进热线电话询问，大意是：“你的朋友们很多都去做生意了，做大老板了，你后悔吗？”余纯顺的回答是：“我一点都不后悔。他们尽可以去做他们的老板，我尽可以完成我自己的追求，我从来没有后悔过。”

并不是说人的一辈子要像余纯顺那样度过才算“无悔”，但余纯顺心底里一直有一种信念、一种理想，并且一直在孜孜不倦地实践和实现。

这，才应该是余纯顺给人最大的震撼。

我觉得那些竖碑的人，未尝不是真的想缅怀余纯顺，但比起某些形式上的东西，让自己内心有真正的追求，并有所敬畏，才是最好的铭记方式。

在这一点上，余纯顺倒是自己用过句泰戈尔的诗：

“天空未留痕迹，鸟儿却已飞过。”

值得回味。

本文主要参考来源：

1.《余纯顺在罗布泊最后的日子》(彭戈侠)

2. 纪录片《生死罗布泊——余纯顺之死》(上海电视台纪录片频道摄制，

爱奇艺）
3.《余纯顺，你永不能赴约》（尚昌平，《中国商界》，1997年第9期）
4.《罗布泊：余纯顺勇士墓碑被砸》（强荧，《文汇报》，2005年10月11日）
5.《探险家余纯顺抱恨殒大漠，纪录片编辑室有幸留遗容——上海电视台〈壮行罗布泊〉拍摄纪实》（杨申庆，《新闻记者》，1996年第8期）
6.《余纯顺在自学中成才》（钱汉东，《上海成人教育》，1996年第10期）
7.《站在壮士的丰碑下》（郑则忠，《人才开发》，1997年第3期）
8.《余纯顺：当代徐霞客》（王东鸿，《民族团结》，1994年第6期）

拉瓦锡之死

科学家，尤其是为人类文明做出卓越贡献的科学家，无论在哪个国家，都应该是受尊敬的群体。但是，也有例外的时候。

1

1794年5月8日的早晨，法国巴黎的路易十五广场上，人头攒动。

群情激昂的法国老百姓，早早就聚集到了这里，交头接耳，颇为期待地看着广场中央高高耸立的一台机器——一架由国王路易十六亲自参与设计的“断头台”。

这一天早晨，这架自法国大革命爆发以来就超负荷运转的断头台，又将执行28个人的死刑。那是28个与税务公司有关的税务官和相关负责人，也是被老百姓痛恨且唾骂的一群人。

死刑开始了。

随着一颗颗人头落地，围观百姓的情绪也慢慢被调动了起来。

第四位走上断头台的死刑犯，是一个50岁左右的人。与前面的几个死刑犯不同的是，他的神情很镇定。几乎没有什么言语，他自己安

法国巴黎的协和广场，原先被称为“路易十五广场”，因为在法国大革命期间安放断头台，又被称为“断头台广场”

静地跪了下来，将脖子放到了铡刀切口。

铡刀被缓缓拉起，轰然落下，人头落地，众人欢呼。

在场的不少老百姓并不知道，那颗掉下来的脑袋，究竟属于谁。

而法国著名数学家拉格朗日（“拉格朗日点”即因他的推算而命名）一句痛心疾首的话，似乎可以代表当时整个科学界的心情：

“他们可以一眨眼就把他的头砍下来，但他那样的头脑一百年也再长不出一个来了！”

这个第四个登上断头台的人，名字叫安托万·洛朗·拉瓦锡。

他在人类化学史上的地位，堪比达尔文之于自然科学，牛顿之于物理学。

他被称为“现代化学之父”。

2

拉瓦锡，1743 年 8 月 26 日出生于巴黎。

他出生在一个富裕的家庭，父亲是一名律师，母亲在他 5 岁时过世，但留下了一笔丰厚的遗产。

按照父亲的愿望，拉瓦锡 18 岁考进了巴黎大学的法律系，并在之后获得了律师资格。但是拉瓦锡发现自己的兴趣并不在法律，而在自然科学。

拉瓦锡

1764年，明明已经拥有律师资格，可以去赚大钱的拉瓦锡，却去做了法国著名地质学家盖塔的助手，采集法国矿产，绘制第一份法国地图。在这个过程中，拉瓦锡研究了生石膏与熟石膏之间的转变，还参加了法兰西科学院关于城市照明问题的征文活动并获奖。

拉瓦锡的助手生涯持续了三年，也正是因为在这三年里的突出成绩和贡献，他成为法兰西科学院的院士。那一年，他才25岁。

年轻的拉瓦锡能够成为院士，自然要有拿得出手的东西。经历了多年地质勘测的工作，拉瓦锡已经明确了自己真正的兴趣所在——化学。事实上，当时的“化学”是一个非常模糊的概念，基本上是和“炼金术”结合在一起的。拉瓦锡很快证明，自己在这个领域拥有过人的天赋。

比如长期以来，欧洲人都信奉古希腊流传下来的“四元素说”——世界是由风、火、水、土四种元素构成的。这种说法虽然早已被英国天才化学家罗伯特·波义耳驳斥，但依旧拥有大量信徒，很多科学界人士依旧无法完全走出这个怪圈。有一派学者就坚持认为：水如果长时间加热，就会变成土类物质。

拉瓦锡站了出来：这是完全不可能的。

作为有科学素养的人，拉瓦锡不会只动嘴皮子，而是直接拿实验说话。他将蒸馏水密封加热了整整101天，结果发现在瓶底确实出现了微量固体。

这难道不是证明水长时间加热确实会变成土吗？拉瓦锡却不这么

认为，他继续使用实验的手段——用精密的天平称容器质量，发现容器减少的质量正好等于瓶底固体的质量，而水的质量完全不变——这就说明固体来自瓶子，和水完全无关。

这个实验将“水加热变土”的说法一举粉碎。

那一年，拉瓦锡 27 岁。

3

让拉瓦锡在人类化学史上奠定里程碑地位的，是他颠覆了“燃素说”，发现了“氧化现象”。

关于“燃烧”这一常见的现象，当时几乎所有的欧洲人都信奉德国哈勒大学医学和化学教授斯塔尔提出的“燃素说”——世界上能燃烧的物质都含有“燃素”，当物质燃烧时“燃素”就分离出来，燃烧时产生的热、光、火焰都是“燃素”逸出时发生的剧烈现象。

“燃素说”确实能解释当时一系列不能解释的燃烧现象，所以尽管它明显不能解释为什么金属燃烧后会变重（说好的“燃素”脱离呢？）之类的现象，还是几乎成了一条公理。

站出来用实验表示质疑的，还是拉瓦锡。

1772 年，29 岁的拉瓦锡开始系统地针对“燃素说”进行研究，拥有高超实验技巧的他这次设计了著名的“钟罩实验”，用来测量反应前后参与燃烧的气体的体积变化。在整个实验过程中，拉瓦锡发现物质的燃烧，其实是可燃物与空气中某种物质结合产生的结果，这也能完美解释金属燃烧后质量会变重的问题。

为了进一步确认“究竟是和空气中哪一部分结合导致燃烧”这个问题，拉瓦锡在 1773 年进行了进一步的实验，终于发现了那个可以“帮助燃烧”的气体是一种元素，他在 1777 年正式将这种元素命名为“Oxygen”，也就是我们现在熟知的“氧”。

1777年，才34岁的拉瓦锡在一系列精确实验的基础上，拿出了一份详细的报告《燃烧概论》，彻底否定了“燃素说”，提出了全新的“氧化说”：

（1）物质燃烧时会放出光和热。

（2）只有在氧存在时，物质才会燃烧。

（3）空气是由两种成分组成的，物质在空气中燃烧时，吸收了空气中的氧，因此重量增加，物质所增加的重量恰恰就是它所吸收的氧的重量。

（4）一般的可燃物质（非金属）燃烧后通常变为酸，氧是酸的本原，一切酸中都含有氧。金属煅烧后变为煅灰，它们是金属的氧化物。

“氧化说”的提出对当时的人类化学进程有重要意义，使得当时的科学家们能走出“燃素”的迷雾，将人类化学研究的路线重新拨到正确方向，进而快速发展。

拉瓦锡的实验室，收藏于法国工艺博物馆

而拉瓦锡对人类化学发展的贡献还远不止这些。

他在证明“氧化”的实验过程中，顺带再一次证实了物质虽然在一系列化学反应中改变了状态，但参与反应的物质的总量在反应前后都是相同的——这就是化学反应中的“质量守恒定律”（这个定律其实在 1756 年已被俄国科学家罗蒙诺索夫发现，但当时莫斯科不处于欧洲核心科学圈，此发现未得到欧洲的重视）。

他推出了《化学命名法》，正式提出化学的命名系统，使不同语言背景的化学家可以彼此交流。其中的很多原则加上后来贝采里乌斯（瑞典化学家）的符号系统，形成了至今沿用的化学命名体系。

他定义了“元素”的概念，并对当时常见的化学物质进行了分类，总结出 33 种元素（尽管其中一些实际上是化合物）和常见化合物，使当时零碎的化学知识逐渐清晰化，进而完全和“炼金术”分离。

他牵头统一了法国的“度量衡”——主张采取地球极点到赤道的距离的一千万分之一为标准（约等于 1 米）建立“米”制系统，定密度最大时的 1 立方分米水的质量为 1 千克。这套系统如今已被世界通用。

他写的《化学基本论述》在欧洲被翻译成多种文字，加印几十次，与牛顿的《自然哲学之数学原理》和达尔文的《物种起源》，并称为世界自然科学史上的“三大名著”。

到了 1789 年前后，拉瓦锡已经成了法国显赫一时的人物，不仅在科学界，在政界也备受瞩目，被推选为众议院议员。尽管拉瓦锡多次表示自己不想参与过多政治事务，只想回到实验室去做一名化学家，但此时时代洪流已经将他推到了风口浪尖。

随后，一个滔天巨浪迎面打来——

法国大革命开始了。

4

法国大革命爆发的一个重要原因，就是民众对法国的税收制度不满，而拉瓦锡恰恰踩入了这个坑。

1769年，拉瓦锡在向国王缴纳了50万法郎保证金之后，成了一名“包税官”，掌握了食盐和烟草的征税权。

根据当时法国法律的规定，包税官每年在向国王缴纳了约定的税款之后，多余的部分是可以进入自己腰包的，这种缺乏制约和监督的制度无疑会导致一个极端局面——包税官为了获得更多的“多余部分”，肯定会想尽一切办法对老百姓多征税、严征税。

拉瓦锡是富家子弟，对财富其实没有太大的渴望，他当包税官的一大原因，是做化学实验的各种仪器实在太贵，需要更多的钱来购买和制造。事实上，拉瓦锡确实把税收盈余的大部分用在了仪器上，且进行了盐税改革，打击走私，在自己的农场进行农业化学实验，希望以提高产量来抵消高税收的影响。

但是，由于当时法国规定贵族和僧侣不用缴税，所以沉重的税收负担都落在了最底层的老百姓和刚刚兴起的城市中产阶级身上。数量众多的中下层民众的怒火越来越高涨，矛盾越来越集中到法国的税收制度，而作为老百姓接触到的代表，“包税官”很快就成了所有矛盾中的焦点。

这幅著名的《拉瓦锡和夫人》的肖像画出自当时的著名画家雅克·路易·大卫之手。拉瓦锡的夫人玛丽·波尔兹是一个非常聪明的女子，事实上，她在拉瓦锡的很多实验中都担任助手和记录者的角色

而且，拉瓦锡在1771年还和自己同事的14岁女儿结了婚，这位同事也是皇家税收公司的负责人之一。通过

这场婚姻，拉瓦锡的包税官位置更加稳固，但作为一名伟大的科学家，他的形象也进一步和“横征暴敛”捆绑在了一起。

1789 年 7 月 14 日，法国大革命终于爆发，愤怒的民众很快把焦点对准了法国的税收制度。而作为包税官的拉瓦锡却比较泰然。一方面，他认为“包税”是国家制定的法律而不是他制定的，他只是遵守而已。另一方面，他认为自己的税收利润主要用来从事科学研究，自己为法国乃至全人类的科学事业做了那么大的贡献，不至于被逮捕。

但是，拉瓦锡还是想得天真了。

尽管拉瓦锡本人对法国大革命并不抱敌视态度，但他不知道的是，敌视他的人却不少。

5

拉瓦锡被一步步带入绝境，和两个人有关。

第一个人，是因为一幅入选历史教科书的画作而被广大中国人熟悉的让－保尔 · 马拉（马拉的故事可以参看《历史的温度 4》收录的《一幅名画背后的谋杀案》。著名的画作《马拉之死》的作者，就是给拉瓦锡夫妇画肖像画的雅克 · 路易 · 大卫）。

直到 40 岁之前，马拉还只是一名医生。不过，作为一个从小受到过良好教育的人，马拉学习过希腊语和拉丁文，能说法语、西班牙语和意大利语，对化学、物理和医学颇有研究，翻译过《牛顿光学原理》，出版过《光学基础知识》，还因为写《关于电的特性研究》而受到过里昂科学院的奖励。

马拉当初是很想走科学家的道路的，为此，他写了一本《火焰论》送到当时的法兰西科学院。《火焰论》的观点全部都是建立在“燃素”理论基础上的，于是受到了一名科学院院士的无情批驳，认为其“毫无科学价值”。

这个人，就是推翻“燃素说”的拉瓦锡。

1783年，马拉找到了自己更擅长的领域：成为一名激进革命家。几乎由马拉一人担任撰稿、编辑、出版工作的报纸《人民之友》成了当时法兰西最有名的报纸。马拉的诸多观点得到了法国底层人民的热烈拥护，他们直接称马拉为“人民之友”。而马拉也作为“国民公会”的主席，成为“雅各宾派”的重要领袖之一。

而马拉从来没有忘记拉瓦锡给他的羞辱。在法国大革命爆发之后，马拉率先将人民对税收制度的怒火引向了拉瓦锡，发出了号召：“埋葬这个是人民公敌的伪学者！”由此掀起了对拉瓦锡的批判。当时马拉指责拉瓦锡在烟草上洒水增加分量坑害百姓，并写了这样一段话：

“法兰西公民们，我向你们揭露大骗子拉瓦锡先生，土地掠夺者的儿子，化学学徒，股票跑腿，收税员，火药会长，银行头子，国王的书记，法国院士，瓦维叶的密友，巴黎食品委员会的渎职官，当代最大的阴谋家。这个年进4万磅白银的绅士为了收税，竟然耗用我们贫苦人民的3 300万磅白银修建城墙，把巴黎变成空气不通的牢城。他在7月12日和13日的夜晚，把国家火药库搬进了巴士底狱。他还要使用恶毒的伎俩妄图进入巴黎市管会！”

事实上，拉瓦锡筑城墙是为了打击盐走私，筑墙和“空气不通”也没有任何关系。他让人在烟草上洒水是为了防止火灾，洒水是在称重之后才进行的。但是，民众的情绪却被马拉轻易调动起来。

不过，马拉没有想到的是，自己死在了拉瓦锡的前面——1793年7月13日，马拉被女刺客科黛刺死在自己的浴缸里。

另一个人，叫佛克罗伊。此人也是法兰西科学院的院士，还长期和拉瓦锡做过同事。但在拉瓦锡被指控期间，佛克罗伊做了很多背后“挖墙脚”的事，典型的落井下石。

在一些人的运作下，在民众高涨的怒意中，拉瓦锡完全不知道自己已经被推向了死路。

6

1793 年 11 月 28 日，拉瓦锡被捕入狱。

和他一起被关进去的，还有皇家税收公司的其他 27 名人员，其中也包括他的岳父。

拉瓦锡入狱的消息震惊了法国学术界，各个学会纷纷向法国国会提出申请，希望能够赦免拉瓦锡，甚至准予他恢复职位。但是，当时在国会掌权的是最激进的雅各宾派，对于一系列希望赦免拉瓦锡的请求，全部回绝。

1794 年 5 月 7 日，在被关押了半年之后，拉瓦锡等人被押到了法庭上。在这半年里，拉瓦锡其实一直试图恢复科学研究，还提出过愿意被罚没所有，只要让他回去当个药剂师，但这个提议也被拒绝。

在法庭上，这 28 人全部被判处死刑，没有任何回旋的余地，且为了避免夜长梦多，必须在 24 小时内执行完毕。

1794 年 5 月 8 日，本文开头的那一幕出现了。

拉瓦锡被送上断头台

据说，拉瓦锡在临死前还想做一个实验，他和负责行刑的刽子手约定：当自己的脑袋滚落下来后，会快速眨眼睛，请刽子手统计下一共能眨几次，以此判定人的大脑与躯体分离后大概还能保留多久的意识。刽子手最后数了数，拉瓦锡一共眨了 11 次眼。

不过，这个故事不见于正史记载。有白纸黑字记录的，是拉瓦锡在临死前写给自己妻子的一封诀别信：

"我度过了非常幸福的一生。我想，人们会带着一些惋惜的心情记住我，也许在我的身后还会留下一些名誉。我还需要什么呢？"

馒头说

其实，拉瓦锡很快就平反了。

1794 年 7 月，杀人如麻的罗伯斯庇尔自己也被送上了断头台，雅各宾派倒台，之前被处决的拉瓦锡很快恢复名誉，人们为他举办了盛大而庄重的追悼会。

但是，他那颗被拉格朗日称为"一百年也长不出来的聪明脑袋"，却再也回不来了。

拉瓦锡被推上断头台，不是平白无故的，因为当时法国的税收制度确实造成了极大的不公，而他也确实在某种程度上成了民众痛恨的税收制度的代言人。

但是，正如拉瓦锡自己所言，他并非制定这条法律的人。无论他将税收用在何处，一定程度上还是成了"恶法"的帮凶，但是，应该也不至于到上断头台的地步——即便完全抛开他伟大科学成就不论的话。

这无疑就会让人审视将拉瓦锡推上断头台的这场"大革命"了。法国总统密特朗曾对法国大革命有这样一句评价："法国大革命就像生活本身一样，是一个混合物。它既鼓舞人心，又令人难以接受。在大革命中，希望与恐怖交织，暴力与博爱杂陈。”

确实，这场大革命在体现法国民众意识觉醒和革命精神的同时，演变到后来也释放出了大量的暴力和恐惧，甚至展现了各种人性的疯狂、残暴和卑劣。

马拉曾为法国穷人不断呼喊发声，因此被称为“人民之友”，但他在 1792 年的《人民之友》刊物上，却公然提出要砍下敌人的头颅，并且给出了精确的数字目标：27 万颗。

罗伯斯庇尔一开始极力宣扬人权，甚至提议取消死刑。但是他上台后，却嗜杀成性，凡是反对他的人，不能辩护，不能请律师，一律被推上断头台，其中包括他的亲密战友丹东——这位战友之前也曾带人闯入监狱，无甄别屠杀了里面的 1 000 名犯人。

在那段人心惶惶的日子里，报纸上形容罪犯的用词只有“野心家”“阴谋家”“反革命”，法庭上审判的罪名只有一个“叛国罪”，惩罚方式只有一个“死刑”。

与此同时，更多的人为了自保而开始违心举报、告密、背叛，甚至落井下石地陷害别人，但同时又为了自己的利益极尽虚伪之能事——在拉瓦锡的追悼会上，曾经落井下石的佛克罗伊还专门做了演讲，表达了对拉瓦锡的崇敬之心。

所以，在这样一个疯狂的时代，别说拉瓦锡是一个卓有成就的科学家，上至王侯将相，下至平民百姓，谁都不知道明天的命运是什么，荣辱生死，有时只在一线间。

人类一旦陷入运动式的疯狂，很容易变得面目全非，甚至自己也无法相信自己的行为。

无论中外，都有现成的例子。

这也是我们要读一些历史，记一些历史的意义所在。

为的，就是坚决不要让一些历史重演。

本文主要参考来源：

1.《油画中的科学家：〈拉瓦锡和夫人〉解读》（张九庆，《科学》，2017年第5期）

2.《做税务官的化学家被推上了断头台——于拉瓦锡忌日谈法国大革命》（叶克飞，腾讯网，2014年5月8日）

3.《〈革命狂潮与化学家〉：拉瓦锡之死》（凤凰卫视《开卷八分钟》节目，2009年7月9日）

4.《法国大革命中的著名死刑案件》（杨宇冠、杨益航、王静，《中国案例法评论》，2016年第1期）

5.《拉瓦锡“罪有应得”吗？》（程映虹，《瞭望新闻周刊》，1994年第17期）

6.《死在断头台上的“近代化学之父”——拉瓦锡》（尹传红，搜狐网，2017年4月4日）

贝当：62 岁的“民族英雄”，84 岁的“卖国贼”

一个人，从万众拥戴的“民族英雄”，到万众唾骂的“卖国贼”，究竟需要多久？究竟为何会发生这样的事？

1

1856 年 4 月 29 日，亨利 · 菲利浦 · 贝当出生在法国北部加来海峡省的一个小镇。

贝当的母亲早逝，父亲是一个非常普通的农民。以这样的家庭背景，贝当最大的可能，就是像其他镇上的农民孩子一样，平凡地度过一生。

但是，1870 年的普法战争给 14 岁的贝当带来了极大的冲击：貌似强大的法国近乎耻辱一般地输给了快速崛起的普鲁士，这让年少的贝当决定要改变自己的人生选择——他立志要做一个军人。

1875 年，18 岁的贝当从中学毕业后，如愿考入圣西尔军事专科学校。

贝当

如果在那个时候有人告诉贝当：“你将来会决定整个法兰西的命运！”他肯定会觉得你疯了——虽然后来确实如此。

进入军界后的贝当，不要说一鸣惊人，就连一名普通军人的晋升速度也达不到：他做了5年少尉，7年中尉，10年上尉，直到44岁才晋升成少校。

贝当的从军之路如此艰难，不仅仅因为他是没有任何背景的农家子弟，和他本人的性格也有很大关系：性格耿直，心直口快，严于律己也严于律人。这种性格让他得罪过很多人，也错过了不少晋升的机会。

贝当还非常固执地坚持自己的一套战术理论。当时的欧洲，无论英法还是德国，都非常崇尚进攻，认为进攻能够解决一切问题。事实上，“强调进攻”在军事上永远是一个不会丢分的观点，但贝当却愿意说出很多人不爱听的话：如果敌人的防御没有决定性减弱，那么一味强调进攻，就是让士兵去送死。

当时很少有人赞同贝当的理论，但有一个刚刚从军校毕业的年轻学生却对贝当佩服得五体投地，甚至主动报名到贝当的麾下当兵。

这个人的名字，叫戴高乐。

1914年8月，贝当终于晋升成了上校。此时的他，已经58岁了。放到和平年代，此时的贝当其实只有一件事可以做了：等退休。

但“和平”在当时的欧洲已经成了不可求的奢侈品——第一次世界大战爆发了。

58 岁的老上校贝当，在几乎可以平凡普通地走完自己一生的时候，被卷入了时代的旋涡。

2

第一次世界大战开打才一年，贝当就已经晋升为集团军司令。这一切，都是贝当用自己的表现挣来的：先是因对自己的部队指挥得当晋升为旅长，然后因在“马恩河战役”中表现出色被晋升为第 6 师师长，再然后是第 33 军军长，最后是第 2 集团军司令。

但这与贝当在之后的成就相比，都只是垫场的序章。

真正让贝当一战封神的，是被后世称为“绞肉机”的第一次世界大战的著名战役——凡尔登战役。

1917 年 2 月 21 日，已经打了两年多消耗战的德国人决定拼力一击，在法国的战略要地凡尔登要塞让法国人彻底“放血”。当天，德国人用超过 1 000 门大炮向法国阵地倾泻了 100 万发炮弹，枕戈待旦的 27 个德国师如潮水一般冲入法军阵地。由于当时的法军总司令霞飞判断失误，凡尔登要塞只有少量的法军驻守，短短几天之内，大量阵地被突破，凡尔登陷落几乎只是时间问题。

凡尔登是通向巴黎的战略要地，凡尔登一旦失守，法国基本上就可以宣布退出战争了。

在凡尔登几乎已经成为一个烂摊子的局面下，法军总司令霞飞把第 2 集团军司令贝当调到了凡尔登担任要塞司令，希望他能够力挽狂澜。

那一年，贝当已经 61 岁了。但贝当用自己的实际行动证明：廉颇虽老，不仅能饭，而且食量惊人！

贝当当时刚到阵地，就患了严重的肺炎，一度只能躺在病床上。但他还是立刻就做了三件事。

第一，拖着病体去前线，去战壕，在德军的炮火之下去慰问最基层的士兵，让他们知道自己的司令官和他们一直在一起。

第二，提出著名的口号：“他们不会通过。”在法军防守的阵地上画出一条红线：谁如果退过这条红线，无论军官还是士兵，一律射杀。

第三，力保后方与凡尔登的唯一一条还能通行的公路“巴勒迪克—凡尔登公路”，拼死向凡尔登“输血”——在一周之内运过来 19 万法军士兵和 2.5 万吨物资。

在贝当冷酷又坚决的调度和指挥之下，原本离全盘崩溃只有一步之遥的法军渐渐在凡尔登站稳了脚跟。在贝当“车轮战”的调配下，各支法国部队轮番开赴凡尔登，开始和德军打起了拉锯战，这也导致凡尔登战役成了一个用双方士兵血肉堆积起来的人间炼狱——法军在整个战役过程中伤亡高达 65 万人，德军的伤亡也高达 45 万人。

但历经 10 个月的艰苦拉锯，凡尔登毕竟守住了。

凡尔登战役中的炮弹壳

在凡尔登战役之后，贝当声名鹊起。1917 年 4 月，因为霞飞的继任者尼韦尔要求盲目进攻，法军在一次战役中折损了 12 万人，这彻底引发了整个法国军队的哗变——他们只愿意待在堡垒里防守，不愿意再无意义地送死进攻。

关键时刻，挺身而出的还是贝当。

接任法军总司令的贝当一上任就提出了“多用钢铁，少流鲜血”

的口号，和以往一样，他亲自去炮火连天的战壕里探望最一线的士兵，改善他们的伙食和休假制度，然后带领他们去打了一个又一个胜仗，将面临崩溃的法军再一次从悬崖边拉了回来。

到了 1918 年年末第一次世界大战结束的时候，62 岁的贝当已经是当之无愧的法军总司令，他在所有部队里都拥有崇高的威望。

第一次世界大战开始前，贝当只是一个上校。

第一次世界大战结束后，贝当成了法国元帅。

但当时的法国民众不愿意称呼贝当为“元帅”，他们更愿意叫另一个他们送给他的称号：法兰西救星。

3

成为“法兰西救星”的贝当，享受了当时他能想到的最高规格的待遇。

在国内，贝当成了“军神”一般的人物，在军中唯一比他资格更老的福煦元帅退休后，他成了当之无愧的法国军界头号人物。

在国外，尤其是在协约国体系内，贝当的个人荣誉也达到了最高峰，在很多国际场合，贝当甚至成了法兰西的象征。

1920 年，贝当被任命为法国最高军事委员会副主席；1922 年，兼任法国陆军总监；1931 年，担任法国防空总监和陆军部长。贝当人生前 58 年被耽搁的“官运”，在 6 年之内得到了惊人的释放。

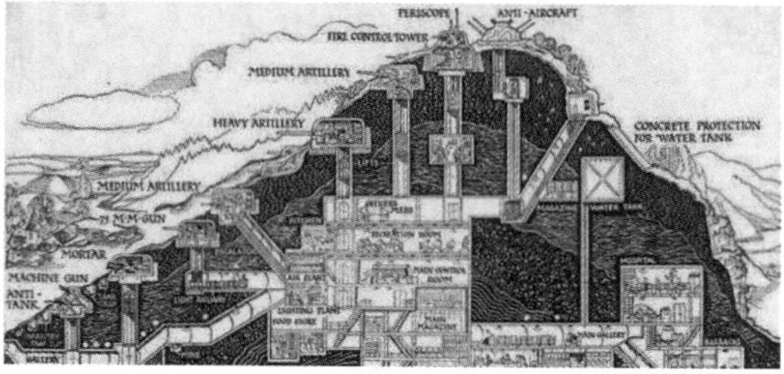

马奇诺防线的内部构造，如同一座小城市。事实上，贝当虽然支持修筑马奇诺防线，但一直强调要保证一支精锐机动的部队部署在防线后侧。不过，他当时的出发点是，敌人即便攻克防线也会伤亡巨大，可以给予对方毁灭性打击

即便“官运亨

通”，贝当倒没有忘记自己的本行。他对当时最先进的装甲部队和空军的运用，都有自己的独到看法，甚至也意识到了“闪电战”的可能性。但是，出于一生对“稳固防守”的信任，他大力支持修筑著名的“马奇诺防线”。

另一个让人注意到的变化是，可能因为地位的提高和资历的增长，贝当开始渐渐不再刻意隐藏自己的政治倾向：他讨厌效率低下的民主制度，对独裁统治表现出了超乎一般的好感。

但是，大家并不担心一个已经 80 多岁的昔日“国家英雄”能产生多大的实际影响，大家要做的，就是给贝当应有的荣誉，然后让他安享晚年。

1939 年，83 岁的贝当被任命为法国驻西班牙大使——他和西班牙的独裁统治者佛朗哥私交甚笃。

现在，贝当再次回到了 1914 年他 58 岁时的那个状况，同样准备安享晚年了。

然而，这一次的希望再一次落空。

第二次世界大战又爆发了。

4

按理说，作为一个已经 80 多岁的老人，二战对贝当的意义已经不大了。

但是，这一次的情况似乎有点不一样。

在第一次世界大战中和德国死磕 4 年的法国，在这一次战争中兵败如山倒，从 1940 年 5 月 10 日纳粹德国发动全线进攻开始，法国人只抵抗了一个月就全线崩盘。崩盘的开端和著名标志，就是德国的 A 集团军以全新的“闪电战”打法，绕过了贝当和很多法国将帅引以为豪的“马奇诺防线”，从阿登地区突入法国，直插法国腹地，一个月打穿法国全境。

此时的法国，已经满目疮痍。更糟糕的是，面对德国数十万陷入亢奋状态的虎狼之师，法国本土那些被击穿防线后的陆军已经七零八落，毫无斗志——很多人都不想打下去了，但是没人敢说出来。

这时候，他们想到了“法兰西救星”——已经 84 岁高龄的贝当元帅。

贝当是在 1940 年 5 月从西班牙被召回国的，当时他被任命为内阁副总理，统领法国的所有军队。有一些法国民众盼望他能和一战时一样，面对德国纳粹，再一次喊出：“他们不会通过！”

然而，这一次的贝当，却和他们想的完全不一样。因为贝当被召回的一个主要目的，并不是领导法国继续战斗。贝当显然也清楚自己的使命，他回国后就提出自己的观点：不能再打了，停战吧。

谁都知道，此时法国单方面请求“停战”，其实就等于宣布投降。

从 6 月 13 日到 16 日，以贝当为领袖的“主和派”在法国内阁中占据了压倒性优势，希望法国能坚持战斗下去的总理雷诺最终无奈宣布辞职，贝当被任命为内阁总理并组阁。

贝当随即通过电台向全国发表讲话：“我把本人献给法国，来减轻它的痛苦。”

6 月 17 日，贝当下令法国境内的部队全线停火。

贝当与希特勒见面

这对法国而言其实是一个非常不利的命令，因为放下武器，就意味着法国在接下来的谈判桌上拿不到任何有利的筹码。但是，贝当政府似乎已经不在乎这些了。即便希特勒要求法国的停战协定签字地点必须是贡比涅森林的“福煦车厢”，贝当也答应了——这在很多法国人看来，是十足的羞辱。

6 月 22 日，经贝当同意，《法德停战协定》在那节标志着法国在第一次世界大战中胜利的火车厢内签订，法国接受了一系列屈辱的让步：法国被分割成了两部分，包括首都巴黎在内的 3/5 北方国土归德军占领，而占领的军费由法国负担；2/5 的南方国土为“自由区”，由法国政府管理；法国的空军、陆军裁到 10 万人；法国政府要在政治、经济、外交等各个领域与德国进行全方位合作。

1940 年 7 月 10 日，迁到南部小镇维希的法国“维希政府”进行了参众两院的投票，以 569 票对 80 票的绝对多数通过了制宪法令，赋予政府首脑贝当全权起草新宪法。

“维希政府”正式开始运转。

5

无论从哪个角度看，“维希政府”都是一个傀儡政府。

但是，这个服从德国纳粹主义，在各方面为纳粹德国提供便利乃至提供港口、机场、劳动力的傀儡政府，在相当长的一段时间内还是受到法国民众欢迎的——因为他们认为，这种牺牲避免了法国被轴心国瓜分。

事实上，当时全世界除了英国之外，包括美国在内的各国都承认“维希政府”是法国的合法政府。

英国为何不承认呢？因为贝当当年的那个学生戴高乐流亡在英国，成立了“自由法国”，发誓要一直与纳粹德国战斗下去。

为此，维希政府缺席审判戴高乐死刑。不过，面对昔日的得意门生，贝当在戴高乐的死刑宣判书上附加了一个批示：无须执行。

不过，那个时候的贝当，已经基本上以一个“独裁者”的形象出现了。

1940 年 7 月 11 日之后，贝当成了“法兰西国家元首”，在之后的短短几天时间里，法国原来的参众两院，以及总统、总理职位全都被废除，国会的活动也被停止，所有的行政、立法、司法大权都掌握在贝当一个人手上。

维希政府的一切文件的抬头都是：“本人，菲利普·贝当，以法国元帅、法兰西国家元首名义宣布……”

然而，贝当的“独裁者”位置并不会，也不可能坐得太久。

纳粹德国之所以放着 2/5 的法国国土不占领而扶植一个傀儡政府，是因为当时德国没有精力也没有实力去接管法国庞大的海外殖民地体系，也怕把法国逼急引发所有海外殖民地倒戈，所以选择了一个听话的政府代管。

但是，随着二战的战况渐渐不利于德国，维希政府的利用价值也越来越小。从 1940 年开始，就断断续续有法国的海外殖民地宣布倒向盟国和戴高乐的“自由法国”，1942 年，盟军的“火炬行动”更是一举解放了北非的所有法国殖民地，这让维希政府的地位瞬间就变得尴尬起来。

为防止盟军利用北非的法属殖民地作为登陆跳板，德军很快就占领了大部分南部法国。1943 年意大利投降后，德国迅速占领了法国全境。

从头到尾，维希政府就只是一个摆设。

就在德军占领法国南部大部分地区的时候，有人劝贝当离开法国，但他不肯，他认为“要和自己的人民在一起”。

1944 年 6 月，盟军登陆诺曼底，8 月，戴高乐带着“自由法国”的军队解放了巴黎。此时的贝当才意识到大势已去，开始烧毁自己的私人文件，并派人联络戴高乐，准备和平交接——戴高乐毫不犹豫地拒绝了。

无奈之下，贝当只能带着身边人在德国的安排下开始逃亡，从德国到瑞士，最终在德国投降前，自己向戴高乐的法国临时政府自首。

89 岁的贝当，面临人生的最大一场审判。

戴高乐进入巴黎

6

1945 年 7 月 23 日，万众瞩目的“贝当审判”在法国最高法院开庭。贝当被指控犯有五条罪状：

第一，同德国签署停战协定，违背了法英同盟条约；

第二，配合德国，对英国和其他盟国采取敌对行为；

第三，动员全国工业部门支持纳粹德国进行侵略战争，并向德国输出大批法国劳工；

第四，建立独裁政权；

第五，私自允许德国控制本国领土。

审判长达 20 多天，贝当在整个过程中一言不发。

尽管还颇有一些人为贝当喊冤，但最终审判结果却不出人意料：

贝当被判处死刑，没收一切财产，并被宣布为“民族败类”。

这时，站出来的是贝当的那位学生戴高乐。作为当时法国临时政府的最高领袖，戴高乐签署了“特赦令”——改判贝当终身监禁。

贝当于是被囚禁在大西洋一座小岛上的监狱里。在那里，他的健康状况也慢慢变差。

1951 年 7 月 23 日，95 岁的贝当走到了人生尽头，在监狱中逝世。

在贝当 58 岁担任上校职位并等着退休的时候，他会想到自己暮年的人生是什么样的吗？

如此跌宕起伏，如此大喜大悲。

馒头说

可能有不少人会拿贝当和汪精卫比，但两人还是有区别的，主要是两点。

第一，当时的法国已经被打到瘫痪，又没有什么战略纵深，至少在本土确实已经失去了抵抗能力，但中国不一样。在国民政府已经迁都重庆的情况下，中日战争已经进入了战略相持阶段，谁都看得出日本没办法一口吞掉中国，而中国还有几百万军队可以用于战斗，并且在坚持战斗。

第二，不管怎样，贝当当时的抉择背后，其实是法国很多人的默认和许可，他只是一个代表，而他代表的确实是法国政府，这也是维希政府成立后受到全世界绝大多数国家承认的原因。但中国当时的主流观点是“坚决抵抗”，汪精卫作为国民党副总裁，私自决定出逃并投降，是没有资格代表中国政府的，更何况重庆的国民政府依旧存在。

当然，说这两点，不是在为贝当辩护。

诚然，贝当在第一次世界大战期间是整个法国的民族英雄，做出过很多的贡献，但二战期间作为维希政府的首脑，无论他出发点如何，是否“背锅”，如何“自我牺牲”，投降就是投降，这没什么好说的。

更何况，维希政府在贝当的治下，虽然对纳粹德国的不少政策都阳奉阴违，也竭尽全力保持中立，但也为纳粹德国提供青壮年劳力，甚至很多亲纳粹分子志愿加入德军，包括向纳粹德国上缴战争资源，为纳粹军队生产各种武器装备，这些都是间接的“助纣为虐”行为，这不是什么“保全了法国国土不受战争蹂躏”或“让法国在二战期间伤亡人数减到最低”这种理由可以解释的。

所以，功是功，过是过。我个人确实很感慨贝当一生的跌宕起伏、大喜大悲，但有些原则性的问题，确实是没的辩的。

有时候想想，“急流勇退”也不是没有道理。

本文主要参考来源：

1.《戴高乐与贝当》（蓝沙，《书城》，1999 年第 2 期）

2.《挽救国家危亡的一战老将，二十多年后却沦为卖国贼》（“我方团队张嵚”，腾讯网，2017 年 12 月 19 日）

3.《从“民族救星”到“叛国贼子”——亨利·菲利浦·贝当元帅充满争议的一生》（魏文刚、李亮、朴虹，《环球军事》，2009 年第 22 期）

奥本海默："原子弹之父"的成功与悲剧

关于奥本海默，我在本书第一部分的《第一颗原子弹爆炸背后的四个人》中提到过。但我觉得，还是值得为他单写一篇，为他跌宕起伏的一生，以及他背后折射的科学与政治的关系。

1

当二战进入1942年上半年的时候，美国政府终于下定了决心：投入全部力量，全力研制一种闻所未闻的超级炸弹——原子弹。

这个起因如今很多人都已经知道：1939年8月2日，以爱因斯坦为首的科学家们给总统罗斯福写了一封言辞恳切的信，希望总统下令全力研制核武器——德国人已经在海森堡的主持下率先开始了工作，如果这种超级炸弹掌握在泯灭人性的纳粹手里，那谁也不敢想象结局。

尽管之前从没有人做过这项工作，但可以想象，那将是一个非常浩大的工程。于是问题也就来了：谁来领导这个工程？

是带头写信的爱因斯坦吗？他的能力、资历和威望自然是够了，但因为其他一些方面的原因，这位天才科学家是最先被排除的。

那么，是不是应该在当时从四面八方汇聚到美国来的诺贝尔奖获得者中挑选一个呢？按理说，负责如此高端和机密的工程，“得过诺贝尔奖”应该是一个最低门槛。

但是，最终“曼哈顿计划”项目负责人名字被公布的时候，还是多少有些出人意料——那是一个并没有获得过诺贝尔奖的科学家：尤利乌斯·罗伯特·奥本海默。

2

如果把智商和学历作为一个门槛的话，那么奥本海默无疑是够格的。

1904 年 4 月 22 日，奥本海默出生在纽约一个富有的德裔犹太人家庭，父亲是纺织行业的企业家，母亲是画家。放到现在，奥本海默足以让周围人羡慕——他是个富二代，又是个超级天才。

看看奥本海默的成长经历吧：在幼年时就受母亲影响涉猎艺术、文学、哲学、历史、科学和语言等各个领域，11 岁因为在矿物研究方面的成绩成为纽约矿物俱乐部年纪最小的会员，18 岁从纽约菲尔德斯顿文理学校以第一名的成绩毕业（美国很多政商和文化界名人都出自这个学校），后考入哈佛大学化学系。

在哈佛大学，别的同学一般只选 4 门课程，他选了 7 门，但还是抱怨“作业太少”。他只花三年时间就以“优秀”的成绩从哈佛大学毕业了，在他的毕业照片上有一句特别注明：“他只做了三年大学生。”

大学毕业后，奥本海默来到了欧洲，觉得自己当初的化学专业有些无聊，深深迷上了物理。

彼时的人类物理世界，正在进行一场翻天覆地的革命：1924 年，德布罗意提出“物质波”假说；1925 年，海森堡提出“矩阵力学”，泡利提出“不相容原理”；1926 年，薛定谔提出“薛定谔方程”，玻恩对波函数做出概率解释……

在一个崭新而宏大的物理世界面前，奥本海默立刻被深深吸引。

他先是进入英国剑桥大学著名的卡文迪许实验室，师从物理大神卢瑟福（被称为法拉第后最伟大的实验物理学家，1908 年诺贝尔化学奖获得者）。但卢瑟福认为这名天才弟子更适合研究理论物理，于是奥本海默受玻恩（量子力学奠基人，1954 年诺贝尔物理学奖获得者）引荐去了著名的哥廷根大学。在那里，奥本海默遇到了当时全世界物理学界的顶尖天才们：玻尔、狄拉克、海森堡、泡利等等。这段学习生涯对奥本海默产生了巨大影响，也让他的天赋得到了充分发挥。

玻恩曾回忆奥本海默在他手下做研究生时，经常打断别人（包括老师在内）的演讲而走上黑板拿起粉笔开始写方程式："这样会更好。"后来很多学生联合起来给玻恩写了一封抗议信，玻恩将这封信悄悄放在奥本海默很容易看见的地方，于是奥本海默后来参加讨论时就明显收敛了很多。

年轻时的奥本海默

1927 年，奥本海默因在量子力学方面的研究而获得博士学位，没多久后决定回到美国。当时美国诸多名校竞相向奥本海默发出任教邀请，但他最终选择了加州大学伯克利分校——据说一个原因是那里图书馆的古典文学书籍收藏不错。

毫无疑问，从智商、学历和资历上，奥本海默是够格的。但是，参与"曼哈顿计划"的科学家们，哪个不是"天才 + 学霸"？从二楼向这些科学家丢块砖头，很难不砸中一个诺贝尔奖获得者。

但是，奥本海默能够成为领导，恰恰也是因为这点。

3

最坚定推荐奥本海默的，是欧内斯特 · 劳伦斯。

欧内斯特 · 劳伦斯是高能粒子回旋加速器的发明者，也是 1939 年诺贝尔物理学奖的获得者，同时，也是加州大学伯克利分校的物理学教授。

最初，负责“曼哈顿计划”的美国军方主持人格罗夫斯将军内定的主持人是劳伦斯，但劳伦斯和另一名卓越的实验物理学家康普顿却坚持推荐以理论物理见长的奥本海默。

劳伦斯的推荐理由简单却有说服力：“曼哈顿计划”是一个要凝聚全世界最顶尖大脑的“超级工程”，但越是一流的科学家，就越有些“恃才傲物”，必须要有一个既懂科学又懂管理的人才来把这批人管理起来，有效运转，最快达成目标。

谁最合适？奥本海默最合适。

奥本海默似乎天生就是一个管理型人才，他演讲有说服力，待人有亲和力，与整个美国物理学界的顶尖科学家都关系良好，同时，他自己在业务能力上又不会被同行看低。

在淘汰了一批“忠诚度可疑”（比如移民到美国）的顶尖科学家之后，格罗夫斯和军方人员再三审核了奥本海默的家庭成分和忠诚度（出生在美国成了当时奥本海默的加分项），在要求劳伦斯写下保证书后，终于任命奥本海默为整个“曼哈顿计划”的首席科学家和总实验室主任。

奥本海默不辱使命。

作为耗资 25 亿美元、最多时参与人数超过 50 万的“曼哈顿计划”的总指挥，奥本海默充分展现了自己的科学素养和管理才能。在他的游说和鼓动下，玻尔、费米、查德威克等当时世界最顶尖的物理学家和诺贝尔奖获得者都加入了该计划。在奥本海默的领导下，他们全身心投入，高速运转。

奥本海默把原本分散在英国、加拿大和美国各地从事原子弹相关工作的实验室全部集中到了一起，亲自选定新墨西哥州的洛斯阿拉莫斯作为总实验基地，统一领导工作。

在那个人迹罕至的地方，一度聚集了超过 6 000 名世界顶尖的科研工作者。奥本海默从科学实验到医疗卫生，到地区交通，甚至到科学家孩子上学的问题都管了起来。他自己每天只睡 4 个小时，早上 7 点由他吹响第一声起床哨，敦促大家开始一天的工作。

奥本海默的付出得到了美国军方和科学家们的一致认同，连一向挑剔、与奥本海默不和的核物理学家爱德华·泰勒（后来他发明了氢弹，被称为“氢弹之父”）在参与“曼哈顿计划”后也感慨：“我不知道奥本海默是怎样做到这一切的，但是没有他的话，这项工程不知道什么时候能成功。”

1945 年 7 月 16 日清晨 5 点 30 分，人类历史上第一颗原子弹在洛斯阿拉莫斯附近的阿拉莫戈多沙漠爆炸成功。

在爆炸的一瞬间，现场受邀观看的 1 000 多名观众欢呼雀跃，而作为总设计师的奥本海默，望着那片腾空而起的蘑菇云，却从心底里感到了恐惧。他忽然想到了自己经常读的印度梵文诗选段（奥本海默会包括梵文在内的 8 种语言）：

> 漫天奇光异彩，有如圣灵逞威。
> 只有一千个太阳，才能与其争辉。
> ……
> 我是死神，是世界的毁灭者。

4

事实上，在原子弹研发进入尾声时，奥本海默的信念就已经产生了动摇。

在那段时间，从欧洲传来了苏军攻克柏林，希特勒自杀的消息。而在美军鏖战的太平洋战场，日军也已经节节败退，失败也只是时间问题。这让那些夜以继日研发原子弹的科学家们失去最大的动力——早日研制出原子弹，是为了不让纳粹德国抢先，如今这个威胁已经消除了。

在盟军已经完全可以取得战争胜利的情况下，科学家们陷入了良心的自责：这种超级杀人武器的问世，还有必要吗？包括奥本海默在内的科学家们提出了一个天真的建议：能不能只选择一块无人区，做一个示威性轰炸？

这个建议很快被美国政府否决了——"曼哈顿计划"历时三年，耗费数十亿美元，如果不用于实战，不产生结果，怎么向国会交代？怎么向纳税人交代？怎么向那些反对人士交代？

1945 年 8 月 6 日和 8 月 9 日，日本的广岛和长崎先后被投下原子弹，十多万人在白光一闪间灰飞烟灭。

当年 10 月，奥本海默辞去了洛斯阿拉莫斯实验室主任的职务，重新回到了加州大学伯克利分校任教。此时的他早已声名鹊起，受到全世界瞩目。两年后，奥本海默当选为美国最权威的普林斯顿高级研究所所长，并出任美国政府能源决策机构美国原子能委员会下属的一般顾问委员会主席。

这是当时一个科学家能在美国得到的最高政治地位，奥本海默用他自己的能力和表现，开了科学家影响美国政府决策的先河。

只是，因研发核武器登上这个台阶的奥本海默，却转而说服美国政府停止和限制核武器研究。因为作为一名科学家，他认为他和他领导的团队并没有增加全人类的福祉，而是给整个文明的未来蒙上了一层阴影。

《杜鲁门传》中专门记录了这样一个情节。

奥本海默见到了当时的美国总统杜鲁门，对他激动地说了一句话：“总统先生，我的双手沾满了鲜血。”而杜鲁门的回答比奥本海默还要激动：“沾满鲜血的是我！你手上的血还没有我一半多呢！这件事你就留给我来操心吧！”在奥本海默离开后，杜鲁门对身边的人表示今后再也不想见到这个人。

而奥本海默依旧没有认识到美国政府对发展核武器的决心。1946年7月1日，美国在比基尼岛试爆第四颗原子弹，奥本海默拒绝出席参观，事先还写信给杜鲁门请求放弃这次爆炸试验。杜鲁门对奥本海默再一次做出评价：爱哭的科学家。

作为阻止核武器发展的另一个举措，奥本海默明确拒绝了当时找他寻求支持的科学家爱德华·泰勒，表示自己“不会出力，也不愿出力”——泰勒当时希望能得到奥本海默的支持，继续研究比原子弹威力更大的氢弹。

然而，奥本海默作为一名科学家，确实没有明确意识到当时的国际形势已经风云突变。

二战结束，一道“铁幕”在昔日的盟友苏联和欧美之间缓缓落下。1949年8月29日，苏联宣布成功试爆本国第一颗原子弹，美国人苦心建立起来的“核垄断”在短短四年之间就被打破；中国共产党通过解放战争，在短短三年多时间里就在中国建立了不可撼动的优势；在朝鲜战场，武器和后勤明显落后的中国人民志愿军居然把以美国为首的十六国联军死死钉在了“三八线”……

现在美国迫切需要进一步在核武器上建立起对共产主义世界的优势，怎么会听从奥本海默的劝阻？

1952年11月1日，代号为“迈克”的人类历史上第一颗氢弹在太平洋马绍尔群岛的埃尼威托克珊瑚岛被引爆，产生的爆炸当量相当于广岛原子弹的500倍。

领导氢弹计划的，正是当初被奥本海默拒绝，但之后获得美国政

人类历史上第一颗氢弹爆炸的场面

府支持的爱德华·泰勒。

也正是在这段时期，奥本海默的人生开始急转直下。

5

1952年，二战欧洲盟军的最高司令、五星上将艾森豪威尔当选为美国总统。

如果说是因为罗斯福起用奥本海默，继任者杜鲁门多少还有些忌惮和敬畏的话，那么军人出身的艾森豪威尔对一直和美国政策唱反调的奥本海默并没有什么感情可言。更糟糕的是，艾森豪威尔执政时期，恰恰是极端反共的麦卡锡主义大行其道的时候（可参看本书收录的《麦卡锡主义：一个从未远去的幽灵》一文）。

和很多杰出的科学家一样，即便功成名就如奥本海默，在这场被一些人称为"美国文革"的运动中也没能幸免。

1953年12月初，奥本海默去英国做一场科普讲座。在此期间，美国联邦调查局局长胡佛终于让总统艾森豪威尔相信：奥本海默是一个危险的共产主义分子，并且很可能是苏联在美国核领域方面的"代理人"。

为此，当奥本海默在12月21日回到国内时被告知：要么主动辞去他在美国政府的行政职务，要么就出席一场指控他的听证会。

尽管奥本海默知道自己在主持研究原子弹期间就受到了严密的监视和监听，依旧感到极大震撼。他毫不犹豫地拒绝辞职，决定出席听证会。

12月23日，针对奥本海默长达4周的听证会拉开帷幕，这就是历史上著名的“奥本海默事件”。

在听证会上，联邦调查局给奥本海默罗列了24条罪状，但主要归纳起来是两点。

第一，奥本海默年轻时与大量左翼组织接触并保持往来（奥本海默年轻时确实非常同情并支持共产主义，曾动用父亲的30万美元遗产中的一部分资助当时志愿去西班牙保卫共和国的“国际纵队”），并且他的学生中有大量左翼分子甚至共产主义者，妻子哈里森是左翼分子，弟弟弗兰克·奥本海默加入过美国共产党（奥本海默的这位弟弟同样是一位天才核物理学家，但后因为“麦卡锡法案”被剥夺教职，只能去做牧民放牛）。

爱德华·泰勒。他在奥本海默听证会上的表现激怒了整个美国科学界，虽然他是“氢弹之父”，但在美国科学界几乎被完全孤立。在公共场合，很多科学家都拒绝和泰勒握手

第二，奥本海默一直对美国研制氢弹进行“重重阻挠”以及抱“消极态度”，这是明显为苏联讲话，是对美国的不忠诚。

为此，当初在奥本海默那里碰壁的爱德华·泰勒还出庭作证，言语含糊却又指向明确地表示“美国的这项事业（指原子弹事业）如果不放在奥本海默手里，会更安全”。

整个美国科学界也因此震动。

除了泰勒之外，绝大多数在听证

1954 年，奥本海默登上了《时代》周刊封面

会上出席作证的科学家都表示因一个人的“核政策”与政府不符就要受审是对“民主精神的践踏”；当初洛斯阿拉莫斯实验室的 158 名科学家联名反对对奥本海默的审讯；爱因斯坦甚至不止一次在《纽约时报》等报刊上抗议，称“美国政府迫害原子物理学家奥本海默”。

奥本海默本人在听证会上否认了一切指控，但似乎政府并没有想听取他的辩解以及公众的呼声。

最终，听证会的审判委员会出具了判决结果：没有发现奥本海默对国家有过不忠诚的行为。

但是令人感到讽刺的是，在做了这个判决之后，美国政府还是决定剥夺奥本海默的一切安全特许和权限，全面禁止他与一切原子能项目产生接触。

奥本海默和爱因斯坦

这对奥本海默的打击无疑是巨大的，因为他一直希望今后能用他的政治身份，促成原子能在国际范围内的和平利用。

在奥本海默即将迎来自己的 50 岁生日之际，他的人生从巅峰跌落到了低谷。在之后的几年时间里，奥本海默迅速衰老。

6

奥本海默最终用了 9 年时间等来了自己的“平反”。

1960 年，约翰·肯尼迪当选为总统。那时，麦卡锡主义带来的疯狂浪潮已经褪去，肯尼迪在当选总统之后不久就向自己身边的幕僚透露，想给以奥本海默为首的一批当初受到迫害的人补偿（其中也包括卓别林）。肯尼迪为奥本海默选择的方式是颁予他 1963 年度美国原子能方面的最高奖项——费米奖，并颁发 5 万美元的奖金（相当于当时美国国务卿的年薪）。

但是，就在颁奖前的 10 天，肯尼迪遇刺身亡。

肯尼迪的继任者约翰逊成了 1963 年 12 月 23 日颁奖典礼上的嘉宾。在授奖仪式上，59 岁的奥本海默走向主席台时不小心绊了一下，约翰逊总统赶忙伸手扶他。但奥本海默推开了约翰逊的手，说：“总统先生，当一个人行将衰老时，你去扶他是没有用处的，只有那些年轻人才需要你去扶持。”

奥本海默在答谢词中说：“我想，今天的仪式是需要您的胆量和宽容的，我觉得这是我们光明前景的预兆。”

说这话的时候，奥本海默已经知道，政府虽然用这种方式给他恢复了名誉，但依旧禁止他接触一切关于原子能的机密。

奥本海默在 1966 年终于退休，但很快就发现自己患上了喉癌。

1967 年 2 月 18 日，奥本海默因喉癌逝世，终年 63 岁。

按照他的遗嘱，他的遗体被火化，骨灰撒到了维尔京群岛。

馒头说

其实，奥本海默自己也有过“出卖”别人的历史。

在获准主持“曼哈顿计划”之前，奥本海默接受了美国军方严格的调查和盘问，迫于种种压力，他在盘问中交代了他的一个同情苏联的好友——加州大学拉丁语系教授恰瓦列埃，这导致恰瓦列埃后来受到当局审查，被剥夺教职。

后来，奥本海默自己也感到了深深的自责，称自己当初做出的证词是“完全荒谬”的（奥本海默的作证后来在他的听证会上被联邦调查局公布，之前没人知道）。这也成了奥本海默一生当中无法抹去的污点。

说这个插曲并不仅仅是想证明“人无完人”，更是想说明，再是天才，再孤傲的科学家一旦遭遇政治，往往都会有深深的无力感。奥本海默无疑是一个天才，他对哲学和历史领域的广泛涉猎更使他成了一个超出民族主义、关注全人类共同命运的科学家。但这也在相当程度上造成了他的悲剧人生。

一方面，他需要依靠政治的力量来完成一个或几个科学家根本无法完成的事（“曼哈顿计划”），也希望借助政治的力量来实现他的人生理想（推广原子能在国际范围的和平利用）。

但另一方面，他和很多科学家认为的理所当然的道理，在政治人士眼里看起来却是近乎天真和幼稚的。更糟糕的是，他们这些人所谓的“抗争”，在强大的政治力量面前简直不堪一击。而且，他们有时候对自己身陷多方政治力量的角力之中也一无所知——奥本海默从某种意义上说也是当时美国陆军和空军较量的牺牲品。

值得一提的是，奥本海默一生获得过三次诺贝尔奖提名，但一次都没有获奖（他当时最有可能获奖的是关于“引力坍缩”的研究，但他没有持续研究下去）。事实上，他在牵涉到政治之后，就基本没有拿得出手的论文面世了。

当然，这绝非说奥本海默后来都是在浪费时间，恰恰相反，奥本海默的所作所为从某种意义上对科学研究和发展而言是具有重大意义的，他本人其实也不只是一个埋首实验室和课堂的学者，而是发挥了更大的作用。

只是，奥本海默为此付出了极大的代价。

如今回过头看，其实谁都无法从类似的政治风暴中幸免。在麦卡锡主义甚嚣尘上的时候，当初举荐他的劳伦斯曾劝奥本海默去欧洲暂避风暴，但奥本海默拒绝了，理由是："我不去，因为我就是爱这个国家！"

就像法国科学家巴斯德说的那句话："科学是没有国界的，但科学家是有祖国的。"

无论过去、现在，还是将来，科学和政治都很难完全割裂。在这样的前提下，科学和政治需要的不是一种对抗乃至两败俱伤的状态，而是一种博弈，一种双方求得各自最大利益的博弈。

当然，说起来容易，做起来难。在这一点上，奥本海默已经尽了自己最大的努力。

本文主要参考来源：

1.《奥本海默——天才的灵魂深处》（弗里曼·戴森著，陈难先译，《物理》，2017年第1期）

2.《奥本海默与原子弹》（胡新和，《社会科学战线》，2001年第6期）

3.《奥本海默的成功和衰落》（徐波、金尚年，《物理》，1988年第4期）

4.《原子弹之父的悲剧人生》（王波，《中国青年报》，2010年12月1日）

5.《奥本海默的胜利和悲剧》（吴生，《今日科苑》，2006年第11期）

6.《奥本海默传略》（初迅，《华东石油学院学报》，1982年增刊）

7.《重审"奥本海默事件"》（方在庆，《科学文化评论》，2006年第6期）

8.《两位"火神"——奥本海默和特勒》[曾晓萱，《清华大学学报》（哲学社会科学版），1990年第1期]

9.《奥本海默安全听证会研究》（王曙跃，山西师范大学硕士论文，2013年）

10.《奥本海默案件：美国的科学与政治》（王德禄，《世界科学》，1988年第4期）

11.《奥本海默访谈》（"曼哈顿计划之声"网站，https://www.manhattanprojectvoices.org/oral.histories/j-robert-oppenheimers-interview）

奥黛丽·赫本：天使的侧面

2004 年，时尚杂志 *Elle* 做了一项评选："谁是历史上最美丽的女人？"奥黛丽·赫本以 76% 的选票获得冠军。

即便考虑到东西方审美差异，奥黛丽·赫本的美丽和优雅，应该也不会有什么人否认。但是，除了"美丽和优雅"之外呢？

1

1929 年 5 月 4 日一大早，女男爵艾拉感到一阵腹痛，随即顺利生下了一个女婴。

这是艾拉男爵生下的第三个孩子。作为荷兰贵族的后裔，拥有"男爵"头衔的艾拉之前有过一次婚姻，生下了两个儿子，之后又不顾家族的反对，与英国银行家拉斯顿结婚，然后生下了这个女儿。虽然这个女儿的出生地是比利时的布鲁塞尔，但依旧跟随爸爸的英国国籍。

父母为这个女婴取名为奥黛丽·凯瑟琳·赫本·拉斯顿（Audrey Kathleen Hepburn Ruston），但后人只记住了这个名字的简单版本：

奥黛丽·赫本。

2

很难说赫本的童年是幸福的。

在赫本 6 岁的时候，有纳粹倾向的银行家父亲拉斯顿就抛下她和她的母亲走了。这对一直渴望家庭温暖的赫本而言，是一个很大的打击。

在英国继续待了 4 年之后，1939 年，10 岁的赫本随母亲回到荷兰，进入了荷兰安恒音乐学院（Arnhem Conservatory）学习芭蕾舞——这是影响她一生的一个兴趣爱好。

不过，留给赫本安心跳舞的时间并不多。那时，第二次世界大战在欧洲战场已经全面爆发。1940 年 5 月 15 日，面对德国纳粹压倒性的军事打击，几乎没有还手之力的荷兰宣布投降。此时，赫本母亲的贵族血统惹上了麻烦，因为据说她的家族带有犹太血统。结果赫本家里的所有财产都被德军没收，而她的舅舅更被送进集中营后处决。

从小还算养尊处优的赫本开始过上了拮据的生活，如何“吃饱肚子”成了最大的一个问题。为了能够生存下去，她只能吃由郁金香球根和野草混合的“绿色面包”，以及大量喝水——童年的营养不良使得赫本终生身材瘦削。

在最艰难的战争时期，赫本做了两件值得骄傲的事：第一，她一直没有放弃芭蕾舞，哪怕条件再困难也在继续练习；第二，她一直通过芭蕾舞的表演为荷兰的游击队秘密募捐，甚至亲自参与情报传递。

童年的奥黛丽·赫本与母亲在一起

1945 年，战争终于结束了。16 岁的赫本由于贫穷和饥饿，身高 1.7

米，体重却只有 80 斤，而且还身染贫血、哮喘、黄疸等多种疾病。

好在战争后不久，刚刚成立的联合国儿童基金会和救援十字会来到了荷兰，为孩子们提供食物、药品和必要的服装。而赫本当时和她的同龄人一样，成了受益者。这不仅让她渡过了难关，还给她留下了深刻的印象。

1948 年，赫本随着母亲一起从荷兰来到了英国的伦敦，当时她们的全部财产就只有省吃俭用存下来的 100 英镑。赫本一开始想进入芭蕾舞学校继续深造，但在几个月的训练之后，她被告知因为童年时的营养不良影响了身体发育，所以她已不适合再做一个芭蕾舞舞者了。

怎么办呢？

并没有因此被击倒的赫本，开始转职做兼职模特补贴家用，并开始参与歌舞团的演出，同时参加一些电影的演出。

那一年，奥黛丽·赫本 19 岁。

一条她从未想过的道路，正在前方不远处等着她。

练习芭蕾舞的赫本

3

最初，赫本当然是以“跑龙套”的角色登台的。

从负责讲解的空姐到瑜伽女学生，从女店员到电话接线员，赫本在电影中扮演了各种各样的角色。直到 1951 年，22 岁的她接到了犯罪电影《双艳姝》的拍摄邀请——那是她第一次以女主角的身份出演电影。这部电影虽然没有大红大紫，但对奥黛丽·赫本的一生产生了重要的影响。

过往的点滴，都是成功的序章。

因为主演《双艳姝》，有了一定知名度的赫本随后接演了电影《蒙特卡洛宝贝》，在赴法国拍摄取景的时候，她意外被看中成了音乐剧《金粉世界》的女主角。这部剧在美国百老汇连演了 219 场，赫本更是因为自己的表演才能获得了托尼奖（美国话剧和音乐剧的最高奖）的最佳女主角奖。

但这并不是全部。

赫本正在帮自己的舞台剧张贴广告牌

因为主演《双艳姝》，赫本被这部电影的导演狄金森推荐给了著名导演威廉·惠勒。惠勒在看了赫本的试镜表演之后，觉得她非常适合主演自己即将开拍的那部浪漫轻喜剧电影。那部电影的名字，叫《罗马假日》。

《罗马假日》的故事结构其实非常简单：即将继承王位的欧洲某

国公主安妮（赫本饰）出访各大城市，受到热烈欢迎。在最后一站城市罗马，觉得受到束缚的公主悄悄在晚上溜了出来，结果遇到了一位美国记者乔（格里高利·派克饰）。乔试图用偷拍曝光一个关于公主的大新闻，但两人却阴差阳错地在罗马度过了开心而又浪漫的一天，擦出了爱情的火花。最终，必须要回到王室的公主和良心发现的记者在众目睽睽之下假装互相不认识，握手告别。

奥黛丽·赫本在《罗马假日》中饰演的安妮公主形象

《罗马假日》让罗马的这个景点成为热门的游客打卡地，把手伸进去假装被咬成了拍照的标准姿势

在这部电影中，安妮公主这个角色似乎是为奥黛丽·赫本度身定做——美丽、优雅、天真、善良、活泼，赫本几乎只要本色出演，就

将一个高贵雍容又美丽率真的公主呈现在了公众面前。

结果当然是一炮而红。在 1954 年的奥斯卡颁奖典礼上，《罗马假日》获得 7 项提名和 3 项大奖，其中，赫本摘取了分量最重的奥斯卡最佳女主角奖。

那一年，赫本才 23 岁。

成为奥斯卡影后的赫本自此开始片约不断，她陆续接演了《龙凤配》（第 27 届奥斯卡最佳女主角提名）、《黄昏之恋》、《翠谷香魂》、《修女传》（第 32 届奥斯卡最佳女主角提名）等一系列电影，知名度大大提高，片酬也一路看涨。但真正让赫本继《罗马假日》之后在电影史上奠定地位的，是她在 1961 年主演的电影《蒂凡尼的早餐》。

赫本在这部电影中一举打破了自己以往塑造的清纯美丽形象，扮演一个渴望通过钓到“金龟婿”而跻身上层社会的应召女郎霍莉。

这部电影的原作小说作者楚门·卡波特其实一开始并不认为奥黛丽·赫本是最佳选择，他心目中的女主角位置是留给玛丽莲·梦露的，因为他觉得赫本并不具备那种“特质”。

赫本在《蒂凡尼的早餐》中的形象

然而，赫本的演出却让人眼前一亮，重新赋予了那个一门心思钻营甚至偷窃的“霍莉”一个全新的内涵，也让影片男主角保罗无法抵御霍莉的魅力变得真实可信——谁能抵御这种让人窒息的美丽呢？

而《蒂凡尼的早餐》对赫本而言，还有另一个里程碑式的意义：她成了时尚界的一个标杆。在这部电影中，奥黛丽·赫本穿的那条纪梵希小黑裙成了经久不衰的经典。

事实上，赫本和纪梵希的合作从《龙凤配》就开始了。当时由于纪梵希并没有时间接待赫本，她自己去纪梵希的仓库中挑选了三件上一季的衣服作为戏服。那三件衣服其实并不符合当时时尚搭配的主流审美，但经赫本穿上身后，却大放异彩，不仅让这部电影获得了当年的奥斯卡最佳服饰设计奖，而且成了万千女性选择搭配的标杆。

时尚界后来多了一个名称：赫本裙

《蒂凡尼的早餐》帮助奥黛丽·赫本获得了第34届奥斯卡最佳女主角的提名。她的声誉和成就在好莱坞乃至整个欧美影坛已经毋庸置疑。

然而，一些质疑也随之而来。

4

对赫本来说，她那种令人无法抗拒的典雅魅力，有时成了一把“双刃剑”。

《罗马假日》上映的20世纪50年代，恰逢二战结束，美国刚刚开始进入一个物质和精神都变得富足的时代：人们对未来充满憧憬，彼此之间相互尊重，讲究礼节，追求优雅。所以奥黛丽·赫本的清新典雅形象非常符合当时人们的期待，被认为这就是“女性应有的样子”。

但在经历了超过10年的经济高速增长之后，美国人的审美开始出现了转弯，在“嬉皮士运动”的助力下，涉及暴力、凶杀、色情等内容的电影开始受到欢迎，而对电影女主角的评价也开始变得多元化——如果你只会展现“美丽”或“优雅”的一面，会被不少人认为“演技单一”，甚至是“花瓶”。

但这并不能说是奥黛丽·赫本的错。尽管她演的任何角色，都会有“赫本的影子”，但她的那种优雅和魅力确实是由内向外散发出来的，是出于本性，而不是矫揉造作故意演出来的。

其实赫本也一直在尝试做突破和探索。

1967年，奥黛丽·赫本主演的惊悚电影《盲女惊魂记》上映。这部电影叙述的是盲女苏茜（赫本饰）在不知情的情况下拿到了一个装有毒品的玩具熊，在她独自一人在家的时候，前来寻找的毒贩冒充她丈夫的朋友闯入家中，不断套取玩具熊藏在哪里，孤身一人的苏茜与匪徒不断周旋，经历无数次凶险之后最终化险为夷。

赫本在这部惊悚电影中展现了精湛的演技，她为了能扮演好盲人这个角色，在拍摄中甚至可以保持全程不眨眼。而这部电影也为她带来了第五次奥斯卡最佳女主角提名。

凯瑟琳·赫本是和奥黛丽·赫本几乎同时代的伟大女演员，因为有同样的姓氏，所以她们两人一直被拿来做比较。当时舆论认为凯瑟琳·赫本“演啥像啥”，所以她才是演技派的代表

但是，又一个颇为尴尬的现象发生了：尽管赫本在角色定位上做了大胆的突破并取得了良好的效果，但相当一部分观众却对此印象并不深刻甚至视而不见，因为在他们的心目中，赫本就应

该是《罗马假日》中那个样子，那个永远光彩照人，甚至令人不敢正视的清新典雅女神。

在《盲女惊魂记》上映的这一年，奥黛丽·赫本 38 岁。那是一个作为成熟女演员转型的关键时期，而赫本似乎也证明了她有能力做到。

但是，也就是在这个时候，赫本宣布息影了。

《盲女惊魂记》的剧照

5

赫本之所以选择告别影坛，是因为爱情和婚姻。

赫本的第一段感情发生在她 21 岁的时候，当时她的男友叫詹姆斯·汉森。在赫本主演的《金粉世界》音乐剧巡演进行到第四场的时候，她宣布将在巡演结束后和汉森结婚。然而之后由于《罗马假日》大获成功，赫本开始片约不断，两人聚少离多，再加上赫本的母亲极力反对这门亲事，最终，赫本宣布与汉森解除婚约。

赫本的第二段感情发生在1953年，对象是《罗马假日》中男主角格里高利·派克介绍的美国剧作家梅尔·费勒。当时赫本24岁，而费勒已经36岁了，之前还有两段婚史。但可能是因为从小缺乏父爱，赫本迷上了具有成熟男人气质的费勒。一年多之后，两人在瑞士结婚。

赫本一生渴望家庭生活和亲情，所以她为这段婚姻注入了所有感情。由于童年时营养不良造成的体弱多病，赫本经历了两次流产，终于在1960年生下了儿子西恩。

然而，由于两人在事业上存在巨大的差距，相对默默无闻的费勒开始从“慈父”角色向“严父”角色转变，过问赫本在演艺事业上的各个环节，这渐渐让赫本难以接受。尽管《盲女惊魂记》是费勒担任的制片人，但就在这部影片结束拍摄之际，两人的矛盾已经不可调和。

为了处理家庭、爱情和事业中的矛盾，也为了有更多时间陪伴孩子，赫本选择放弃事业——宣布息影。但这一切努力并没有换来回报，1967年9月1日，赫本与费勒正式宣布分手。

在生下儿子后，赫本与费勒的合影

1968年秋天，剪去一头长发的赫本独自到希腊旅行。在那次旅行中，她认识了一位叫安德烈·多蒂的意大利心理医生。多蒂彬彬有礼，风趣幽默，一路上对赫本展开了热烈的追求。赫本当时可能不知道，多蒂在 14 岁时第一次看《罗马假日》后就对自己的妈妈说："我长大要娶这个女人为妻。"

可能是对家庭生活太过渴望，刚刚从一段失败婚姻中走出来的赫本，在 1969 年 1 月，再次穿着纪梵希设计的粉红色针织连衣裙，与多蒂出现在了教堂之中。

已经息影的赫本这一次更全身心地投入婚姻中，她陪丈夫逛街，送孩子上学，并且生下了自己的第二个儿子卢卡。有一次，在一位伯爵夫人家中，赫本发自内心地说："我又在爱中，又幸福了。……我已嫁给了一个我爱的人，愿意按他的日程表生活了。为什么还要重新去工作？去过那种我不想过的生活呢？"

赫本与丈夫多蒂一起送孩子上学

然而，赫本又一次失望了。

在婚后规矩一段时间后，多蒂最终还是露出了花花公子的本色。他与各类女演员、女模特甚至应召女郎在夜总会、脱衣舞俱乐部中被拍下的照片，经常被登在报纸的醒目位置——因为他是“女神”赫本的老公。赫本后来才知道，丈夫在自己待产期间就已经开始恢复猎艳生活了。

这对一直希望从家庭获得安全感的赫本而言是不可接受的，她觉得自己已经付出了能付出的一切，但最终却换来这样一个结果。赫本曾经试图挽救这段婚姻，她尝试自己隐忍，将注意力都放到孩子身上，甚至和丈夫去了一次夏威夷度二次蜜月，但最终发现这一切都是徒劳，两人开始分居。1981 年，赫本与多蒂低调地办理了离婚手续。

一生渴望家庭但无法获得的赫本，终于还是对婚姻感到失望了。在此之后，赫本遇见了荷兰演员罗伯特·沃德斯，两人彼此找到了心灵的慰藉，最终住到了一起。此后 10 余年，两人相濡以沫，互相扶持，彼此珍惜，赫本称沃德斯是自己的“灵魂伴侣”。

只是，赫本最终没有再选择结婚。

赫本与沃德斯在一起

6

1975 年，46 岁的奥黛丽 · 赫本宣布复出影坛。

8 年的时间虽然不长，但电影界已经天翻地覆。很多赫本熟悉的拍摄流程、导演要求、演员技巧都已经跨越了一个时代，整个电影制造产业变得更紧凑，也更趋向流水线化。赫本还是很快适应了这一切，她主演的《罗宾汉与玛丽安》《血统》《哄堂大笑》等电影，都获得了不俗的口碑。

但晚年的赫本，已经找到了一件她认为更有意义的事。

1988 年，59 岁的奥黛丽 · 赫本出任联合国儿童基金会大使——童年受过联合国儿童基金会帮助的事情，她一直记得。对于赫本来说，那绝对不是一个虚荣的头衔，她真的为此付出。她开始不定期地举行一些音乐会和募捐会，为全世界贫困地区的儿童捐款募资。

而赫本更愿意亲身到贫困地区去。没有专机，没有车队，没有浩浩荡荡的随从，赫本曾坐在货运飞机里的米袋上，辗转十几个小时，飞到充斥着战火与传染病的埃塞俄比亚，去看望那里的孩子，真心地拥抱和亲吻每一个孩子。她曾说过："当你长大时，你会发现你有两只手，一只用来帮助自己，一只用来帮助别人。"

有些明星去贫困地区慰问时，都要特地关照摄影师精心修剪那些拍摄的照片，而赫本却让助理关照摄影师："告诉他们别动我的脸（上的那些皱纹），那些都是我的收获。"

1992 年，赫本去了兵荒马乱的索马里。当她看到大批因传染病和饥饿死去的儿童像牲畜一样被装在卡车上运走时，她实在忍不住了，不顾被传染的风险，爬上卡车去查看会不会还有幸存的儿童。

其实那个时候，赫本自己也在忍受病痛的煎熬。而且她自己也没有想到，1992 年的索马里之行，是她的最后一次慈善行程。

1992 年，奥黛丽·赫本在索马里

1992 年 11 月，长期忍受腹痛煎熬的赫本去做了一次检查，她的腹腔内被检查出了癌细胞。经过几个月的化疗之后，癌细胞还是扩散了。

7

1993 年 1 月 10 日，赫本最后一次走进自己家的花园。

在自己的灵魂伴侣罗伯特·沃德斯的搀扶下，赫本依依不舍地抚摸着花园里的每一株植物，仔细告诉沃德斯不同的养护要求。因为赫本自己也知道，在不久的将来，她无法亲自完成这个任务了。

在最后几天躺在床上的时候，守候在床边的儿子问赫本：是否还有什么遗憾？

赫本说："没有，没有什么遗憾，我只是不明白为什么有那么多儿童在经受痛苦。"

1993 年 1 月 20 日，奥黛丽·赫本因为结肠癌病逝，享年 64 岁。

在她的葬礼上，和赫本结下一生友谊的纪梵希成了抬棺人，而当时已经77岁的格里高利·派克也专程赶来，与当年的女搭档含泪告别。

赫本去世的消息传出后，全世界各地的影迷都陷入了无尽的悲伤之中，他们举办了各式各样的悼念活动，哀悼他们心目中永远的“天使”离开了人间。

而有一座城市，更是有成千上万的人自发来到了河边，点上了蜡烛，放上了鲜花。

那一座城市，是罗马。

奥黛丽·赫本的葬礼

馒头说

我相信，赫本是很多人心目中的女神，且是“完美女神”。确实，无论是从东方审美还是西方审美的角度，赫本留下的一系列荧幕和平面形象，都是那么光彩耀眼，可能再挑剔的人都很难找出毛病。

然而，世间又哪有“完美”二字？

以“美丽”和“优雅”著称的赫本在初入演艺圈的时候，被人评价“脸大，腮长，腰太细，腿太短”，并不是一个“美人胚子”。

很多人很羡慕赫本永远能保持一副瘦削的身材，但大家未必知道那是因为她从小经历战争而造成营养不良，落下了一身的疾病。

一向“本色出演”的赫本，最初曾因为无法在电影中流泪而被导演批评，在《罗马假日》的那场流泪戏中，最后被导演狂骂“浪费胶卷”，才紧张委屈地掉下了眼泪。

赫本相信爱情，渴望亲情，愿意为家庭付出一切，甚至付出息影的代价，但两次婚姻都让她伤痕累累。

大家总是觉得赫本是“美丽优雅”和“雍容华贵”的代名词，但其实她一直在尝试突破和创新，就连《罗马假日》，她其实演绎的也是“落跑公主”的角色，只是因为她的形象给人的印象实在太深刻，以至她的转型一直艰难无比。

其实，我们必须承认我们会选择性地忽略，因为我们只需要一个“完美”的奥黛丽·赫本，那是大家心目中一个人应该有的完美样子。然而，加上这些细节和血肉之后，奥黛丽·赫本其实从平面走向了立体，并且无损她的形象。

更何况，她最终把自己的小爱升华成了大爱，让世界认识到了一个美丽的人应该具有的魅力——当然不只是容颜。

经历过战乱，体会过饥荒，为了家庭而甘愿牺牲事业，受过伤害却依旧相信感情，最终愿意为世界奉献爱，这很可能就是奥黛丽·赫本至今仍能给我们留下一个完美形象的重要原因。

在经历了生活的痛苦之后，依旧相信生活，热爱生活，这是最宝贵的。

曾经沧海仍为水，天使依旧在人间。

本文主要参考来源：

1.《奥黛丽·赫本的生平简介》（人民网，2019 年 8 月 1 日）

2.《奥黛丽·赫本：高雅女神的另一面》（李夏至，《北京日报》，2015 年 4 月 7 日）

3.《奥黛丽·赫本父母经常争吵　父亲对其冷漠》（《武汉晚报》，2014 年 6 月 5 日）

4.《天使睡去 15 年》（《竞报》，2008 年 1 月 21 日）

自然的抗争

在这个星球上，人类被视为万物之灵长。

然而，我们真的是这个星球的主宰了吗？真的是不可击败的吗？

在地球这个大自然生态环境中，有些生物灭绝人类的手段，其实比人类历史上最残酷的战争还要高明得多。

在如今这个大环境下，尤其值得我们感慨和反思。

1910 年，那场在东北暴发的鼠疫

当人类面对突如其来的看不见的杀手时，最需要做的，究竟是什么？

1

这是 1910 年 9 月。

每年的这个季节，大量猎人拥入位于中国东北呼伦贝尔大草原的满洲里，开始大规模捕猎一种被称为“旱獭”的动物。

旱獭，是松鼠科中体型最大的一种，我们比较熟悉的是它的另一个称呼——“土拨鼠”。

旱獭的肉是可食的，脂肪可以入药，但最珍贵的，还是它身上的毛皮。

旱獭的毛皮皮质好，坚实耐磨，经过加工后可以和貂皮媲美，所以在 20 世纪初的国际市场上很受欢迎。宣统二年（1910），一张旱獭皮在国际市场上的价格已经上涨到了 1.2 卢布——大致相当于当时的一两白银。仅 1910 年，从满洲里出口的旱獭皮就达到了 250 万张。

旱獭

由于每年的9月前后是土拨鼠皮毛生长最好的季节，所以人手短缺的俄国人就雇用了大量华工，一起捕捉旱獭。那些从直隶和山东被招募过来的中国苦力，最初并没有什么捕捉旱獭的经验，但好在这个季节的旱獭相对便于捕捉，聪明勤劳的华工很快学会了捕捉的方法。

尤其是他们发现，运气好的话，会遇到一种“呆笨”的旱獭：这类旱獭步履踉跄，碰到猎人时既不能跑，也不会叫，而是傻傻地待在原地，只需要一棒子打死就行。猎人们发现，这类旱獭的眼睛中有乳白色的云状物体，而且会被同类抛弃，不被允许与其他旱獭同居一穴。

每每遇到这类旱獭，猎人们就会庆幸自己运气不错。他们也知道，这是一只生病的旱獭，不费什么力气就能捕捉到。他们像对待其他旱獭一样，将它们的皮徒手用刀剥下，至于肉，就做成一顿改善伙食的大餐。

至于这只旱獭究竟生了什么病，大家并不关心。

事实上，以当时大多数人的认知水平，也根本不可能知道旱獭究竟得了什么病。

旱獭得的是由耶尔森菌属中的一种细菌引发的烈性传染病。这种传染病，曾在14世纪中期的短短6年时间里导致近3 000万欧洲人死亡。

它曾被称为“黑死病”，但更官方的叫法是鼠疫。

2

那一年，究竟是谁先感染了鼠疫，有多种说法。

按照《东三省疫事报告书》的记载，是这样的："工人张万寿者，向在俄境大乌拉站以招工为业。宣统二年九月初，工棚内暴毙七人。俄人闻之知为疫也，焚其棚屋，逐其工人，并将工人所有衣服行李等件尽行烧毁，以为断绝疫根之计。

"大乌拉站距满洲里百三十里，有业木工者二人被逐，于九月十七日由乌拉站来满，寓居铁路界内二道街张姓木铺，二十三日疫发相继死亡。同院田家伙房住客金老耀、郭连印二人遂亦传染于二十三日身死，是为满洲里疫症发现之起源。"

若按这份记载为准，那么这里面有几个关键点：

第一，鼠疫的初发时间，是在 1910 年 9 月中上旬；

第二，初发的地点，是在俄国境内；

第三，最初感染鼠疫的，是华工；

第四，俄国人已经知道是疫情，而不是一般的传染病，但他们只是做了简单粗暴的驱逐；

第五，在驱逐后，鼠疫被华工带回了满洲里。

当然，在当时的第一时间，很多人未必知道感染的是鼠疫——事实上，致命的细菌还在最先接触旱獭的猎人们身上潜伏，倒是通过交叉感染在木匠们身上暴发了。

20 世纪初的那个秋天，广袤的东北大地提供了鼠疫传播的理想环境：

天气渐凉，一个旅店的大炕上往往要躺十几乃至几十个人，大家互相抱团取暖，房间密闭，空气极不流通。

在寒冷的天气洗澡和洗头，对于当时的东北人来说本来就是一件奢侈的事情，不佳的卫生状况加速了细菌的传播。

当时无论政府还是民众，“防疫”意识几乎等于零，各地也没有必要的防疫设施和机构，对现代医学的概念也毫无认识，老百姓生病后甚至会求助于“跳大神”这类封建迷信来治病。

尤其关键的是，东北当时拥有中国最完善的铁路系统。在俄国和日本控制下的铁路体系，一开始也没有对疫情有足够的认识，大量已经被细菌感染的旅客通过四通八达的铁路，将鼠疫向四面八方传播。

20 世纪初东北大车店的内部

潘多拉魔盒已被打开，一场惨剧开始上演。

3

灾难最先暴发的地点，是哈尔滨的傅家甸。

从 1910 年 12 月 10 日开始，一直到 1911 年 1 月 7 日，傅家甸每天都有超过 100 人死亡。感染此病的人往往在两三天后就胸闷，头痛，呼吸困难，浑身青紫，最后痛苦而死。

关键是，这种疫病的致死率极高——在疫情暴发阶段，傅家甸确认染疫人数为 1 535 人，死亡 1 535 人。

吉林省也未能幸免。1910 年 12 月 14 日，长春出现首个病例，随后每天因疫病死亡的人数超过50人。

在奉天省的奉天市（今辽宁省沈阳市），1911年1月2日出现首个病例，随后迅速蔓延到城市和乡村。有一个男人从市内回到村里，染病而亡。全家7口人在照传统习俗为他举办葬礼后，几天后相继染病而死，只留下一个婴儿。邻居们帮忙埋葬了这一家，拿走了这家人在屋内的各种物件，随后接连死去，最终除了一名70多岁的老妇人和3名婴儿外，全村150人全部死亡。

一时之间，东三省风声鹤唳，棺材脱销，道路边甚至随处可以看到横躺着的尸体。

当时的东三省，四处可见横尸街头的景象

即便在这样的情况下，清朝的中央政府一开始也没有足够重视。直到1月12日北京、1月14日天津分别出现首例病例后，意识到疫病已经威胁到京畿安全的清政府，终于发布上谕："东三省鼠疫流行，著预于山海关一带设局严防，认证经理，毋任传染内地，以为民生。"

但为时已晚。

所幸即便是临时抱佛脚，清政府还是拿出了一定的办事效率：立刻开始筹措防疫资金，设立"东北防疫总局"，聘请国内外的防疫专家到东北帮助防疫。

这三项措施的前两项，都是投入钱和精力就可以做到的，但第三项，却没有那么简单。

当时，在东北拥有各自势力地盘的俄国和日本，都站出来指责清政府防疫工作指挥不力，进而提出要独揽东三省防疫工作。

防疫需要调动从军队到警察到各个部门，所以这不仅仅是简单的防疫，而是关系到国家主权的问题。

在这样的背景下，一位年仅 31 岁的华人被推到了时代舞台的正中央。

1911 年 1 月，这位华人被正式任命为“东三省防鼠疫全权总医官”。

他的名字，叫伍连德。

4

伍连德，字星联，祖籍广东，出生于马来西亚。

伍连德出生于马来西亚，但按 1909 年颁布的《大清国籍条例》规定，父亲出生在中国，即拥有中国国籍，所以伍连德也是中国人

1896 年，17 岁的伍连德留学英国剑桥大学曼纽尔学院，毕业后考入圣玛丽医院实习，随后又到英国、德国和法国等医院进行实习和研究，最终在马来西亚槟榔屿开设私人诊所。

1907 年，28 岁的伍连德接受了时任直隶总督的袁世凯的邀请，回国担任天津陆军军医学堂副监督（副院长），其个人命运开始与祖国发生关联。

1910 年的东北鼠疫暴发后，时任外务部右丞的施肇基（美国康奈尔大学哲学博士）洞悉日俄欲借“治疫”

之机行统治东北之实，所以力荐由本国人担任防疫总医官。伍连德就是在施肇基的极力推举之下走马上任的。

伍连德上任后最重要的事，就是先要搞清楚究竟是什么引发了这次疫情——当时还没有人知道是鼠疫。

为此，伍连德在不知不觉中创造了一个纪录：他成了中国第一个现代医学意义上解剖人体的人。

12月26日晚上，傅家甸有一名嫁给中国人的日籍客栈老板娘染疫暴卒。第二天一早，伍连德和助手就赶到事发地，在贫民区的一栋小楼里开始解剖尸体。

伍连德从死者的右心房抽取了血液样本进行细菌培植和涂片观察，同时通过切开死者的肺脏与脾脏表面提取组织块放入盛有福尔马林液体的容器里。在完成这一切后，伍连德将死者器官复位，缝合好表皮，为之穿戴整齐并放入事先准备好的棺材中——这一切都是瞒着外界进行的。

之后的四天时间里，伍连德在实验室里进行了紧张的分析和研究。在高倍显微镜下，伍连德看到所有切片中都出现了成群的鼠疫杆菌，而且是特有的两头着色的卵圆状。

在这样的情况下，伍连德提出了这次东北疫情的源头，是一种之前并没有见过的肺鼠疫——不同于之前通过跳蚤传播的腺鼠疫，肺鼠疫可以通过空气传播，尤其是飞沫传播，所以杀伤力极大。

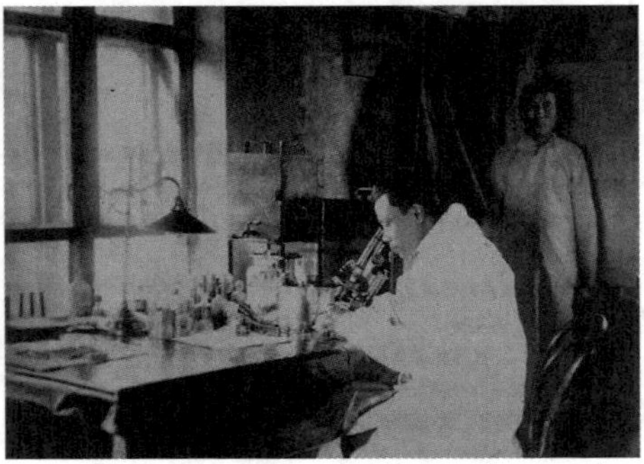
伍连德在实验室

在搞清楚了疫情的起因之后，伍连德立刻开始防疫工作。

但是，困难比他想象的要大很多。

5

伍连德首先遭遇的，是民众的信任问题。

在现代医学尚未普及的那个年代，广大中国人只信中医，认为西医都是“洋人的玩意儿”。疫情暴发之初，东北各地不少中医给出的判断是“疠气致疫”或“干燥致疫”，各种中医“偏方”也开始频频出现，很少有老百姓愿意去西医诊所。而中医们也确实相信自己能够对抗这场疫情，都勇敢地冲到了第一线。

结果，在长春某个10万人口的地区，登记备案的31个中医，有17个染疫而亡，这个结果让老百姓开始拥入伍连德在各地开设的鼠疫医院寻求帮助。

第二个是卫生习惯问题，比如戴口罩。

由于肺鼠疫可以通过飞沫传播，所以戴口罩是一项简易却非常有效的预防办法，但当时中国人几乎没有戴口罩的习惯，甚至那些中医在接待病人的时候也不佩戴，这也是造成中医人员大量牺牲的一个重要原因。

在火车上被隔离的妇女和儿童

为此，伍连德和他的助手们大力提倡每个人都要佩戴一种他发明的简易口罩：用外科手术用的洁白纱布制作，被称为“伍氏口罩”。随着疫情的加重，街上戴口罩的中国人开始多了起来。虽然很多人都不知道戴口罩的正确方法，有的套在脖子上，有的挂在耳朵上，但随着正确佩戴口罩的人慢慢增多，疫情的交叉传播得到了有效遏制。

第三个是习俗问题，比如过年走亲访友。

1911 年的除夕是 1 月 29 日，正值疫情的高发阶段。中国人的传统观念就是春节要回老家，还要走亲访友，这给疫情的传播提供了最可怕的人传人渠道。

为此，伍连德上奏清政府，并请俄国和日本政府配合，严格管控东三省铁路，派人沿途巡查，不允许携带细菌的人群继续流动。

当时设立的“疑似病院”

此外，伍连德奏请调来了 1 160 名职业军人和 600 余名警察，进行防疫专业训练后投入戒严和检查工作。他将这场鼠疫的源头傅家甸划分为四个区，每个区都委派军队、警察和高级医官分工合作，设立隔离区、消毒区、办公区和医务人员宿舍，密切监控街道上一切流动人员，所有参与防疫工作的人员每天都要进行严格消毒。当然，警察的另一项工作是采取必要的强制措施，弹压部分不肯理解或合作的群众——他们认为政府不让他们走亲访友乃至隔离是“违背人性”和“伤天害理”的。

第四个问题，是社会舆论问题，比如谣言。

疫情一发，谣言四起。其中一类谣言，就是这次疫情是来自“邪恶敌人的攻击”，比如说是俄国人或日本人干的。当时流传甚广的一种说法是，这次的疫情是日本人在东北水井里投毒引发的，目的是“毒

当时设立的临时消毒所

死全部中国人”。

尽管日本当时对中国的东北确实存有狼子野心，也确实在背后搞过不少小动作，但要发动如此大规模的细菌攻击，有一条逻辑是说不通的：当时在东北有大量日本侨民，他们没必要进行如此“无差别攻击”。

当时的《盛京时报》在1月27日的文章中也指出了这条逻辑问题：“夫疫症为害最烈，中外莫不畏惧，日人亦居奉天，岂独不怕传染乎？是以谣传不辨自明。”

事实上，恰恰是因为俄国和日本在当时的中国东北有大量利益，所以它们反而是最积极的防疫合作者。伍连德也深深认识到了这一点，和俄国与日本援助的医疗力量密切合作。在防疫过程中，甚至出现日本的医官及其妻子在照顾中国病人时双双染疫而亡留下三个孤儿的事。

截至1911年3月3日，日本投入东北的防疫经费是1 427万日元，俄国是24万卢布。

应该说，至少就防疫这件事而言，中日俄三国是密切合作的。

另外一类谣言，自然就是夸大疫情，制造恐慌。伍连德深知，杜绝谣言的最佳办法，就是透明公开。在他的主导下，很多地方沿路开始张贴“疫情形势表”，奉天防疫事务所自1911年1月20日开始，每天发布从前一天晚上6点到当天晚上6点的“疫病患者表”，表格里，从“本日新患疫”到“疫死者”到“患疫者总数”，每一条都非常详细。

在这样的举措下，谣言开始明显减少。

第五个问题，是中国人的传统观念，比如土葬。

伍连德经过研究发现，鼠疫细菌在人的尸体上能存活长达6个月，而中国人讲究土葬，疫情高发时，很多尸体甚至就裸露在外摆放，而坟场则成了一个巨大的传染源，这无疑大大增加了鼠疫的传播概率。

但要求尸体一律火葬的提议，又遭到了很大的阻力，因为这和中国老百姓崇尚“入土为安”的观念相抵。

关键时刻，伍连德得到了施肇基的大力支持，由施肇基不断上奏，当时的摄政王载沣最终拍板：疫区的尸体一律统一火化。

事实证明，伍连德采取的这一系列措施，都是非常有效的。

当时连同患疫者使用过的物件一律焚毁

6

1911 年 1 月 31 日，是令当时东北疫区的很多人印象深刻的日子。

在这一天，东北疫区的死亡人数第一次出现了下降。

在这之后的 2 个月里，这个数字一直在持续下降，并没有出现过反复——这意味着疫情指数已经越过了拐点，开始掉头向下了。

3 月 1 日，伍连德记录了东北疫区最后一个鼠疫病例。到了这时，他终于可以松一口气：疫情终于完全控制住了。

但这场疫情，对当时东北地区造成的伤害，也是显而易见的：从 1910 年 10 月 25 日至 1911 年 4 月 18 日，仅在东三省，这场鼠疫就夺去了近 6 万人的生命，其中情况最严重的哈尔滨傅家甸，有 5 693 人死亡，占到该地全部人口的 1/3——即每三人中就有一人染疫而死。

但换个角度来看，从疫情暴发到疫情结束，满打满算也就 5 个月左右的时间，以当时清政府的能力、东北地区的卫生条件状况和人们对疫情的认知，这场疫情能及时控制住并且没有造成更大扩散，已经是一个奇迹。

而这场鼠疫还有一个意义，就是让中国民众初步普及了现代卫生知识，让国家初步确立了防疫制度。

在这个过程中，伍连德确实功不可没。

1911 年 4 月 3 日至 28 日，清政府在奉天组织召开了“万国鼠疫研究会”，大会的主席是伍连德，来自英、法、美、俄、日等 11 个国家的 34 位医学专家出席了这场会议——这是近代在中国本土举办的第一次真正意义上的世界性学术会议。

2007 年，诺贝尔基金会官方网站公开了 1901 年到 1950 年之间的诺贝尔奖候选人资料。在 1935 年的“生理学或医学奖”候选人中，人们找到了一位获得提名的中国人。

“万国鼠疫研究会”部分参会人员合影，第一排右四为伍连德

他是那50年中，唯一一个获得诺贝尔自然科学类奖提名的中国人。他叫“Lien-Teh Wu”。

没错，就是伍连德。

馒头说

1958年诺贝尔生理学或医学奖的获得者乔舒亚·莱德伯格说过一句话：“同人类争夺地球统治权的唯一竞争者，就是病毒。”

很多人当初听到这句话时，觉得很诧异，但仔细回想一下，其实不无道理。

回顾人类历史，造成最多生命消失的其实不是战争，是细菌和病毒造成的瘟疫：第一次世界大战，算上平民一共死亡1 600万人，而一次黑死病仅在欧洲就夺走近3 000万人的生命；第二次世界大战大约有7 000万人死去，而天花病毒在18世纪大约夺走了1亿以上人的生命。

远的就不说了，就说2020年这场我们与病毒之间的战争，全世界几乎没有一个国家可以幸免，其蔓延之快，影响之大，让人心悸。

在这个过程中，从小的方面来说，我们看到了很多闪光点，很多动人事迹和感人画面，但也看到了很多值得反思、可以改进的地方。我们应该认识到，在这种影响整个人类的危机面前，我们不能每次都把希望寄托在具体的某一个人上面，无论是伍连德还是钟南山，而是应该有一套能立刻高效运转，每一个环节都不应该出现纰漏的成熟机制和体制——在这一方面，我们依旧还有不小的提升空间。

而从大的方面来说，如果上升到整个人类层面的话，我们还是要对自己有一个清醒的认识。

时至今日，人类科技文明的发达程度已远非我们的先辈们所能想象，上天入海，似乎无所不能。但在未知细菌和病毒面前，人类文明却又像一棵随时可以被掐断的小草一般孱弱——我们的这份自信，又是从何而来？

我曾看到某卫视新闻采访一名医务工作者，连夜操劳的他在镜头面前依旧保持昂扬的斗志，他不无悲壮地说："只要精准防控，精心医治，在人类面前，任何疾病都是微不足道的！"（大意）我完全理解他的心情，也向他表示崇高的敬意，但总觉得他的话有些地方好像不太对。

半小时后，当地的本地新闻再一次播放这条消息，电视编辑把"在人类面前，任何疾病都是微不足道的"这句话给删掉了。

我个人觉得，这位编辑做得对。作为这个星球的万物之灵长，我们人类还是要时刻保持一颗敬畏之心。

敬畏，不等于选择放弃。正相反，有了敬畏之心，我们才会在事前防微杜渐，即便是灾难发生后，我们也会在退无可退之际，迸发出昂扬的斗志和巨大的能量。

人类和细菌、病毒之间的博弈，是一场旷日持久的战争。

我们要学会有敬畏之心，那是对大自然应有的尊敬。

但面对威胁到人类生命的敌人，我们绝不会放弃投降。

加油！加油！

本文主要参考来源：

1.《清末东北地区爆发鼠疫史料》(上)、(下)(王道瑞，《历史档案》，2005年第1期、第2期)

2.《庚辛鼠疫与清末东北社会变迁》(李皓，东北师范大学硕士论文，2006年)

3.《清末宣统年间东三省鼠疫研究》(李银涛，河南大学硕士论文，2004年)

4.《清末东北政府防疫措施述评——以〈盛京时报〉报道的1910—1911年鼠疫为例》(任金玲，《商》，2014年第5期)

5.《鼠疫斗士：伍连德自述》(伍连德，湖南教育出版社，2011年)

6.《鼠疫斗士伍连德：华人世界第一个诺贝尔奖候选人》(刘玉峰，《三湘都市报》，2013年1月20日)

7.《110年前，中国人战胜鼠疫》(《凤凰周刊》，2020年第3期)

8.《沈阳万国鼠疫研究会始末》(于永敏、刘进、王忠云，《中国科技史料》，1995年第4期)

死神狂欢：1918 年大流感

这是人类历史上排名前三的传染病，在短短一年多时间内，杀死几千万人。

如今，100 余年过去了。

当我们面临新一轮的危机和挑战时，再回过头去看看那场大传染，能够得到什么经验和教训？

1

1918 年 3 月 11 日，美国堪萨斯州，芬斯顿军营。

列兵阿尔伯特·吉特切尔来到了军医 91 号大楼。这位连队的厨师向护士说自己感冒了，并抱怨“发冷，咽喉肿痛，头疼且肌肉酸痛”。

护士给阿尔伯特量了体温：39.4℃。

这确实是感冒的症状，护士随后按照规定，将阿尔伯特转入隔离病房进行隔离。

此时，离原本宣布中立的美国参加第一次世界大战已经过去 11 个月了，大批美国士兵已远赴欧洲参战，而国内的各个军营也进入了战备状态——一个士兵的感冒发烧，并没有引起重视。

但情况似乎很快就发生了变化：3 天之内，芬斯顿军营内感冒的士兵就增加到了 500 多人，3 周内增长到了 1 100 人——这还只是到医务所来求助的人的统计数字。最终，其中有 230 名士兵发展成了肺炎，38 人死亡。

不过，考虑到驻扎在芬斯顿军营的军人接近 4 万人，相对于在炮火连天的欧洲出生入死的同胞们，再参考季节性流感的死亡率，这样的情况并没有得到相关方面的重视。

有资料显示，其实在 1918 年 1 月到 2 月的农闲时节，位于堪萨斯州西南部的哈斯克尔就已经出现了"感冒流行"的情况，并且有过一天之内 18 人感染、3 人死亡的记录。但后来人们追根溯源，还是更愿意把确切的时间定为 1918 年的 3 月 11 日，而地点则锁定在芬斯顿军营。

那位以为自己只是得了普通感冒的列兵阿尔伯特，并不知道这种"感冒"其实是人类文明史上一种罕见的致命传染病。

在 1918 年至 1920 年短短两年不到的时间内，这种传染病造成全世界约 5 亿人感染。据最保守估计，至少有 4 000 万人，最多有 1 亿人被夺去生命——当时全世界的人口才 17 亿。

这场灾难性的传染病，被称为"西班牙大流感"。

而在目前已知的记录中，1918 年 3 月 11 日的美国芬斯顿军营，其实是能确定的这场传染病的最早发生地。

2

当致命的流感在美国蔓延之后，欧洲很快也被卷入。

至今没有确切的证据表明，当时正处在第一次世界大战尾声的欧洲是从何时何地开始被病毒攻陷的，但如果以有据可查的第一例美国病例来看，不排除是由增援欧洲的美军参战官兵把病毒带过了大西洋。

后来西方另有一种说法，认为中国才是这场致命传染病的发源地，欧洲的大面积暴发是因为一战期间 14 万到欧洲支援的华工将病毒带过去的。（他们认为之前在美国出现的病例也是由华人带去的。）

考虑到一些西方人始终带有优越感地认为中国人是“肮脏、不讲卫生的低等民族”，所以他们会有这样的论调倒也并不令人意外。但从时间上来看：第一批大约 1 000 名华工在 1916 年 8 月就抵达了法国马赛港，1917 年华工就达到了人数巅峰，而一直都岁月静好的欧洲直到 1918 年春季，也就是美国出现病例之后，才开始大规模暴发流感，病毒由中国人带入的推断似乎很难成立。

一战期间，在一家法国火药厂工作的华工（关于一战华工的故事，请参看《历史的温度》收录的《一战，被遗忘的 14 万中国人》）

不过，流感病毒并没有闲情雅致等待人类去追根溯源。从 1918 年 4 月开始，流感病毒如同被点燃的野火一般，瞬间席卷欧洲大陆，从英国到法国，从德国到意大利，疫情首先在各国军队的军营中暴发——拥挤、闷热、潮湿、空气不流通是病毒传播的理想温床——随后开始蔓延到普通平民。

这一波感冒的流行，虽然波及面很广，但杀伤力却不强：得感冒的人一般三天后症状就消失了，虽然有人因此死亡，但致死率和普通的季节性流感相差得并不太多，所以各国政府并没有引起重视，更没有什么媒体进行报道。

当然，还有一个重要原因：一战的炮火声依旧在欧洲大陆隆隆作响。

无论是同盟国还是协约国的政府，虽然不断接到关于军队发生流行性感冒的报告，但都不约而同地选择“秘而不宣”——战争时期，比控制感冒更重要的，是不能让对手知道自己的弱点。

但有一个国家，却因为在一战期间属于中立国，所以并没有媒体方面的管制。

这个国家，就是西班牙。

西班牙也是这一波流感的重灾区，虽然一开始死亡率不高，但受感染人数极多，连国王阿方索十三世也在 5 月的马德里年度庆典后宣布被感染。而作为中立国的西班牙并没有战时的新闻管制，所以无论国内还是国外的媒体，都开始大规模报道这场在西班牙发生的“奇怪的流行性感冒”。

然而，这也造成了一个客观事实：整个欧洲大陆都缄默不言，只有西班牙“流感盛行”的新闻不断见诸报端。（西班牙人其实称这场流感为“法国流感”，因为当时在法国也已经暴发。）

于是，一个西班牙人自己也没想到的结果发生了：这场后来肆虐人间的流行性感冒，就此被很多人称为“西班牙流感”。

阿方索十三世

而西班牙的媒体报道预警，并没有换来想要的结果——当然，这也不是以他们的意志为转移的：从 1918 年夏天开始，经过变异的流感病毒向人类发起了第二波攻击。

在第一波攻击中，死神只是背着双手闲庭信步。

第二波攻击，他终于挥舞起了寒光凛凛的死亡镰刀。

3

关于第二波大流感病毒侵袭的起源地，现在还有争议。

一种说法是英国。1918 年 8 月，一艘从西非国家塞拉利昂离港的英国船上发生了致命的流感，在这艘船抵达英国之前，船上 75% 的船员被感染，其中 7% 的船员死亡。而另一份资料显示，在更早之前，驻扎在法国埃塔普勒港的一个英军军营内，就已经暴发了不知名的流感疫情。

另一种说法是，疫情源头是当时苏俄的阿什哈巴德（今属土库曼斯坦），但由于当时苏俄处于内战时期，缺乏有效的统计数据，所以无法确定。

虽然源头无法确定，但第二波流感病毒的巨大杀伤力，却是各个国家一致公认乃至心有余悸的：在西班牙，至少有 800 万人感染了这种流感病毒，有些省份甚至有 10% 的人口病死，报纸的前四五页往往都是密密麻麻的讣告；在法国，每周因流感死去的人超过了 1 200 人；在英国的英格兰地区，每周因流感死亡的人数超过 4 000 人；在德国，流感夺去了超过 40 万人的生命。

先是发烧、咽痛，然后浑身疼痛，速度快的话当天症状暴发，当天就死去——这样的场面出现在欧洲各国的各个城市。

到了此时，这场降临到人间的瘟疫开始显示出它狰狞的真面目：从欧洲到亚洲，从英国到印度，全人类都陷入了这场浩劫之中——在短短 6 个月之内，居然有至少 2 400 万人被这场所谓的“感冒”夺去了生命。事实上，限于当时各国各地区统计能力的不同，实际死亡人数很可能比统计的要多得多，比如在亚洲的重灾区印度，至少就有 1 200 万人死于这场流感。

如果要比“杀人效率”，这场大流感在短时间内的致死率已经超过了曾经让欧洲人闻风丧胆的“黑死病”。

在这样的情况下，那场席卷欧陆的战争也打不下去了。

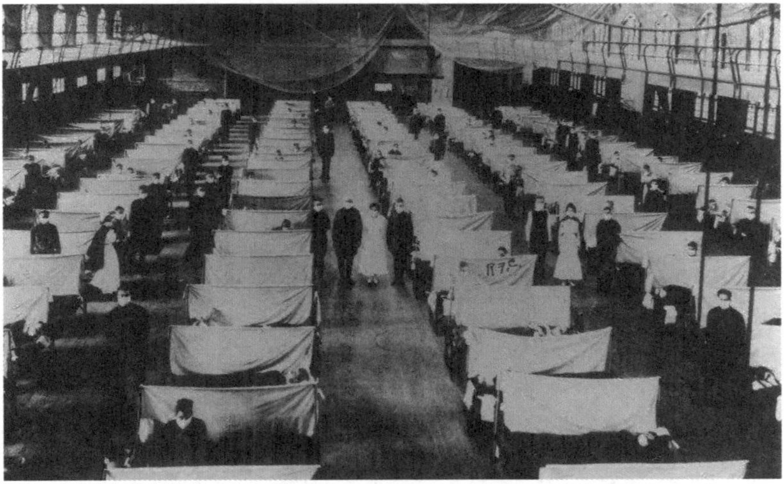

流感暴发时，收治感染病人的“方舱医院”

到了 1918 年秋季的时候，尽管各参战国都对自己军队的“染病”情况高度保密，但因感冒造成的“非战斗性减员”已经成了大家共同面临的问题：

英国和法国的军队往往是一整个团一整个团地因感冒而完全失去战斗力，英国至少有 20 万士兵因为这场流感而丧失了战斗力；美军在 9 月与法军协同对德军发动“马斯河–阿尔贡战役”，在一个半月的战斗中，美军有近 10 万人的伤亡，但流感造成的伤亡是 7 万；德军的统帅鲁登道夫天天接到麾下各个军团因流感而减员的报告，德军的步兵师在 6 月后的平均患病人数达到了 2 000 人，某些师有近一半的人丧失了战斗力。

在各国都已经打到油尽灯枯的时候，这场突如其来的流感，成了压垮各国，尤其是德国的最后一根稻草。

1918 年 11 月，第一次世界大战正式宣告结束。

这场历时四年的战争浩劫，一共造成 1 000 万人左右的死亡。

而这个数字，还不到 1918 年大流感造成人类死亡数字的一半——而流感只花了半年的时间。

流感暴发时期，所有人都戴上了口罩

更糟糕的是，随着战争的结束，各国军人带着病毒，欢天喜地地回到了各自的国家、城市、乡村、家庭。

一场更大范围的疫情随即暴发。

4

接下来，我们从欧洲暂时抽身而出，聚焦两个非欧洲的国家。

一个国家，是亚洲的中国。

作为世界上人口最多的国家，中国不可能在这场病毒狂欢中幸免。中国的首个大规模感冒流行报告，可以追溯到 1918 年 5 月，地点是浙江温州，当时的情况是有超过 1 万人感染了“奇怪的感冒”。

在此之前，江苏镇江和山西都有过疫情报告，但因为死亡率很低，所以并没有成气候。更早的一份报告曾追溯到 1918 年的 1 月，绥远第一师的辎重兵在由绥远返回丰镇时带来疫病，导致 30 余名士兵病死。曾经经历过清末鼠疫的中国人很有经验，这部分士兵立刻被检验隔离，并与其他部队断绝交通。

不过，美国《传染病杂志》主编乔丹（他受美国医学会赞助来审查 1918 年大流感的证据）经过考察，认为当时在绥远一带暴发的是“肺鼠疫”。

和欧洲一样，这场流感在中国开始造成巨大杀伤力，也是从 1918 年秋季的第二波开始的。

1918 年 10 月，大流感的第二波已经向中国发起全面攻击，全国各地的疫情不断上报，光上海就有 400 多人染病去世的记录。

10 月 19 日，上海的《申报》刊登了一封署名“屠子香、裴丽生”的读者从浙江绍兴的来信，信中称当地人都感染上一种奇怪的感冒，表现类似“伤风”，称如果伴有咳嗽症状，还可能有活命机会，“否则一经腹泻，旋即毙命”。这封读者来信，描绘了当时中国流感肆虐的情况：“甚至一村之中，十室九家，一家之中，十人九死。贫苦之户，最居多数。哭声相应，惨不忍闻。盖自发现是疫以来，死亡人数已占百分之十。棺木石板，所售一空。枕尸待装，不知其数。灾区延袤，刻已渐度余姚，西达甬界。”

10 月 26 日，在上海的河南人金策澄的信再次出现在了《申报》上，河南当时的情况也被记录了下来：“鄙人等近接家信，均言豫南七属，因秋旱过久，瘟病大作，轻则寒热，重则死亡。家家如此，莫能幸免。无棺殓尸者遍地皆是，诚数十年来未有之大疫也。”

必须承认的是，尽管中国也是这场大流感的受害者之一，但除了一些报载记录外，因为时代和环境的关系，没有精确的统计数据，政府和媒体甚至主流医界对流感也缺乏正确的认识和定性。

不过，按照乔丹的观点，虽然中国也深受 1918 年大流感之害，但在 1918 年 3 月之前，在中国暴发的流感规模很小，所以都不应该看作“欧洲流感暴发的真正预兆”。

那么，有案可查的第一例流感案例发生的国家，又是怎样的呢？

5

现在我们把眼光放到另一个国家：美国。

事实上，在堪萨斯的芬斯顿军营暴发流感之后，“得益”于军营宽松的休假制度，在短短一个月时间内，全美 36 座军营中就有 24 座报告发现了流感暴发的迹象。

但真正的悲剧是在第二波流感到来的时候发生的，首次暴发地还是在军营。

波士顿以西约 30 英里（约 48 千米）的德文斯军营被认为是流感发动第二波“死神攻击”的首发地。这个实际驻扎了 4.5 万名士兵的营地，在 9 月初出现了第一例受感染的士兵，随后病毒迅速蔓延，平均每天有 100 人到营地医务室就医，几天后，这个数字增加到了 500 名，然后是 1 000 名，直到平均每天死亡的人数超过 100 人。

也正是在 9 月初，拥有 170 万人口的费城也开始出现了大规模的感染。惶恐的人们传言是德国装载细菌的潜艇带来了瘟疫，但经过排查，拥有 4.5 万名船员的费城海军造船厂可能才是病毒的传染源——9 月 7 日，这个基地接待了 300 名来自波士顿的换乘水手。两周后，船厂近 1 000 名船员染病。

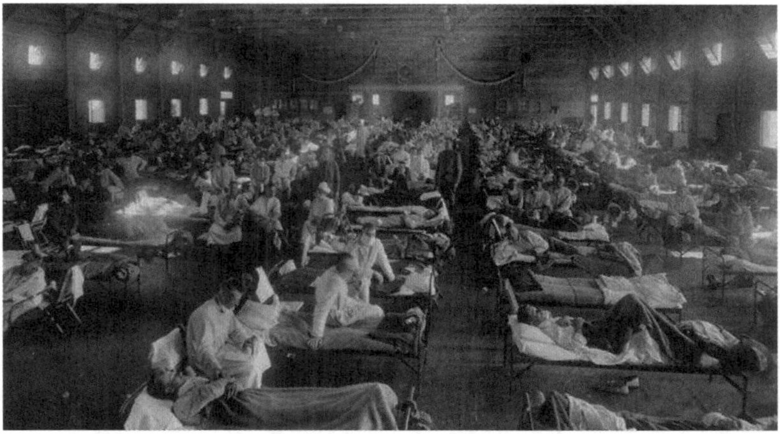

美国军营内收治病人的场景

然而，当时正处于第一次世界大战收尾的阶段，美国作为决定这场战争走向的关键国家，全国上下需要的是一种欢庆的气氛，而不是疫情带来的惶恐和焦虑。

1918年初，美国国会通过了《联邦反煽动叛乱法》，法案规定，凡"散布、印刷、撰写或出版任何对政府、宪法、美国国旗或军服不忠的、亵渎的、暴力的、下流的、蔑视的、丑化的或者辱骂的言论"，均构成犯罪，最高处罚金2万美元及最长20年刑期。

这项法案为极端民族主义者和举报者打了一针"强心剂"。比如一位来自蒙大拿的地产商人，只是因为没有买战争公债和没有扛美国国旗，就被人辱骂为"德国鬼子"，并被捕入狱。

在这样的背景下，任何对流感的预警都有被举报成"散播消极论调"和"破坏战争胜利气氛"的风险，所以美国的公共卫生官员几乎不约而同地开始或多或少隐瞒流感暴发的真相。

1918年9月28日，费城举行了"自由债券"的大型销售游行，成千上万的人在街上摩肩接踵，拥挤前行。事实上，费城的医生们事先曾试图说服该市的卫生主管威尔默·克鲁森（Wilmer Krusen）取消

1918 年的费城大游行

这次集会，但克鲁森并没有这么做，而是宣称已经“将这种疾病限制在目前的范围内，在这方面我们肯定会成功。目前还没有人员伤亡的记录。不要关心有什么感觉”。

大游行过后三天，流感开始在费城大面积暴发。此时的克鲁森下令关闭所有学校，禁止所有公共集会，但为时已晚：费城的疫情导致一天内有 759 人死亡，在之后的 6 周时间里，病魔夺走了 1.2 万费城人的生命。

根据事后的估计，从 9 月第二波流感侵袭开始，美国光在 9 月就有超过 10 万人死亡，10 月翻了一倍，整个疫情期间有近 70 万美国人因此死亡。

1918 年，美国人的平均寿命直接降低了 12 岁。

事后，曾有无数美国学者和专家对这场肆虐全美的大流感进行反思，得出的一个重要经验教训就是：

在疫情到来之际，一定要说真话。

6

现在，我们再回到这场大流感本身。这场大流感是何时终结的？

是怎样被终结的？

这是一个困扰无数科学家的问题，也是一个让自诩“万物之灵长”的人类感到无比尴尬的问题：人类自始至终没有找到解决这种病毒的疫苗或方法，这场流感在 1920 年春天到来的时候，莫名其妙地就消失得无影无踪。

不到两年的时间，这场流感杀死几千万人，然后就消失了，就像从来没有来过一样。

事实上，从 1919 年的冬季开始，流感还进行了第三波攻击，这次甚至扩展到了美国阿拉斯加的因纽特部落。不过就致死率而言，第三波高于第一波，但低于第二波。

这也是让人类感到尴尬的地方：病毒想来就来，想走就走，来去自如。

事实上，当时人类对“病毒”的研究还处于起步阶段，所以医学界普遍认为，1918 年的流感大流行是一种细菌造成的传染病。直到 1933 年，英国科学家威尔逊 · 史密斯（Wilson Smith）等人第一次从人身上分离出这种病毒，并命名为“H1N1”。

1997 年，美国科学家杰弗里 · 陶本伯格（J. Taubenberger）在《科学》杂志上发表了他与同事利用遗传学技术得出的研究成果，认为 1918 年的流感病毒与“猪流感病毒”十分相似，是一种与甲型（A 型）流感病毒（H1N1）密切相关的病毒。

1998 年 2 月，美国国防病理中心（AFIP）辖下的分子病理部门，通过一具被冰封近 80 年的因纽特女子尸体，得到了 1918 年流感病毒的一些基因物质。

2002 年 10 月，美国国防病理中心在一次试验中成功制造出了有两个 1918 年流感病毒基因的病毒。

2004 年 2 月 6 日，英国国家医学研究院和美国斯克利普斯研究院，重建了 1918 流感的红细胞凝集素。

2005 年，科研人员宣布 1918 年流感病毒的基因序列已被重组。

如今，100 余年过去了，人类科学家依旧在探索这场百年前的流感的奥秘。

而新的挑战，正接踵而来。

馒头说

2019 年上线的“馒头说论语”课，其中有挺重要的一个环节，就是向孩子们解释《论语》中的一个精髓词——“仁”。（这门课已经精编并出版成纸质书《写给孩子的论语课》。）

《论语》中有 100 多次提到“仁”，古往今来，大家对“仁”的解释也有很多种，可以说见仁见智。我选择了我认为的“仁”的一个重要表现来向孩子解释：对其他人要有“同理心”，要能“换位思考”，要学会“感同身受”。其实也就是孔子的那句话：“己所不欲，勿施于人。”

之所以想到这句话，也是因为 2020 年的新冠肺炎疫情。

在这场波及全世界的疫情中，我觉得“己所不欲，勿施于人”这句话，值得我们每个人拿出来多回味一下。

从对待小区的隔离住户，到看待所谓“重点省份”的人，从接纳境外归国的华侨，到评价回到祖国的海外留学生，在严格做好防疫措施和严格遵守法律的前提下，我觉得我们还是要多一份同理心，做一些换位思考，毕竟，我们都是同胞。

再把格局放大一点，不妨跳出“同胞”这个圈子。

每个国家有每个国家的国情，每个国家在抗疫的过程中肯定也有疏忽和不足，都有值得检讨和吸取教训的地方。如果一些其他国家的人对我们冷嘲热讽让我们觉得可笑、不适乃至愤怒，那么我们也没有理由去对别人幸灾乐祸。

当然，需要有同理心的，绝不仅仅是我们自己。

如果能换位思考的话，我相信美国人肯定也不愿意听到“1918 年流感病毒”被称为“堪萨斯病毒”乃至“美国病毒”，正如西班牙莫名其妙背了一个叫“西班牙流感”的锅一样。所以自特朗普以下的一些美国人一口一个“中国病毒”，其实是一种非常不光彩的行为——且不说科学研究的结果尚未证实，即便证实了，以地名和国名命名一种“病毒”，本身就是一种缺乏同理心的表现。

没错，西方人未必能够明白东方人“己所不欲，勿施于人”的道理，但同理心、换位思考这些概念，相信他们应该还是明白的——“同理心”（empathy）这个词，原本就是 20 世纪 20 年代美国心理学家率先提出的。

无论你是否承认，这次疫情其实正在从各方面——科技、政治、商业、个人隐私等等——改写人类文明史的进程和架构，并且再一次向人类昭示了一个道理：迄今为止，所谓“统治地球”的人类文明，在一些超级病毒或细菌面前，其实很可能没有还手之力。

在这样的情况下，如果还不能把整个人类看成“命运共同体”，如果还在纠结如何把“锅”甩给别的国家或别的种族，如果还不能拥有一份全人类共同的“同理心”，如果还不能感同身受，那么，人类的结局最终会是怎样的呢？

《人类简史》三部曲的作者、以色列历史学家尤瓦尔·赫拉利写了一篇文章，提出了一个问题：

“人类需要做出选择。是在不团结的道路上走下去，还是选择一条团结的道路？”

我相信，好吧，我希望，是后者。

本文主要参考来源：

1.《1918 年之疫——被流感改变的世界》（凯瑟琳·阿诺德著，田奥译，上

海教育出版社，2020年）
2.《致命流感》（杰瑞米·布朗著，王晨渝译，社会科学文献出版社，2020年）
3.《反思1918年流感：最重要教训是“对公众说真话”》（“网易科学人”，网易，2017年12月14日）
4.《1918—1919，被一场流感击中的中国》（《经济观察报》，2019年5月13日）
5.《1918年，大流感在中国》（胡一峰，《科技日报》，2013年8月3日）
6.《美国〈反煽动叛乱法〉的兴与衰》（宋石男，《中国经济报告》，2013年第10期）
7.《神秘的世纪杀手：西班牙流感》（丁一，《文史春秋》，2003年第8期）
8.《西班牙流感：环绕在人类头顶的噩梦》（邓国庆，《科技日报》，2004年8月16日）

天花的灭绝之路

病毒，个体微小，结构简单。然而，它们和人类的缠斗，却从未停止。

1

1979年10月25日，世界卫生组织做了一个决定：从这一年开始，以后每年的10月25日，都是一个纪念日。

这个纪念日的名称叫作“人类天花绝迹日”。

“绝迹”这个词，听上去好像有点残忍？其实这是一件值得庆贺的事——在人类历史进程中，天花作为一种烈性病毒，终于完全消亡了。

但是，我相信有不少人，哪怕他手臂上有一个痘状瘢痕，也还是会迷茫地问上一句：什么是天花？

2

所以，我们先了解一下天花。

没有确切资料能证明天花究竟是何时诞生的。一般推测，天花刚开始可能只是家畜身上一种相对无害的痘病毒，但动物和人相处后，尤其是在人类进入农业文明时代，人畜共居之后，这种病毒传染给了人，发生了变异。

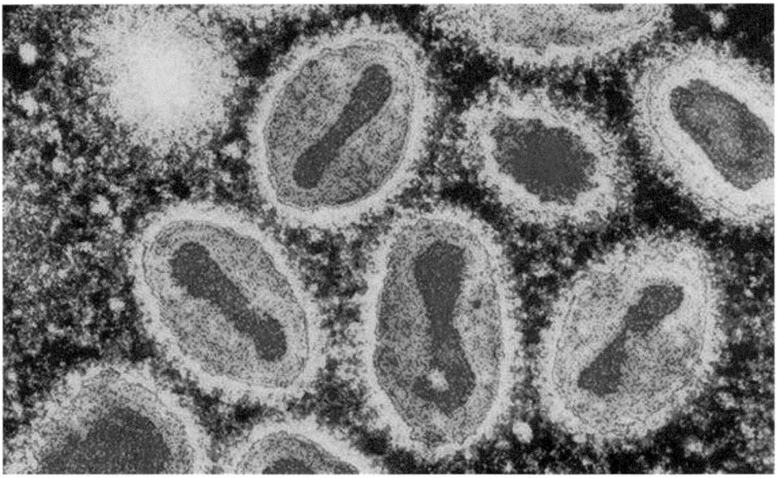

这不是凡·高的画，是显微镜下的天花病毒

一旦人类感染了天花病毒，大概会有平均 12 天的潜伏期。感染后的初期症状是发热、头痛和背痛，大概 2~3 天后，典型的天花红疹就开始密密麻麻地在患者的脸部、四肢、躯干上出现，然后开始化脓。之后的 3~4 周，疹子开始结痂，然后慢慢剥落。

如果是良性的天花，一般只有 1% 的患者会有生命危险，但结痂剥落后的部位，痕迹并不会消失，所以患者全身都会出现斑点，这也是以前中国人叫人“麻子”的一个由来。

而恶性的天花，会造成患者全身大出血，大概在两周之内就会导致死亡。

得天花的死亡率在 30% 左右。

觉得 30% 不够高？那可就大错特错了。

3

如果要排一下人类历史上的前几大瘟疫杀手，天花绝对能入选。

3 000 多年前的埃及法老拉美西斯五世（公元前 1156 年去世）的木乃伊上，就被发现有疑似天花导致的皮疹。

公元前 6 世纪，印度有了天花流行的记载。不过，天花造成的最大杀伤力，是在中世纪的欧洲。

无论平民还是贵族，甚至是国王，都逃不过天花的魔爪：英国女王玛丽二世、俄国沙皇彼得二世、荷兰执政威廉二世，还有法国国王路易十五，都是死于天花。

说起欧洲的瘟疫大流行，大家可能会第一个联想到黑死病，确实，这场由鼠疫引起的瘟疫，在全世界范围内大约夺取了 7 500 万人的生命，光欧洲就死了近 3 000 万人。

但和影响人类更久的天花比呢？天花曾累计夺走全世界至少 3 亿以上人的生命，仅 18 世纪，欧洲因为天花就死去了超过 1 亿人，即便存活下来的人，也留下了满脸疤痕。

给天花增加死亡数字的，还有美洲大陆的居民。

15 世纪末，在欧洲人踏上美洲大陆之前，那里居住着 3 000 万左右的印第安居民。欧洲殖民者没用枪炮作为征服工具，而是将天花患者用过的毯子送给毫无免疫力的印第安人——大约 100 年后，印第安人只剩下了不到 100 万。

当然，当时由欧洲殖民者带来的瘟疫还有腮腺炎、麻疹、霍乱等等，但其中的“杀人主力”，是天花。

有着看似美丽名字的“天花”，其实是按照灭绝人类的节奏在发展的。

但是，最终它却失败了。

4

第一个让“天花灭绝人类计划”受阻的，其实是中国人。

据记载，天花病毒大概在西汉时期传入中国，东晋的炼丹术士葛洪在《肘后备急方》中，对此已经有了记载。

根据最早的考证，中国在唐朝就研究出了对付天花的办法——以毒攻毒。

这种方法被称为“人痘接种术”，简单来说，就是从患者脓包里取一些脓液，用棉花蘸取后包裹，塞入要预防的患者的鼻腔中（也有研磨成粉，吹入患者鼻孔的），通过引发轻微天花症状，达到对天花免疫的目的。

这种方法至少证明了古代的中国人已经了解到天花的一个特性：只要得过天花，就能获得免疫力。

学术界对中国的“人痘接种术”究竟出现在哪个朝代还有争论，有“唐朝说”，也有“宋朝说”，还有“明朝说”，但有一点是公认的：到了清朝，中国人对通过“种人痘”来预防天花，已经轻车熟路了。

在清朝，康熙皇帝大力提倡“人痘接种术”，并要求在皇族内率先施行。1742 年，清政府还专门命人编写大型医学丛书《医宗金鉴》，其中有详细介绍幼儿接种“人痘”免疫天花的四种方法。有一种说法是，康熙之所以能继承皇位，一个重要原因是他小时候得过天花，所以皇族认为他对此有免疫力，可以健康长寿。

1688 年，俄国派人到中国，专门学痘医，这是有文献记载的最先派人到中国学习“种痘”的国家。

1704 年，法国传教士把中国的“神奇方法”带回了欧洲。

1722 年，威尔士公主用中国的“人痘接种法”医治好了自己的两个女儿，这种方法开始在英国流传开来。

1744 年，中国医生李仁山到达日本长崎，将中国的“人痘接种术”首次带到日本。

1790 年，朝鲜派使者朴斋家、朴凌洋到中国京城，回国时带走《医宗金鉴》，也将“人痘接种术”带回了朝鲜。

但是，当中国的“人痘接种术”冲出亚洲，走向世界的时候，有一个问题还是让人不能回避：接受过“人痘接种术”的人，依旧有 2%~3% 的死亡率。

这怎么办？

5

终于轮到爱德华·琴纳出场了。

爱德华·琴纳

琴纳 1749 年生于英国，是一名医生。当时中国的“人痘接种术”已经传入英国，引起了琴纳的极大兴趣。

在琴纳开诊所的家乡伯克利，他发现了一个奇怪的现象：那些得过天花的“麻脸”涉及各个阶层和各种职业，但有一个职业却从来没有过一个“麻脸”，这个职业就是奶牛挤奶工。那些挤牛奶的姑娘在当地一个个都是“美人儿”——在天花肆虐的时代，脸上没有麻子，就已经可以跨入“美女”行列了。

对“人痘接种术”本来就有研究的琴纳，随后和一个挤牛奶的女工做了一次深聊，女工的话果然和他想象的一样：牛其实也会得天花，症状也和人一样，全身出“痘”，长满脓包。挤牛奶女工在挤奶的时候，难免会沾染到牛的脓液，然后就会感染“牛天花”，但一般症状是发几天烧，然后就会痊愈——从此一生对天花免疫。

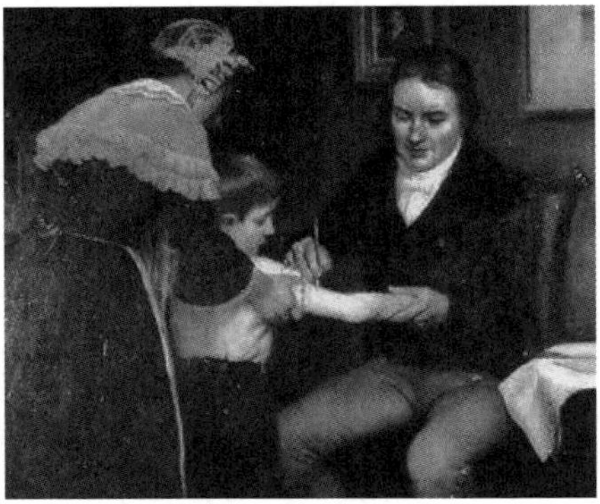
琴纳给男孩接种

这个发现给了琴纳极大的启发：原来，困扰人类的天花病毒有个“猪队友”，那就是作为近亲的“牛天花”。而且，“牛天花”的杀伤力比“人天花”要小很多，最关键的是，“牛天花”和“人天花”交叉免疫——人一旦得过“牛天花”，对“人天花”也会终身免疫。

1796年5月17日，那天正是琴纳的47岁生日，他找到了一个8岁男孩，当着围观众人的面，给孩子接种了从一名挤奶姑娘手上取出的牛痘疮疹的浆液。两个月后，他再次给这名儿童接种了真正的天花浆液（用一根刺破过天花脓包的针，划破了孩子的皮肤）。

结果，这名孩子完全没事。

为了不使这例实验成为孤例，琴纳之后又重复了一次实验，再次获得成功。

琴纳于是发表了自己的研究成果——接种过牛痘的人，会对天花终身免疫。

毫无疑问，这个研究成果在当时引起了轩然大波。很多欧洲的医学权威对这种方法都嗤之以鼻，甚至认为接种了牛痘的人，会染上“牛狂症”，最后会长出牛角和牛尾巴。

但是，老百姓只认一个硬道理：能不能治好天花。

事实证明，琴纳赢了。在大家渐渐接受“牛痘接种”法之后，欧洲感染天花病毒的人数出现了悬崖式下跌。英国政府为琴纳发放了奖金，并为他竖立了雕像，德国、美国等国家在19世纪初开始强制国民接种牛痘。

当时的一幅漫画，讽刺接种牛痘的人会长出各种牛的器官

琴纳当时自己可能还不知道，他开启了人类医学的一个全新学科：免疫学。

6

1805 年，“牛痘接种法”传到中国澳门等地，之后又传到了内地。北京、上海、广州等地率先用“牛痘接种”替代了“人痘接种”，然后，这种方法慢慢在全中国普及。

到中华人民共和国成立时，天花在中国还存在。1950 年的数据显示，天花患者有 44 211 例，其中因此死亡的人为 7 765 人。1950 年 10 月，周恩来总理签发《关于发动秋季种痘运动的指示》，在全国各地推行种牛痘。1960 年，在云南和缅甸接壤的一个小村中发现最后一例天花病人，之后中国再未出现天花患者。

从世界范围来看，1970 年，包括美国在内的 20 个西方国家宣布彻底消灭了天花。1977 年 10 月 26 日，在非洲的索马里发现了一例天花病人，从那以后，各国的卫生组织就再也没有发现过一例天花病人。

1978 年，美国一名女摄影师被查出患了天花，但她是在大学医学部的病毒实验室里感染的。

世界卫生组织宣布：如果连续 2 年在全世界范围内没有发现一例天花病人，就可以宣告人类的天花病毒绝迹。

所以，1979 年 10 月 25 日，就成了“人类天花绝迹日”。

1980 年，世界卫生组织曾发过一个悬赏：谁能再发现一个天花病人，就奖励 1 000 美元（相当于现在的 3 000 美元左右）。

直到现在，这笔奖金都无人申领。

馒头说

有一部比较老的美剧，叫《末日孤舰》。看过这部剧的人都知道，它讲的是人类如何防止病毒毁灭全世界的故事——当然，我们都懂，“人类”的希望和未来，总归是握在美国人手里的。

我个人觉得这部美剧总体上一般，其中对“美国式主旋律”的宣扬有些露骨（国内外电影，我都不反感主旋律，但我欣赏构思巧妙的，比如像《吸血鬼猎人林肯》这种），但我还是追完了第一季。

和不少病毒末日片一样，《末日孤舰》不仅讲病毒，也讲人心。

在剧中，毁灭人类的病毒之所以能肆虐，起因是一位人类科学家改变了病毒的基因序列，使病毒一下子变得超强。而就我目前看到的第一季结尾，人类面临的最大问题已经不是病毒，而是人心，是自己。

天花在这个世界上真的完全绝迹了吗？其实并没有。

根据当年的约定，全世界还剩下两份天花病毒的样本，被保留在两个地方：一个是美国亚特兰大的疾病控制和预防中心，另一个是俄罗斯新西伯利亚的国家病毒学与生物技术研究中心。

世界卫生组织曾召开过6次会议，试图彻底销毁天花病毒的样本，但因为各种原因，一再推迟，比如美国反对的一个理由就是需要研究新型天花疫苗——但问题是，天花已经在人类世界消失了。

20世纪80年代，曾有消息传出，俄罗斯实验室的天花病毒样本失窃。

而就在2014年，美国华盛顿一家政府机构的实验室搬家，发现6管20世纪50年代遗留下来的样本，一查，是天花病毒的样本。

唉！科学家和医生能努力防止病毒杀人，但防不了人杀人啊！

他不是药神，但他的发现改变了世界

在我们的印象里，很多伟大的发明或发现，可能就出现在灵光一闪间。但是，也有一些发明和发现的问世过程，可谓历尽艰辛，好事多磨。

1

1955 年 3 月 11 日，英国人亚历山大 · 弗莱明去世。

这个人的名字，很多人未必熟悉。但是在 1999 年 12 月 31 日美国《时代》周刊评选出的“20 世纪影响世界的 100 人中”，“亚历山大 · 弗莱明”这个名字赫然在列，和他并列的，是爱因斯坦、图灵、莱特兄弟等等。

被印上邮票的亚历山大 · 弗莱明

这位英国人究竟做了什么，让他能排进这个百人名单？

因为他发现了一样东西，而这样东西，迄今可能挽救了亿万人的生命。

这个东西，就是“青霉素”。

当然，青霉素问世的整个过程，不能全归功于弗莱明一人，可以说是一波三折。

2

1881年，亚历山大·弗莱明出生于苏格兰一个普通的农户家庭。

关于弗莱明，网上一直流传一个说法：一个英国农户曾救过一个落水贵族，贵族为了报答，将农户的儿子送去学校接受教育，之后那个农户的儿子发明了青霉素，治好了贵族那染上肺炎的儿子——农户的儿子就是弗莱明，贵族的儿子叫丘吉尔。

这段鸡汤听上去让人感觉颇为温暖，但遗憾的是，丘吉尔和弗莱明后来都公开表示：这完全是瞎扯淡！

弗莱明作为一个农民的儿子，在20岁时确实出人意料地进入了伦敦圣玛丽医院的附属医学院学习，但这主要是因为他的哥哥以及他的舅舅——作为眼科专家的哥哥劝他学医，而他那终身未婚的舅舅给他留下了一笔小小的、可以作为学费的遗产：250英镑。

在弗莱明所处的时代，做医生可能会经常体会一种挫败感：人类的医学发展到20世纪初，依旧对细菌感染束手无策，人一旦染上肺炎、脑膜炎、霍乱、猩红热、淋病、梅毒这些细菌性疾病，死亡率就提高，甚至有时候一个小伤口没有处理好引发感染，也只能等死。

在这样的背景下，弗莱明虽然获得了外科医生的从业资格，却没有投入临床诊断和医疗中去，而是做了一个从事细菌和微生物研究的学术专家，主要从事免疫方面的研究。

其实倒也不是弗莱明不想做外科医生，而是他的老师莱特需要自己的学生做助手，而一丝不苟的弗莱明是一个不错的人选。

在弗莱明担任莱特助手的时候，莱特带着包括他在内的医疗小组奔赴了第一次世界大战的战场，尝试使用疫苗来防止受伤士兵的伤口

弗莱明在实验室

受到细菌感染。但遗憾的是，以那时候人类对免疫知识的掌握，面对细菌感染还是感到无能为力。弗莱明亲眼看到很多只是受轻伤的士兵，因为伤口被细菌感染而最终失去生命。

但这个经历也让弗莱明积累了很多经验，而且他至少完成了青霉素诞生之路上的第一环：没有成为一名外科大夫而选择从事研究。

如果他选择成为一名临床大夫，或许他一生能挽救数百乃至上千人的生命，但数千万人乃至上亿人的生命之火，可能就会提前熄灭。

3

弗莱明确实适合做一个研究型人员。

他显然不是一个天才型人物，但他拥有所有优秀科学家都具备的特点：敢于探索，善于观察，坚持不懈。

比如 1921 年弗莱明发现溶菌酶的过程就有点传奇。当时他在培养一种黄色球菌，恰逢感冒，他异想天开地将自己的鼻涕取了一点样放进培养皿，结果发现了细菌溶解的现象。他进一步发现人体包括眼泪在内的大多数体液也含有这种所谓的“抗菌素”（但汗液和尿液中没有），然后他坚持不懈地试验——一直让人吃柠檬酸然后收集对方眼泪，结果人家看到他就落荒而逃。

这是弗莱明第一次认识到自然界存在细菌的“超级杀手”，虽然在之后的 7 年研究中，弗莱明和他的助手发现溶菌酶对很多原生病菌几乎没用，但他累积了很多这方面的经验和教训。

然后时间就到了1928年。

弗莱明因为要做关于葡萄球菌的研究，在实验室做了几十个葡萄球菌的培养皿观察。但在7月末的一天，他到外地去度假，忘记将那些培养皿放进恒温箱，并且忘了关实验室的一扇窗——那扇窗不常开，正好对着那几十个培养皿。

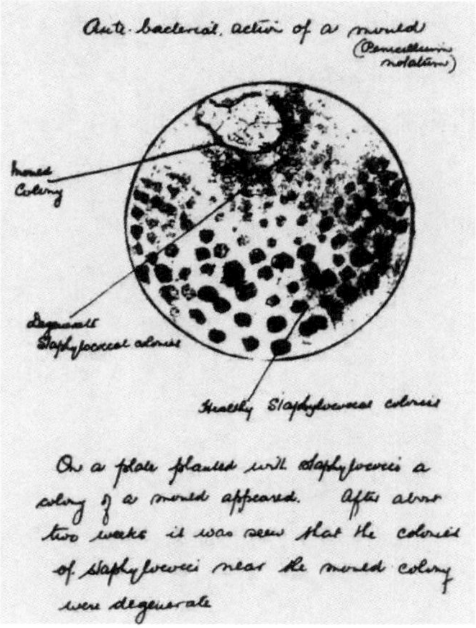

弗莱明在培养皿观察到霉菌杀死细菌时所做的原始记录。事实上，也有人对弗莱明这个“发现青霉菌”的回忆有所怀疑，因为一切都太巧了：正好去休假，正好忘记放进恒温箱，正好忘关窗，正好温度适宜，正好有青霉菌飘落，正好被发现……但也有人认为，科学家都希望是通过有序研究做出伟大的发现而不是凑巧，如果有更“严肃”的发现过程，弗莱明肯定就说了。如果说这个“巧合”是编的，那么只能说，弗莱明真正的发现过程可能更是“无心插柳”

结果，当弗莱明在9月3日回到实验室时，发现窗台上的一个培养皿里出现了一块惨白色霉斑——显然空气中的什么霉菌飘进了打开的窗户，落在了培养皿上，然后形成了这样一块霉斑。

一般人的第一反应，肯定是将这个已经失去意义的培养皿拿去清洗掉，但弗莱明没有，而是马上将这块培养皿放到显微镜下进行观察，结果令他大为吃惊：在那块霉斑附近，所有的葡萄球菌都被杀死了，形成了一个“空白”环状地带。

这说明什么？说明这块霉斑肯定分泌了什么物质，抑制了葡萄球菌的生长。

弗莱明立刻深入研究这块霉斑，发现这是青霉菌在起作用。在进一步试验后，弗莱明发现青霉菌对杀死葡萄球菌、链球菌都有奇效，并且对非细菌细胞无害——这就意味着，它可以成为一种对人体副作用非常小，但疗效非常好的抗生素。

于是，弗莱明就把他发现的这种物质命名为“盘尼西林”（penicillin），也就是我们后来熟悉的“青霉素”。

1929年6月，弗莱明将他所有关于青霉素的研究成果写成了论文《关于霉菌培养的杀菌作用》，这标志着青霉素正式进入人类文明史，也意味着在细菌感染阴影笼罩下的人类，再熬一段时间，就将跨入一个全新的纪元。

为什么要再熬一段时间呢？

因为弗莱明关于青霉素的论文发表后，根本无人问津。

4

弗莱明那篇关于青霉素的论文，在发表后的整整8年里，被引用数为“0”。

无人问津的一个很重要原因就是，弗莱明根本无法从青霉菌中提纯出青霉素。一个东西如果无法被提纯，就谈不上被应用，就像当初居里夫妇宣称发现了“镭”，还必须倾家荡产去提炼出纯镭一样。再加上弗莱明在试验青霉素的过程中遭遇了一系列挫折（包括发现葡萄球菌会产生抗性等），所以他自己也失去了信心。

但这也怪不了弗莱明，因为他只是免疫学家和微生物学家，要提纯青霉素，必须有化学家加入才行。

直到1937年，有一批人接过了“接力棒”。

第一个值得一提的人，是霍华德·弗洛里 。这位澳大利亚人23岁就成了医学博士，而且还获得过号称“全世界竞争最激烈的奖学金”——罗德奖学金。他在1935年成为牛津大学威廉·邓恩病理学院的主任。

霍华德·弗洛里

按照弗洛里的说法，他在1937年注意到了弗莱明的那篇论文，并且意识到这可能是人类征服细菌感染的重要一步。所以，以弗洛里为首，邓恩病理学院成立了一个专门小组，开始大力研究青霉素的提纯和应用——这个小组，就是后来赫赫有名的“牛津小组”。

当然，弗洛里自己也只是一个病理学家，要提纯青霉素，就必须引进化学家。

于是第二个值得一提的人出场了：来自德国的天才化学家恩斯特·钱恩。这位24岁就取得化学博士头衔的天才后来表示，其实是他第一个注意到了弗莱明关于青霉素的论文并告诉了弗洛里，后者才开始研究的。无论如何，钱恩加入牛津小组后，用他的天才大脑和出色的实验技巧大大加快了青霉素的提纯进程。

恩斯特·钱恩

必须提到的第三位人物，是来自英国剑桥大学的生化博士诺曼·希特利，他的特长不仅仅是在生物化学方面，更在于各种工具的巧妙制作，他在实验器具制作和青霉菌的培养、检测方法上完成了很多创新。

但是，这三人组成的团队并非外人想象的那样，是一个互相欣赏的完美“三剑客”，正相反，团队内矛盾重重：弗洛里待人接物简单粗暴，不讲情理；钱恩自视甚高，看不起任何人；希特利一开始向钱恩汇报，但两人大吵几次后，希特利宁可向弗洛里汇报。

不过有意思的是，尽管三人在性格上并不合拍，但对于共同做的这件事，却都充分发挥各自的特长，并且锲而不舍。

1940 年 5 月 25 日，又是一个值得铭记的日子。

在弗洛里的要求下，团队用化脓性链球菌感染了 8 只小白鼠，然后其中有 4 只小白鼠被注射了钱恩主导提纯出来的 10~20 毫克不等的青霉素（粗品）。到了 5 月 26 日凌晨 3 点 28 分，希特利的值班记录显示：没有注射青霉素的 4 只小白鼠全部死亡，而注射青霉素的 4 只小白鼠全部存活。

这个实验彻底坚定了牛津小组的信心：青霉素将改变人类世界。

5

时间来到了 1941 年，青霉素的发展进入了一个关键时刻。

一方面，青霉素已经成功治愈了第一个病人。一个叫阿尔伯特·亚历山大的英国警察在花园劳动时被花刺划破脸引发细菌感染——肺部发炎，全身流脓，高烧不退。牛津小组用初步提纯出的青霉素给他注射，一天之后就高烧全退，脸部消肿，甚至可以开始进食。

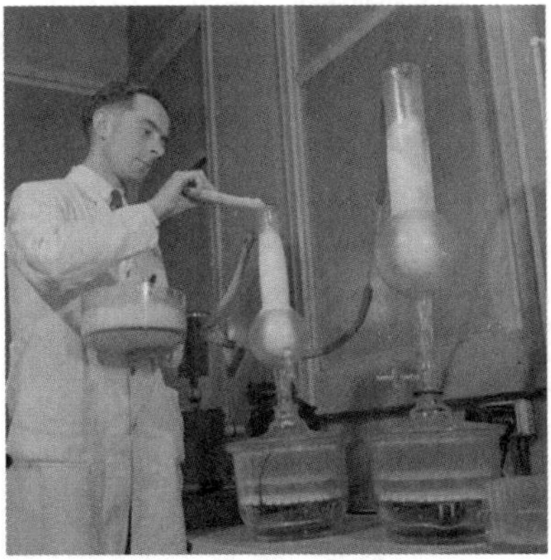
早期的青霉素提纯装置

但在另一方面，第一例“青霉素治愈”的病人虽然出现，但牛津小组惊恐地发现，这名警察一天所需要的青霉素注射量，必须整个实验室满负荷运转几天才能提纯出来。

唯一的办法，只能是把青霉素的生产规模化和产业化。

然而，当时的欧洲大陆已经笼罩在纳粹的阴影之下，牛津小组做研究时还要时刻提防德军的空袭，无论是物资供应、科研力量，还是产业化生产，英国都已经捉襟见肘。

此时此刻，牛津小组的领头人弗洛里做了一个决定：去美国！

美国凭借地理优势，一直远离战火，而且从资源到科技到产业链，全都符合要求。但问题是，美国人会愿意做这件事吗？

就在这时，另一个巨大推力又出现了：1941 年 12 月 7 日，日本偷袭了美国珍珠港。

战争的到来让美国政府立刻意识到：在战火中负伤的美国大兵需要大量的青霉素来抵抗伤口感染，这种看上去玄之又玄的东西，能大大降低美国士兵的死亡率。

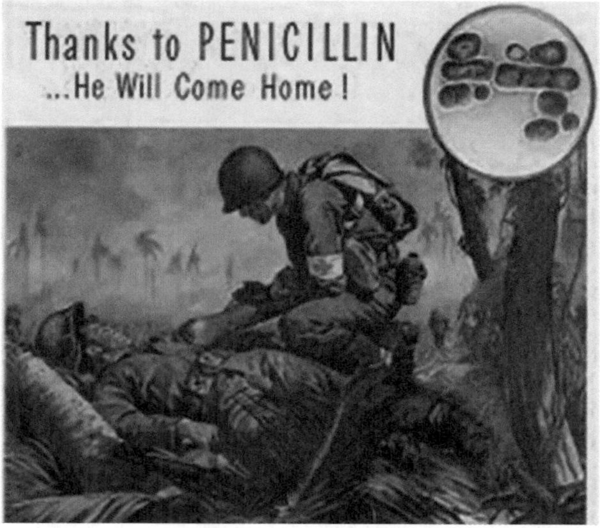

1944 年《生活》杂志上刊登的青霉素广告，上面写着："谢谢盘尼西林，他能回家了。"

于是，之前弗洛里还只是在洛克菲勒基金会这些机构的赞助下缓慢地推进与美国科研机构的相关合作，但战争一爆发，美国政府直接出面，从175家制药公司中挑选出17家，马力全开，全力研发和生产青霉素。

其实之前弗洛里和美国伊利诺伊州的北方地区研究实验室在合作中已经获得了不小进步，通过一个发霉的哈密瓜和玉米浆加糖培育霉菌，让青霉菌的产量提高了1 000倍。

而实力雄厚的制药公司的加入更是大大加速了青霉素的研发和生产。当时那些公司也都挤破头想成为政府批准的青霉素生产企业，因为谁都看得出来那是一笔一本万利的生意。

在战争压力和巨大商业利润的推动下，青霉素在美国迅速实现了产业化。到了1944年诺曼底登陆的时候，盟军已经可以配备3 000亿单位、10万剂的青霉素了，这些青霉素也确实挽救了成千上万士兵的生命。

按照很多人的说法，整个二战期间，盟军有过三个影响战争结局的划时代发明：原子弹，雷达，青霉素。

6

1945年12月，第二次世界大战结束三个月后。

在斯德哥尔摩，瑞典国王亲自将这一年的诺贝尔生理学或医学奖颁发给了三位获奖者：亚历山大·弗莱明，恩斯特·钱恩，霍华德·弗洛里。

一个发现，一个提纯，一个产业化。

当然，在这个奖项的幕后，其实还有更多的人应该被历史记住，比如同样起到关键作用的希特利。

最后回到亚历山大·弗莱明。

因为最先发现了青霉素的存在，弗莱明后来被授予了很多荣誉，包括被封为爵士。

但是，几乎在所有场合，弗莱明都表示功劳不属于自己，应该属于牛津小组，自己只是偶然有了一个发现。

弗莱明接受诺贝尔奖

当然，弗莱明是谦虚了，但是，这也恰恰体现了青霉素发现和普及过程的典型性。这是一个长达十多年的“接力”过程：从研究到发现，从提纯到生产，从产业到普及，不同国籍和不同岗位的人分工协作，薪火传承，才最终促成了青霉素的真正普及。

在这个过程中，没有一个人是万能的药神。

馒头说

青霉素的问世，在抗生素的发展历史上具有特殊的意义。

因为青霉素诞生之后，人类才真正进入“抗生素时代”（青霉素之前有磺胺），之后四环素、氯霉素、红霉素等抗生素相继问世。统计显示，抗生素的问世，将人类平均寿命提高了 10 年以上。

但是，有时候真的觉得，大自然背后有一双在操控一切的手。

抗生素的问世和普及，让当初可以操控人类生死的细菌大大衰落，但同时一批耐药性强的细菌又通过包括基因交换在内的各种原因出现了，甚至出现了能抵抗多种抗生素的“超级细菌”。

就以青霉素为例。它刚刚问世的时候，重症病人一天注射 100 或 200 单位，病情就能很快得到缓解。如今，一个普通的呼吸道炎症，一袋注射用的生理盐水（250 毫升）中需要加入的青霉素剂量为上百万单位。

人类目前面临的严峻问题，不是抗生素不够用，而是抗生素滥用。而在这个问题上，我们心知肚明的一件事是，中国的抗生素滥用情况尤为严重，很多人连普通的感冒发烧也要吃抗生素，且在中国的某些地方，抗生素很容易买到。

2018 年，时任欧盟驻华代表团卫生与食品安全事务公使衔参赞华杰鸿指出，目前在欧洲由于滥用抗生素或者抗生素的耐药性，每年大概有 2.5 万人死亡，从而每年带来的经济损失大概是 15 亿欧元，而亚洲的死亡人数达 473 万。到了 2050 年，这可能会超过癌症成为人类非常大的安全隐患。根据欧盟相关组织的预测，2050 年由于抗生素耐药性导致的全球死亡人数大概有 1 000 万，经济损失预估是 100 万亿。

长此以往，届时人类又将面临亚历山大·弗莱明发现青霉素之前的窘境：面对“超级细菌”，普通抗生素已经无能为力，就像当初面对普通细菌，人类没有抗生素一样。

到那时候，会出现什么情况？“超级抗生素”吗？还是人类的平均寿命曲线开始掉头向下？

不寒而栗。

本文主要参考来源：

1.《青霉素传奇》《青霉素传奇续：人类死亡率转变的重大拐点》（微信公号“知识分子”，2018 年 5 月 1 日、2018 年 5 月 5 日）

2.《亚历山大 · 弗莱明》（Gwyn Macfarlane 著，陈炜、晓林译，《世界科学》，1985 年第 1 期）

3.《青霉素的故事》（中国科学院微生物研究所网站，2010 年 10 月 9 日）

4.《青霉素历史发展》（医学教育网，2012 年 6 月 18 日）

5.《青霉素的发明与历史功勋》（邹新元，《中华医史杂志》，2005 年第 4 期）

6.《话说青霉素》（孙万儒，中国科学院网络化科学传播平台，2011 年 9 月 19 日）

7.《抗生素的辉煌与困惑》（苏西，《观察与思考》，2011 年第 3 期）

8.《2050 年千万人将死于抗生素滥用　死亡人数超癌症！》（杨丽萍，健康时报网，2018 年 8 月 21 日）

附录　读者评论

1930 年，美国发动的那场贸易战

Enji 陳遠之：我看到这篇文章后，感觉比较心惊的内容是，产能过剩导致的失业大潮。如今的中国，遍地微商，以及所谓的大众创业，是否也是另一种失业大潮呢？

Olivia Ren：然而政客们并不在乎长久影响，他们只希望对自己的连任负责，哪怕我走后洪水滔天。虚假的物质主义，严重不均衡的经济，族群和阶级之间的割裂……后人不自哀，又使人哀后人也。

Pro 排骨：从商人变成总统，从全球化变成保护主义。历史总是惊人的相似。

开罗会议："四大强国"的幕后博弈

Cathy：实力，永远都是实力。中国远征军的血泪不能被遗忘。

扬：寄希望于他人，远不如增实力于己身。

尹乐多："如果不通过战争，就别想从大英帝国手中夺走任何东西！"丘吉尔的老牌帝国主义嘴脸从这句话中表露无遗。大英博物馆

里面从全世界各地劫掠搜刮而来的琳琅满目的稀世珍品，印证了弱肉强食的不破真理。

再聚德黑兰："三巨头"的台前与幕后

花的 Mm 兔：弱国无外交，不管是瓜分波兰还是划分中国领土，这种没有当事人在场的会议，与强盗何异？经过无数先辈的努力，中国重新立于世界强国之列，吾辈何幸！

治先生："当外星人来的时候"，真是说到位了，举例：龙珠。悟空和天津饭生死打斗，短笛出现，两人和短笛打得你死我活，贝吉塔来了，三人联合起来，和贝吉塔斗个不死不休，弗利萨出现……

格物致知：德黑兰会议，波兰领土向西移了一半，德国甚至失去了原普鲁士的领土。最可贵的还是德国在宪法中规定，德国所有领土都已收回，从而避免了争端！

第一颗原子弹爆炸背后的四个人

华楼宇：制止核战争的办法是自身拥有核武器，同时避免更多国家拥有核武器，这个悖论也是人类自己制造的困境。

杨犁庭：对于原子弹投向日本之后带来的结果，科学家们表现出了种种后悔，奥本海默说自己"手上沾满鲜血"，但是军人恰恰相反，投下原子弹的机组成员表示一点都不后悔。只能说立场不同，态度不同，毕竟军人需要直接面对那些凶残的敌人。

OctRain：爱因斯坦曾经预言，他不知道第三次世界大战会用什么武器，但第四次世界大战会用石头当武器。愿世界和平，愿我们和我们的后代不要经历第三次世界大战，不再让地狱之火灼烧人类文明。

1973 年，人类世界重新认识石油

程方兴：我觉得通过第四次海湾战争，美国其实看清了哪些阿拉伯国家是外强中干，哪些是硬碴。以后的一二十年里，它通过一种类似连横的外交策略，拉拢相对温和的国家，比如沙特和阿联酋，跟它们搞好关系的同时，用利益分化穆斯林阵营；对待伊朗、伊拉克、叙利亚、利比亚这些硬骨头，就采用经济制裁甚至直接军事打击的方式，使这些国家彻底失去活力。现在看来，美国处心积虑的做法达到了它的目的，沙特成了美国的忠实盟友，伊拉克、叙利亚内乱四起，再也无力翻身！太阴险了，所以我们中国要时刻警惕美国的狼子野心。

子渔：新能源的瓶颈在电池储电技术，以及系统稳定性上，一旦电池有了突破，新能源的发展将是暴发性的。

Grace：作为一个石油行业从业者，这几年真的危机感十足啊。但是也慢慢想通了，在这个世界上，不进步就会被淘汰，时刻提醒自己要向前。

三个东亚国家，三天，一场政变

刘鲲："袁大头"真是一代人杰，就是末了称帝毁了所有名声。

MR. DENGSH：2001 年的韩国电视剧《明成皇后》讲述的就是闵妃的故事，当然里面的闵妃形象非常正面。袁世凯确实是少有的遇大事、急事不糊涂的人。《清帝退位诏书》有句特别重要的话："仍合满、汉、蒙、回、藏五族完全领土，为一大中华民国……"这就确保民国法统完整、正当，所以边疆历次叛乱，都占据不了道德制高点。比如达赖是清帝册封的，要叛乱就必须抛弃这个身份。怎么样，袁世凯是不是干了一件好事？

cancan814：袁世凯果然不像课本中写的那样只有负面影响，

在整个历史长河中，他还是一个充满争议、血肉丰满的人物。我认为观史最重要的还是客观，一味抬高或者贬低某些人、某些事都不能客观明了地进行总结和学习，以史为鉴、以史为镜就会跑偏。

长崎事件：大清对日外交的最后荣光

兔大爷：把它打捞起来，是想让它看今日之中国。把它打捞起来，是想让国人反思旧日之中国。“知耻后勇”，我们任重道远！

翰旭：现在来看，甲午战争也是日本透支荣光的开始，膨胀到最后见到两朵蘑菇云，从灵魂到国体都被美国征服。

李李：近代史，无论是怎样的主题，都让我看了就心里发堵，脑子发麻。诚然事后诸葛亮不可取，做另一个选择也许带来的是另一个意想不到的结果。唯一能确定的就是，天朝上国之梦不可取，让百姓省吃俭用为当权者营造富裕繁华更不可取！

《排华法案》：一部应让美国人至今羞愧的法案

知名不具：我问过每一个美国同学，没人知道这个法案。我也问过我周围的中国同学，同样没有一个人知道这个法案。这也是为什么我最初知道这个法案的时候非常震惊。为什么这样一个法案会被中国人遗忘？

星河问夜：其实对比一下有的人对黑人的排斥，就知道这种傲慢是生在人类骨子里的。当我们有资本去歧视别人的时候，未必能比美国人好到哪儿去。每个人警惕自身的傲慢才是正道。

能吹善打的比尔牛：加拿大留学党表示，不只有美国，加拿大和澳大利亚等地的华人都在那个时期遭遇过几乎完全一样的事，包括修铁路、排华法案等。感觉作为华人都应该了解一下这一段历史。时至今日，华人在海外哪怕是温哥华这种华人很多的地方，在一些大事上的话语权还是不够（对比其他族群例如印度裔的话）。

麦卡锡主义：一个从未远去的幽灵

拙木：最后的没有能力说得对，虽然我们发展迅速，但真的发展不均衡，我甚至亲眼看到过小山村里的希望小学，我们与发达国家差距不小啊。但现在很多营销号各种鼓吹，弄得大家都盲目自信了。我们现在应该认清自己，韬光养晦，才是复兴之路。

郑新力：在媒体如此发达的今天，似乎民众的认知没有太大的改变。信息量的多与少，改变不了大多数人的认知能力。

Lǜ Zhōu：民众只相信他们愿意相信的，正是信息的互通互联，才让人“放心”地确认自己的认知是充分的。这就是“睁眼瞎”的形成过程吧。

1971 年，“乒乓外交”背后的六个人

Numb：周总理对科恩的一番话，说出了总理对青年人的认识。家境富裕的总理年轻时代投身革命，在当时部分人眼里未必不比嬉皮士更难以接受。但总理的叛逆与不满成就了中华人民共和国的成立和大多数人的幸福。如今的社会都在强调个体，强调个人得利益。但请不要忘了，有一群人舍弃了自己的利益，换来了如今我们可以肆无忌惮发挥个性的时代。

烟小火：看个乒乓外交也看得我热泪盈眶是什么情况？我想我应该相信，在我的手里，也握着一块小小的拼图吧。活好当下，坦面未来。

木纸 Muzi：时至今日，周总理对科恩说的话依然适用，年轻人

应当通过实践来认识自己，改造世界。大浪淘沙，优秀的文化必会存留，大众也应当以更包容的态度来对待新时代的年轻人。

那一年，中国在联合国连投 16 轮反对票

风走云上：看到“一否到底”这四个字的时候真的心里一震，那是怎样的魄力啊！

苏曼祺：“打铁还需自身硬”，无论个人、小家还是大国，无一不适用！锻炼身体，提高自己！为国为家，和实验死磕到底！

闫世成：不简单。国家从来是一个群体，很多时候被看成个人。所以，国家从来没好坏。但是很多时候一个群体的利益，需要领袖来把握，可见其任务之艰巨。

帝国的覆灭：600 万人为何会被 168 个侵略者摧垮？

Cathy：20 世纪初英军入侵西藏也是同样的翻版。谈判者卑劣的谎言，一边倒的屠杀……而说到《圣经》，引用毛姆的一句话：“魔鬼要行凶，总会引用《圣经》。”

大扬：这样的事例不止一次证明，谁选择愚昧和封闭，谁就将被历史的车轮无情地碾轧。

物与：说选择愚昧的朋友是不是有点用上帝视角看待了。美洲本来就有很多局限性，没有车轮，没有可以驯化的大型牲畜供驱使，多纬度窄经度的地形也让交流受到很大限制，本身就是两个发展程度极不同步的文明的碰撞，从很大程度上说，他们没的选。

日俄战争：一场中国土地上的权力游戏

蝎子：一流国家当棋手，二流国家当棋子，三流国家当棋盘……

阿 Q：这场战争的影响还有很多，比如鲁迅先生在日本留学看了日俄战争纪录片，果断弃医从文，之后就影响了几代中国学生……

John ko：对马海战中，日本“日进号”装甲巡洋舰前主炮炮管被俄舰命中炸断，飞溅的碎片割断了在舰桥上做战斗记录的海军少尉候补生高野五十六的食中二指（断三指必须退役），他就是日后的海军元帅山本五十六（过继给母亲山本家，在红灯区绰号“八毛钱”）。对马海战后，一群观战的年轻美国军官登上“三笠号”，向胜利者和他们的崇拜者东乡平八郎表示祝贺。其中一人是切斯特·尼米兹上尉，日后的美军太平洋舰队司令。

美墨战争：一场“老大”对“老二”发动的掠食战

笑熬浆糊：墨西哥历史上国家发生“悲剧”的原因：一、离上帝太远；二、离美国太近。

沙海一舟：让人不自觉地就联想到如今的中美两个大国的博弈，坐惯了世界霸主座位的美国，对于迅速崛起的中国，自然充满了担心与恐惧，因为它认为中国对它说一不二的地位构成了威胁，所以要拼命打压。殊不知，今天的世界，当然也包括中美两国，早已不是原来的东西方世界那么界限分明，而是在世界经济趋于全球化的背景下，你中有我，我中有你。所以伤敌一千，自损八百，双方都是在试探中斗争，谈判。当然，作为逐渐走向世界舞台中央的我们，并不是要像美国一样称霸世界，但我们一定要守住自己的底线，任人宰割、随意被蒙蔽的时代毕竟已经一去不复返了。

暖男老爹：“文无第一，武无第二”，现在的霸主更信奉丛林法则，所以“大兔子”的崛起有更多的困难。关键还是发掘自身潜力，团结一切可以团结的力量，秉承和平崛起的初心，一路向前！

弩炮悲歌：昔日盟友之间的残忍对杀

大扬：法国人骨子里的荣耀和现实中的悲怆，英国人内心里的狐疑和战略上的辣手，化为海面上漂浮的大块油污和深海里悲鸣的残舰……

许卓煌：英军在缅甸坑中国远征军时可没有这般纠结。

Alin：这种来自盟友的反戈一击，肯定让人久久无法释怀。

帝国斜阳：一场跨越半个地球的战争

Niki：铁娘子的由来！不过仅仅几个月后，铁娘子便在谈判场遇到了更厉害的对手，香港回归并未因马岛有任何改变。

李叶：不知道馒头上没上过学校里那门课“中国与世界”，我上那一年有一节课请来了阿根廷驻沪总领事，领事当时直言阿根廷承认中国对台湾的主权是因为中国承认阿根廷对马岛的主权。然而英国并没有因为这个就不承认中国对台湾的主权，相反，英国是欧洲主要国家中对华合作最积极的。作为老牌世界帝国的英国在外交中显然更务实，也更有大国气度。当然，归根到底马岛就在英国手上，对英国而言，中国承认与否都无所谓，中国在台湾问题上显然没有这么硬气。中国人也应该感激英国的这种务实和豁达，否则如果英国也矫情地硬要中国选边站，中国领导人就非常为难了……

Ren 常温仪器：第一，20 世纪 80 年代，鹞式战机就能完成垂直起降。我作为材料研究人员，现在还在为此进行攻关突破。我们要正视这个差距。目前国内材料加工领域希望通过 3D 打印弯道超车，但愿可以。这个差距太大了。第二，英军日常的训练和协作，才让他们有备无患。现代化的战争，不知道我们能否适应。忘战必危。

争霸亚洲：400 多年前那场中日之战

Daybreak：君不见，汉终军，弱冠系虏请长缨；君不见，班定远，绝域轻骑催战云！男儿应是重危行，岂让儒冠误此生？况乃国危若累卵，羽檄争驰无少停！

豆妈小晶晶：第一，多学一门语言很重要。第二，不要以为多学一门语言就能瞒天过海。

DH：这场战争对中国的影响甚至超过了馒头兄讲的范围，明朝后期火器的技术和使用已经超过了日本，和欧洲的差距也不大。但运气糟糕的是，那时恰恰处于火器从量变到质变的阶段，在此之后冷兵器已经无法再和热兵器交锋，明朝如果能抗过这一阶段，也许就没有清朝什么事了。但从另一个角度看，国家内部机制和治理永远是第一位的成败因素，这也是为什么在朝鲜土地上的两场战争，对当朝政府命运的影响差异如此巨大吧。

1598 年，中朝日决战露梁海

John ko：万历援朝一战后，丰臣氏倚重的西国大名们损失惨重，德川家康在关东坐大，加之秀吉已死，为德川代丰臣奠定基础。日本势力退回四岛 300 年。然而明辽东边军、浙军等精锐也元气大伤，三大征耗去了张居正改革的家底，朝鲜更是被打了个稀烂，东北出现了权力真空，建州女真坐大，真乃骨牌效应。然而，鉴于中华历来在朝鲜半岛上巨大的地缘政治利益，此战万历皇帝是必打的。历史上，大同江流域（平壤）属于中华势力范围（不一定是领土），这是中华的底线。

Tomorrow：纵观历史，唐朝的白村江水战、明朝的露梁海战、清朝的甲午海战，中日之间摩擦不断，远算不得睦邻……还会不会有下一次？恐怕更多取决于我们国家自身是否强大，是否落后而有可乘之机。

决战料罗湾：中西文明的海上大搏杀

小吴：百年后，我们仍然需要睁眼看世界。又或许几百年后，我们需要睁眼看宇宙了。

徐湘豫：《三体》告诉我们，人类的历史就是不断重复错误而又不吸取教训的历史，所谓秦人不暇自哀而后人哀之，后人哀之而不鉴之，亦使后人而复哀后人也……

思想品德第一名：明朝时其实我们已经不领先，开始落后了。因为那时别人在进行文艺复兴、启蒙运动，我们却在闭关锁国。从精神和国民素质上反超，继之在工业革命上爆发，蕞尔小国也能击溃古老文明。

1949 年，炮轰“紫石英号”

LeePoker：“据说这个航速创造了长江上舰船航行的最高速度纪录。”这句话平淡无奇，却又有无尽嘲讽。

Object_Arkhangelsk：英国人拍电影的时候“紫石英号”的动力系统已经损坏了，其航行的镜头是由其同级姊妹舰“喜鹊”（HMS Magpie U82）完成的，电影拍摄结束后不久，“紫石英号”被拆解。另外，文章中提到的“黑天鹅号”也是“紫石英号”的姊妹舰。

仇佳俊 James：在伦敦塔桥附近的泰晤士河上，停着一艘现在作为博物馆的“贝尔法斯特”巡洋舰，我参观时看到有一段话介绍说，该舰在“紫石英号”事件时作为英军处理该事件的总部和旗舰。

科威特战争：“敝国虽小，硬骨头还是有两根的”

陈纳德：海湾战争是第一场真正意义上的现代高科技战争，也使国家高层狠下决心大力发展部队的科技力量。

大王叫我来巡山：伊拉克引以为豪的以 T72 坦克为主的装甲部队，在一个月之内被以美国为首的多国部队在几乎不接触的情况下全部歼灭，震撼了世界，这是真正意义上的第一次高科技战争，也促成中国的军队加速现代化、科技化进程。

你若晴天，我便安好：第一次知道科威特亡国还是在《赌神》中牵条狗的那个外国人临走的时候说他的国家被伊拉克入侵了，他要回国参加战斗，保卫国家。当时我还纳闷，怎么还有国家会被入侵占领，现在才算彻底明白这其中的缘由。2003 年伊拉克战争时，美国推翻萨达姆政权，我觉得美国这也算入侵，还为萨达姆感到悲哀。如今一看，两者都是一个面目，吃相都难看，不论有何种目的，手段都是一样的，结果也是一样的，受苦受难的都是手无寸铁的人民群众。

县令之死

LYP：当年误以为这个县令是清廷的帮凶，最后发现二人去世时间相近，以为是现世报，结果百度后瞬间热泪盈眶。这就是文人吧。

南云：一个体制内的人，能做到这样，已经很不错了。再念秋风秋雨愁煞人，感慨万千啊。

逍遥扬扬：想起德国判决卫兵开枪打死翻越柏林墙的人，卫兵认为他只是服从命令，法官说但你可以抬高枪口。此事有可能不真实，但极有意义。无论在什么环境下，坚守住底线，坚守住做人的底线，其实也是很伟大的。

中国最后一个状元

心越：看了馒头大师最后的那段话，想起了鲁迅先生的一句话：无尽的远方，无数的人们，都与我有关。

王纯生怪老师：想到沙俄流亡将领邓尼金在希特勒入侵苏联时期还破口大骂希特勒，号召白俄流亡者不要和纳粹合作，这其中可能和刘春霖也有异曲同工之感。政见可以不一，但国家只有一个。

小百姓：三个人的轨迹大同小异。古代读书人确实都很迂腐固执，但是深受古代思想影响，读书人的风骨是有的。虽然有自己的利益和立场，还有局限性，但是在外敌面前，都不约而同地挺起一杆硬脊梁。

朝鲜最后一个国王

驭风牧云：每一个弱皇帝背后都有一个曹操，每一个强势的慈禧都会选择同治和光绪，并在他成年之前搞掉他。

三百个玉米蒸饺与豆豆神：想起了崇祯“何苦生于帝王家”，也想起了“溥仪到死都没有和这个世界接轨”，他们是被时代洪流裹挟的例子。

庄稼汉：他的死引起了著名的“三一运动”，是朝鲜近代史的转折点，跟中国的五四运动一样。

“民国第一奇人”和他的“朋友圈”

Helen：最近刚开始读中国近代史，平心而论，清末确实更适合君主立宪制而不是共和，民智未开，何以共和。只能说杨度被批判得如此激烈，是当时的大众将君主立宪和帝制的概念混淆了。而袁世凯也不是华盛顿将军，袁的人生观、伦理观念和政治信念仍然是中国传统的，对西方现代思想知之甚少，更谈不上现代人文理想，谈不上对宪法、对契约精神的敬畏。传统儒学“以天下为己任”的强烈色彩，不知不觉地造就了追逐权力的借口和动力；根深蒂固的“权谋文化”决定了袁世凯根本无法成为中国的“华盛顿”，只能是一个清末版的“曹操”。

王子豪：长袖善舞，千般变化真佯渡（杨度）；丹心不改，一腔热血报恩来。

Mr. 嘉：比杨度早一些的洋务派封建士大夫，只有华山一条路可供选择。比杨度晚一些的革命仁人志士，已经能很清楚地知道选择哪条道路。所以，最难做出选择的，还是杨度这一代人，因而才有了种种的反复与徘徊。开启上帝视角的后人，不能盲目苛责杨度。

山高水长，勿忘陈嘉庚

刘刘刘刘刘大大：我现在在厦大读研，对于大部分在厦门或者集美读书的学生来说，校长有很多，但是校主只意味着一个名字。诚毅和自强，以及说不完的校园设计，还有办学理念，一直影响着我们，从学习，到工作和做人。

Lynn Hu：我外公就是滇缅公路上幸存者中的一员。当然，如果他当年没有幸存下来，也就不会有我。可经历了“文化大革命”的外公，对他的儿女和孙子辈，几乎不提在滇缅公路上的事。当年他是到了雅加达码头才给家人打电话说他去抗日了。船开的时候，他看到他弟弟追到码头，对着远去的轮船失声痛哭。这一别，就是一辈子。他去世多年后，我们在南侨机工纪念馆里看到挂着外公在滇缅公路上坐在汽车上的大幅照片，泪如泉涌。

阿花：有一部电视剧叫《南侨机工传》，说的就是南洋华侨在陈嘉庚先生的号召下，踊跃归国，为了滇缅公路战争物资能够正常运输而牺牲的故事。

“国士”邓稼先

牙签：先生之风，山高水长。

Rou Rou：每次一跟人家说我是普渡大学毕业的，国内的长辈都觉得这是什么美国野鸡大学，从来没听说过，但是一搬出邓稼先是我校友，大家立刻服气了。

红脸书生：苟利国家生死以，岂因祸福避趋之。老一辈科学家，是真正的民族脊梁，他们的生平事迹激励着我们内地广大青年永葆一颗对祖国热忱的真心。回想香港那些无知无耻之徒胆敢侮辱我圣洁国徽，那可是无数英雄先烈、民族精英用无限鲜血与付出保卫和铸造的啊！气愤之情无以言表，所有的中华儿女都应该深入了解和学习这些老科学家的模范事迹，都应该团结起来，热爱祖国，努力奋斗，让我们中华民族永远光辉灿烂！

那个叫余纯顺的上海人

逆水行舟：前段时间刚看了HBO的电视剧《切尔诺贝利》，那些第一时间冲进去灭火的消防员的死状，跟大师写的“他的头发像洗过一样，长而浓密的胡须也湿漉漉的。裸露的上身布满水泡，右胸部的一个大小如乒乓球”很类似，而且他也穿越过核试验场，我怀疑是接触了过多放射性物质。

麻军锋：迷茫中的中年男人，看了余纯顺，执着、粗犷、奋不顾身……人得有理想和信念！他选择了自己的路和方式去奋斗，个人感觉他对这最关键的一次风险考虑稍显欠缺……GPS 和呼救设备都没有准备。（作者回复：所以我说，还是要有敬畏之心。）

王磊（脂肪猫）：1995 年，他经过新疆石河子，曾到我们学校座谈，离开的那天一早，我们很多同学都去送过他，那年我上高二。不到一年，我们高考前知道他去世的消息，很难受。在我心中，他才是真的去追求了诗和远方的人。

拉瓦锡之死

宋涛：历史没有新鲜事！都梁曾在《血色浪漫》中，对法国大革命有过不同角度的阐述，让我们在历史教材之外又接触到了不同的真相！《乌合之众》也提到，民众被发动起来产生的暴力往往更可怕，更不理智！作为数学老师，我顺便说一句，提到拉格朗日时，用拉格朗日点不如用拉格朗日中值定理更能让大家理解。

Pro：一个混乱又疯狂的时代，科学与民主显得如此微不足道。

绿野：也许做一个冷静的思想者，有时的确会给自己带来猝不及防的灾难，那也不要在疯狂的群体中随波逐流。

贝当：62 岁的“民族英雄”，84 岁的“卖国贼”

未中：戴高乐和贝当这样做可能是两人的密谋，不把鸡蛋放在一个篮子里。一个维希法国，一个自由法国，不管最后是轴心国获胜还是同盟国获胜，法国都有作为战胜国的理由，以此维护自己殖民地的利益。

暖男老爹：想起白居易的一首诗，正好可以印证贝当和汪的一生：“赠君一法决狐疑，不用钻龟与祝蓍。试玉要烧三日满，辨材须待七年期。周公恐惧流言日，王莽谦恭未篡时。向使当初身便死，一生真伪复谁知？”一生很长，每个抉择都要经得起自己良心和良知的考验。

佳：法理上，老贝是受命组阁，获有授权，维希政府一定程度上于法有据；汪系擅自出逃与敌媾和，自无法统，谓之以“伪”。

Diegezhang：刚看了部电影《巴黎血色围城》，犹太人被助纣为虐的维希政府围捕、驱赶、关押，甚至杀戮，与此文对应一下，真是感慨万千。

奥本海默：“原子弹之父”的成功与悲剧

萝卜：奥本海默的师父是玻恩，得了诺贝尔奖，他还有个很厉害的学生前一段去世了，就是我们的“两弹一星”元勋程开甲。

赖：看完的感受：一、当时的曼哈顿计划就像一个巨大的面壁计划；二、奥本海默真是智商、情商都高的人类代表；三、想想能和那么多大佬共事是什么样的体验；四、科学是把利刃，关键看谁在把握它；五、大概只有人类都毁灭时才能知道存在的意义。

卡卡2020：大师再一次抛出这个问题，就像体育一样，科学也无法和政治分离——这是一个中性的说法，政治可以推动科学的进步、科技的发展、体育的普及，但有时又会左右其发展。

奥黛丽·赫本：天使的侧面

蓝鲸鱼：在索马里，赫本爬上卡车去找可能存活的孩子。我想到一个故事：父亲带孩子去海边玩耍，岸边有很多搁浅的小鱼，孩子说要把它们重新送回海里。父亲说你这么做谁会在乎呢。孩子拾起一条鱼放回海里，说这条鱼在乎，然后又拾起另一条鱼放回海里，说这条鱼也在乎，然后继续拾起更多的鱼……

Joanna 婧：2015 年秋，趁着周末来到奥黛丽 · 赫本最后隐居的小镇。小镇位于洛桑和日内瓦之间，不被世人所知，也没有大批量到处打卡的游客。奥黛丽 · 赫本的墓地只有一个十字架石碑，简单而质朴，上面摆放着一些影迷带来的鲜花、照片和小天使雕塑。♥# 人淡如菊的奥黛丽 · 赫本。

Obension：历史上每一位光彩亮丽成功的女性都有着一段悲惨的经历。时代在女性身上留下了太多考验。

1910 年，那场在东北暴发的鼠疫

耀：大师好，我是搞病毒研究的学生，和大师交流一下。鼠疫是由细菌引起的。2003 年的“非典”和目前的新冠肺炎都是由病毒引起，所以鼠疫病毒的说法并不准确。某些病毒也可以感染细菌。细菌、放线菌、真菌、病毒、支原体、衣原体等是不同的微生物，引起不同的疾病，治疗和预防也不尽相同。当然微生物不全是有害的，比如很多肠道微生物有益于身体健康。另外，科技的进步也会更好地利用微生物造福人类。希望全社会共同努力，早日战胜疫情。

暖玉：我喜欢的作家迟子建，有一部长篇小说《白雪乌鸦》，描写了瘟疫下的小人物。那是她的故乡。

DrHouse：老祖宗的手段其实已经基本遵循现代医学传染病的控制原理了，在那么短时间内抑制住那么严重的疫情，真的厉害，难怪获得诺贝尔奖提名。以史为鉴，你细品，细细品。

半夏烟雨：前段时间刚看完了加缪的《鼠疫》，文中有这样一句话：“人世间的罪恶几乎总是由愚昧无知造成。”

邓见华：纵然是一个世纪以后的今天，疫情之下依然谣言四起，民众恐慌。向伍连德、钟南山、医护工作者及所有参与防控阻击战的人致敬！

死神狂欢：1918 年大流感

林嘉豪：看了馒头大师最后写的话，真的很感动，因为终于有一个声音是在谴责那些对其他国家的报复性言语了，这病毒真的就是一面镜子，照出了人性的丑恶。之前我在网上劝网友不要对其他国家的疫情幸灾乐祸，结果就被骂是“叛国贼”“废青”“跪久了站不起来了”……在全球性灾难面前，人类就是一个整体，没有国籍的区分，没有肤色的区分。诚然，此前外国确实有很多对中国的不恰当言论，但我们反击回去也于事无补，只是增加了自己的坏心情。真正有用的是团结一心，以一个人类的身份声援自己的同胞。在这场战争中，我们的阵营不是中国，是人类，我们的敌人，不是资本主义社会，是病毒！

沙语：面对疫情，只有真话才能减少更大的伤亡。

半糖：不自觉想到董卿女神说的，“枪响之后无赢家”，病毒与人类也一样吧。

希胖：百年前就得到经验教训“在疫情到来之际，一定要说真话”，但现在依然有好多人在当鸵鸟。

尘砂：唯有天灾，才能让人类真正重视人类命运共同体。

天花的灭绝之路

程方兴：琴纳医生的第一次人体临床医学试验，其实是在他儿子身上进行的。因为当时有大量的人对他的研究成果持严重怀疑态度，为了科学地广而告之，他让自己的儿子冒着极大的危险接种牛痘，获得成功后，才再次给另一个八岁男孩儿接种。所以说，科学的成功真是来之不易，琴纳医生的贡献值得所有地球人铭记！

卷毛书生：我们的下一代已经不接种天花疫苗“牛痘”了，若千年后，如果病毒实验室的天花病毒样本被“意外”扩散，后果不堪设想。

铁院怪蜀黍：人类发展进程的伟大成就，不经意已经改变了历史。我们应该对医护人员多一分包容。

他不是药神，但他的发现改变了世界

Jean Philippe：所以在 1942 年之前的抗战电视剧里是应该没有盘尼西林的。

苏曼祺：“他主要从事免疫方面的研究。”“他一直让人吃柠檬酸然后收集对方眼泪。”“他正好忘记把培养皿放进孵育箱”“他没有洗掉，而是认真地观察了起来。”……并不互相欣赏的三个人提取出了青霉素，命运的推手又在最需要程序化和量产的时候丢出了“偷袭珍珠港”的强力。一切皆政治，一切又都是命运。在向前走的道路上，一个扛旗的人，加上一批主动或者随波逐流的追随者，总会制造出奇迹，青史留名。感谢这些黑白照片上的老爷爷们。

老歌吉他：近代文明的几乎所有发明创造都来自西方国家。祖上有灿烂文明的中国人心有不甘，但必须直面落后的真相。